全ての命を摘み取るかの如き、
禍々しく忌々しい厳冬の風が天より舞い降りた。
「はい、おしまい」
ルネ・〝薔薇《ローズィ》の如き〟・
ルヴィア・シエル＝ティイラ
王国の片隅に母と二人、慎ましく暮らしていた少女。
実は王宮を追われた元王女だったが、政変で母を失い、
自身も処刑される。しかし邪神と契約し、
アンデッドとして復活。復讐の戦いに身を投じる。
JN229393
怨獄の薔薇姫《えんごくのばらひめ》
Rose princess of Hellrage
政治の都合で殺されましたが最強のアンデッドとして蘇りました
霧崎雀
イラスト cinkai

ルネ（憑依中）
王宮の追っ手から逃れつつ復讐の戦いを
進めるため、イリスに憑依して暗躍中。
ディアナ
〝竜の喉笛〟のメンバー。職種《クラス》は僧侶《プリーステス》。
改造僧衣を身に纏う、酒と煙草が大好物の生臭シスター。
子ども好きで、特にイリスを娘のように可愛がっている。
イリス
〝竜の喉笛〟のメンバー。職種は魔術師《ウィザード》。
11歳にして中級の冒険者になった天才少女。
だが、そのせいでルネの『潜伏先』として
目を付けられてしまい――
ヒュー
〝竜の喉笛〟のメンバー。職種は盾手《タンク》。
気障で皮肉屋だが、その反面、
冷静で現実主義的。正義のための
戦いでも金勘定は忘れない。

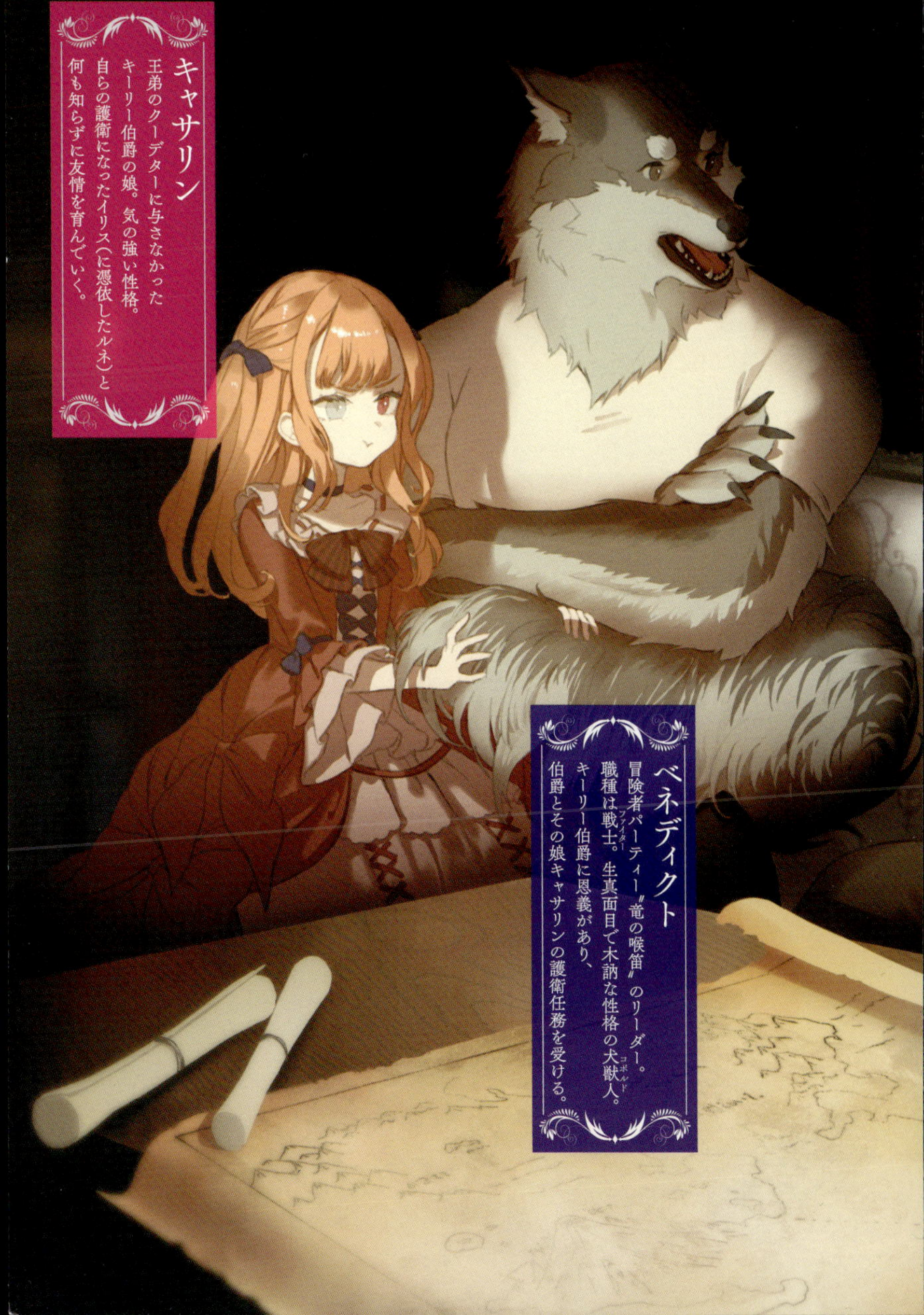
キャサリン
王弟のクーデターに与さなかった
キーリー伯爵の娘。気の強い性格。
自らの護衛になったイリス（に憑依したルネ）と
何も知らずに友情を育んでいく。
ベネディクト
冒険者パーティー〝竜の喉笛〟のリーダー。
職種は戦士《ファイター》。生真面目で木訥な性格の犬獣人《コボルド》。
キーリー伯爵に恩義があり、
伯爵とその娘キャサリンの護衛任務を受ける。

「どうしようもないことを呑み込んじまうにはいいもんだぜ、釣りは」
「なんでわたし、こんなことしてるんだろ……」
復讐の合間に

怨獄の薔薇姫《えんごくのばらひめ》
政治の都合で殺されましたが最強のアンデッドとして蘇りました
霧崎雀
イラスト cinkai

口絵・本文イラスト：ｃｉｎｋａｉ
デザイン：ＡＦＴＥＲＧＬＯＷ

Rose princess of Hellrage

Contents

プロローグ

昔々……ではなく、現代の地球の日本での出来事です。

あるところに佐藤長次朗《さとうちょうじろう》という比較的《ひかくてき》ありがちな名前の男が居りました。

暴力的な両親から逃《に》げるように家を出た彼《かれ》は家族と疎遠《そえん》でした。

人付き合いに不器用な彼には親しい友人も恋人《こいびと》も居ませんでした。

不況《ふきょう》の最中、どうにか仕事にありつくことはできましたが、それは低賃金で長時間労働をさせられる上にやり甲斐《がい》も無い仕事でした。

実に悲惨《ひさん》です。


そして彼はある日、死んでしまいました。

四十連勤目の深夜のオフィスで冷たくなっていました。

死んでから彼の魂《たましい》は悔《く》やみ嘆《なげ》きました。どうしてこんな悲惨な人生だったのだろうか、と。

すると、そんな長次朗の前に神様が現れました。

筋骨隆々《りゅうりゅう》とした肉体で、古代ローマのトーガみたいな衣装《いしょう》を着たひげもじゃの老人の姿は、かえって胡散臭《うさんくさ》く思えるくらいに長次朗が想像する神様そのものでした。

神様は自らを『大神』と称《しょう》し、地球とは別の世界からやって来た存在だと語りました。小説やゲームに出てくるファンタジー世界みたいな、剣《けん》と魔法《まほう》と魔物たちの世界からです。

大神は長次朗に誘《さそ》いを掛《か》けました。異世界に生まれ変わって人生をやり直さないかと。

異世界では、とある小さな王国のお妃様《きさきさま》が第一子を身籠《みご》もっているそうです。その赤子は、本当なら生まれる前に死んでいく運命でした。そこに長次朗の魂を宿し、転生させようというのが大神の誘いでした。

さらに大神は、異世界へ転生する長次朗に贈《おく》り物として魔法の才能を与《あた》え、その後も必要に応じて加護を授《さず》けると言いました。

大神は異世界を蝕《むしば》む邪神《じゃしん》と戦っているそうです。そして、その助けになる戦士を求めていました。地球からの転生者には特に強力な加護を与えられるのだそうです。生まれ変わった長次朗に、自らの地位と大神の加護によって、闇《やみ》の軍勢と戦ってほしいというのが大神の願いでした。

長次朗は少しだけ悩《なや》みました。平凡《へいぼん》な一市民として生きてきた長次朗にとって、戦うのは恐《おそ》ろしいことでした。

しかし、王族に生まれ、大神から授かった力によって英雄《えいゆう》になれば、これまでの悲惨な人生とは大違《おおちが》いの輝《かがや》かしい人生になることでしょう。

富も、栄誉《えいよ》も、権力も。全《すべ》てが手に入るかも知れないのです。理不尽《りふじん》に虐《しいた》げられて、みじめな思いをすることは無くなるでしょう。長次朗は大神の誘いに乗ることに決めました。

そして長次朗は光の中に導かれました。

異世界では、薔薇《ばら》色の新たなる人生が待っているのだという希望とともに。

はてさて。騙《だま》した大神と騙された長次朗、そしてそこに付け込んだ私。

一番悪いのは誰《だれ》なのでしょうね？

プロローグ　2

シエル＝テイラ王国に母ロザリアとふたり慎《つつ》ましく暮らしていた少女ルネは、十歳《さい》の誕生日に、家に踏《ふ》み込んできた騎士《きし》たちに捕《と》らえられた。

印象に残っているのは、騎士たちの兜越《かぶとご》しにも感じた恐《おそ》ろしい視線、山鳥の胸肉を香草《こうそう》焼きにした精一杯《せいいっぱい》のごちそうがただの邪魔《じゃま》な物としてテーブルごと蹴《け》散《ち》らされたこと、そして母の絶望的な表情だった。

それから牢獄《ろうごく》に閉じ込められ『拷問《ごうもん》』を受けた間のことは実はよく覚えていない。朦朧《もうろう》とした意識の下《もと》で、激痛によって気絶し激痛によって目を覚ます。それを繰《く》り返した。『回復魔法は拷問中に相手が死なないようにして、更《さら》なる苦痛を与《あた》えるためにも使える』という知識をルネは得た。

ルネは母親のスパイ容疑だの何だのとわけが分からないことについて延々《えんえん》問い詰《つ》められたが、それは何かを解明しようとしているのでなくルネを痛めつけるための言いがかりだと徐々《じょじょ》に理解した。

その中でルネは聞いた。

ルネ・〝薔薇の如き《ローズィ》〟・ルヴィア・シエル＝テイラ。

それがルネの本当の名前なのだと。

雨あられと投げかけられる罵倒《ばとう》の中から、ルネは少しずつ自分を巡《めぐ》る事情を知った。

母は平民の出であるがエルバート王と愛し合って妃になったこと。忌《い》み子たる銀髪《ぎんぱつ》銀目のルネを産んだために宮廷《きゅうてい》を追われたこと。その後は忌み子への偏見《へんけん》が薄《うす》い国境地域に住んでいたこと。

王弟ヒルベルト二世がクーデターを起こして王を殺したこと。王弟の背後にはシエル＝テイラの豊かな鉱物資源を狙《ねら》う国々の意図があるということ。王弟は示威《じい》として兄の血筋を根絶やしにしようとしていること。そのためにルネたちを捜《さが》し出したのだということ……

シエル＝テイラは列強五大国の一国であるジレシュハタール連邦《れんぽう》と仲が良い国だ。だが連邦は庇《ひ》護《ご》と引き換《か》えに多くの不平等を押《お》しつけてきた。王弟はそれを不満に思う急進的な反連邦派であり、連邦を除く列強四国の支援《しえん》を取り付け、連邦と仲が良い兄王を殺したそうなのだ。

市井《しせい》に生きる十歳の少女からは遠く離《はな》れた、政治の世界の出来事だ。だが、騎士たちにとってルネへの攻撃《こうげき》は悪《あ》しき連邦との戦いであり、連邦の不当な支配との決別の儀式《ぎしき》だった。

最初は泣いて喚《わめ》いたが、声が嗄《か》れるまで悲鳴を上げてもやめてはくれなかった。次にルネは抵抗《ていこう》を試みたが、身を守ろうとしただけで責めは激しくなった。一度は拷問官を引っぱたくことに成功したが、暖炉《だんろ》に油を注ぐように拷問の苛烈《かれつ》さが増しただけだった。

さらに絶望的なことに、ルネは得意だったはずの魔法を何故《なぜ》か使えなくなっていた。母に褒《ほ》められるのが嬉《うれ》しくて頑張《がんば》って練習したはずの魔法が、ルネの中から消え去っていた。護身用にと教わった《火球弾《スピットファイア》》の魔法は火の粉も立たず、《治癒促進《リジェネ》》の魔法は切り傷ひとつ癒《い》やせなかった。

そのうちルネは泣くことも叫《さけ》ぶこともしなくなって、責められている間はただじっと足下《あしもと》を見ているようになった。どうせ痛いだけだ。

一日の拷問が終わると死なない程度の食事と水を摂《と》らされ、ズタボロの下着一枚きりで、石の牢獄で怒《いか》りと寒さに震《ふる》えながらルネは眠《ねむ》った。

永遠に続くかと思われた拷問の日々は一ヶ月ほどで終わった。ルネと母を公開処刑《しょけい》する準備が整ったのだ。

母と別々の場所に閉じ込められていたルネは、処刑の日に親子揃《そろ》って市中引き回しをされるため母と再会することができた。だが、もうこれ以上何があっても心は動かないだろうと思っていたのに、処刑の日に久々に見た母の姿は衝撃《しょうげき》だった。

最初、ルネはそれをゾンビだと思った。

着ているのはボロ布を無理やり巻き付けたようなものだけ。全身薄汚《うすよご》れて悪臭《あくしゅう》が漂《ただよ》い、痛々しい傷痕《きずあと》にまみれていた。美しかった薄紫《うすむらさき》色の髪《かみ》は獣《けもの》のたてがみみたいにボサボサで、目だけは爛々《らんらん》と輝《かがや》き、小さな声で同じことを延々と口走っていた。

「……ま、私はあなたに従います。はいご主人様、私はあなたに従います。はいご主人様、私はあなたに従います。はいご主人様、私は……」

「おか……ぁさ……………」

優《やさ》しく美しかった母の面影《おもかげ》は、もはや無かった。

母には、そこにルネが居るということも分かっていないようだった。

ルネは、もしかしたら母が助けてくれるかも知れないと心のどこかで思っていた。子どもにとって親は……特に母は良くも悪くも全能の神にも等しい存在だ。母に愛されて育ったルネは、自分が困った時にはいつだって助けてくれた母が、また今も自分を救ってくれるのではないかと思わずにいられなかったのだ。その希望は容易《たやす》く潰《つい》えた。

ルネと母は鎖《くさり》で繋《つな》がれ、処刑場まで引っ立てられていった。騎乗した騎士が鎖を引き、まず母が、その後ろにルネが繋がっていた。そしてその両脇《わき》を徒歩の騎士たちが固める。

雪の降る日だった。だが血のにじむ素足で雪を踏んでも、もうルネは何も感じなかった。

　母はまともに歩けず、ふたり掛《が》かりで両脇から抱《かか》え込むように引きずられていった。ルネはその後を黙《だま》って付いていった。

　ふたりが大通りを行く間、道脇には大勢の人々が詰めかけてその様を見ていた。

　老若男女も貴賤《きせん》も問わず、多くの人が集まっていた。

「連邦の手先が！」

「薄汚《うすぎたな》い売国奴《ばいこくど》め！」

「穢《けが》れた血め！」

　飛んできた石がルネの頭にぶつかって、どろりと血が流れた。

　罵倒は、意外なほど多かった。それがルネには不思議だった。武力によって無理やり王位を奪《うば》い取った王弟が受け容《い》れられるとは思っていなかったからだ。国中のみんなが武力と恐怖《きょうふ》によって抑《おさ》え込まれているのだと思っていた。だが違《ちが》うのだ。王弟を歓迎《かんげい》する人が居て、ルネと母が酷《ひど》い目に遭《あ》うのを『胸のすくような楽しいショー』として見ている。それが、鍋《なべ》の底に焼き付いた焦《こ》げのように、ルネの胸中に黒い影《かげ》を落とした。

　ルネが捕らえられていた王都テイラ＝ルアーレの、城下街の中心にある広場には、さらに多くの人が集まっていた。

　その中央には処刑台がしつらえられ、ノッポのギロチンが犠牲《ぎせい》者を待っていた。

　ぐったりとしたままの母がギロチンに首を固定され、身体《からだ》を枷《かせ》で留められていく。

　騎士が高らかに『薄汚い女』だの『不当な王に身体を売った』だのと口上をのたまい、それからあっさりと刃《は》が落とされた。

処刑台の下に居るルネからは見えなかったが、頭がごろりと転がる音は聞こえた気がした。直後、大歓声《かんせい》が上がった。喝采《かっさい》が、そして割れんばかりの拍手《はくしゅ》が沸《わ》き起こった。

——そうか。わたしも今からこうやって死ぬんだ。そしてみんなが喜ぶんだ。

そう思った瞬間《しゅんかん》、魔王の家来の化け物たちが、物語に聞く魔王城の広間にでも立っているような気分になった。自分は、魔王の家来の化け物たちの前に引きずり出された囚《とら》われの姫《ひめ》だ。あれは化け物だ。みんな化け物だ。自分たちの死を笑いに来た、人の姿の化け物なのだ、と。

ルネは引きずられるようにして処刑台に引っ張り上げられた。化け物たちがみんなでルネを見ていた。これから血が流れるのだと知ってわくわくしている。

ルネはもう逃《に》げられないと知っていた。しかし、その無力感と反比例するように、気の狂《くる》いそうなほどの怒りと怨《うら》みが身体の奥底《おくそこ》から湧《わ》き上がっていた。

ルネの身体は処刑台に固定され、ギロチンに首が嵌《は》められる。すぐ隣《となり》では騎士が羊皮紙を見ながら、『穢れた血筋』だの『悪魔の子』だのと意味が分からないことをまくし立てていた。

そして、決定的な瞬間はほんの刹那《せつな》だった。

視界があり得ない方向に巡り、落ちきったギロチンの刃をルネの目は天地逆さまに見た。

首が身体から離れた瞬間、思考の霧《きり》が晴れるかのようにルネは何もかもを思い出した。

自分はかつて地球に生きた人間であり、死後、この世界の神に誘《さそ》われて転生してきた『転生者』であるということを。

1 禍々《まがまが》しき鮮血《せんけつ》の薔薇《ばら》となりて

「この、記憶《きおく》は……！　そうだ、わたしは……前世の終わりに……」

あまりにも膨大《ぼうだい》な情報が……佐藤長次朗《さとうちょうじろう》という男の一生涯《いっしょうがい》に相当する記憶が頭に流れ込んできて、ルネは混乱した。

長次朗として死を迎《むか》えたあの日、自分の前に現れた神。契約《けいやく》。転生。そして……

確かに王族に生まれはした。だが物心つく前に王宮を追放され、さらに今はその血筋のせいで全《すべ》てを失った。慎《つつ》ましやかな生活も、今生での母も、そして命さえ。

神は確かに嘘《うそ》は言っていない。だが神の説明は周到《しゅうとう》に、悪意しか感じないほどに省略されていた。

「……こんなの、詐欺《さぎ》じゃない！」

ルネは叫《さけ》んだ。

「ええ、そうです。詐欺のようなもの。騙《だま》したわけじゃない、という言い訳は辛《かろ》うじて成立するかも知れませんが、甘言《かんげん》でたぶらかしたとは言えるでしょうね」

艶《なま》めいた女の声がルネに応《こた》えた。その声が何なのか疑問に思うよりも、ルネは腹の底から湧《わ》き上がってくる怒《いか》りをとにかく吐《は》き出さずにはいられなかった。

「政変で殺されるなんて！　どうしてそんな場所に転生させたの!?」

「重要そうなポジションには転生者を置いているんですよ。必要に応じて手駒《てごま》にできるようにね」

「魔法《まほう》の力はどこに消えたの!?」

「魔法の力？」

ルネの隣《となり》に何かが居た。先程《さきほど》からルネに応えている声の主だ。

「おやまあ、あなたはそんな加護《チート》をお持ちでしたか。まあとっくに回収されてしまったようですが」

そいつは処刑《しょけい》台の縁《ふち》に腰掛《こしか》けていて、振《ふ》り返るようにして転がったルネの首を覗《のぞ》き込んでいた。

結い上げた髪《かみ》は濡《ぬ》れ羽色、黒縁眼鏡《めがね》に黒のストライプスーツ、タイトなスカートに黒タイツ、ハイヒールまで真っ黒という、何故《なぜ》か世界観にそぐわないキャリアウーマン風の装いをした黒ずくめの女性だった。服装と対照的にその肌《はだ》は生気を感じさせないほどに白く、その目は黒と言うよりも一切《いっさい》の光を吸い込むダークマターの色。

「ご挨拶《あいさつ》が遅《おく》れましたね。ご機嫌麗《きげんうるわ》しゅう、転生者さん」

艶めく唇《くちびる》が言葉を紡《つむ》ぎ、ルネに語りかける。

ここでルネはようやく、自分が声を出せるのは変だと気がついた。今のルネは胴体《どうたい》と頭部が切り離《はな》されて、とっくに死んでいるはずなのだから。

ふと気がつけば辺りは時間が止まっていた。本当に時間が止まっているのかは分からないがそうとしか表現できない。一切の音が聞こえず、人々は無理のある姿勢で硬直《こうちょく》しており、降ってくる途《と》中《ちゅう》の雪や飛び跳《は》ねた子どもまで空中で止まっている、静止した世界の中で二人は向かい合う。

「あなた、誰《だれ》……？　何者……？」

「邪神《じゃしん》という者です。以後お見知りおきを」

「……はい？」

あっさりと言われてルネはあっけにとられた。

遥《はる》か昔、何も無い宇宙にただ独り存在したという『中庸《ちゅうよう》の者』。彼《かれ》（同時に彼女《かのじょ》でもある）が自らを分かち、天と地、熱と冷気、生と死など相反する全ての存在を生み出した。

そして『中庸の者』が消え去る前、最後に生み出したのが、大神と邪神の二柱だった。

大神は人間やエルフやドワーフなどの人族を生み出し、次いで鳥や獣《けもの》、魚に植物と、この世界に生きる全てのものを作り出した。

しかし邪神はそれを良しとしなかった。世界を脅《おびや》かすため、大神が生みだした生き物を歪《ゆが》めて魔物を作り、死せる者はアンデッドとして手駒に変え、千の疫病《えきびょう》と万の天災を引き連れ戦いを挑《いど》んだ。

この世界では今も、大神と邪神が戦い続けているのだ……というのがルネの知る神話だ。

そして目の前のキャリアウーマンが生きとし生ける人族の敵、邪神だという。

「邪神……!? じゃあわたしがこんな目に遭《あ》ったのもあなたのせいなの!?」

「ああ！ 何でもかんでも悪いことが私のせいになるのは邪神として有り難《がた》い限りですがこういう時だけは面倒《めんどう》！」

怒りではらわたが煮《に》えくりかえっているルネは、その場に現れた自称《じしょう》・邪神を推定黒幕としか思えなかった。しかし、射殺すような視線を受けて邪神は大げさに天を仰《あお》ぎ嘆《なげ》く。

「下界への干渉《かんしょう》には制約が多いのですよ。加護《チート》や神託《しんたく》を与《あた》えるとか天変地異を起こすくらいしかできないものでして、この政変は私のあずかり知らぬこと。どうか冷静に話を聞いていただきたい」

多少早口に弁明する自称・邪神。『邪神』という恐《おそ》ろしげな響《ひび》きに不《ふ》釣《つ》り合いな真面目《まじめ》さ誠実さで、少なくともルネを怒《おこ》らせず冷静に話をしたいという考えは感じられた。

「どうしてこんなことになったのか、知りたいんですよね？」

ルネは頷《うなず》こうとして、自分の身体《からだ》が頷けない状態であることを思い出した。それでも何故か邪神さんにはルネの考えが伝わった様子だった。

「では邪神たる私自ら、神話の深奥《しんおう》をお教えしましょう」

いつの間にか邪神の手には、教室に一本は欲《ほ》しい感じの指し棒が握《にぎ》られていた。

「この世界で、大神とかいうのと私が戦い続けているのは知っていますね？　ですが、始原たる『中庸の者』が作り出したこの世界は、相反する要素によって常にバランスを保つよう作られているのですよ。魔族が勝ちすぎれば大神の力が増して人族を助ける、逆も然《しか》り。大神は、人族が追い込まれるほど多くの強力な加護《チート》を降ろせるようになります。『状況次第《じょうきょうしだい》で加護をやる』とあいつがほざいていたなら、転生者を確保しておいて、加護《チート》を降ろせる状況になったら使う気だったんでしょう。ですが今は人族がとても上手《うま》くいっていますのでろくに加護《チート》を出せないのです」

「上手くいってる……？　これが？　こんなのが⁉」

邪神の言葉を聞いて、ルネは思わず叫んでいた。

怒りと恐怖《きょうふ》と嫌悪《けんお》感が急によみがえってきて自分でも驚《おどろ》くほどの量の涙《なみだ》が噴《ふ》き出し、既《すで》に身体と頭が離れているはずなのに吐き気すら覚えた。あのように人を冒涜《ぼうとく》しきった真似《まね》をして、こうして処刑ショーをする。そんな世界が上手くいっているとは全く思えなかった。

邪神は細い指し棒を自らの手に打ち付け、ダークマター色の目をニヒルに細めた。

「人族同士で殺し合えるほどに余裕《よゆう》があるのですよ」

「そんな……」

ルネは絶句した。だとしたら神にとってこの惨状《さんじょう》は『手が出せない』だけでなく『どのみち手を出す気すら無い』のだろうか。今この瞬間《しゅんかん》も大神は『いやあ人族どもはよくやっておるのお』と、猫《ねこ》の喧嘩《けんか》を見守る飼い主みたいな気持ちでご満悦《まんえつ》なのだろうか。

「要するに、あなたはキープされてただけです。小国とは言え第一王女。必要とあらばあなたに加護《チート》を与えて手駒にするはずだった。ですが……あなたは忌《い》み子として王宮を追放された。そしてクーデターが起こったことで、ついに『利用価値無し』と断じられ見放されたわけです」

「見放し……待って、じゃあ魔法の力が消えたのは！」

「そりゃそうでしょう。大神《あいつ》は人族が優勢すぎて放置プレイ可能なのと引き換《か》え、リソースがカツカツなんですから。身を守れるように魔法の才能を与えただけでも大盤振《おおばんぶ》る舞《ま》いです。ですがあなたは王宮追放されましたし、死刑確定では今後の働きにだって期待できませんし、あなたは用済みになって、抱《かか》え落ちされる前に加護《チート》を回収したのですね。もしかして魔法が使えなくなったのは、あなたが捕《と》らえられてからでは？」

ルネは再び絶句した。その時に湧き起こった怒りは、どう言い表せばいいのだろうか。心が真っ黒に燃えているかのようだった。

邪神は一旦《いったん》立ち上がり、首だけのルネの前に足を揃《そろ》えて座り直す。処刑台の上にもうっすら積もっている雪には、まるで邪神が幻《まぼろし》であるかのように足跡《あしあと》一つ刻まれなかった。

「……さて、そろそろ私の用件にも察しが付いたのではないでしょうか。人族が優勢であるということは、私は強い加護《チート》を与えられるということ。あなたには私の手先としてこの世界を滅茶苦茶《めちゃくちゃ》にしていただきたい。ちょうど魔王軍の幹部が二匹《ひき》も討《う》ち取られたところでしてね……いい加護《チート》が入ったんですよ」

その言い方は怪《あや》しい商品を薦《すす》めるセールスマンのようでもあった。

「憎《にく》くありませんか？　あなたを半ば騙すようにして転生させた神が」

「……憎いに決まってる」

突《つ》っ込んで細部の説明を聞かなかった自分にも落ち度はあるかも知れないが、あの時の神の説明はひどく不誠実であった。

「憎くありませんか？　あなたを勝手な理由で死に追いやった人々が」

「……絶対に許さない」

ルネとは遠い世界で物事を動かしている者たちが、ささやかながら幸せだったはずの生活を奪《うば》い、母を奪い、散々に苦しめた末に命まで奪った。

そんな残虐行為《ざんぎやくこうい》をショーとして喜んでいるような連中も糞食《くそく》らえだ！

「あなたが復讐《ふくしゆう》を望むなら、特別な加護《チート》を授けましょう」

邪神は、ルネの怒りと怨《うら》みを祝福するように微笑《ほほえ》んでそう言った。

慈母《じぼ》の如《ごと》き笑《え》みだった。言っていることは邪神そのものだが。

「願ったり叶《かな》ったりですが……どうして、わたしなんですか」

ルネは慎重《しんちよう》に問う。

大神に騙されたばかりなのだ。これで邪神にまで騙されたら目も当てられない。

「別に自分で魂《たましい》をスカウトに行ってもいいんですが、あなたはちょうど人族と戦ってくれそうな動機を持ってる転生者ですし……あと女の子ってのもポイント高いですね。いい加減、私の陣営《じんえい》でゴツい化け物ばっかり活躍《かつやく》してるのも飽《あ》きたので華《はな》が欲しいなと」

前世の記憶が蘇《よみがえ》った今、混じりっけ無し百パーセントの女の子と言えるのか疑問ではあったが、ここで邪神さんの気が変わっても困るのでルネはそれ以上何も言わなかった。

「具体的にどんな加護をくれるんです？　変な副作用とかあったら嫌《いや》ですよ」

「うーん……早い話があなたを最強のアンデッドとして蘇らせるのですけれど、その力の全てを説明で理解するのは難しいでしょう。とにかく使ってみて理解しろと言いたいところですが……ここは地球流にクーリングオフ制度付きというのはいかがです？　三十日後の深夜二十四時まででしたら、気に入らなければ加護《チート》を私にお返しください。あなたはアンデッドを辞めて安らかに眠《ねむ》れるでしょう。　加護《チート》の回収にもコストが掛《か》かりますので、これは出血大サービスですよ」

「『絶対アンデッド辞めたくなくなる洗脳機能』とか付いてなければ、それで充分《じゅうぶん》です」

「付いてませんって、そんなもの。……後はあなたの意思次第です。いかがです？」

「もちろん、やります」

まだ多少疑う気持ちは残っていたが、知ったことか、ままよとばかりルネは決断した。身を焼くような怨みを抱えたまま死ぬ以上の苦痛などありはしない。

「この怨みを晴らせるなら、なんでも……！」

「よろしいでしょう。では、これにて交渉《こうしょう》成立です」

書類もサインもハンコもあったものではなく、邪神の指からどう見ても邪悪《じゃあく》でしかない赤黒い闇、色の光が迸《ほとばし》り、ルネの頭と身体に吸い込まれていった。

「つっ‼」

ドクン、と心臓が熱く脈打った。

いや心臓が脈打つというのもおかしい。とっくに死んでいるはずなのに。だがルネはそれを鼓動《こどう》のように感じた。心臓がマグマのように熱い血を送り出したかのように感じた。

「力の使い方は自然に分かるでしょう。数十人ほど血祭りに上げてるうちに慣れると思います」

邪神にふさわしい物言いをする邪神だったが、ルネはそれを咎《とが》める気もなかった。今の自分には
その程度容易《たやす》いという実感があったし、人を殺すことへの良心の呵責《かしゃく》など既に感じなかったから。

これは、復讐だ。無慈悲《むじひ》で徹底《てってい》的でなりふり構わない復讐だ。皆がルネの死を喜ぶばかりで、誰
もルネを助けてくれなかった。ならばこの怒りと絶望を、この世の全てに叩き返してくれよう。

「あとひとつ忠告しておきますと、それ理論上は最終的に魔王より強くなれますが、いきなり強い
敵とは戦わないようにご注意ください。健闘《けんとう》を祈《いの》ります」

言うことはもう全て言ったとばかり、余韻《よいん》の欠片《かけら》も残さずに邪神は姿を消した。

その途端《とたん》、時間が動き出した。

ルネの耳に音が帰ってきた。自分の死を喜ぶ人々の歓声《かんせい》が。

そう……とっくに死んでいるはずなのに、しっかりと物が見えて、音が聞こえたのだ。

ルネは聞いたことがある。何故、シエル＝テイラで銀髪《ぎんぱつ》銀目が忌み子とされているのか。

シエル＝テイラの建国間もない百年前、宮廷《きゅうてい》の占術師《せんじゅつし》が予言したのだそうだ。

『呪《のろ》われし銀髪銀目の破壊《はかい》者が国を滅《ほろ》ぼす』と……

息絶えたはずのルネの身体が、ぴくりと動いた。

処刑台にルネを繋《つな》ぎ止めていた枷《かせ》が、弾《はじ》けた。

◇

最初に異変に気が付いたのは処刑人のシルバンであった。

処刑人というのは大抵《たいてい》、賤業《せんぎょう》として忌み嫌《きら》われる。だがシルバンは自分の仕事に誇《ほこ》りを持っていた。誰かがしなければならない仕事なのだから、と。

シルバンは政治には興味が無い。雲の上の人々が頭の悪いことをしているだけ、と考えている。だから、処刑の対象が前王の妃《きさき》と前王の捨てた娘《むすめ》だと聞いても、特に同情心は湧かなかった。自分とは関係ない政治の世界の出来事だ。きっとこの親子を処刑することはどこかの誰かにとって意味があるのだろうけれど、シルバンにとってはいつもと同じ、ただの仕事の依頼《いらい》だ。

今日もギロチンをふたつ落として、それで終わり。そのはずだった。しかし、歓声のせいで聞き逃《のが》しそうだったが、シルバンはすぐ足下《あしもと》から奇妙《きみょう》な音がしたのに気付いた。

斬首《ざんしゅ》された少女の身体を処刑台に拘束《こうそく》していたはずの枷が、弾け飛んでいる。壊《こわ》れてしまったのだろうか。……いや、違《ちが》う。頭部を失ったはずの身体が、ゆっくりと起き上がり始めた。力尽《ちからず》くで拘束を引きちぎったのだ。とんでもない怪力《かいりき》だ。

この異常事態を見てもシルバンは慌《あわ》てず、すぐさま背負っていた処刑斧《ふ》に手を掛けた。

シルバンは処刑斧で死刑囚《しけいしゅう》の首を切るのが主な仕事だ。幼い頃《ころ》から父に仕込《しこ》まれた腕前《うでまえ》は、三十《みそ》路《じ》過ぎにして既に円熟の域に達《たっ》している。最近はシエル＝テイラでもギロチンが使われるようになり腕を振るう機会はめっきり減ってしまったが、それでも斧《おの》を持ち歩いているのは時折発生するアンデッドに対応するためだ。

無念の思いを抱えて死んだ死刑囚が、その場でゾンビ等の低級アンデッドとして復活することは、珍《めずら》しいものの無視できない頻度《ひんど》で存在する。そんなときに始末するのもシルバンの仕事だ。

――まったく……！　だからちゃんと神官を呼べと言ったんだ！

心中、シルバンは毒づく。神官によって処刑の前に場を清め死刑囚を弔《とむら》うのが正式な作法。アンデッドを発生しにくくするためでもある。

だが騎士《きし》たちはそれを許さずシルバンの意見具申を却下《きやっか》した。国賊《こくぞく》を殺すのだからちゃんと弔ってやるなど論外だ、侮辱《ぶじよく》の限りを尽《つ》くしても足りないと言ってきたのだ。……案の定このざまだ。

それでもシルバンは自分の斧の一撃《いちげき》でアンデッドは滅ぶものと疑わなかった。振り下ろした斧が動き出した死体に当たる、その瞬間まで。

地面に斧を打ち付けたような奇妙な手応《てごた》えだった。

――なに……⁉

全力のフルスイングだったのに、大の男の首すら落とす処刑斧の一撃は少女の身体を浅く切り裂《さ》いただけだった。

そして、シルバンは見た。

傷だらけでボロボロだったはずの少女の肌が、見る間に艶めいていくところを。

ギロチンで落とされた首から生えるボサボサの髪が、美しい銀の輝《かがや》きを宿すのを。

「おい！　何かおかしいぞ！　おい‼」

シルバンは叫んだ。歓声を受けて『正義は為《な》された』とか『新たな夜明け』だとか吠《ほ》えている、傍《かたわ》らの騎士に向かって。

大歓声《かんせい》の中で大声を出している騎士には、シルバンの声は届かない。数度怒鳴《どな》り直してようやく騎士はうるさそうに振り返った。その時には、全てが手遅《ておく》れだった。いや、シルバンがその時そう思っただけで、全ては最初から手遅れだったのだ。

緋色《ひいろ》の閃光《せんこう》が走り、ギロチンが切れた。

刃《は》を収めたレールが両断され、落ちていく。近くに居た数人が下敷《したじ》きにされ悲鳴が上がった。

だが下を見ているどころではなかった。シルバンだけでなく、群衆のほとんどもそんな状態だった。あんぐりと口を開けて見ていた。ギロチンの残骸《ざんがい》を踏《ふ》みつけて立つ、それを……

――なんだあれは？　なんだあれは⁉

死刑囚の少女が冷たい怒りに燃える目で群衆を睥睨《へいげい》していた。

首無しの身体が自らの頭部を片腕に抱え持っていた。もう片方の手には切っ先から柄《つか》まで真っ赤な剣《けん》。巨大《きよだい》な宝石を削《けず》り出したようでもあり、血がその形を成したようでもあった。

群衆が掲《かか》げていた『売国奴《ばいこくど》に死を！』という横断幕が、ふわりと風に巻き上げられて少女の身体を覆《おお》う。彼女は外套《がいとう》のようにそれを纏《まと》ってボロボロの下着姿を隠《かく》した。

首無しの騎士とでも言うべき姿。そのアンデッドについてシルバンは心当たりがあった。

――デュラハン……⁉

それは、処刑場から生まれるなんてあり得ないはずの高位アンデッドだった。ベテランの冒険者《ぼうけん》パーティーがようやく一体を相手にできるというレベルの恐ろしい魔物。

だが、そのデュラハン（仮）はさらにシルバンの予測を超《こ》えた。

群衆に向かって剣を突きつけた彼女は、ブツブツと何か唱える。それが魔法の詠唱《えいしょう》だとシルバンが気付く頃には、彼女は詠唱を結んでいた。

「『月の門開かれり／其《そ》の影は甘き呪いなり∥我は朽ちゆく祈りの支配者／そして／彼方へ嘆きを捧ぐ者∥光は在らず／安寧を許さず／杯は満ちず／足跡《そくせき》は戻らず／喰らい、流《けが》して虚し∥故に我は希《こいねが》う、主よ忌《い》ましめ賜《たま》え』。《滅びの風《デスクラウド》》×《クロス》《生気吸収《エナジードレイン》》。複合錬成魔法《アセンブルド・スペル》……《冒涜の聖餐《イビルサクラメント》》」

魔法の詠唱は一般《いっぱん》的に詠唱用の圧縮言語で行われる。だからシルバンには彼女の言葉は理解できなかったが、それが攻撃《こうげき》魔法であることは分かった。

剣から飛び出した赤黒い何かが群衆のど真ん中で炸裂《さくれつ》し、後には死体だけが残ったからだ。

「え……？」

あまりにも簡単に大量の人が死んだので、何が起こったかシルバンは最初分からなかった。

ドフッ……と粉っぽい音を立てて、血のように赤黒い霧《きり》が一定範囲《はんい》に噴き上がり、その中に居た人々が立ったまま干からびた死体と化していたのだ。それらはやがて力なく、雪でぐちゃぐちゃの石畳《いしだたみ》の上に倒《たお》れた。

「きゃああああああ‼」

「うわあああああああ‼」

生き残った群衆が悲鳴を上げ、一斉《いっせい》に逃《に》げ出した。いくつかある広場の出口に殺到《さっとう》し、蹴倒《けたお》し合い、潰《つぶ》し合い、まだ何があったか分からずにいる後方の見物人とぶつかり合う。何かの拍子《ひょうし》に倒れた者はそのまま踏み潰されて血まみれの肉塊《にくかい》と化した。

「う、ふふっ。あっはははははははは‼　殺せる！　殺せる！　殺せた‼」

こらえきれない喜色が滲《にじ》む声。彼女は、人を殺せたことを喜んでいた。

少女が狂笑するのを聞いてシルバンは血の気が引いた。

シルバンは初めて人の首を切った十四の夜、相手は死んで当然の極悪非道の連続殺人鬼《さつじんき》だったのに、人を殺したという重圧に耐《た》えかね一晩中泣きながら吐き続けた。

だがこの少女はどうだ。あれだけの死人を出したのになんとも思っていない。それどころか、楽しそうだった。あるいはこれがアンデッドというものなのか。

「ああ、そうだ……こいつらも殺さなきゃ」

少女がこちらを向いた。正確には、手にしていた頭部をこちらに向けた。

銀色の双眸《そうぼう》がシルバンたちを見据《みす》える。厳冬の峰々《みねみね》に降り積もる雪よりなお冷たく輝く視線を受けて、シルバンは背筋が凍《こお》り付いた。

——だめだ。これは化け物だ。俺《おれ》などにはどうしようもない……！

少女の視線の先に居るのは、死刑囚を引っ立ててきた数人の騎士とシルバンくらいだ。処刑台の上から熱弁を振るっていた騎士は、ようやく震《ふる》える手で剣を引き抜《ぬ》こうとしているところだった。

シルバンが処刑斧を構えるのとほぼ同時。宙を蹴《け》るように少女が躍《おど》った。真っ赤な剣が目にもとまらぬ早業で振るわれる。その剣技《けんぎ》は、まるで舞うように軽《かろ》やかだった。

騎士は立ったまま鎧《よろい》ごとブツ切りに解体され、血の雨を撒《ま》き散らした。

「くそっ……！」

もうどうにもならないと思ったシルバンは斧も放《ほう》り出し、少女に背を向け処刑台を飛び降りた。

だがそんなシルバンの視界を、赤い剣の切っ先が横切った。背後から首を刈《か》られたのだと気がついた時には、シルバンの頭部は身体を離れ、子どもが蹴り上げた鞠《まり》のように宙を舞っていた。

――なるほど。首を切られるってのは、こんな気分なのか……

雪の中に突っ伏《ぷ》した自分の身体を見下ろしながら、シルバンの意識は闇に落ちた。

＊　＊　＊

人々の逃げ惑《まど》う大通りには、揃いの鎧兜《かぶと》を身につけた一団があった。街の治安維持《いじ》を任務とする兵団……衛兵たち。その中でも腕に覚えのある者ばかりを集めた精鋭《せいえい》部隊だった。

「市民の皆様《みなさま》、東側へ！　東側へお逃げください！　落ち着いて、大丈夫《だいじょうぶ》です！」

衛兵隊長マンフレッドは声を張り上げ市民を誘導《ゆうどう》しながら、自らは西へ向かう。街に魔物が出たとしたら初動対応も衛兵隊の仕事だ。

相手が強力な魔物であれば衛兵隊ごときに太刀打《たちう》ちできないが、マンフレッドには策がある。

「本当に……デュラハンが出たのか？」

衛兵隊と並んで歩きながら呟《つぶや》いたのは、衛兵隊とは違う意匠《いしょう》の鎧を着た大柄《おおがら》な男。冒険者パーティー〝夜明けの鐘《かね》〟を率いる戦士《ファイター》のエラディオだ。さらに彼の後に三人の冒険者が続く。

〝夜明けの鐘〟はシエル＝テイラ王都・テイラ＝ルアーレを拠点《きょてん》に活動する第五等級冒険者のパーティーだ。冒険者の等級は上がるほど数字が大きくなるのだが、第五等級ともなればどこへ行っても一目置かれるような腕利《うでき》きの冒険者である。

〝夜明けの鐘〟は腕だけではなく誠実で信用できる冒険者として評判高い。衛兵隊から犯罪捜査《そうさ》の協力を依頼されることもあり、衛兵では歯が立たない凶悪犯《きょうあくはん》を仕留めたこともあった。

そして今は魔物退治のため協力している。ただ、何が標的なのかはまだよく分かっていない。

「そりゃ死刑囚がアンデッドになることはたまにあるけどよ、デュラハンは見間違いだろー」

頭の後ろに手を組んで歩くピエールが、うんざりしたような顔で言う。

盗賊《シーフ》のピエールは最年少で、二十ちょっと。目上の者相手にも人を食ったような態度を取るお調子者だが腕は確かで、エラディオの言うことだけは聞く。

「……死刑囚、のう。お主ら、今日のこれをどう思う」

長い杖《つえ》を持ち、卵の殻《から》みたいな仮面で素顔《すがお》を隠した白髭《しらひげ》の老人がぽつりとこぼす。

彼は魔術師《ウイザード》。本名不詳《ふしょう》。自称他称通称・ジジイ。仮面でいつも顔を隠していて、パーティーメンバーには素顔も見せるが本名はエラディオすら知らない。ひょうきんな好々爺《こうこうや》という印象だが得体が知れない男だ。だがエラディオにとっては十年近い付き合いで、大切な仲間だった。

「野蛮《やばん》ですね。ここまでする必要があったのか私は疑問です」

処刑をきっぱりと非難したのは、僧侶《プリースト》のヴィサ。

ヴィサは糸目が特徴《とくちょう》でいかにも生真面目そうな、竈《かまど》の神に仕える神官だ。僧服《そうふく》を着てこそいるが、どちらかと言うと戦士《ファイター》のようなガタイをした男で、メイスのような彼の錫杖《しゃくじょう》は殴打《おうだ》武器としての性質も持ち合わせている。

人の善性と正義を信じる彼からすれば、あの処刑はあってはならない出来事だったようだ。

「そーかあ？　非道いか非道くないかで言や非道いんだろうけどさ。みんな連邦《れんぽう》と連邦びいきの王様にゃ思うとこあったわけでさあ。そのお妃さんと娘がこういう目に遭うのも、まあ当然の報いってやつじゃねえの？」

反対にピエールの物言いは辛辣《しんらつ》だ。ヴィサとエラディオは流れ者、ジジイは出自不詳だが、ピエールはこの国の生まれだった。彼は頭の後ろに手を組んだまま、皮肉げに笑っていた。

「ふたりは兵ですらないのじゃぞ」

「同じだ同じ。じゃあれだ、連邦に毟《むし》られて悲惨《ひさん》な目に遭った人らはどうなるんだっての。何人も死んでるだろ？　その間、国の金でぬくぬくと生きてた奴《やつ》らが……」

「知ったような口を……」

「よせ、ジジイ。ピエールもそこまでだ」

エラディオはジジイを諫《いさ》めた。今日のジジイはなんだかいつになく感情的だ。

「とにかく……重要なのは、市民に被害《ひがい》が及《およ》ばないようにすることだ。そのために魔物退治をするのが俺たちの仕事だ。そうだろう？」

エラディオは慎重に、処刑に関して自分の意見を言うのを避《さ》けた。メンバー内で意見が分かれた時リーダーがどちらかに荷担するのはあまり望ましくないというのがエラディオの考えだった。

「もし本当にデュラハンが出ていたとしたら大事だぞ。気を引き締《し》めて掛かれよ」

「では、デュラハンが出るものと考えて備えをしておきましょう。……死してなお神の懐《ふところ》で安らげぬ哀《あわ》れな者。これ以上苦しまぬよう、一刻も早く滅《めっ》せねば」

外見通りの真面目さでヴィサはそう言った。アンデッドは憎み滅するべき対象と思われることが多い（聖職者からもだ）が、ヴィサのように道理を知る者にとっては哀れむべき存在だった。

「んー、でもデュラハンってせいぜい第五等級相当だし、俺らなら行けるだろ」

「まあな。だが、ただ勝ちゃいいってもんでもない。市民も味方も被害を少なく……」

その時、前方から衛兵が一人駆け寄ってきてマンフレッドの前に跪《ひざまず》いた。

「隊長、居ました！　この先です！」

「了解《りょうかい》した。済まん、エラディオ。また世話になる。例によって後払《あとばら》いで済まないが……」

「気にすんな。その代わり、もしデュラハンだったら報酬《ほうしゅう》弾《はず》めよ！」

「もちろんだ」

短く言葉を交《か》わし、エラディオとマンフレッドは拳《こぶし》を打ち合わせた。

「行くぞ！」

そして、マンフレッドの号令で衛兵たちは走り出し、〝夜明けの鐘〟もそれに合わせる。

いつしか周囲からは避難《ひなん》する人々の姿が消えていた。逃げられる者はとうに逃げており、そうでない者は、もう……

「居たぞ！」

先頭に立つマンフレッドが声を上げる。

前方の交差点に大勢の人が倒れていた。ある者は切り裂かれ、ある者は丸焦《まるこ》げになり。

その中心にひとりの少女が立っていた。いや、それを少女と言っていいものか。

美しい銀髪銀目。シエル＝テイラ特産の白薔薇の花びらのような肌。身体には外套のように横断幕を巻き付けていて、そこには人の血で描《えが》かれたと思《おぼ》しき薔薇の紋章《もんしょう》が印されていた。

彼女は右手で血を押《お》し固めたような真っ赤な剣を、左手で自分の頭を持っていた。

「おい、マジでデュラハンかよ……！」

「おお……！」

ピエールが悪態をつき、ジジイが感心したような声を上げる。

「《聖別《コンセクレイション》》！」

ヴィサが神聖魔法を行使する。錫杖から光が放射状に広がると、皆の装備が淡《あわ》い光を放った。

「よし、お前ら！　これで大丈夫だ！　神の祝福を受けた剣はいかなるアンデッドをも倒し、盾《たて》と鎧は攻撃を寄せ付けない！　恐れるな！　背中を見せればかえって危ないぞ！　最悪、騎士団の出動まで持ちこたえろ！」

「「「応‼」」」

エラディオが鼓舞《こぶ》すると、周囲の衛兵たちがそれに応えた。既に剣を抜いていた彼らはアンデッドの少女に斬《き》りかかる。

「かかれえっ！」

マンフレッドが先頭を切った。彼は王都の衛兵隊長を務めるだけあって、冒険者だったら第五等級くらいにはなっていたであろう腕前の持ち主だ。普段《ふだん》はデスクワークや地道な犯罪捜査も多いが、いざ荒事《あらごと》となれば熟練の冒険者にも引けを取らない。

だが。

「…………邪魔《じゃま》」

少女が舞うように深紅《しんく》の刃を振るった瞬間。剣の練習に使うワラ束みたいに、マンフレッドがすっぱりと斬られていた。マンフレッドの剣も盾も鎧も身体も、全てが何の抵抗《ていこう》も無く斬り裂かれた。

さらに続く二、三名がバラバラにされ、生き残った衛兵は距離《きょり》を取る。

エラディオは目の前で起きたことが信じられなかった。

「ヴィサ！　本当に《聖　別》《コンセクレイション》掛かってるのか⁉」

「掛かってますよ！　なのに……どうして⁉」

戸惑《とまど》った様子でヴィサが叫び返す。

《聖　別》《コンセクレイション》は対象の物品や人に加護を与える神聖魔法。加護を受けた武具はアンデッドに対し高い効果を発揮する。アンデッドの攻撃は通さず、堅《かた》い相手にも容易く刃が通るようになる……はずだった。

もちろんレベルが高すぎる相手には防御《ぼうぎょ》を固めた以上の攻撃力で貫《つらぬ》かれてしまうわけだが……

——だって、待てよ！　田舎《いなか》の自警団じゃないんだ、《聖　別》《コンセクレイション》抜きにしたってちゃんとした装備してんだぞ！　それを貫くってどういう武器だよ⁉

「ピエール、援護《えんご》を願います！　……【性能偏向：威力重視】《スマッシュカスタム》《聖光の矢》《ホーリーアロー》！」

ピエールの背後に付いたヴィサは、敢《あ》えて接近し神聖魔法による攻撃を放った。

錫杖から光の矢が生み出され、幾本《いくほん》にも枝分かれしながら少女のアンデッドへと殺到する。アンデッドに効果的な、聖気の魔法攻撃だ。更《さら》にヴィサは射程や魔力消費と引き換えに威力を高めた。

だが、少女はそれをひと睨《にら》みすると。

「《痛哭鞭》《ペインウイップ》」

少女の腕から闇色の雷《かみなり》が迸り、鞭のように振るわれて、迫《せま》り来る聖気の光を払《はら》い飛ばして散った。

「馬鹿《ばか》な！　魔法だと⁉」

デュラハンは他者に死の宣告を下し、徐々《じょじょ》に弱らせて殺す『死告』という（割とみみっちい）能力を持つ。しかしデュラハンが使う魔法なんてせいぜいそれくらいで、あとは剣頼《だの》みのはず。

彼女は今、攻撃魔法を使った。しかもヴィサの神聖魔法を相殺《そうさい》し無効化するだけの魔法を。

――ヴィサだって相当なもんなのに、なんつーレベルのアンデッドだよ！

「下がれ、ヴィサ！　詠唱入れてけ！　破棄《はき》してたら威力足りね……」

「どいてよ。……《雷撃波《サンダーストーム》》」

地を駆ける群狼《ぐんろう》の如き雷が深紅の剣から放たれ、少女を中心に放射状に広がった。目も眩《くら》むような雷光《らいこう》の中に衛兵たちも、ピエールもヴィサも、皆が呑《の》み込まれていく。後方に下がっていたジジイと、それを守っていたエラディオだけが射程外で無事だった。

「あ、あがぎゃああああああああ‼」

「うぎいいいいいいい⁉」

苦悶《くもん》の絶叫《ぜっきょう》が上がる。眩《まばゆ》さのあまり一瞬目を閉じてしまったエラディオ。

目を開けたときに見えたのは、乱雑に散らばった死体。そして、深紅の剣に串刺《くしざ》しにされて吊《つ》り上げられているヴィサだった。

――くそっ……！　ピエール！　ヴィサ……！

ヴィサは魔法に対する抵抗《ていこう》力を高める装備をしていたし、自身も術師であることから魔法を受け流す術に長《た》けていた。今の雷の魔法でも即死《そくし》は免《まぬが》れたはずだ。

しかし、瞬時の判断でトドメを刺《さ》された……

「おい、ジジイ……魔法を使うデュラハンって心当たりあるか。あれは、どうすりゃいい？」

一歩一歩こちらへ近付いてくる少女から目を離さないよう、剣を構えながらエラディオは聞く。

答えは無い。

「……ジジイ?」

「お母上に生き写しじゃ。お美しくなられた。爺《ジイ》は哀れでなりませぬ」

ジジイが卵の殻みたいな仮面を投げ捨て、杖を構えた。少女の歩みは止まらない。

「『輝かしきは叡智《えいち》／我は費やす者／紅蓮の死翔《ししよう》／夜天を飾りて／その名は調和とやがて識《し》る／与え荒《あら》ぶれ、恩寵《おんちよう》の仔《こ》』……ルネ様。どうか安らかにお眠りくだされ！　《浄炎《クリナイズファイア》》！」

ジジイの杖が炎を噴いた。

《浄炎《クリナイズファイア》》。アンデッドなど不浄《ふじよう》のものに高い効果を発揮し、霊体《れいたい》にすらダメージを通す高位の火属性元素魔法だ。おそらく全身全霊《ぜんれい》、つぎ込めるだけの魔力をつぎ込んだと思しき巨大な炎が視界を埋《う》め尽くし、雪を舐《な》め溶《と》かしながら少女のアンデッドめがけて猛進《もうしん》する。

だが。

「《氷嵐《ブリザード》》」

冷たく無慈悲な風が吹き、炎が千切れて食い破られた。

少女のアンデッドは氷の魔法によって炎に穴を開けて道を作り、自ら生み出した氷礫《ひようれき》の嵐を纏うかのように、遠近感が狂《くる》うほどの速度で突進《とつしん》してくる。

そして、赤刃《せきじん》があまりに容易く、ジジイの細い体を両断していた。

「ぎゃあああああ‼」

「ジジイ！」

魔力を使い切った術師ほど無防備なものはない。まして、あれほどの大魔法を使った直後では虚《きよ》脱《だつ》して動きが止まる。ジジイは無残に二分割され、踏み荒《あ》らされた雪の上に倒れた。

「邪魔だって……言ってるのに………」

「ひっ！」

ついに一人きりになったエラディオの方を少女が見た。

片手に自分の頭、片手に血のような剣を持ち、彼女は向かってくる。冒険者を始めたばかりの頃、初めてゴブリンに遭った時のようにエラディオは震えていた。

「せ、背中を見せればかえって危ない……背中を見せればかえって危ない……」

自分の言葉を呪文《じゅもん》のようにエラディオは繰《く》り返していた。

緋色の、閃光が。

「背中……せ……なか……」

血の泡《あわ》がエラディオの口からこぼれた。ほんの一瞬で少女はエラディオに寄り添《そ》うような位置まで踏み込み、深々と剣を突き刺していた。オリハルコンの重鎧《じゅうがい》を貫いてエラディオの腹を串刺しにした少女は、深紅の剣をそのまま何の抵抗も無く上へと振り上げ、エラディオを真っ二つにした。

＊　＊　＊

ルネは独り、大通りを歩いていた。

ひとっ飛びで殺せる場所に人を見つければ斬り倒し、見えるけど遠い場所に人が居れば魔法で殺した。ルネを見た人々がみんな悲鳴を上げて逃げ惑うのがなんだか可笑《おか》しかった。

この身体になってから、ルネは周囲の人の『感情』が不思議と分かるようになっていた。最初は意識にノイズが走っているようで鬱陶《うっとう》しかったが、慣れてくるとラジオの周波数を合わせるように周囲の恐怖や絶望を感じ取れた。人が隠れている建物もこの力で分かる。適当に魔法を叩《たた》き込んで倒壊《とうかい》させた。すぐに命の気配は消えた。

――この力……確かにチートだ。強い。

ルネは自らの力にほくそ笑む。今はデュラハンもどきの身体であるため、小さな身体からは信じられないほどの膂力《りょりょく》と丈夫さがあり、生得のものであるかのように剣術《けんじゅつ》を使える。その上、ルネは本来ならデュラハンには使えないはずの魔法も操《あやつ》っていた。これは本体の力だ。

あとはオマケとして、魔法やアンデッドの知識も一通り頭の中にインストールされていた。お陰《かげ》で、さっきまで存在すら知らなかった魔法を縦横無尽《じゅうおうむじん》に使っている。

怒りのままに殺戮《さつりく》を求め、辺りの気配を探りつつ、獲物《えもの》を探してルネは歩く。ひとまず街を平らげるか、そろそろ城にでも乗り込もうかと考えながら。

すると、気配でも『感情察知』の力でもなく視覚によってルネは変なものを見つけた。

十字路のド真ん中に奇妙なものがあった。

石畳の隙間《すきま》に石突《いしづ》きを差し込むようにして地面に植えられた槍《やり》。天を突くように掲げられた穂先《ほさき》は血に濡れて、百舌《もず》の早贄状態で何かが串刺しになっていた。

薄汚《うすよご》れて傷だらけだけれど、白くて、細くて、柔《やわ》らかくて、優《やさ》しくて。

それは、人の腕だった。

――これって……？　これって……！

ざわりと、胸の中に黒い波が立った。

槍の周りには死にたての死体でも解体したように血だまりができていて、そこからは、血痕《けっこん》が道となって続いていた。ルネを誘《さそ》うように。

ルネは、走った。

次の十字路にはもう一本の腕があった。やはり槍に突き刺されていた。その次は足があった。もう一度足があった。心臓……さすがに男のものか女のものか分からない。肺、だと思うもの。見つける度に、道を作っていた血痕は、だんだん控《ひか》えめな量に。

ルネが向かう先から感じるのは、隠しようのない闘気《とうき》と殺気。そして、昏《くら》い蔑《さげす》みの感情。

それも、集団。なにかがルネを待ち受けている。

「騎士団？」

さっきは街の治安維持を担う衛兵隊とも戦ったが、明らかにそれよりも強い奴らが居るという気がした。肝《きも》の据《す》わり方が違う。だとするとこの場で考えられるのは軍隊……即ち、騎士団か。

シエル＝テイラ王国は、王の下で諸侯《しょこう》が領士を治める統治形態だ。

軍事的に見れば大小領主である騎士が中心で、諸侯が自らの領地を配下の騎士に分封《ぶんぽう》して、それぞれが半農半兵の足軽的な雑兵《ぞうひょう》を組織している。

だがそれとは別で王直属の兵団が存在する。王家に雇《やと》われた公務員としてひたすらに訓練を積む、シエル＝テイラ最強の戦力。『王宮騎士団』あるいは単に『騎士団』と言う。

彼らはシエル＝テイラの誇りであり、国民皆にとってのヒーロー。ルネにとってもそうだった。

『あとひとつ忠告しておきますと、それ理論上は最終的に魔王より強くなれますが、いきなり強い敵とは戦わないようにご注意ください』

邪神の言葉が頭の中にリフレインする。

──たとえ敵がどんなに強くても……知ったことじゃない！　こんなことが、こんなことが……

廃墟《はいきょ》になりかけている市街に整然と布陣している鎧の群れ。押し立てる軍旗は、茨《いばら》と白薔薇によって取り巻かれた大盾の紋章。

ざっと見て数十人の集団は、ルネの姿を認めると密集した陣形を取った。まるで亀《かめ》のように全方位に盾を向けた騎士の塊《かたまり》と……そこから外れた、ひときわ目立つ白銀の鎧を着ている一人。

そして。

「あ……あぁぁ……」

ルネは、それを見た。白銀の鎧の騎士の前に置かれた、生首を。

──こんなことが……許されてたまるか……!!

ロザリア。今生での母。ルネを産んだために宮廷を追われた元王妃《おうひ》。共に暮らした十年ほどの間、惜《お》しみなく愛情を注いでくれた。機知に富む彼女は神殿《しんでん》学校より多くの知識をルネに教え、ルネが道を踏み外さぬよう人としての徳を説き、ルネに魔法の才能があると分かれば自ら実践《じっせん》はできないまでもコーチを買って出た。

ロザリア。騎士たちによって傷つけられ辱《はずかし》められ狂わされ、命を奪われ、そして、嗚呼《ああ》。

殴《なぐ》りつけられて歪んだ顔。目を閉じてはいたけれど『安らか』だの『眠るよう』なんていう死への祝福じみた形容は絶対に付けられない痛ましい有様。美しく艶やかだった薄紫《うすむらさき》色の髪は、荒縄《あらなわ》をほぐしたよう。

石畳の上に置かれたその首を。

「ふん」

白銀の騎士の剣が、垂直に貫いた。

串刺しになった生首を一瞥《いちべつ》し、白銀の騎士は冷たく笑い、剣を払う。脳漿《のうしょう》を撒き散らしながらすっぽ抜けた生首は、転がって、建物の壁《かべ》にぶつかって止まった。

死体の損壊《そんかい》はこちらの世界でも死者への冒涜だ。非道で反道徳的な行為だが、それを敢えて。

「魂の穢《けが》れた前王と、そいつに取り入った売女。生まれた娘は銀髪銀目の忌み子……今や呪われしアンデッドか」

深い蔑みのこもった、凍《い》てつく汚濁《おだく》のような声音《こわね》で白銀の騎士が吐き捨てた。フルフェイスの兜は面覆いが持ち上げられていて、騎士は冷たく輝く真鍮《しんちゅう》のような目でルネを睨んでいた。洗練された貴公子然とした、絵になるイケメンだ。憎悪に歪んだこんな醜悪《しゅうあく》な表情さえしていなければ、だが。

その騎士は雪を踏みしめてルネの方へと向かってくる。ロザリアを貫いた剣を携《たずさ》えて。

銀嶺《ぎんれい》のように美しい蒼銀《そうぎん》色の刃は、自ら輝かしく光を放つ。

――あれは……‼

ルネは驚愕《きょうがく》していた。強敵が現れたことに脅威《きょうい》を感じたのではなく、ただ衝撃《しょうげき》を受けていた。

顔は知らなかったが剣の話は知っていた。自ら光を放つ蒼銀色の刃。あれは数々の詩に謳《うた》われしシエル＝テイラの至宝。強大な力を持つとされる美しき魔剣・テイラ＝アユル。代々《だいだい》王家に受け継がれるその剣を、王から貸し与えられ振るえるのはただ一人。で、あればその剣を持つ者は……

「第一騎士団長、ローレンス・ラインハルト……！」

「ほう。化け物にまで名を知られているとは、この俺も捨てたものではないらしい」

その力と勇敢《ゆうかん》さを称《たた》えられるシエル＝テイラ最強の騎士。護国の英雄《えいゆう》。彼に憧《あこが》れぬ子どもは居ないとまで言われる男。事実、ルネにとっても『どこか遠い世界の人物だけれど国民のひとりとして誇るべき英雄』だった。

何故、最強の戦士たるローレンスを相手にやすやすと王弟はクーデターを成し遂《と》げたのか。

何故、何かあれば王を守って戦うべき彼がクーデターを経た今もここに居るのか。

何故、ローレンスは国の宝たるテイラ＝アユルを取り上げられていないのか。

気付いてしまえば単純だ。ルネの父だという前王エルバートを、ローレンスが裏切ったからだ。

ルネと母を捕らえに来た騎士。彼らの着ていた鎧の左胸には、所属を示す紋章が刻まれていた。紋章学の知識など無いルネだが……こうして実物を見れば間違いようがない。ローレンスの鎧の左胸にも刻まれたあの紋章は、第一騎士団のものだった。

ローレンスは面覆いを押し下げ顔を隠すと、テイラ＝アユルの刃をルネに向ける。

「貴様を地獄《じごく》へ叩き帰してくれる。犬の子にふさわしく、泥《どろ》にまみれて二度目の死を迎えるがいい」

「……許さない」

鼓動を止めたルネの心臓が、どす黒い憎しみの炎で燃え上がった。

何が英雄だ。何が騎士団長だ。

「許さない、許さない、許さないっ‼」

赤刃を構え、ルネは突進した。

「《聖別《コンセクレイション》》！」「《膂力強化《ストレングス》》！」「《加護：剛力《ストレングス》》！」「《耐久強化《ストーンスキン》》！」「《体力強化《スタミナ》》！」

「《治癒促進《リジエネ》》！」「《水霊防御《レジストアクア》！》」「《鎧強化《ハードシエル》》！」「《治癒促進《リジエネ》》！」「《速度強化《ヘイスト》》！」「《抵抗強化《レジスト》》！」「《速度強化《ヘイスト》》！」「《火霊防御《レジストファイア》》！」

背後の騎士たちからローレンスに向けて、数えるのも馬鹿らしい数の強化魔法《バフ》が飛んだ。

呪いの赤刃とテイラ＝アユルが打ち合う。普通の剣同士のそれとは違う、まるでコインを弾くような、それでいて身体の芯《しん》まで響く不思議な音がした。

――斬れない……⁉

擦《こす》れ合う二本の剣は紅い火花を散らした。今までどんな剣も鎧も呪いの赤刃は容易く両断してきたが、さすがは王国が誇る至高の剣。ルネの赤刃と打ち合っても刃毀《こぼ》れひとつしていない。

だがそこでルネは、左腕に抱えていた頭部を、切断された首の上に素早《すばや》く据える。

「何っ？」

どういうわけか頭部はぴたりと収まりくっつく。激しく動けば転げ落ちてしまうだろうが、これで左手が空いた。

空いた手をルネはローレンスの鎧に付ける。鎧も神聖魔法の加護を受けているのか、手の平が焼けるように感じたが、耐えるのは一瞬だ。

「《衝撃《ショック》》」

バゴン、と重い金属同士を打ち合わせたような音がした。

魔法耐性《たいせい》を無視して物理的なダメージを与える理力魔法だ。吹き飛ばされたローレンスはたたらを踏み、辛うじて踏みとどまる。彼は一度、水っぽく咳《せ》き込んだ。

「貴様……」

そこそこのダメージが通った、と思ったが。

「《治癒《ヒーリング》》！」「《大治癒《ハイヒーリング》》！」「《恩寵：大回復《ハイ・ヒーリング》》！」

ローレンスに向かって魔力が流れ込むのをルネは感じる。彼の背後に控える、甲羅《こうら》に籠《こ》もる亀のように盾を並べた騎士溜《だ》まりからだ。

——回復魔法！

騎士団は、並大抵《なみたいてい》の戦士では太刀打ちできないルネを倒すため、単純に最強の戦力を最高の状態でぶつけることを選んだ。そのための策がこれだ。ローレンスがただひとり戦い、術師が補助し、その他の騎士は術師を盾で守る。ザコを先に倒さなければ復活するボスは異世界に実在した。

まさか普段の戦いからこんな奇天烈《きてれつ》な戦法を使っているわけではないだろう。ルネの能力を短時間に分析《ぶんせき》し、それを効果的に最小の犠牲《ぎせい》で破る方法を考え出したのだ。

「なら、まずは……！」

いくら対魔法の防御を固めようと、まさかテイラ＝アユルほどの強度は無いはず。

まずは赤刃によって『亀の陣』を切り崩《くず》せばいい。

切り崩そうとした。だが、騎士たちを狙《ねら》おうとしたルネを鋭《するど》い一撃が咎める。

「はっ！」

蒼銀の剣閃《けんせん》。ローレンスの振るうテイラ＝アユルだ。ギリギリで躱《かわ》しきれず、浅く脇腹《わきばら》を裂く。

既に死んでいるアンデッドの身だから血はほぼ流れないが、焼けるような痛みが走った。剣に宿った神聖魔法の聖気によるダメージだ。

「どこへ行く気だ？　……俺の相手はそこまで退屈《たいくつ》かな」

兜越《ご》しの鋭い眼光がルネを射貫《いぬ》く。

ルネの感覚では、ローレンスから意識が逸《そ》れたのはほんの一瞬。刹那《せつな》と言ってもいい。別にローレンスを無視したわけではなく、ローレンスを警戒《けいかい》しつつお供を攻撃していくつもりだったのだ。だがそれでもローレンスは、その隙《すき》を咎めてきた。

――装備が凄《すご》いだけじゃない、剣が上手い！　……って国最強なんだから当然か。こいつの相手をしながら、あれをどうにかしなきゃなんないの⁉

あるいは補助する術師たちの魔力が尽きるまでローレンスにダメージを与え続けるという手もあるが、はてどれだけダメージを重ねればいいものか。魔力を回復するためのポーションなんかも持っているかも知れない。

回復を受けて万全《ばんぜん》になったローレンスがルネに斬りかかってきた。重そうな鎧をものともしない軽快な剣技。手応えは強烈《きようれつ》だ。叩き付けるような一撃を数度、そしてほんの僅《わず》か体勢が崩れたところへ必殺の突きが来る。

「くっ！」

赤刃の腹で突きを受けたルネだが、踏みとどまれずに後ずさる。片手で頭を押さえ後ろ宙返りで距離を取った。その着地点は方円陣近く。

着地の瞬間、ルネは手近な騎士に斬り付ける。

しかし赤刃は、ローレンスのテイラ＝アユルと打ち合ったとき同様、紅い火花を散らすのみ。削れたという感覚すらない。喩《たと》えるなら木の枝で石壁《いしかべ》を殴りつけたような、絶望的な手応え。

――硬《かた》い！　なにこれ⁉

ルネは騎士を盾ごと真っ二つにする気で斬り付けた。今までの戦いの感覚からすると充分に可能だったはず。しかし呪いの赤刃は、構えられた盾にほんの数センチ届かなかった。何か、空中に見えない壁があるかのように刃は止められてしまった。

方円陣の騎士が即座《そくざ》に反撃する。盾の隙間から槍が突き出され、ルネは飛び離れるように躱しつつ距離を取る。そして即座に距離を詰《つ》めてきたローレンスの剣を受け止めた。

「……《大轟爆《ターボエクスプロード》》！」

詠唱を省略してルネは魔法を放つ。小さな火の玉を、ルネは方円陣の上目がけて放り投げた。

「来るぞ、頭上注意‼」

陣の中で騎士が叫ぶとほぼ同時。ルネが放った小さな火球は、炸裂した。

大轟音《ごうおん》が天地を震わせた。敷《し》き詰められていた石畳が浮《う》いて散り、周囲の建物は脆《もろ》くも崩れる。ルネ自身さえも吹き飛ばされてしまいそうな爆風《ばくふう》が吹き抜け、身に纏った横断幕を翻《ひるがえ》した。

立ちこめる土煙《つちけむり》の中、視界は通らないが、しかし。感情反応の数は変わらず、苦痛や悲嘆《ひたん》は見えない。即ち方円陣の騎士は無傷。

間髪《かんはつ》を入れずにルネは追撃を放った。

「《騒　霊《ポルターガイスト》》！」

見えなくても『感情察知』の力で敵の位置は分かる。爆発の魔法で崩れた建物の残骸がふわりと浮かび、方円陣目がけて釣瓶《つるべ》打《う》ちに叩き込まれた。

「《岩塊砂化《アブレーション》》！」

落石の余波を駆るように、細かく乾《かわ》いた砂混じりの風が吹いた。投射された瓦礫《がれき》は直撃の寸前、砂に分解されて舞い散ったのだ。

──素直《すなお》に防壁《ぼうへき》の魔法を使ってくれればよかったのに！

陣を守るために魔法の防壁を張って、あれだけの質量を受け止めていたとしたら消費魔力はかなりのものになる。ところが騎士たちは岩を砂に分解する低級の地属性元素魔法で対抗《たいこう》した。あの一瞬で的確に、コストパフォーマンスに優《すぐ》れた対抗策を選択《せんたく》したのだ。

「シイイイッ！」

土煙を真っ二つに切り裂いて、気合いとともにローレンスの一撃が迫る。ルネはそれを赤刃で受け止めるも、方円陣への追撃は諦《あきら》めざるを得なかった。

「《聖光の矢《ホーリーアロー》》！」

光が噴き上がった。方円陣から放たれた幾筋もの光は空中で幾何学《きかがく》的に枝分かれしつつ、ルネを包み込むように収束する。

「ぐっ……！」

横断幕の外套も、辛うじて身につけていたボロボロの下着も全て吹き飛んだ。白い肌の上に、醜《みにく》く焼け焦げた跡《あと》がまだらとなっている。ダメージはそこまで大きくない。だが、衝撃によって動きが鈍《にぶ》った。それはローレンスにとって充分すぎる隙だった。

「はあっ‼」

右肩《かた》から左脇腹に掛けて、聖気を纏ったテイラ＝アユルが深々と切り裂いた。

──まずい、結構ダメージ来た……！

ほとんど血の出ぬ傷口。まだ動く身体。痛覚も生前よりかなり抑《おさ》えられている。

しかし、それでも意識の片隅《かたすみ》でレッドアラートが点灯する。この一撃は厳しい。ルネは銀の髪を掴《つか》み取り、首の上から転がり落ちた自分の頭を抱えた。

ローレンスが迫る。テイラ＝アユルの輝きをルネへと示すように。蒼銀の刃に宿るものを示すように。それはルネにとって、唾棄《だき》すべき欺瞞《ぎまん》の光だった。

「我らが団結こそ民《たみ》を守る盾。貴様ごときには破れぬと知れ！」

「許す…………ものかあああああっ！」

ルネは一撃を狙った。耐久戦はもはや不可能だと、デュラハンとしての戦士の勘《かん》が言っている。鎧の隙間を、ローレンスの……首を！

「あ……」

僅かな時間の攻防。考える余裕などなく、ほとんど本能的にルネは反応した。結果としてルネの赤刃はローレンスに届かず、ローレンスのテイラ＝アユルがルネの胸に突き刺さっていた。

思考が追いついてくる。切り結んだ直後、ルネは刃を滑《すべ》らせるようにローレンスの首を狙った。行けると思った。だがそれは誘いの隙、あるいはフェイントだった。

ルネよりも素早く、ローレンスが最後の一撃を見舞《みま》ったのだ。

赤刃が、ガラス板の割れるような音と共に形をなくして風に散る。

「あああああああ‼」

ルネの身体が崩れた。

指先から、足先からひび割れて崩れ落ち、漂白《ひょうはく》されたように白い灰へと分解されていく。悲しげな声が響き、凍てつく風の中、いつまでも大通りに木霊《こだま》していた。

2　虚栄《きょえい》の玉座が落とす影《かげ》

シエル＝テイラ王城の謁見《えっけん》の間を豪華《ごうか》と言うかどうかは意見の分かれるところだろう。

最奥《さいおう》の玉座まで赤絨毯《じゅうたん》が敷《し》かれ、白い壁《かべ》に金の装飾《そうしょく》がされた、少々ありがちな謁見の間。それは庶民《しょみん》目線で言えば充分《じゅうぶん》に豪奢《ごうしゃ》なのだろうが、ヘタをすれば他国の領主の居城にも劣《おと》るだろう、というこぢんまりとした場所だった。

それでも玉座にある王は……ヒルベルト二世ことヒルベルト・〝獅子の心《ライオンハート》なる〟・ニコラス・シエル＝テイラは満足した様子で、玉座からの景色に目を細めていた。

ヒルベルトは三十代後半。髪《かみ》とヒゲは茶色に近い赤毛で、それをちょっと膨《ふく》らませ気味にセットして細い顔を大きく見せていた。それでも身体《からだ》の厚みが足りないせいでひょろ長く見え、いまひとつ貫禄《かんろく》が無い。本人もそれを気にしていて、真紅《しんく》のマントには密《ひそ》かに肩当《かたあ》てを増量してある。

「陛下、第一騎士《きし》団長がおいでになりました」

「通すが良い」

近衛《このえ》に率いられてガシャガシャと鎧《よろい》の鳴る足音が近づき、やがてローレンスが姿を現す。兜《かぶと》は脱《ぬ》いで小脇《こわき》に抱《かか》えていた。その姿は、さる吟遊《ぎんゆう》詩人の詩うことに曰《いわ》く『その貌《かお》にてさえ味方を奮わせん。頭上に冠《かん》するは熱情の焔《ほのお》、双眸《そうぼう》に宿るは貴き陽光。七夜の月を合わせたよりもなお輝《かがや》かしき、麗《うるわ》しの騎士に夢見ぬ乙女《おとめ》なし』。ローレンスは美貌《びぼう》をも称《たた》えられる騎士であった。

必要以上に気合いの入った所作でやってきた彼《かれ》は、作法通りに七歩手前で片膝《ひざ》を突《つ》き頭《こうべ》を垂れる。

「面《おもて》を上げよ」

ヒルベルトが声を掛《か》けると、ローレンスは顔を上げる。ローレンスはまるで子どもが騎士の行進を見るかのように目を輝かせていた。一騎当千の勇者からこのように裏表無く尊敬されるというのは素晴《すば》らしく心地《ここち》が良いものだった。

「此度《こたび》の働き、まことご苦労であった」

「勿体《もったい》なきお言葉です」

ローレンスは片膝を突いたまま、また深々と頭を下げる。

「まさか奴《やつ》がアンデッドとして蘇《よみがえ》るなどとは思わなかったが」

「は。穢《けが》れた血の忌《い》み子め、死してなお祖国に仇《あだ》なすとは。父の心根も知れようというもの。王にあるまじき彼《か》の者を討《う》った貴方《あなた》様のご英断、疑いようもなく正しかったものと思わざるを得ません」

「追従はよい。それよりも、此度の一件でそなたが述べたき議とは何ぞや」

「はい。それは、奴との戦いに用いた剣《けん》に関してです」

ローレンスは腰《こし》の剣を抜《ぬ》きそれを自分の前に捧《ささ》げ持った。

シエル＝テイラの至宝、魔剣《まけん》・テイラ＝アユル。

国内の鉱山から採れた最高品質のオリハルコンを用いた合金の剣で、当代最高と謳《うた》われたドワーフの鍛冶《かじ》職人に打たせ、ドラゴンの身体から採取したいくつかの稀少《きしょう》な素材を打ち込んで作り上げたもの。まず間違《まちが》いなく、今この国に存在する中で最も高価な剣だ。

マジックアイテムとしての能力は『デタラメな切れ味』『どうしようもなく頑丈《がんじょう》』……という程度。だが、その一撃《いちげき》は刃毀《はこぼ》れひとつ無く分厚い鎧を切り裂《さ》き、さらに染《し》み出す魔力が強烈《きょうれつ》な衝撃《しょうげき》となって相手に叩《たた》き込まれる。代々の第一騎士団長に与《あた》えられ多くの武功を立てさせた。戦場において味方の旗印ともなる（そのために作った）剣だった。

強さだけではなく、美しさも多くの詩人に讃《たた》えられる剣。

……だが、その刃に、今はべっとりと血が付いていた。

「これは……」

ヒルベルトが思わず身を乗り出すと、衛兵がローレンスからその剣を取り上げて玉座まで持ってきた。乾《かわ》きかけたような微妙《びみょう》な色合いの血だ。嫌《いや》な湿《しめ》り気を帯びている。

「奴との戦いの折に付けられた汚《よご》れです。国の宝たる至高の魔法剣をこのように穢してしまったこと、私の不徳の致《いた》すところであり……」

「よい。それよりも何なのだ、これは」

「洗えども磨《みが》けども、それどころか神官たちに清めさせようとも落ちぬのです。ある神官が言うには一種の呪《のろ》いだと。……あのアンデッドが今も滅《ほろ》びておらず、呪い続けている証左ではないかと」

魔法の武器というのはだいたい劣化《れっか》にも強い。そう簡単に刃毀れせず、そう簡単に汚れは付かない。ましてこれほどの魔法剣。血の汚れが付いて落ちないなど異常事態だった。

「実を申しますと、あの戦いの、とどめと思った最後の一撃。肩すかしを食らったような妙な手応《てごた》えだったのです。まるで……抜け殻《がら》を斬《き》らされて、中身はどこかへ逃《に》げてしまっていたかのような」

「ふむ……」

言いにくそうに口ごもりつつローレンスは言った。尊敬する王に自らの不手際《ふてぎわ》を告げるという心苦しさ。しかし、騎士として戦いの中で知り得た全《すべ》てを報告しなければならないという使命感がローレンスを動かしているようだった。

「そなたを責めはせぬぞ。そなたほどの豪傑《ごうけつ》がし損じたというなら、それは敵が手強《てごわ》かったというだけのことであろう」

「はっ……」

「奴がどこに身を潜《ひそ》めているかは分からぬが、やがてまた現れるものと思って備えねばならんだろうな。その時が来たら、そなたに任せよう。そなたでなくば奴とは戦えぬだろう。奴を仕留め、取り逃がした無念とその呪いを雪《すす》ぐがよい」

「必ずや！　我が身と騎士団の名誉《めいよ》に懸《か》け、忌まわしき怪物《かいぶつ》を討ち果たしてご覧に入れましょう！」

ローレンスはあからさまにほっとした様子で、次いで気を引き締《し》め、二度目の失敗は無いと決意を固めたようだった。

「時に、王よ。連邦《れんぽう》からは何か……」

「ああ、それか」

報告のついでとばかり、どうしても気になって聞かずにはいられなかった様子でローレンスが問う。ヒルベルトは薄《うす》く笑ってやった。

「まだ何も。連中、今頃《いまごろ》は青くなっているのだろうよ。もはや我が国の鉱山から産み出される屑鉄《くずてつ》の一欠片《ひとかけら》たりとも奴らには渡《わた》さぬわ」

このシエル＝テイラ王国は西の大国ジレシュハタール連邦との関係が深い。

連邦はシエル＝テイラを庇護《ひご》し、シエル＝テイラは連邦に資源を与える。相互《そうご》利益と言えば聞こえは良いが、実態は国力の差に応じて不平等なものであり、シエル＝テイラは不利益を被《こうむ》り続けてきた。……少なくとも、国内の不満勢力はそう思っていた。

ヒルベルトがクーデターを起こした大義名分は、この不平等な関係の解消だ。彼の動きは連邦に対して不満を抱《いだ》きつつ『どうしようもない』と諦《あきら》めていた人々に火を付けた。ヒルベルト本人ですら驚《おどろ》くほどに支持を受けたのだ。特に鉱山関係者や貿易商人からは熱狂《ねっきょう》的に支持された。彼らは政治の煽《あお》りを食って不平等な商売をさせられているという不満感が強かったのだ。

騎士であるローレンスに直接は関係ないはずだが、義憤《ぎふん》を燃やしているのだろうか。

「もし連邦に不穏《ふおん》な動きあらば、その時こそ我ら騎士団が力を示す時。人面獣心《じゅうしん》なる連邦の阿呆《あほ》どもの首を掻《か》き切って参りましょう」

ローレンスは力強く拳《こぶし》を握《にぎ》り勝利を誓《ちか》う。

「うむ。だが、たとえ兵の精強さで我が国に分があろうとも連邦は強大だ。我が国だけで戦える相手ではない。戦とは、戦わねばならぬ時に、勝てるだけの準備をしてから始めるものだ。不用意に連邦を挑発《ちょうはつ》する真似《まね》はせぬよう慎《つつし》みたまえよ」

「はっ。……では、私はこれにて」

一礼して去って行くローレンスを見て、ヒルベルトは吐《つ》きかけた溜息《ためいき》を呑《の》み込んだ。

＊　＊　＊

執務室《しつむしつ》に引っ込んだヒルベルトは思いっきり伸《の》びをして、それから脱力《だつりょく》したように首を振《ふ》る。

「やれやれ、勇ましいポーズを取るのも疲《つか》れるものだ」

ヒルベルトは連邦を蛇蝎《だかつ》の如《ごと》く忌み嫌《きら》う対連邦強硬《きょうこう》派と世間から目されているが、実は彼の考えは世間の評価と少し違う。自身が崇《あが》められることだけが目的で、『反連邦』は手段に過ぎない。

連邦と決別し四大国に借りを作るというのがどれだけ面倒《めんどう》か彼は分かっていた。ヒルベルトは玉座と引き換《か》えに爆弾《ばくだん》を抱え込んだに等しい。それでも王位に即《つ》けただけで丸儲《まるもう》けではあるのだが。

王位の簒奪《さんだつ》者であるヒルベルトにとって、自分を後押《あとお》しする世論の存在はとてもありがたい。もし国民の反発が強ければ、いくらヒルベルトが四大国の力を背景にしていようとも、諸侯《しょこう》が日和見に走る恐《おそ》れもある。ヘタをすれば連邦と手を結び保護を求める者も出ていたかも知れない。

しかし現状は、少々厳しめに見ても『世論を二分する』くらいまでは来ている。なればこそ諸侯に睨《にら》みがきく。この状況《じょうきょう》で迂闊《うかつ》に反旗を翻《ひるがえ》すのはリスクが高いだろう。

今むしろ問題なのはヒルベルトの下《もと》で調子に乗っている過激で留《とど》まるところを知らない連中だ。彼らは街で連邦出身者を探しては私刑《リンチ》したり、国境地帯に乗り込んで連邦人を連邦に叩き返そうと本気で計画していたりする。ローレンスには釘《くぎ》を刺《さ》しておいたが、義勇軍を気取る民間人の行動までは制御《せいぎょ》しきれない。

もしこれで刺激《しげき》された連邦の世論が『シエル＝テイラ討つべし』という方向に傾《かたむ》けば……どうなるかは考えたくもない。四大国から援軍《えんぐん》を受けられたとしても、戦場になるのは連邦と接しているシエル＝テイラなのだ。

だからヒルベルトはガス抜きのつもりで、過激な連中にエサをやった。

前王エルバートの元妃《きさき》ロザリアと、その娘《むすめ》ルネだ。もはや政治の舞台《ぶたい》から離《はな》れて久しい隠遁《いんとん》生活状態だった親子だが、彼女《かのじょ》らを引きずり出してきて処刑《しょけい》を見世物にした。これはヒルベルトが民《たみ》の関心を集め続けるためのショーでもあった。

その結果としてあんなアンデッドが生まれたのだとしたら、とんでもないヤブヘビだ。

「ルネ、か。恨《うら》んでくれるなよ……と言っても、無理な相談か」

顔も見たことがない姪《めい》に想《おも》いをはせるヒルベルト。今も彼女が自分の命を狙《ねら》っているかも知れないと考えると気が休まらなかった。

まあ一度勝ったのだから次も勝てるだろう、とヒルベルトは思った。そう思いたかった。

そして、執務《しつむ》机に着こうとしたときだった。

「陛下！　火急の用件ゆえに無礼をお許しください！」

先触《さきぶ》れも何も無く、ひとりの老紳士《しんし》が執務室に駆《か》け込んできた。

座りかけていたヒルベルトが腰を上げると、老紳士はヒルベルトの前に膝を折る。

「何事か、ジェラルド公爵《こうしやく》」

威厳《いげん》を持って尊大に応じたヒルベルトだが、むしろヒルベルトの側にとってこそ絶対にないがしろにできない来客だった。彼はジェラルド公爵こと、アラスター・ダリル・ジェラルド。

アラスターの印象を一言で述べるなら『完全無欠の老紳士』だろう。彼の態度を品の良さと取るか慇懃《いんぎん》無礼と取るかは場合によるとして。

灰色の髪に白髪《しらが》が交ざった頭はシルバーグレーに見えて、その髪とヒゲをいつもワックスで完璧《かんぺき》な形に固めていた。既《すで》に老体ではあるがかくしゃくとしていて、細い体を仕立ての良いスーツに包み、磨き上げたミスリルのステッキを持ってどこへでも身軽に出かけていくのだ。

シエル＝テイラ王国の国土を預かる諸侯の中でも、軍事力・経済力・政治的影響《えいきよう》力などあらゆる面で最も有力であると言える男。彼は合理的で、機を見るに敏《びん》であり、東に国境を接する列強の一角ノアキュリオ王国との関係も深い。アラスターはヒルベルトが四大国の支援《しえん》を取り付けたことを逸早《いちはや》く察知し自らヒルベルトの下へ馳《は》せ参じた。

第一騎士団を掌握《しょうあく》しアラスターを味方に付けた時点で、もはやヒルベルトに敵《かな》う者なし。その時、クーデターの大勢は事実上決したと言ってもいいだろう。言うなればアラスターはヒルベルトにとって、国内を掌握するための重要な後ろ盾《だて》だ。

そして現在アラスターは、王宮に集まった各国の外交官との交渉《こうしょう》に参加するためテイラ＝ルアーレに来ているところだった。

「王都北の山地にて異常な濃度《のうど》の邪気《じゃき》を観測致しました。私の考えが正しければ、件《くだん》のアンデッドはテイラ＝アユルに呪いを掛けて逃走《とうそう》したものと思われますが……」

何の前置きもなく、アラスターは核心《かくしん》に斬り込んでくる。

「……待て。何故《なぜ》そなたは状況を把握《はあく》している？」

処刑の顛末《てんまつ》、そしてその後の戦いについては既にこの王都の誰《だれ》もが知っているほど噂《うわさ》になっているが、ルネが逃げ延びているかも知れないという話はヒルベルトも聞いたばかりだというのに。

アラスターは得たりとばかりに、機知《ウイット》を感じさせる怜悧《れいり》な笑《え》みを浮《う》かべていた。

「図星でしたかな。第一騎士団長がテイラ＝アユルを大神殿《しんでん》に持ち込んだと聞き及《およ》び、耳をそばだてておりました。するとテイラ＝アユルに呪いを掛けられたという情報があり、未《いま》だ決着していないものと考え、配下の術師に邪気を探《さぐ》らせておりました次第《しだい》です」

「参った。そなたは得がたき臣であることよ」

情報を自ら精力的に仕入れ、不確定な情勢下でも予想される危機に備えていたわけだ。

　この男が味方でいてくれて、つまり敵でなくて良かったとヒルベルトは心の底から思った。アラスターは義ではなく利によって動く男だから、ヒルベルトが四大国と手を結びこの国を握っている限りは頼《たの》もしい味方で居続けてくれるだろう。

「とにかく、発見されたというならすぐにでも騎士団を派遣《はけん》……」

　しようとしたのだが、しかしアラスターはヒルベルトをきっぱりと制した。

「なりませぬぞ。あの戦いは『地脈から汲《く》み上げた魔力』という王都の地の利を得た上で、最強の兵である第一騎士団長をぶつけることができたからこそ上手《うま》くいったのです。同じ戦力を出せばよいというものでもなく、それに騎士たちには王都にて御身《おんみ》をお守りするという役目もございます」

「では、どうするべきだろうか」

「あれとまともに戦ってはなりませぬ。ですが、使えそうな手はいくつかございます。まずは偵察《ていさつ》を出し、逃げるつもりなのか機をうかがっているのか、奴の動向を掴《つか》むべきやと」

「もっともだな。しかし、あんな化け物の首にどうやって鈴《すず》を付ければいい？　冒険《ぼうけん》者ギルドに協力を要請《ようせい》するのか？」

「それもようございましょうが、他にも適任者が居ります」

　アラスターは墨《すみ》色の目を昏《くら》く輝かせた。

「『闇《やみ》』には『闇』を。形に囚《とら》われない戦いというのは、彼らの得意とするところです」

「……なるほど」

　ヒルベルトは、アラスターを敵に回さずに済んで良かったとあらためて思った。彼こそが、このシエル＝テイラの『闇』を最もよく知る者の一人なのだから。

＊＊＊

「はっ……はぁっ、はっ……はっ……」

ヴァネッサは息を切らし、山中を必死で駆けていた。

喉《のど》が血を噴《ふ》いているかのように思ったけれど、足を止めた瞬間《しゅんかん》に『あの男たち』に追いつかれてしまう気がして、死に物狂《ものぐる》いで走っていた。

ヴァネッサはシエル＝テイラの王都・テイラ＝ルアーレより北の山地に、家族とともに住んでいる少女だ。一家は代々薬草師であり、山で採れる薬草から薬を作ってそれを商《あきな》っている。

街の中に住んでいる人たちにとっては、街から離れて暮らすなんてとんでもなく危険なことに思えるようだが、ヴァネッサにとっては当たり前の暮らしだ。魔物が増えたら一時的に街の中へ逃げ込めばいいし、王都周辺は治安が良く盗賊だのが襲《おそ》ってくることもなかった。……その日までは。

薪《まき》拾いに出たヴァネッサは、黒ずくめの服を着て山中を歩いている不気味な二人組の男を発見してしまった。猟師《りょうし》でもないし、多分冒険者でもない。

街道《かいどう》からも外れた場所で、彼らは雪をいじったり木の皮を削《けず》ったりと奇妙《きみょう》なことをしていた。何をしているか気になったヴァネッサだが、関《かか》わり合いにならない方がいいとも思った。

ひとまず家に戻《もど》って父に報告しようと思ったのだけれど、引き返そうとしたその時、ヴァネッサは男たちに見つかってしまった。

『捕《つか》まえろ！』とかなんとか言って、男たちはヴァネッサを追いかけてきた。

捕まったら、どうなってしまうのだろうか？　奴隷《どれい》として遠くの国に売られてしまうのだろうか。それとも、悪い金持ちが飼っている魔物の餌《えさ》にでもされてしまうのだろうか。

分からないけれど、絶対に酷《ひど》いことになる。だからヴァネッサは必死で逃げていた。

家へ、とにかく家へ。そんなに離れていないはずだったのに、家がとても遠く感じた。

追いかける男たちの足音がすぐ背後にまで迫《せま》っている気がした。

そして、獣道《けものみち》を駆け上がり、大岩の陰《かげ》で曲がった時だ。

『こっちへ来て！』

ヴァネッサを呼ぶ声がして、青白い手が道脇からヴァネッサを招いた。

──なにこれ⁉

突然《とつぜん》の奇妙な出来事に、ヴァネッサは逃げている最中なのも忘れて立ち往生した。

すると、手招きする何者かは、茂《しげ》みの中から音も無く滑《すべ》り出した。

それはヴァネッサと同じくらいの年頃の、銀髪《ぎんぱつ》銀目の少女……の、幽霊《ゆうれい》だった。

朧《おぼろ》な姿ではあったけれど、輝く銀髪銀目は月のようで、艶《つや》やかな肌《はだ》は白薔薇《ばら》の花びらみたいだった。山の中で毎日土と雪にまみれて暮らしている自分が恥《は》ずかしく思えるほど彼女は美しかった。

「……《惑い霧《ミストコンシール》》！」

銀色の幽霊は呪文《じゆもん》を唱えた。すると、彼女の手から真っ白な霧《きり》が噴き出した。

「うわっ⁉」

野太い悲鳴が上がる。ヴァネッサのすぐ後ろにまで迫っていた黒い服の男たちが、薄い霧に絡《から》み付かれていた。

「なんだこれは、魔法か⁉」

「くそったれ、何も見えん！」

男たちを囲っている霧は、容易《たやす》く向こう側が見通せるほどに薄いものだ。少なくともヴァネッサにはそう見えた。しかし男たちは何も見えないと騒《さわ》ぎ、何故か同じ場所をぐるぐる歩き出した。

『これでよし、っと』

混乱した様子の男たちを見て、銀色の幽霊はご満悦《まんえつ》だ。

荒《あら》く呼吸しながら呆然《ぼうぜん》と見ていたヴァネッサは、ようやく事態を飲み込みつつあった。幽霊の少女が何かの魔法を使ってヴァネッサを守ったのだ。

「あ、あの……ありがとうございます。私を助けてくれて」

『……えっと、まあ、一時的に助けたことにはなるのかな……？』

お礼を言うヴァネッサに、少女の幽霊は気まずげにはにかんだような表情を見せる。

魔法を使う幽霊。もしかして、彼女はアンデッドモンスターというやつだろうか。

幽霊とかアンデッドモンスターなんて言ったら怖《こわ》いものの代名詞だけれど、ヴァネッサには彼女が怖く見えなかった。同い年くらいの少女だし、ヴァネッサを助けてくれたし、こんな真っ昼間に出て来ても恐ろしくないし。

「どうして私を助けてくれたんですか？」

銀色の少女は、ヴァネッサの質問に答えなかった。少し目を伏《ふ》せただけだった。

『……ごめんね』

そして、少女の霊は半透明《はんとうめい》の手をヴァネッサに差し伸べ、胸に突っ込んだ。

「き……きゃあああああ⁉」

少女の霊は吸い込まれるようにヴァネッサの中に入っていく。炎《ほのお》の渦《うず》に呑まれながら無限の谷底へ落ちていくかのようなおぞましい苦痛と共に、ヴァネッサの意識は断ち切られた。

◇

「成功、かな？」

そう言って立ち上がった時にはもう、少女の身体は憑依《ひょうい》したルネによって操《あやつ》られていた。

ルネにとってデュラハンとは所詮《しょせん》、仮の姿。あれは自らの死体をデュラハンに作り変えただけ。

ルネの本体は霊体だ。モンスターとして分類するなら、最高位の霊体系アンデッドである奈落《アビス》の忌霊《スピリット》の、さらに突然変異種ということになる。怒りや恐怖を餌とするおぞましき悪霊だ。

王都の戦いでルネは確かにローレンスに敗れた。付与魔法《エンチャント》によって聖気を纏《まと》った魔剣で斬られ、ルネの肉体は破壊《はかい》された。しかしルネは魂《たましい》のみで逃げ延び、ここで新しい身体を手に入れた。

これでまた戦える。……無関係の少女の犠牲《ぎせい》と引き換えに。

「悪事を働いてしまった……」

諦念《ていねん》めいたものがじわりと胸中に広がった。

王都市民の虐殺《ぎゃくさつ》は、まあ復讐《ふくしゅう》と言えなくもない。しかしこのヴァネッサという少女は完全に、復讐の道具として消費される犠牲者だ。その肉体を奪《うば》うという非道行為《こうい》を平然とやってのけた自分に、ヴァネッサ《ルネ》はちょっと驚く。

良心は拷問室《ごうもん》に忘れてきてしまったらしい。ヴァネッサ《ルネ》はただ復讐の達成にひたむきだった。

地球からの転生者であることも神との因縁《いんねん》も忘れて、ただの少女として慎《つつ》ましやかに暮らした十年間。忌み子とされる銀髪銀目の容姿ゆえに悲しい思いをすることもあったが、母との心安らかな時間は何にも代えがたい宝だった。……他に、何も要《い》らなかった。

王女の地位などとうに失っていたし、大神より賜《たまわ》った加護も関係ない。ただ母と過ごした時間が、世界を跨《また》いで転生までして手に入れた無上の幸せだった。だが、それは奪われてしまった。

許さない。ただではおかない。全てを奪い去った奴らも。こういう目に遭《あ》うと予測していたらしいのに、騙《だま》すように転生させて結局見捨てた大神も。

だが、その復讐が並々ならぬ苦悩《くのう》に満ちた道行きだということをヴァネッサ《ルネ》は思い知った。今の自分では騎士団長ひとり倒《たお》すことさえままならない。

だから、手段を選んでいられる場合ではなかった。

元より、人の道を外れ邪神《じゃしん》の眷属《けんぞく》になることで手にした復讐の力。相手が正義を掲《かか》げるならば、こちらは修羅《しゅら》に畜生《ちくしょう》に堕《お》ちようと悪の鉄槌《てつつい》を下す……そういう戦いだ。

同年代の少女の肉体は、依《よ》り代《しろ》として最適だった。魂の力を最大に引き出し、さらにいくつかの特殊《とくしゅ》能力を行使可能にする。逃げた先で都合良く見つけた依り代を道義的理由から見逃《みのが》すほどの余裕《よゆう》は無かった。

まあ今回の場合、ルネが横取りしなければヴァネッサ《ヴァネッサ》は殺されていただろうから結果は変わらないのだけれど……

「……で、この二人は結局何なの？」

黒ずくめの男たちは自分の尻尾《しっぽ》を追う仔犬《こいぬ》のように、薄い霧の中をまだグルグル歩いていた。

◇

ミルクのように濃《こ》い霧の中、雪に埋《う》もれた山道がどこまでも続いていた。

「くそったれ、磁石もまともに動かねえ」

黒ずくめ男の片方・アダンはくるくる回り続ける方位磁針を見て舌打ちする。

「こっちも無反応だ。さっきまでは奴の邪気を追いかけて来れたってのに」

傍《かたわ》らの相棒・ヨナスは握りこぶし大の水晶玉《すいしょうだま》を真っ白な空にすかし、しきりに振っていた。これは邪気を検知し発生源を追跡《ついせき》するためのマジックアイテムなのだが、先程《さきほど》まで確かに動いていたのに急に反応しなくなったのだ。

アダンとヨナスは『ナイトパイソン』という犯罪組織の構成員だ。仕事はもっぱら血生臭《ちなまぐさ》いもので、暴力で解決する必要がある時や忍《しの》び込みの任務などでお声が掛かる。腕利《うでき》きとまでは言えないが過不足無く仕事をする戦闘《せんとう》要員である。

今のふたりの仕事は、王都から逃《のが》れたというアンデッドを捜《さが》すこと。気取られないように相手を捜し出し、密かに監視《かんし》するのが仕事だ。

しかし、予定外のトラブルがあった。

一つ目のトラブルは近隣《きんりん》住人らしき少女に姿を見られてしまったこと。念のため姿を消すポーションまで使っていたのに、効果が切れて使い直す前に運悪く見られてしまった。依頼主《いらいぬし》からは此度の作戦について厳重に秘匿《ひとく》するよう言い渡されているというのに。

依頼者は……即《すなわ》ちこの国のお偉《えら》いさん方は『第一騎士団長自ら戦った敵を取り逃がした』なんて話は世間に知られたくないらしい。ナイトパイソンが関わっていることも当然知られたくない。となれば、目撃者の口は封《ふう》じるべきだ。別にそこまでする必要はないのかも知れないが、一般《いっぱん》市民の命なんかより依頼者の機嫌《きげん》の方が大切なのだから、念には念を入れて悪いことはない。

だがそこで二つ目のトラブルが起きた。この奇妙な霧だ。逃げる少女を追っていったところ、急に深い霧に囚われて右も左も分からなくなってしまった。魔法による幻覚《げんかく》のようなものだろうとは分かるのだが、脱出《だっしゅつ》の方法も、何者がこんなことをしたのかも分からない。

「こいつは一体全体、どうなってるんだ」

「さっきのメスガキの仕業《しわざ》か？」

「まさか。それだったら質《タチ》の悪い魔物にでも化かされたと考える方が現実味が……」

言いかけてアダンはぞっとした。質《タチ》の悪い魔物。改めて考えてみると、最悪の心当たりがあった。

仮に、捜していたはずのアンデッドに逆に発見され、魔法で惑わされたのだとしたら？

「……おい、ヨナス。邪気は本当に感じられないのか？　例のデュラハンは魔法を使うんだろう？」

強大なアンデッドともなれば、身に秘《ひ》める邪気も膨大《ぼうだい》だ。ただそこに居るだけで邪気が撒《ま》き散らされる。その痕跡《こんせき》を辿《たど》れば足取りを追えるはずだった。

「だから反応してねえって。だいたい、魔法を使うって話も本当なのかどうか……」

その時、唐突《とうとつ》に霧が晴れた。

気が付けば二人は元の山道に立っていた。立ち並ぶ針葉樹の狭間《はざま》の、雪に埋もれた細道に。

そして、目の前に一人の少女が居た。粗末《そまつ》なワンピースを着た少女が。おそらく十歳《さい》くらい。茶《ちゃ》髪《ぱつ》を三つ編みにした、そばかす顔に愛嬌《あいきょう》のある子だ。

アダンたちを見つけてしまった少女だ。彼女は冷たく据《す》わった目で二人を見ていた。

「答えて。あなたたちは、ここへ何を捜しに来たの」

それは詰問《きつもん》。あるいは命令だった。逃げていたはずの少女が、まるで立ち塞《ふさ》がるように。

これにはアダンも面食らう。予想外の事態だった。

アダンはうなじがひりつくように感じた。殺気、だろうか。……こんな子どもが？

「……おい、ガキ。今の霧はお前のせいか？」

「どうでもいいじゃない。それより、わたしの質問に答えてくれる？」

二人は目配せした。アダンは隙《すき》の無い身のこなしで少女の背後に回り込む。

少女は気配も身構えも、全くもって戦いの素人《しろうと》にしか見えない。それが逆に不気味だった。

「山育ちのガキは口の利き方ってやつを知らないらしいな。教えてやろうか？」

ヨナスも内心訝《いぶか》しんでいるだろうが、それを顔には出さず凄《すご》んでみせた。短剣を威圧《いあつ》的にきらめかせて弄《もてあそ》び、至近距離《きょり》から見下ろすように少女の顔を覗《のぞ》き込む。ナイトパイソンに取り込まれるより更《さら》に昔、王都の路地裏のチンピラだった頃の流儀《りゅうぎ》……『舐《な》められたら負け』だ。

こんな真似をされれば、か弱い少女など震《ふる》え上がって当然だ。しかし少女は感情の読めない視線をヨナスに返している。

「……質問を変えるね」

そして。

彼女が右手を振り抜くと、ヨナスの首が飛んだ。

「は……？」

「あなたたちは、わたしを捜していたの？」

ヨナスの首を刎《は》ねた姿勢のまま、少女は振り向いてぎろりとアダンを睨む。

アダンは何が起こったか分からなかった。

気が付けば少女の右手には、宝石を削り出したような深紅《しんく》の剣が握られていて。

三つ編みにされていた茶髪がざわりと解《ほど》け、銀の輝きを宿す。黒っぽかった目もまた銀色に。

そして、首が。少女の細い首から血が噴き出して、ワンピースの胸元《むなもと》を鮮血《せんけつ》で染めていた。まるで、鋭利《えいり》な刃物で切り落とされた頭部をそのまま首に乗せたかのようだ。

聞かされていたままの姿だ。王都から逃げ出したアンデッド。国家反逆罪の名目をこじつけて処刑された前王の遺児……ルネ。

——人間に擬態《ぎたい》していたのか⁉

反吐《へど》が出る程、手で触《ふ》れそうな程に濃い邪気を感じ、アダンは戦慄《せんりつ》した。何故これほどの邪気を自分は感じなかったのか。何故アイテムでも検知できなかったのか。

「な、な、なななな、なんっ……」

このワケが分からない状況でも荒事《あらごと》慣れした身体は勝手に動いた。アダンの剣が振り下ろされる。しかし、それよりもルネの方が速かった。

「ぎひい！」

稲妻《いなずま》のように踏《ふ》み込んだルネは、何の抵抗《ていこう》もなくアダンの両腕を切り飛ばした。攻撃《こうげき》を受け止めようとした剣は真っ二つに折れ飛んでいた。

尻餅《しりもち》をついたアダンの前に、赤い剣が突きつけられる。

「あなた、誰？　騎士じゃないよね？　どうしてわたしを追ってきたの？」

尋問《じんもん》、あるいは拷問《ごうもん》しようとするルネ。しかしアダンがそれに答えることはなかった。

『ナイトパイソン』の仕事人は生還《せいかん》が絶望的な状況に陥《おちい》った時、情報を吐かされるより前に死ななければならない。アダンがそれを望むと望まざるとにかかわらず。

――自害の、暗示が……！

アダンは顔を歪《ゆが》ませるようにして、毒を仕込《しこ》んだマジックアイテムの差し歯を噛《か》み合わせた。

「死ぬ気!?　ちょ、ちょっと待って！」

待てと言われて待ちはしない。精神操作の魔法によって組み込まれた自害の暗示は強固であり、アダンは無念に思いながらも自らの身体を止めることができなかった。

体内にジワリと熱いものが流れ込んだように感じる。その次の瞬間にはアダンは死んでいた。

◇

黒い炎を纏う邪気の鎖《くさり》が、青白く半透明なふたつの人影《ひとかげ》を縛《しば》り上げていた。

「……別に焦《あせ》ることなかったか」

『あ、ががが……』

ルネの手には魔力で生み出された鎖が握られていた。《魂鎖縛《クルシファイソウル》》、という魔法だ。魂を束縛《そくばく》し苦痛を与える呪詛《じゅそ》魔法……ハッキリ言ってしまえば魂を拷問するための魔法。

情報を吐かせる前に自害されてしまった時は焦ったが、肉体が死んだなら魂を捕まえて聞けばいいだけのことだった。まあ、こんな邪悪《じゃあく》な魔法は邪神の眷属でなくば使えないわけだが。

『な、何故だっ！　お前、どうやって気配を隠《かく》していたっ！』

「質問した時だけ喋《しゃべ》って」

『『ぎゃあああああ!!』』

ルネが鎖を引くと黒い炎が燃え上がり、縛られている黒ずくめの男たちの魂が悲鳴を上げる。

人に憑依して意思を乗っ取るのは高位の霊体系アンデッドならだいたいできることだが、ルネの場合はさらにもうひとつ特別なオプションがあった。

取り憑《つ》いた肉体を殺すことでアンデッド化できるのだ。もっとも、その力を使うには同年代の少女に憑依しなければならないという縛りがあるのだが。

また、取り憑いた肉体をアンデッド化する前……つまり肉体が生きている間、ルネは自らが発する邪気を隠匿《いんとく》して生者に擬態することができる。これは身体を厳密に調べられなければバレない。

何か妙なアイテムでルネを捜していた様子だが、邪気を探知して追跡したのであれば、ルネがヴァネッサに憑依した時点で見失ったことだろう。

「もう一回聞くよ。あなた、誰？　騎士じゃないよね？　どうしてわたしを追ってきたの？」

ルネはひとまず、先程自害した怪《あや》しい男Aを詰問する。彼は困惑《こんわく》した様子だった。

彼の考えを言語化するなら『喋っちまっていいのか？』『報復されたくねえ』『でも俺《おれ》もう死んでるし大丈夫《だいじょうぶ》か？』といったところだろうか。

「早く答えて」

『ぎえええええええ‼』

怪しい男Aの魂が燃え上がった。最大出力で焚《た》かれた呪いの炎が魂を焼き焦《こ》がす。魂の管理は神の領分であり、普通《ふつう》は破壊できない。しかし傷つけ、苦しめ、その力を削《そ》ぐことは可能だった。

「どう？　素直《すなお》な気持ちになった？」

炎を止めてルネが問いかけると、縛られた魂は焦点《しょうてん》の合わない目をして叫《さけ》びだした。

『あーっ！　あーっ！　あぁーっ‼　怖い怖いこわいコワイコワイこわい怖いこわーい‼』

「あれ？　ねえ、ちょっと……」

『痛い！　痛い！　痛い！　痛い！　痛い！　痛い！』

怪しい男Aは思考がバグったかのようにわめき散らし、グネグネと身悶《みもだ》えしながら空中で回転し続けていた。

「……魂って、簡単に発狂するのね。生きてる人を拷問するより簡単だと思ったのに……」

肉体を失った魂は生前の記憶《きおく》も徐々《じょじょ》に薄れ、思考は支離滅裂《しりめつれつ》になっていくという。それを避《さ》けるためには死霊術《しりょう》の使い手などがメンテナンスを施《ほどこ》さなければならない。あるいはルネのように邪神の加護を賜るか。

放っておいても狂《くる》うようなものなのだから、ちょっと突いただけでおかしくなるのも当然か。

「もういい。あなたは消えて」

『うぴっ……』

ルネが闇の鎖をほどくと、怪しい男Aは掻き消えた。

行き先は天国か地獄《じごく》か。いずれにせよ、不死者《アンデッド》であるルネはあずかり知らぬ死後の世界だ。

「さて」

『ひええっ！』

念のため一度に両方責めず片方残しておいてよかった、とルネは思った。

『お、俺たちはナイトパイソンの者だ！』

相棒の狂態に心が折れたのか、ルネが何もしないうちから怪しい男Bの舌はよく回る。

「ナイトパイソン？　それって、確か……」

その単語、普通に暮らしていた子どもでも名前くらい知っている。シエル＝テイラの夜の世界を牛耳る犯罪組織だ。

「なんで犯罪組織がわたしを追いかけてるの」

『仕事なんだ！　ジェラルド公爵を通して王宮に雇《やと》われた！　逃げたアンデッドを捜せって……』

「……………はあ？」

耳を疑うルネ。『もしや』と思ってはいたが、『まさかそんなことは』でもあった。

「王宮が犯罪組織を使うの？」

『そ、そうだ……公爵様は俺たちのお得意様だから……あぁ、ほら！　公爵様と新しい王様は仲が良いって言うし、なんかそういう関係があるんじゃないか⁉　俺もよくは知らないんだ！』

――腐《くさ》ってる。

ルネは心の中で吐き捨てた。

今のシエル＝テイラは想像以上に碌《ろく》でもなかった。ジェラルド公爵と言えばルネでも名前を知っている大領主だ。犯罪組織と大領主が癒着していて、しかも領主であるヒルベルトはそうと分かっていてジェラルド公爵を重用し、あまつさえ犯罪組織を傭兵《ようへい》のように使っているとでも言うのか。

「他に、ここに来ている仲間は」

『……公爵様の騎士が、山道の麓《ふもと》の方に。俺たちからの連絡《れんらく》を待ってる』

ルネは赤刃《せきじん》を握りしめる。

生かしてはおけない。いや……死んでも許さない。

『な、なあ、もういいだろう？　知ってることはこれで全部なんだ……天国でも地獄でも、多分地獄の方だろうけど行かせてくれ！』

怪しい男Bは恐怖《きょうふ》のあまり引きつった顔でヘラヘラと懇願《こんがん》した。地獄でも今この場所よりはマシだと確信しているかのように。

実際、そうなのかも知れない。地獄は罪人を罰《ばつ》する場所だと言うが、あくまでも大神が用意した正常な魂のサイクルの一環《いっかん》なのだから。

そんな場所へやすやすと送ってやるわけにはいかない。

「用済みってことは、もう気兼《きが》ねなく痛めつけていいってことだよね」

『え……』

独り言のようなルネの言葉に、怪しい男Bは表情を凍《こお》り付かせた。

＊　＊　＊

その天幕は、山道の入り口付近に張られていた。街道からはひと目では分からない場所だ。偏執《へんしつ》的なまでに刺繍《ししゅう》が施されたその天幕は、外見が豪華なだけでなく防矢・防魔の加工が施されていて、庶民の家が二軒《けん》建つくらいの値段だ。刻まれた家紋《かもん》は、この天幕の主がジェラルド公爵……アラスター・ダリル・ジェラルドであることを示す。

周囲には荷運びの者や従騎士などがうろついていて、残照の中に佇《たたず》む天幕の中では二人の騎士がじっと待機していた。

この騎士たちはジェラルド公爵が王都に来た際、その護衛として帯同していた者のうちの二人だ。鎧兜を身につけ剣を佩《は》いた騎士の片方が、やがて沈黙《ちんもく》に耐《た》えかねたように口を開く。

「おい。今、山に入って魔物を捜しているのは、よもや……」

不審《ふしん》な黒ずくめの男たちは、どうやら公爵の命令で動いているらしい。だが何者か分からない。どこからともなく湧《わ》いてきた不審な味方が、公爵の手足となって働いている……

「しっ」

もう片方の騎士が口元に指を当てて戒《いまし》めた。

「お前も察しは付いているだろう。詮索《せんさく》するなど以《もっ》ての外だぞ。居城のベッドである朝冷たくなっていたとか、宴席《えんせき》の酒に毒が入っていたなんて死に方をしたくないならな」

「あ、ああ……」

ジェラルド公爵に付きまとう噂。それは、とある犯罪組織との不適切な関係。

ナイトパイソン。

シエル＝テイラの民は大抵《たいてい》の場合、恐怖や嫌悪《けんお》と共にその名を口にする。シエル＝テイラという国が落とす影。この国の夜を統《す》べる者たち。触れるべきではないのだ。

「おっと、噂をすればだぞ」

開け放した天幕の入り口から覗けば、藪《やぶ》をかき分けてやってくる黒ずくめの男が一人。

「片方だけか？」

「もう片方は見張りに残したのかも知れん」

いずれにせよ事態に進展があったのだろう。黒ずくめの男はまっすぐに天幕へ向かってくる。

両腕に包帯を巻いたその男は、気配が感じられるほどの距離まで迫ると突如《とつじょ》として天幕目がけて突進を始め、入り口の前まで来たところで爆発した。

＊　＊　＊

キャンプを隠していた木々が吹き飛び、地が抉《えぐ》られてちょっとしたクレーターのようになっていた。薙《な》ぎ倒された天幕らしきものや爆風に煽られた馬車の残骸《ざんがい》らしきものが転がっていて、そんな中に何人も人が倒れていた。生きている者も、死んでいる者もあった。

ルネが使った魔法は、まず《屍兵作成《クリエイトアンデッド》》。毒で死んだ男の死体を動かし、歩かせた。

次に《遅延爆破《デンジャークロック》》。一定時間後に爆発する魔法を仕掛け、ただのアンデッドを歩く爆弾に仕立て上げた。作戦は大成功だ。

尋問できそうな奴が居ないか探すと、鎧を着ている偉そうなのが二人とも生きていた。

「うぐっ……」

血まみれの顔をルネが蹴飛《けと》ばすと、騎士は苦しげにうめく。

「……聞きたいことはひとつだけ。わたしがここに居るって、どうやって気が付いたの」

「き、さま……」

ぜぇぜぇと苦しげに呼吸しながら、それでも睨み付けてきたものだから、ルネは適当に赤刃を振るって騎士の足を輪切りにスライスする。血が噴き出して地面に流れ広がった。

「ぐあ、あああああっ……」

「わたしがここに居るって、どうやって気が付いたの。ちゃんと答えたら楽に死なせてあげる」

「公爵様がお気づきに……げほっ、げほっ」

問いを重ねるルネに、騎士は血を吐きながら答えた。

「どうやって気が付いたの」

「邪気の観測だ……！　貴様が逃げてすぐ公爵様はお気づきになり、迎《むか》え撃《う》つ手立てを……！」

「そうとも……穢れた魂の忌み子ごときが、何を考えようとお見通しよ！　どこへ逃げようと公爵様からは逃げ切れあぎゃあああああ‼」

隣《となり》に転がっていた騎士が不快なことを言ったので、ルネは思わず突き刺してしまった。

堅牢《けんろう》なミスリル製の騎士鎧の、特に装甲《そうこう》が厚いはずの腹部を貫《つらぬ》き、ルネの赤刃は地面まで串刺《くしざ》しにする。だが、それでも騎士は歯を食いしばって吠《ほ》えた。

「ぐあああっ……こ、この国は……シエル＝テイラ国民のものぞ！　連邦のものではない‼」

「今に見ているがいい、アンデッド……！　我らが敗れようと、必ずや正義は為《な》されるのだ！」

無様に倒れ伏したままであっても、その声に宿るものは明瞭《めいりよう》で。

それは、死の間際《まぎわ》に立たされた彼らがアドレナリン漬《づ》けの頭からひねり出した正義の告発だった。

ルネは、身体の奥底《おくそこ》が軋《きし》んだような気がした。

「正義なんて……わたしには分からない……」

「ひっ……」

騎士たちが、悲鳴を呑み込んだような上擦《うわず》った声を出す。

みしり、めきりと周囲にあるありとあらゆるものが軋んでいた。大地が空が風が空間が、全てが歪むかのように。ルネの怒《いか》りに呼応するように、魔力が流れ出していた。その魂に秘められた莫大《ばくだい》な力が。魔法という形を成《な》さないまま、行く先を知らない暴走する力として。

「わたしは、ただ……お母さんと、静かに、幸せに、暮らしたかっただけなのに！」

渦巻《うずま》く魔力が物理的な力となった。

大地に亀裂《きれつ》が入った、と思った次の瞬間。天へ舞《ま》い上がる風の唸《うな》りだけを残して全てが吹き飛んだ。先程の爆発よりさらに大きなクレーターができて、ここに騎士たちがキャンプを張っていたという痕跡はなくなった。残骸も死体も微塵《みじん》に千切れ飛んで行った。

木々が薙ぎ倒された中心、抉《えぐ》れた地面の上に、ふらりとルネは立ち上がる。

「許さない……みんな、殺す、全部、壊《こわ》す、全部、全部……」

胸の裡《うち》で黒い炎が燃えて、怨《うら》みのエンジンを駆動《くどう》させる。頭の中が殺意で埋め尽《つ》くされていた。母は、ささやかで幸せな生活は、見当違いの正義で奪われた。全てを奪い去った奴らは反省するどころか被害者面《ひがい》だ。報いなければならない。今すぐにでも。

だが、ルネの頭の中には一欠片の理性が残っていた。

――ダメ。

今すぐ王都に乗り込んでリターンマッチを挑《いど》むという選択肢《せんたくし》を、ルネは自分自身で却下《きやっか》した。

呼吸なんてする必要の無い身体だけれど、生前の癖《くせ》でルネは深呼吸をする。

――落ち着け、俺。

ルネは大人に戻ったつもりで思考し、感情のまま暴走しそうになる己《おのれ》を戒めた。

自分の背後に立って肩を掴み引き留めている、前世の自分の姿を思い描く。

かつて地球に生きていた頃、ルネの前世である長次朗《ちようじろう》はこれといって特技も無い人物だったけれど、ツイてない人生を送っていただけあって『耐えること』にかけては一日の長があった。

何より、どうしても目の前のことで目一杯《めいつぱい》になってしまう子どもと違い、曲がりなりにも『大人だった』という経験はルネの視野を少しだけ広く、少しだけ先々まで拡《ひろ》げていた。

――ただでさえローレンスには戦いで負けたんだ。それに、逃げたのに即座《そくざ》に居場所を察知してすぐに追いかけて来た。敵は強大で得体が知れない。無策に突っ込んでもまた返り討ちに遭うだろうし、ヘタを打てば本体まで危ないかも知れない。

今はまず、成長を図《はか》るべきだ。成長できることこそがルネの真の強さなのだから。

「……覚えてろ。覚えてなさい。わたしはすぐに戻って来るから」

雪を被った平野の向こうに、黒々とした石の壁が見える。王都を包む街壁だ。

きっと、今の爆発は向こうからも観測できている。すぐに誰かが様子を見に来るだろう。

「《飛翔《フライ》》！」

ルネは王都に背を向けて、そして飛び去った。

3 〝竜《りゅう》の喉笛《のどぶえ》〟

その大陸は、無限の海のど真ん中に浮《う》かんでいた。名は、『パンゲア』。パンゲアっていうのは地球の言葉だったはずだけれど、何故《なぜ》かそう呼ばれている。

この世界が地球みたいに丸いのかは分からない。地平線や水平線があるのだから丸いのかも知れないけれど、世界を一周して確かめた人はまだ居ない。確かめに行った人は誰《だれ》も帰ってこない。パンゲアの他に大陸があるのかも、この海に果てがあるのかも分からない。神殿《しんでん》も『世界の果ては無である』としか言っていない。

とにかく人族にとっても魔族《まぞく》にとっても、この巨大《きょだい》なパンゲア大陸が唯一《ゆいいつ》の世界。そのせいか大陸だけではなく、世界そのものを指して『パンゲア』と呼称《こしょう》することもある。

それが、このわたし・ルネの生まれた世界……あるいは長《ちょう》次朗《じろう》が転生した世界。

創世から千と数百年、人魔は世界の覇権《はけん》を賭《か》けて戦っている。

そう、千と数百年。神殿が本当のことを言っているのだとしたら、この世界は地球に比べてかなり若い。人族は猿《さる》から進化したわけでもなく初めから人族として創られ、さらに神々から知識と技術を与《あた》えられた。

国の治め方を教えてくれる神様ってのも色々居て、そのうちどれを先生にするかで各国は政治体制も得意分野も違《ちが》う。

大陸北西部に位置するは蒸気と歯車の国ジレシュハタール連邦《れんぽう》。魔動機械技術《アーティファクト》が発達し、『人類の砦《とりで》』と称されるゴーレム兵団を抱《かか》える工業大国。

大陸中西部に広大な国土とパンゲア最大の人口を抱えるはノアキュリオ王国。封建《ほうけん》領主たちが治める国で、騎士《きし》と冒険《ぼうけん》者の国なんて言い方もされている。

大陸中部、ノアキュリオとべったり繋《つな》がった形の国土を持つのがディレッタ神聖王国。大神信仰《しんこう》の総本山を抱え、神殿勢力が国政にも大きな影響《えいきょう》力を持つ。

大陸東部にはケーニス帝国《ていこく》。皇帝の下で官僚《かんりょう》が統治する軍事大国。武力と戦争によって国を富ませることが上手《うま》く、常にどこかと戦っているような国。

大陸南西、大陸からちょっと離《はな》れた島々も含《ふく》めた国土を持つのがファライーヤ共和国。選挙で選ばれた代議士と大統領が統治する民主制国家。商業力は随一《ずいいち》らしい。

これが列強五大国。人族国家の中で特に強大なもの。そして、五大国の隙間《すきま》を塞《ふさ》ぐように中小国家が存在する。

世界地図を見れば、シエル＝テイラ王国は左右に腕《うで》を広げ、ジレシュハタール連邦とノアキュリオ王国、両方の頭を触《さわ》っているような形の国だ。人族国家としては北限に近いものの豊富な鉱物資源を抱え、規模の割には裕福《ゆうふく》な国と言える。

数百年前には大陸全土を魔族によって支配されていた時代もあるそうなのだけれど、人族はそこから徐々《じょじょ》に盛り返し、ついには魔王と魔族の軍勢を大陸北東にある不毛の大地、ノアキュリオ王国の半分もないほどの領域に押《お》し込めることに成功した。

暇《ひま》を持て余した人族国家はさらに豊かになることを求め、もはや魔族から奪《うば》える土地も少なく、相争い始めた。そして……

＊＊＊

峠道《とうげみち》の麓《ふもと》、街道《かいどう》沿いに数軒《すうけん》の宿と店が集まった宿場町にて。

「……乗合馬車、出ないんですか？」

「どういうことだよ」

その日の朝、乗合馬車を預かる運輸ギルドの建物の前には旅人たちが詰《つ》めかけていた。彼《かれ》らは朝一番に出る乗合馬車に乗って峠を越《こ》える予定だったのだ。

不満げな人々に包囲され、御者《ぎょしゃ》の男は困り果てた様子で頭を掻《か》く。

「この先の峠道は今、山賊《さんぞく》が出るという話でして」

「山賊だって？　向こうからこっちへ来る時はそんなもん居なかったぞ」

「それが急に出るようになったんですよ……おっそろしい奴《やつ》らで、出遭《であ》っちまったら皆殺《みなごろ》しは当たり前。それどころか近くの村がもう三つは焼かれてるって話で……」

乗合馬車は、護衛を個人的に雇《やと》う財力のない人々が旅の安全を確保するための手段でもある。傭《よう》兵《へい》や冒険者を同行させて、旅路の最中で魔物や賊に襲《おそ》われた時の安全確保を図《はか》るのだ。

しかし、だからと言って山賊がいると分かっている峠に自ら突《つ》っ込んで行くようなことはしない。こんな時は騎士団や冒険者が仕事をするまで運休だ。

「にしても、そんな危ない連中がどこから生えてきやがったってんだ。俺《おれ》は二十年この道を通ってるが、この峠を根城にしてる山賊なんて聞いたことがねぇぞ」

壮年《そうねん》の行商人が首をひねり、御者も途方《とほう》に暮れた様子だった。

「さあ……大きな声じゃ言えませんが、王様が替《か》わってからこっち、物騒《ぶっそう》でいけませんや。なんでも国のあっちゃこっちゃで急に賊が暴れ出したってんですぜ」

「ああ、そういう話は俺も聞いたぞ。おっそろしく強い山賊が出て、そこそこ強いはずの冒険者のパーティーが皆殺しにされたなんて噂《うわさ》もある」

「そう言えば俺も……」「俺も友達《ダチ》から……」「エルタレフの酒場で聞いた噂だが……」

旅人たちはやいのやいのと、物騒で血生臭《ちなまぐさ》い噂話を始めた。

「あの、途中まででも行ってはくれませんか？　私、中腹まで行って降りる予定だったのですが」

人だかりの外縁《がいえん》で、フード付きの分厚い防寒外套《がいとう》を顔を隠《かく》すように被《かぶ》って話を聞いていたミリアムは、会話が途切れた隙《すき》に差し込むように声を上げた。

「中腹？　ってぇと……あぁ、ジクラの村へ降りてくのか？　残念だが峠を越えられない状態で、あんたひとりのために馬車は出せねえよ」

「そう、ですか……」

返答を聞くやミリアムは歩き出した。街道を、峠道の方へと。

「あ、おい！　あんた話聞いてなかったのか⁉　危ないぞ！」

「大丈夫《だいじょうぶ》です。裏道を通れば、時間は掛《か》かりますが安全に村まで行けるはずです」

「しかし……」

「私には時間が無いんです」

それきりミリアムは引き留める声に耳を貸さず、足早に宿場町を後にした。

＊＊＊

峠を迂回《うかい》する道は崖《がけ》を伝うような険しいもので、今では滅多《めった》に人が通らないのだから山賊なんかが待ち伏《ぶ》せているわけがない。魔物さえ滅多に出ないような場所だ。

とは言えミリアム自身も子どもの頃《ころ》に聞いて存在を知っていただけで自分で歩いたことはなかった。焦燥《しょうそう》に突き動かされるように必死で険しい道を進んだが、思った以上に時間が掛かってしまい、故郷であるジクラの村へ辿《たど》り着いたのは日も傾《かたむ》き掛けた頃だった。

山の斜面《しゃめん》にへばり付くように段々畑をこしらえた眺《なが》めは村を去る日に見たままで、懐《なつ》かしい風景にミリアムは全《すべ》てが救われたように思った。

それが錯覚《さっかく》であると知るまでに長い時間は掛からなかったが。

「なによ、これ……」

七年ぶりに帰郷を果たしたミリアムを出迎《でむか》えたのは、埃《ほこり》が積もった家の中、土間に転がされたふたつの白骨死体だった。骸骨《がいこつ》が着ている朽《く》ち果てた血まみれの服は、見間違えようもない父と母のもの。そして壁《かべ》に描《えが》かれた蛇《へび》の紋章《もんしょう》……

ミリアムは売春婦である。家は貧しい小作農で、十三の夏に借金のカタとして売られた。そしてそれからずっと『仕事』をしてきた。自分ひとりと引き替えに家族みんなが助かるならそれでいいと、自分を納得《なっとく》させて働いてきた。何があっても耐《た》えてきた。

だが最近、ミリアムは命の危機を感じるようになっていた。

ミリアムの職場は十五歳未満《みせいねん》の子が中心だった。つまりそういう店だ。十九のミリアムは既《すで》に用済みで、店からの扱《あつか》いも目に見えて悪くなり、危険な客を一手に引き受けさせられることになった。何があっても店は助けてくれなかった。歳《とし》をサバ読んで仕事をするミリアムは捨て駒《ごま》であり、使えなくなる前に一滴《いってき》でも多くの利益を搾《しぼ》り取っているだけなのだから。

猟奇《りょうき》的な客に片耳を削《そ》がれた日、ミリアムは逃《に》げた。

売春婦向けに流通している『クスリ』を客に盛って、客が前後不覚に陥《おちい》った隙に財布《さいふ》を抜《ぬ》き取り、それを路銀にして逃げた。あれからずっと連絡《れんらく》も取れなかった家族の所へ。

もしかしたら自分の行動は家族を危険に晒《さら》してしまうのかも知れないと思った。だが、それでもミリアムは死ぬのが怖《こわ》かった。家族と共に他国へ逃げようと思っていた。

服を地味な安物に替え、髪《かみ》を切り、フード付きの外套で顔を隠して、ミリアムは乗合馬車を乗り継《つ》いだ。次に乗り込んでくる客が追っ手ではありませんようにと祈《いの》りながら。

祈りが通じたのかどうかは知らないが、ミリアムは国のほとんど反対側にある故郷の村まで、無事帰り着くことができた。

そして数年ぶりに帰った家でミリアムを出迎えたのは、両親の白骨死体だった。

家の中には人の気配が無かった。荒《あら》っぽく物色したような跡《あと》はあったが、その上に厚く埃が積もり、人の出入りすら何年もなかったことを物語る。

父は、母は、何故死んだ。弟は、妹は、どこへ行ってしまったのか。

ミリアムは村の人々に事情を聞こうとした。久しぶりに会う村の人々はミリアムを見て皆驚《おどろ》き、しかしどこかよそよそしく、何を聞いても口を開こうとはしなかった。

仲が良かった近所のおばさんが『私が喋《しゃべ》ったと絶対に言わないでくれ』と念入りに前置きしてから言ったことには、ミリアムの家の借金は帳消しになっていなかったのだ。

契約《けいやく》には抜け穴が作られていて、身売りの代金をなんだかんだと理由を付けて差し引かれ、ミリアムがいなくなって二年も経《た》つ頃には利子が膨《ふく》らんでまた借金漬《づ》けにされていたのだそうだ。

そしてミリアムの妹まで取られそうになって、一家はついに夜逃《よに》げを決心。村人の誰にも告げずに一家は姿を消し……数日後、父と母の死体だけが無言の帰還《きかん》を果たした。

借金を踏《ふ》み倒《たお》そうとした報い。そして他の者らへの見せしめとして、ナイトパイソンは二人を殺した。ミリアムの弟や妹たちの行方《ゆくえ》は知れないが、彼らには商品価値がある。きっと商品にされたのだろう。なんらかの形で。

——ナイト、パイソン……

ミリアムは、土間の壁にでかでかと描かれた蛇の紋章を呆然《ぼうぜん》と見ていた。

シエル＝テイラの夜を牛耳《ぎゅうじ》る者たち。父が借金をした相手も、ミリアムが働かされていた店の持ち主も、そして、きっと、父と母を殺したのも。

ことあるごとに家紋《かもん》をひけらかす貴族様ではないのだから、闇《やみ》の組織がこんな風に堂々と自分たちのサインを掲《かか》げるのは見せしめの時くらいだ。ナイトパイソンに逆らえばこうなるのだと。

善良に生きてきたはずのミリアムの家族を金のために嵌《は》めて、そして反抗《はんこう》されたら殺す。同じように食い物にされている人々が『死ぬよりマシだ』と従順になるように。

そのためだけに。そのためだけに、ミリアムの家族は殺された。

村人たちはナイトパイソンの怒《いか》りを買うことを恐《おそ》れて、二人を葬《ほうむ》ることさえできなかった。いつしか亡骸《なきがら》はただの骨となって、今日、ミリアムを出迎えたのだ。

「そんな……」

ミリアムは両親の成れの果てを前に崩《くず》れ落ちた。ショックのあまり涙《なみだ》も出なかった。

堪《た》え忍《しの》んだ年月は何だったのだろう。両親は、弟妹たちは貧しいながらも助け合ってきっと幸せに暮らしていると思っていた。それだけがミリアムの心の支えだった。

どれだけの時間そうしていたことか。

背後に人の気配を感じ、ミリアムは振《ふ》り返った。

赤黒い夕焼けを背負って、何者かが家の戸口に立っていた。

ありふれた旅装をした若い男だ。一見するとどこにでも居そうな……それだけに違和《いわ》感の塊《かたまり》である男。彼が何者なのかミリアムは分かってしまった。ナイトパイソンの放った刺客《しかく》。店を逃げ出したミリアムを始末し、見せしめとするために現れた暗殺者だ。

「どうして……？」

ミリアムのこぼした言葉に男の答えはない。

彼はぎらつくナイフを抜いて、ただ無造作にミリアムに向かって歩み寄る。

「どうして、お父さんとお母さんが死ななきゃいけなかったの？　どうして、私の弟や妹たちはここに居ないの？　どうして、私は死ななくちゃいけないの？」

男は答えない。

別に彼が両親を殺したとも限らないわけだが、ミリアムは問わずにいられなかった。

「どうして？　どうして⁉」

ミリアムは立ち上がった。

道中で不安のあまり護身用として買い求めていたナイフを抜いた。

「みんなを、返してっ‼」

男に向かってミリアムはナイフを突き出す。

そして、二本のナイフがミリアムの胸に突き刺《さ》さっていた。

「え……？」

一拍遅《いっぱくおく》れて、痛みがやってくる。ミリアムの手から消えたナイフが、男のナイフと一緒《いっしょ》に胸に突き立っていた。一瞬《いっしゅん》で武器を奪われ利用されてしまったのだ。

「あ……う……」

上手く息ができない。喉《のど》から血がせり上がってくる。身体《からだ》に力が入らない。ミリアムは倒れた。

「かえし……て……」

伸《の》ばした手は届かず、ミリアムの意識は闇に沈《しず》んだ。

＊　＊　＊

そして、彼女《かのじょ》は天国に行けなかった。

『あ、あ、あ、ああああああ‼』

ミリアムは青白く透《す》き通る腕で暗殺者に殴《なぐ》りかかった。その拳《こぶし》は暗殺者をすり抜けた。

『どうしてっ！　どうしてよっ‼』

怒りのまま拳を振るうミリアムだったが、それは全て無駄《むだ》だった。

ミリアムは血の海と、ナイフを刺された自分の身体の上に浮かんでいた。ミリアムは死んだのだ。埋《う》め合わせようがない、飢《う》え渇《かわ》くような喪失《そうしつ》感が心を苛《さいな》む。

死んだ者の魂《たましい》は天より降る光に導かれて神の懐《ふところ》へと帰り、安寧《あんねい》を得るという。そしてやがてまたこの世に生まれ来るのだ。だがミリアムの魂は、恨《うら》みのあまり現世に囚《とら》われてしまった。主の救いを拒《こば》んだ背徳の子として。

しかしそうやって現世に留《とど》まったからと言って、何かができるわけではなかった。暗殺者の男は家の中を物色して回る。その間、ミリアムは存在に気付かせることすらできなかった。

『お父さん……お母さん……』

無力感が悲しみを加速させる。肉体が無くなった今になって涙が湧《わ》いてきた。床《ゆか》の上にうずくまってミリアムは吠《ほ》えるように泣いた。その涙は床に染《し》みこむこともなく、儚《はかな》く消えていった。泣いても泣いても悲しみと怒りと恨みが、後から後から湧き上がってきた。

やがて暗殺者の男は引き揚《あ》げていく。ミリアムが家の中に物を隠したりしていないか念のため調べていたようだ。

自分を殺した暗殺者の背中を、ミリアムは射殺すような視線で睨《にら》み付けていた。

――許せない……ナイトパイソン……！

だが許せないからと言って何もできはしない。ナイトパイソンは、どれほどの恨みと血と涙の上に存在しているのだろう。ミリアムひとりが恨んだところで何も変わりはしないのだ……

「ぐあっ……！」

突然《とつぜん》、野太い悲鳴が聞こえてミリアムは顔を上げた。

戸口を出たところで暗殺者が倒れ伏《ふ》している。何が起こったのかミリアムには分からなかった。

――死んだの……？

だが、何故死んだのだろうか。

「ふふふ……恨む心を感じる。おまけにとっても美味《おい》しそう……」

唐突《とうとつ》に、どこからか含み笑いが響《ひび》いた。

幼く、そして、ぞっとするような凄《すご》みの籠《こ》もった少女の笑い声が。

「その恨み、晴らしてあげようか？　なーに、お代は安いもの。あなたの魂で充分《じゅうぶん》だよ」

ズン、と世界が震《ふる》えた気がした。

ミリアムの魂がチリチリと泡立《あわだ》ち歪《ゆが》みそうになるほどの重圧。

ふと顔を上げると、夕陽を浴びて燦然《さんぜん》と輝《かがや》く銀色の少女が立っていた。

天使の羽のようにふわりと広がった銀の髪。見ていると吸い込まれてしまいそうな引力のある銀色の目。雪のように白い肌《はだ》。着ているものが粗末《そまつ》なワンピースであっても彼女の美しさと高貴さが損なわれることはない。

しかし。奇妙《きみよう》なことに彼女の首にはすっぱりと切れ込みが入っていて、そこから流れ出した血が胸元《むなもと》を染めていた。そしてこの、魂を磨《す》り潰《つぶ》されそうな圧力。彼女は何かミリアムには思いも付かないような超常《ちようじよう》的存在なのだ。

『あなたが、この男を殺したの？』

「邪魔《じやま》だったから」

少女は事もなげに言った。ミリアムとしては、なんで殺したかよりもどうやって殺したか、いやむしろ何故この男を殺す力があるのかが気になったのだが。

『あなたはいったい……』

呆然と呟《つぶや》くと、少女は、どう名乗ろうか少し迷った様子だったが、やがて花弁のような口を開く。

「復讐《ふくしゅう》者。……ルネ・〝薔薇《ローズィ》の如き〟・ルヴィア・シエル＝テイラ」

『シエル……って、まさか！』

売春婦も客商売である。自分語りや噂話をする客も多く、仲間内での情報共有もあり、世間を騒《さわ》がせているような話題はだいたい耳に入ってくる。非業の死を遂《と》げた元王女の話も、彼女がアンデッドとして蘇《よみがえ》って甚大《じんだい》な被害《ひがい》を出したという話もミリアムは聞いていた。

『処刑《しょけい》されてアンデッドとして蘇ったっていう……！』

「へえ？　結構噂になってるのね」

まんざらでもない様子でルネは笑う。

「さて、あなたにはあんまり時間が無いから単刀直入に言うけれど……あなたはこのままだと怨霊《おんりょう》と化して、やがては霊《れい》体系のアンデッドモンスターというのになる」

『……なれるんですか？』

「なりたいの？」

ミリアムが問い返すと、ルネは首をかしげた。

『だって……そうすれば恨みを晴らせるかも知れないって……』

アンデッドモンスターは恐ろしいと伝え聞く。もし自分がそんな化け物になれるならナイトパイソンに復讐できるかも知れないと思ったのだが、ルネは首を振った。

「無理無理。自縛《じばく》ってる霊なんてすぐに正気失うし、誰に恨みを晴らせばいいかも分からないまま暴れることになるもの。仮に上手いこと恨みの対象と戦えても……うん、まあ下級のアンデッドなんてその辺の冒険者でも倒せるわけだから、やられるだけじゃない？」

『そんな……』

ルネの解説は容赦《ようしゃ》が無かった。

結局、ミリアムの恨みがナイトパイソンに届くことはないのだ。

「そこで、物は相談。ナイトパイソンってやつ、血祭りに上げてこようか？　お代は……あなたの魂を食べさせてくれたら、それでいいから」

ルネの微笑《ほほえ》みは毒のように甘《あま》く思えた。

＊　＊　＊

残照の中、たくさんの死体が転がっていた。

そこは、村から山道を登っていった先にある街道の脇《わき》だ。木々が立ち並び藪《やぶ》も深くなっている場所で、街道を通る者を待ち伏せるにはうってつけの場所……だった。

もっとも、今はルネが使った炎《ほのお》と爆発《ばくはつ》の魔法によって局地的に焼け野原の荒野《こうや》と化していたが。

「セールストークをするのには、まず成果物を見せるのが一番だものね」

どんなもんだとルネが胸を張ると、後を付いてきたミリアムは目を丸くする。

『あの、これって……私に見せるために殺したの、ですか？』

「偶々《たまたま》。ナイトパイソン関係者みたいだったから通りすがりに殺しといただけ」

『そ、そうですか……』

ぶっちゃけ、八つ当たりだった。まあ組織としてヒルベルトに与《くみ》したのだから連帯責任だろう。

「でも、これって何やってたんだろ。ナイトパイソンは犯罪組織って言ったって、山賊やって儲《もう》けるよりはもっと都市型でスマートに稼《かせ》ぎそうな……」

ルネの言葉は独り言だったのだけれど、予想外なことにそれにミリアムが答えた。

『反対派諸侯《しよこう》への攻撃《こうげき》、です』

「えっ？」

『今、この国のあちこちで、並の騎士や冒険者では歯が立たないような異常な強さの賊が活動しています。それは皆、ナイトパイソンの戦闘員《せんとう》です。王宮に雇われて、新王ヒルベルト二世に反抗的な諸侯に打撃を与えるため、彼らの領地を荒《あ》らし回っているのだとか』

耳を疑うようなミリアムの解説を聞いて、ルネは怒りのあまり頭の芯《しん》が痺《しび》れていくような感覚を覚えていた。王宮が本当にそんなことをしているなら、あまりにも愚劣《ぐれつ》であり軽蔑《けいべつ》に値《あたい》する。

小さな身体を内側から舐《な》め溶《と》かすように、黒い怨《うら》みの炎が胸の裡《うち》に燃えていた。

『もとよりナイトパイソンは、ヒルベルト二世によるクーデターの戦いで、王宮の『隠密《おんみつ》』に対抗《たいこう》する工作部隊として使われていたそうですから、その流れによるものかと』

「なるほど、そう繋がるわけ……」

全てが一本の線の上だ。ヒルベルトはいきなり犯罪組織を引っ張り出してきて癒着《ゆちやく》したのでなく、玉座を奪い取るために既に利用していたのだ。

「……でもあなた、どうしてそんな話を知っているの？」

『私は、あまりマトモでない客を相手にする売春婦でしたから。そういう噂も聞こえてくるんです』

「そう……」

もしかしたら『ただの子ども《ルネ》』には知り得ない話だったというだけで、ナイトパイソンと現政権の関係は裏の世界では有名だったのかも知れないと考えるルネ。

そこでふと、ルネは接近する何者かの気配を感じて思考を中断する。

『どうかしました？』

「隠れて。……って言うか、隠すからじっとしてて！」

『きゃっ！』

その辺の死体から焼け焦《こ》げた魔法の杖《つえ》を取り上げ、ルネはミリアムの魂を抱《だ》き込むように杖を構えた。こうすれば、本来自分のみを対象とする魔法でも物によっては効果を波及《はきゅう》させられる。

「『其《そ》は黄昏《たそがれ》の境界／来《こ》し方に道理無く／箱庭は秘匿《ひとく》される⫽我は偽《いつわ》りの立証者／そして／式を過《あやま》てる者／そして／無知なる解明者⫽十重二十重《とえはたえ》に訝《いぶか》しみ／鏡の中に立ち／踵《かかと》は星に届かず⫽夢想せよ、愚《おろ》かな天秤《てんびん》』。《迷彩《ステルス》》×《クロス》《気配遮断《スニーク》》×《クロス》《消音《サイレント》》。複合錬成魔法《アセンブルド・スペル》……《無形潜入《メリービハインド》》」

魔法によって、ルネの姿は消え去った。

一度掛ければコントロール不要で長時間効果が残る魔法というのもあるが、大抵《たいてい》の魔法は一度にひとつしか使えない。ではこれはどうやっているのかと言うと複数の魔法を混合し、ひとつの魔法であるかのように行使している。それが複合錬成魔法《アセンブルド・スペル》という技術だ。

詠唱《えいしょう》が長いせいで乱戦向きではなく、魔力消費も足し算では済まないのが欠点だ。ちなみに合成時の名前は特に決まっておらず術者が好き勝手に決めることが多い。

十円ハゲみたいに焼け焦げた更地《さらち》の隅《すみ》っこに移動し、ルネはじっと動きを止める。

するとやがて足音が聞こえ、奇妙な風体の四人組が連れ立って姿を現した。

一人目は、直立する犬のような姿をした大男。コボルドという種族だ。たくましい上半身は毛皮に覆《おお》われ、その上からミスリルの鎧《よろい》を着ている。頭部は犬のそれで、装備している兜《かぶと》には耳を収めるとんがりもあった。つやつやした黒い目と鼻に愛嬌《あいきょう》がある。広い背中には、首刈《くびか》り斧《おの》のような先端《せんたん》を持つ大剣《けん》を背負っていた。

二人目は、分厚い鎧を着て、槍《やり》の穂先《ほさき》みたいなトゲの付いた大盾《たて》を両手に一枚ずつ持った何者か。フルフェイスの兜を被っているので顔すら分からないが、多分人間の男と思われる。

三人目は、全体にちょっとやさぐれた雰囲気《ふんいき》を漂《ただよ》わせる三十路《みそじ》手前くらいの女だ。セクシーな泣きぼくろと血のように赤い口紅が目を引く。金の錫杖《しゃくじょう》を持ち白と濃紺《のうこん》の僧服《そうふく》を着ている彼女だが、脇腹《わきばら》からスカートにかけて大きく引き裂《さ》かれて掛け網《あみ》スリットが作られ、ぴっちりと身体を覆う黒いインナーと肉感的なボディラインを露出《ろしゅつ》している。さらに彼女は刺々《とげとげ》しいシルバーのアクセサリーで全身あちこちを飾《かざ》っていた。神官風の格好をしてはいるが、まともな神官には見えない。

そして最後のひとりは、抱くように長い杖を持った少女。歳はルネと同じくらいだ。緩《ゆる》やかにウエーブが掛かった肩《かた》までの長さの金髪《きんぱつ》。藤《ふじ》色の目に桜色の頬《ほお》。闇色のフード付きローブは、ちょっとサイズが大きくて野暮《やぼ》ったい印象だった。

こんな格好をした連中ときたら冒険者のパーティーと相場が決まっている。それも、雰囲気や装備からすると結構な手練《てだ》れという印象だった。

「どうなってんだ、こりゃあ……俺らの前に誰がここへ来たってんだ？」

犬顔の大男が惨状《さんじょう》を見て首をかしげる。

「偵察《ていさつ》の手間が省けたね。楽ができてよかったじゃないか、ベネディクト。あたしらが倒したって報告したら、追加報酬《ほうしゅう》も出るんじゃないかい？」

「流石《さすが》にそうはいかんぞ、ディアナ。あったことをそのまま報告するだけだ」

女僧侶《そうりょ》にベネディクトと呼ばれたコボルドは、軽口にも真面目《まじめ》くさった物言いで応ずる。そしてマズルにシワを寄せて鼻を押さえ、渋面《じゅうめん》を作った。

「酷《ひど》いニオイだ、くそっ。これじゃあ何も分からん」

「身分証でも持ってりゃ助かるんだがねぇ。持ってるわけないか」

「まあ、こいつらがナイトパイソンの構成員なのは確実だろ」

「ふーん」

ベネディクトに蹴《け》り転がされた黒焦げ死体を、術師の少女が覗《のぞ》き込む。

「それじゃ、こいつらからキャサリンちゃんを護衛するのが次の依頼《いらい》なのね」

「イリス、別にまだ依頼を請《う》けると決まったわけじゃないよ」

イリスと呼ばれた少女は、眉《まゆ》ひとつ動かさずしかつめらしい表情で死体を観察していた。

——この冒険者たちは、ここに居るのがナイトパイソンの戦闘員だと分かってて討伐《とうばつ》に来たの？

ルネは指一本動かさずにじっと冒険者たちを観察しつつ、頭をフル回転させて彼らの会話を繋ぎ合わせていた。

「一、二の……死にも死んだり、合わせて十一人か」

「イリス、これ魔法で殺されてるので間違いないよな？」

「うん。まだ魔力が濃《こ》く残ってるから……割と強い魔法で殺されたはず。二時間以内くらいに」

「手ぇ出したらまずい冒険者を襲って返り討《う》ちにでも遭ったかな。ギルドに問い合わせとくか」

冒険者たちは全くルネに気付くことなく、死体の数や状《じょう》況《きょう》を記録し始める。

「まったく、犯罪組織が王宮の手先たぁ。この国も終わりだぜ」

鎧の男が大げさに肩をすくめて嘆《なげ》いた。分厚い鎧を着ているのに、なんだか軽い雰囲気だ。

「おい、ヒュー。終わらせないため伯《はく》爵《しゃく》様は戦いをご決断なさったのだぞ。少なくとも、領内からはナイトパイソンを追い出さなければならん。……そして俺たちも微《び》力《りょく》ながらお力《ちから》添《ぞ》えをせねば」

「はいはい。俺たちゃ冒険者なんだから手伝う義理はないんだぜ？　まぁ金次第だけどよ」

鎧の男はヒューという名前らしい。斜《しゃ》に構えたような物言いをする男だ。

「上手くいくといいんだけどねぇ。なんせ連中の首領が出張ってきてるって話だろう？」

女僧侶ディアナは難しい顔をして首を振る。鎧の男ヒューと同様、『伯爵様へのお力添え』に気乗りしない様子だった。

「まだ不確定の情報だ。それに首領がどこに居ようと俺らの仕事は何も変わらんさ」

「そうかい？　敵さんが張り切っちまって、割に合わない相手と戦わされるのは御《ご》免《めん》だよ」

「……分かってるよ」

どうやら冒険者たちは、ルネがミリアムから聞いた程度の話は先刻承知だったようだ。その上でさらに、彼らはルネに新たな情報をもたらした。

――ナイトパイソンのボスが、この辺りに来てるの？

伯爵様がどうとか言っているのは、この辺りを治める領主であるキーリー伯爵のことだろうか。そして、伯爵が決断したという戦い。伯爵への力添え……

「ねえ。依頼の達成条件だけれど、構成員皆殺しとかじゃなくてボスの殺害でいい？」

ルネは、杖で抱き込むように抱えているミリアムの魂に問いかけた。

『えっ？　え、ええと、はい。で、できるのでしたら、ですけれど……』

「分かった。ならばこれで交渉《こうしょう》成立」

自然、顔に笑《え》みが上る。どうやら悪運は尽《つ》きていないようだ。

「いいやり方を思いついたの。ナイトパイソンのボス、叩《たた》き潰してあげる」

ルネの頭の中では、邪悪《じゃあく》な思いつきが作戦として具体化しつつあった。

＊　＊　＊

シエル＝テイラ西部の街・エルタレフはキーリー伯爵領の領都である中規模都市だ。伯爵の住まう『薄暮の歌声』城を中心として周囲に街が広がり、さらにそれを壁で囲っている。

夜更けも近い時間帯、それでもエルタレフの繁華街《はんかがい》はまだいくらか明るかった。酔漢《すいかん》と野良《のら》犬がうろつく通りにある酒場のひとつ、跳《は》ね魚亭《てい》。『本日休業』の札が掛かったその酒場を四人の冒険者が占領《せんりょう》していた。

冒険者。それは、傭兵であり探検家であり山師であり英雄《えいゆう》であり便利屋であり魔物駆除《くじょ》師であり、その他諸々《もろもろ》。一概《いちがい》にこれという定義は無いが総じて言うなら、戦う力を持ち、魔物だらけの世界を切り拓《ひら》いていく者たちのことだ。彼らは大抵、『パーティー』と呼ばれるチームを組む。

「ナイトパイソンねえ……」

空になった自分のグラスに酒を注ぎながら、改造僧服の女が酒臭い溜息《ためいき》を吐《つ》く。片手の指には長いキセルが挟《はさ》んであった。テーブルにだらしなく肘《ひじ》を突いた彼女は煙草《たばこ》をつまみに酒を飲み続けている。彼女の名はディアナ。この街で活動する第四等級の冒険者であり、パーティー〝竜の喉笛〟のメンバーだ。職種《クラス》（冒険者ギルドにて登録した職能区分）は僧侶《プリーステス》。

「今更《いまさら》だけどさぁ、こいつらが山賊に化けて、王様とそりが合わない諸侯を攻撃してるってのは確かなんだね？」

「状況からしてそうとしか思えねーし、裏社会の連中はみんなそういう噂を聞いてるそうだぜ。別に重大な秘密ってわけじゃなく、単純に事実なんだろうさ」

ディアナに応《こた》えたのは分厚い鎧を着たまま酒を飲んでいる男だ。丸刈《まるが》り頭が特徴《とくちょう》的な彼は身体こそがっしりしているが、身長は平均程度で少々貫禄《かんろく》不足。彼はヒュー。〝竜の喉笛〟の盾手《タンク》だ。

「王宮から金が出てるわけだから、金目のもんを奪う必要がねえ。金持ちの隊商もひなびた農村も貧乏《びんぼう》ったらしい旅人も、分け隔《へだ》てなくみーんな襲われて皆殺しさ」

「しかも連中は荒事《あらごと》慣れしてる。食い詰めて野盗《やとう》に身を堕《お》とした奴らとはわけが違うんだ。並大抵《なみたいてい》の冒険者や騎士じゃ相手にならん。討伐に出た騎士が殺されたり、捕虜《ほりょ》になって身代金を要求された話もあるらしい」

骨付きの焼き肉を齧《かじ》っていた大男がヒューの話を引き継ぎ、苦々《にがにが》しげに言った。

フカフカの毛並みと犬の頭を持つ彼は、言うまでもないが人間ではない。コボルドという獣人《じゅうじん》の一種である。彼こそが〝竜の喉笛〟のリーダー・ベネディクトだ。職種《クラス》は戦士《ファイター》。

この酒場のオーナーとベネディクトは友人同士で、休業日である今日、パーティーの作戦会議室として酒場を借りているのだった。酒と料理は料金後払《あとばら》いで勝手に飲み食いしている。

「国内が混乱してるドサクサに紛《まぎ》れて反対派諸侯を弱体化させる、王宮の策だろうな」

「クソッタレだ」

ディアナはグラスをテーブルに叩き付けた。琥珀《こはく》色の酒が少しテーブルにこぼれた。

「てめぇの利益のために民《たみ》を傷つけようってのが王様か」

「そういう奴でなきゃ、こんな馬鹿騒《ばかさわ》ぎは起こさねえだろ」

彼らが話題にしているのは犯罪組織ナイトパイソンのこと。王弟であったヒルベルト二世がクーデターを起こしてからというもの、不自然な『賊』の被害が発生しているのだが、それは王の意を受けてナイトパイソンが動いているのではないかという話だった。

ここキーリー伯爵領を治める領主、オズワルド・ミカル・キーリー伯爵もクーデターに対しては中立の立場を取っていた。本音では反対だったろうが……有力諸侯の多くを味方に付け、列強五大国のうちジレシュハタール連邦を除いた四大国の支援《しえん》を取り付けたヒルベルト二世に反旗を翻《ひるがえ》せばキーリー伯爵領は焦土《しょうど》と化し、領民だって一人残らず殺されていたかも知れない。だからそこを堪えてじっと中立の立場を取っていたわけだ。

だが、それですらヒルベルトは気に入らなかったらしい。領内では突然、村を焼かれただの街道を行く商人が殺されただのという報告が出始めていた。

オズワルドは一計を案じた。同じように攻撃されている諸侯に団結を呼びかけたのだ。

「それで、被害を受けてる領主様方が連携《れんけい》して戦力を出し合って、冒険者も雇って『賊』を排除《はいじょ》しようってのがここまでの流れだな。そこで音頭を取ったのが伯爵様だ。……その動きを見せるなり、即座《そくざ》に反応があった。大人しくしていなければご令嬢《れいじょう》を害する、と伯爵様に脅迫状《きょうはくじょう》が届いた」

ベネディクトの説明を聞いてディアナは思いっきり顔をしかめた。ありふれていて、下卑《げび》ていて、そして効果的な脅《おど》しだ。

「そういうわけで俺らに仕事の打診《だしん》が来たわけだ。お嬢様の護衛をしつつ、まあ伯爵様に手を出してくるかも分からんわけだからそっちも守るわけだな」

「リーダー。これさぁ……本当に請けんの？」

夜空の色をしたディアナの目がじろりとベネディクトを睨む。酒が回っているのか少々眠《ねむ》たげだ。

「あたしゃ別にいいんだよ。でもさ、これ一番危ないのは……」

「気にしないよ、私」

ディアナの言葉に割り込んだのは、焼き魚を行儀《ぎょうぎ》良く食べていた少女だ。

「それが冒険者の仕事だもん」

澄《す》まし顔でそう言った少女の名は、イリス。わずか十一歳《さい》にして第四等級という天才的魔術師《ウィザード》だ。

「あたしも、そりゃキャサリンちゃんが害されるような事態は避《さ》けたいさ。でも替え玉になるってのはイリスばっか危ないよ……イリスがいいったってあたしは反対だかんね」

ディアナは不服そうだった。彼女には何よりもまずイリスの身の安全が大事なのだ。

「俺だってイリスのことどうでもいいと思ってるわけじゃないよ」

ベネディクトが弁解するように首を振る。

「本当にいいのかい、イリス」

「ディアナ。私だってみんなと同じ第四等級の冒険者だよ。それに私が居なかったらキャサリンちゃんはどうなるの？」

キーリー伯爵にはふたりの娘《むすめ》が居る。長女プリシラはディレッタ神聖王国の神殿学院に留学中なので、脅迫状で言及《げんきゅう》されたのはおそらく十一歳になる次女キャサリンの方だ。そして伯爵からの依頼には、イリスがキャサリンの影武者《かげむしゃ》になることも含まれていた。

何かを言いかけたディアナだが、それを飲み込んだ様子だった。

「よし、まあいいだろ。でも危ない真似《まね》はしないようにとにかく気をつけること。あたしら四人、並大抵の相手にゃ負けないと思うけどね。相手はデカい組織だし、ゲロみたいに汚《きたな》い手をいくらでも使ってくるに決まってんだから」

「うん、もちろん」

「なら明日、伯爵様に返事を聞かせてこよう」

ディアナも不承不承ながら同意したと見て、ベネディクトが話を締《し》めくくった。

「終わり？　じゃ、私は先に宿に帰ってるから」

焼き魚を食べ終わっていたイリスは、パーティー会議はこれで終わったと見て立ち上がる。

「送ろうか？」

「大丈夫だってば。すぐ近くだし、それに」

イリスは壁際《かべぎわ》に立てかけてあった杖を手に取る。剣の鐔《つば》みたいな金の輪が幾重《いくえ》にも付いた長杖《ちょうじょう》だ。

「バカなことしようとする奴が出て来ても、私なら返り討ちだから」

「……まあね」

ディアナは苦笑《くしょう》して、口から細く紫煙《しえん》を吹《ふ》きだした。

＊＊＊

「はあ……みんな心配性《しょう》なんだから」

ぼやくようにそう言いながらイリスは夜道を独り歩いた。

女の子が夜道を歩ける街なんてそうそうあったものではないが、それは普通《ふつう》の女の子ならばの話だ。不埒《ふらち》な悪漢ごときイリス一人であしらえる。

……イリスはそう思っていたし、その自己評価はほぼ正しかった。しかし、その夜の襲撃《しゅうげき》者は彼女の理解を完全に超《こ》えた何かだった。

「ん……？」

意識の片隅《かたすみ》に何かが引っかかった。かすかな気配の動き。それとほぼ同時、一切《いっさい》の物音が途絶《とだ》えた。風の音も、野良犬の遠吠《とおぼ》えも、どこからか聞こえていた酔《よ》っ払《ぱら》いの喧嘩《けんか》の声も。

――《消音《サイレント》》？

それは静音の結界を張る魔法だ。物音を遮断する魔法。外から聞こえないのと同時に、中の音も外に伝わらない。低級な魔法だが、いろいろろくでもない使い方ができる。音も無く鍵《かぎ》付きの扉《とびら》をぶち破って侵入《しんにゅう》したり、女の子を襲ったり。

イリスはすぐさま杖を振り呪文《じゅもん》を唱える。

「『我は象《かたど》る者／杯《さかずき》は虚脱《きょだつ》する／辿り巡《めぐ》る指先／その身を別て、無知なる賢者《けんじゃ》』……《解呪《ディスペル》》」

効果が持続するタイプの魔法を解除する対抗魔法だ。杖から光が振りまかれ、《消音《サイレント》》の効果範囲《はんい》がぼんやりと、辺り一帯を包むドーム状に浮かび上がる。

しかしイリスの放った《解呪《ディスペル》》は虚《むな》しく散った。静音の結界に弾《はじ》き返され、振りまかれた魔法弾《だん》は消えた。

――うそ……⁉

どっとイリスの背に冷や汗《あせ》が溢《あふ》れた。

《解呪《ディスペル》》が効かない。つまりイリスより高い魔力を持つ術者による《消音《サイレント》》だ。イリスはまだ年若い（『幼い』という評価は断固として拒否《きょひ》する）魔術師《ウィザード》だが実力は既に一人前。イリスを超える力の持ち主となると、魔物にせよ人族にせよ、出てくるだけで穏《おだ》やかではない事態だ。

『こんばんは、お嬢さん』

「きゃっ⁉」

すぐ背後から自分より幼い印象の少女の声がして、イリスは飛び上がらんばかりに驚いた。前方に飛び込むようにしながら距離《きょり》を取って振り向く。

夜空に輝くべき銀の月が地上に顕現《けんげん》していた。ほのかに光を放つように見えるそれは、銀髪《ぎんぱつ》銀目の少女の亡霊《ぼうれい》だった。

『……それともこの形《なり》じゃ『お嬢さん』より『おねえちゃん』って言った方が似つかわしいのかな？』

「何者！」

『怪《あや》しい者です』

少女の亡霊は愉快《ゆかい》げに笑う。イリスは肌がチリチリと焼けるような、産毛《うぶげ》が逆立つような感覚を覚えていた。強力な魔法が近くで炸裂《さくれつ》した時の感覚に似ている。この場合は、相手の放散する魔力に反応しているのだ。

「アンデッド……！」

眼前の亡霊こそが《消音《サイレント》》の主だと思わざるを得なかった。

霊体系のアンデッドは厄介《やっかい》だ。ダメージを通す手段が限られる。しかもこの少女は高い魔力と理性があることからして、おそらく人為《じんい》的に発生した高位のアンデッド。何故こんな場所に居るかは分からないが非常に危険な相手だった。

杖を構えてイリスは後ずさる。心臓が痛いほど脈打っていた。

——私では倒せない……！　防御《ぼうぎょ》しつつディアナの所まで戻《もど》る！

神聖魔法は回復・防御・対アンデッドに特化している。

たとえ格上の魔物だろうが神聖魔法の使い手が居れば撃退できるはずだ。防御に魔力を全て突っ込めばディアナと合流するくらいまでは耐えられる……と思いたい。

「……《対抗呪文結界《カウンターマジックフィールド》》！」

噴き出した魔力がシャボン玉のようにイリスを包み込んだ。

対抗呪文結界《カウンターマジックフィールド》……非常に原始的な術式を持つ基礎《きそ》的な防御魔法。これは術師なら誰もが使える戦《せん》闘手段《とうオプション》だ。魔力を垂れ流して敵の魔法を打ち消すというもので、燃費は劣悪《れつあく》を極《きわ》めるが魔力が続く限り一切の魔法攻撃を防げる。

イリスは走りだした。謎《なぞ》の少女霊の脇をすり抜けるように跳ね魚亭へ取って返す。

そして気がついたときには、イリスの身体に青く半透明《はんとうめい》な手が突き刺さっていた。

——え……⁉

一瞬のことで何が起こったか分からなかった。何の魔法かは分からないがこれは魔法であり、まるで落ち葉でも踏んで割るみたいに抵抗《ていこう》があっけなく破られたという感覚はあった。

視界が、白く、光り、チラチラと、世界が、回り。

これは魔力を使いすぎたときの症状《しょうじょう》、俗称《ぞくしょう》『魔法酔い』。イリスが張り巡らした防御のための魔力は、謎の少女が手を差し伸べただけで消費し尽くされてしまった。

『イリスより上』なんてレベルじゃない。このアンデッドの少女の魔力は『イリスと桁《けた》が違う』。

ダメージは無い。だが少女の霊は、イリスの致命《ちめい》的な部分にまで手を伸ばしてくる。魂の核《かく》を鷲《わし》づかみにされたようなどうしようもない恐怖《きょうふ》と、取り返しが付かない破滅《はめつ》の予感。

イリスは転倒《てんとう》した。身体が上手く動かない。息が詰まる。腹の底が冷たい。

「な、なに……をする……気……！」

『あなたを借りるの。ま、永遠に返さないけどね……！』

「あ……ああ、あ……‼」

悪夢の中に滑《すべ》り落ちていくように、イリスの意識は闇に塗《ぬ》りつぶされていった。

＊　＊　＊

「イリス、どうした⁉　何か魔法使わなかったか⁉」

息を切らして走ってきたディアナが怒鳴《どな》るように言う。

「ううん、なにもしてないよ」

「その傷は……」

「ちょっと転んだだけ」

照れたように笑ってイリス《ルネ》は、すりむいた手の平を隠した。

「そう……ならいいんだ。ったく、飲み過ぎちまったかね」

「まだ飲む？」

「んー、ここまでにしとくか。でも宿に戻る前にベネディクトとヒューに『何もなかった』って言ってこないと……ああダメだ、これ絶対飲み直すパターンだ」

ダメだこりゃと言わんばかりにディアナは首を振る。

酒場に戻って、飲まずに帰ってくるという選択肢《せんたくし》は彼女の中に存在しないらしい。

「じゃあ先に帰ってるから、えっと……あんまり飲み過ぎないようにね」

「善処するよ」

ひらひらと背中越《ご》しに手を振って、ディアナは千鳥足で去って行った。

その背中を見送ったイリス《ルネ》は自分の身体の感覚を確かめる。

骨と肉の重さ。風の冷たさ。大地を踏みしめる足。手を握《にぎ》った感触《かんしょく》。

——はぁ……まーた悪い事しちゃった。

電気信号として脳に残されたイリスの記憶《きおく》と知識がルネの魂に染み出してくる。うんと伸びをすると、ちょっとサイズ大きめの芋《ダサ》ローブが擦《こす》れる感触。ルネはイリスの肉体を乗っ取っていた。

ルネは憑依《ひょうい》した少女の身体をデュラハンなどのアンデッドに作り変える能力を持つが、敢《あ》えてそれをせず生きた身体のまま行動することで、憑依対象に成り代わることも可能だ。

ルネにとってイリスは理想的な憑依先だった。

まず同年代の少女であること。目下のターゲットであるナイトパイソンに関《かか》わろうとしていること。そして何より冒険者、しかも魔術師《ウイザード》であり、ルネが魔法を使っても誤魔化《ごまか》しが利《き》くこと。

ミリアムの仇討《あだう》ちを達成するには便利な身体だ。

ルネは成長するアンデッドだ。恨みを抱えて死んだ魂と契約し、その恨みを晴らすことで魂を喰える。ただ生気を吸い取るのとはワケが違う。自分の魂を、存在を、力を大きくできる。邪神《じゃしん》が言っていた『理論上は最終的に魔王より強くなれる』とはこのことだった。これはルネが持つ中で最も強力な特性と言えた。

——しばらくはこの身体を隠れ蓑《みの》に活動する。第一目標はもちろん、自己強化。

現状あまりにも力不足だということをルネは痛感していた。魂を喰《く》っての自己強化は必須《ひっす》だ。

——第二目標、敵の戦力を削《けず》る。

僭主《せんしゅ》ヒルベルトや裏切りの騎士団長ローレンスだけを相手にすればいいわけではない。そいつらの手下は当然として、手下の手下とか、金で雇われてどこからか湧いて来るような連中も相手にする必要がある。それを事前に皆殺しにするのは無理だが、削れる分は削ってから戦いを仕掛けたい。

——あとついでの第三目標。邪魔してくれちゃったナイトパイソンと……ジェラルド公爵？　だっけ？　あいつらも酷い目に遭わす！

差し当たって、まずはナイトパイソンを潰せば全ての目標を達成できる。この身体《イリス》を使う罪滅《つみほろ》ぼしにはなるまいが……イリスの仲間たちは確実な勝利を手に入れることだろう。

三日ぶりの呼吸で気合いを入れ直すと、ルネはイリスとして、滞在《たいざい》する宿への帰り道を急いだ。

＊　＊　＊

キーリー伯爵居城の応接間を最もよく形容する言葉があるとしたら『最大公約数』だ。

繊細《せんさい》で装飾《そうしょく》的な彫刻《ちょうこく》を施《ほどこ》したアンティーク調の家具が並び、城の外観を描いたそこそこ高そうな絵画が飾られている。なんと言うか、尖《とが》った印象をまるで与えない無難な内装だ。『部屋なんて使えればそれでいいだろう！　でもそれでは仕事上差し障《さわ》りがあるから、領主として仕方なく最低限の見栄《みえ》を張っているのだ！』という主の声が聞こえてきそうだ。

「よく来てくれた。〝竜の喉笛〟よ」

四人と向かい合って座《すわ》ったキーリー伯爵……オズワルド・ミカル・キーリーは四十代後半くらいの歳。領主である彼はつまり国王の騎士であり、有事の際には軍を率いる立場となるわけだが、どちらかと言うと華奢《きやしゃ》な印象で文官的な雰囲気だ。オールバックに短く整えた蜜柑《みかん》色の髪はこざっぱりとしていて、顔つきだけはちょっと厳《いか》めしく灰色の目が炯々《けいけい》と輝く。

全体的な印象を一言で述べるなら『頑固《がんこ》で融通《ゆうずう》が利かない役人のおっさん』だろうか。

冒険者の社会的地位もピンキリだが、仕事の話をするのに領主自ら相手をするというのは流石に珍《めずら》しい。〝竜の喉笛〟がそれだけ伯爵に重用されているという証左であった。

「伯爵様のためとあらば、なにほどのこともございません」

ベネディクトが大きな手を握りしめ、牙《きば》を剥《む》いて笑った。ズボンの穴から飛び出したモップのような尻尾《しっぽ》がばたばたとソファを叩いている。隆々《りゅうりゅう》たる上半身は粗末な半袖《はんそで》のシャツ一枚という格好だが、毛皮に覆われた獣人の肉体は大して寒さを感じていないようだ。

オズワルドは満足げに頷《うなず》き、そして話を切り出した。

「ベネディクトには先に話をさせてもらったが、あらためて依頼の説明をしたいと思う。……およそ半月ほど前から正体不明の賊が我が領を含む国内各所で跋扈《ばっこ》している。これは犯罪組織ナイトパイソンの活動ではないかと思われる。都市を主な活動の場としていたきゃつらが何故突然、大々的に山賊行為《こうい》を始めたか、何者の差し金であるかは不明だが……」

オズワルドは思わせぶりに間を置いた。領主という地位にある以上、たとえどれほどに状況証拠《しょうこ》が揃《そろ》っていようとも推測で王を非難することはできない。少なくとも、表向きは。

「これに対抗すべく気脈を通じる諸侯と合同で討伐部隊を編制した。だが私のその動きに反応してか、我が娘キャサリンを害するとの脅迫状が何者かから送りつけられたのだ。ナイトパイソンの首領が西部に来ているという不穏《ふおん》な未確認《みかくにん》情報もある。……そこで〝竜の喉笛〟には私と、娘であるキャサリンの身辺警護を頼《たの》みたい」

この辺りは既にベネディクトから説明を受けていることだが、ちゃんと自分の口から言うのが段取りというもの。四角四面に政務をこなすオズワルドらしいと言えた。

――諸侯合同の討伐部隊を動かしているオズワルドの許には、ナイトパイソンに関わる情報が集まってくる。アジトの場所とか、『山賊』活動の情報とか……もしかしたらボスの居場所も。わたしはその情報を魔法で盗《ぬす》み聞くなり、忍び込んで掠《かす》め取るなりすればいい。

イリス《ルネ》はひとまず、情報収集を代行させることに狙《ねら》いを絞《しぼ》っていた。殺す相手がどこに居るか分からなくては殺すこともできない。誰かが代わりに情報を集めてくれるなら理想的だ。

「正式なクエスト発行は一週間後。その間の働きには日当たりで報酬を出す」

かと思っている。期間はまだ分からないが、およそ半月から一ヶ月ほどではないかと思っている。その間の働きには日当たりで報酬を出す」

「伯爵様、確認したいことがあるんだけどいいかな。イリスにキャサリンお嬢様の影武者やらせるって話じゃないか。その話詳《くわ》しく聞けないかい」

ディアナは当然、イリス《ルネ》の安全を確かめにかかる。

「うむ。その話もこれからしようと思っていたが、キャサリンのふりをして危険の只中《ただなか》に飛び込んで行けという話ではないし、まして囮《おとり》にしようという話ではない」

ルネとしては危険な方が手掛《てが》かりを掴《つか》む機会になって良いのだが、残念ながら割と安全らしい。

「あくまでも身辺警護の延長としての特殊《とくしゅ》な待機状態だ。暗殺や襲撃を躊躇《ためら》わせるための仕掛けをしておきたいという……」

オズワルドのその言葉は勢いよく扉が開く音で遮《さえぎ》られた。

「ベネディクト！　来てたんですのねー！」

応接室に身なりの良い少女が飛び込んできた。

体格はイリス《ルネ》と同じくらい。オズワルドと同じ蜜柑色の髪は艶《つや》めいて長く、灰と紅のオッドアイ。

いくつもリボンが結ばれたようなデザインの赤いドレスを着ている。

彼女はソファを回り込むと、飛び込むようにベネディクトに抱きついた。

そしてベネディクトは、わしわしと毛皮をモフり倒される。

「ちょ、お嬢様、おやめください」

少女の名はキャサリン・マルガレータ・キーリー。彼女こそイリス《ルネ》の護衛対象である。

ベネディクトは冒険者になる前、キーリー伯爵家で用心棒をしていた。その時からキャサリンには気に入られていたらしい。今でも会う度にこの有様だった。ヒューが評して曰《いわ》く『犬扱い』

「キャサリン。そのくらいにしておきなさい」

「はぁい、お父様」

オズワルドにたしなめられて、ようやくキャサリンはベネディクトから離れた。

『イリス』の記憶をサルベージして姿は知っていたが、ルネがキャサリンを直接見るのは当然初めてだ。ちょっとだけワガママでちょっとだけ気の強い、おしゃまなお嬢様という印象。

キャサリンはイリス《ルネ》の方を見ると、むすっとした顔になる。

「……お父様。本当にやるんですの？」

「ああ。お前の安全のためだ」

「お嬢様、どうかお聞き分けください。伯爵様もお嬢様のことを考えておっしゃっているんですよ」

キャサリンはじろじろとイリス《ルネ》を観察し、それからビシッと指を突きつける。

「いいこと？　この私のかえ玉になるからには、キーリー伯爵家の名にはじないふるまいをなさい！　お下品なマネをするようなことがあればしょうちしませんわ！」

「キャサリン。人を指差すのはやめなさい」

ちなみに『イリス』の記憶を探《さぐ》ると、彼女はキャサリンを苦手としていたようだ。さもありなん。

4　華麗《かれい》なる戦《いくさ》支度《じたく》

薄暗《うすぐら》い石の部屋に甲高《かんだか》い悲鳴が響《ひび》いた。

「あぅあっ！」

麦の穂《ほ》みたいに枝分かれした鞭《むち》が空気を切り裂《さ》く度《たび》、ルネの身体《からだ》は破裂《はれつ》しそうなくらいに痛んだ。

普段《ふだん》は、その建物は牢獄《ろうごく》として使われている。逮捕《たいほ》された犯罪者を裁判になるまで放《ほう》り込んでおく場所であり、懲役囚《ちょうえきしゅう》の生活の場でもあった。しかし今は王弟派の騎士《きし》たちによって、ルネのために一角を転用されていた。拷問《ごうもん》をするための設備は元々なかったが、広めの部屋に禍々《まがまが》しい機材を運び込み、即席《そくせき》の拷問《ごうもん》室としていた。

ルネは手枷《てかせ》をはめられ、さらにその手を天井《てんじょう》からの鎖《くさり》で拘束《こうそく》されていた。これは絶妙《ぜつみょう》に高さが調整されていて、吊《つる》された者に自らの体重で苦痛を与《あた》えつつ、つま先立ちを強要して体力を消耗《しょうもう》させる。無理がある姿勢だと攻撃《こうげき》に対して無防備になり苦痛が増す、という効果もあった。

ルネがこの部屋に来る時は、いつも数人の『非正規拷問官』が居た。拷問官たちは誰《だれ》も彼《かれ》も紋章付きの鎧《よろい》を身につけていた。まるでその鎧を……騎士としての証を誇《ほこ》るかのように。ルネをいたぶることが騎士としての高尚《こうしょう》な務めであるとでも言うかのように。

彼らはルネを見る時、怒《いか》りに燃えた憤怒《ふんぬ》の形相か、あるいは嗜虐《しぎゃく》的に嘲笑《あざわら》う顔をしていた。

うっかり殺してしまわないように、ダメージが小さくて苦痛が大きい責め方が選ばれ、回復魔法《まほう》を使える術師が常に付き添《そ》っていた。殺さないのはあくまでも、近くルネを公開処刑《しょけい》するためだ。拷問官たちはそのことを折に触《ふ》れてルネに言い聞かせた。心理的に追い詰《つ》めるためだった。

がら空きの胴体《どうたい》に立て続けに鞭が打ち込まれ、ルネはまた悲鳴を上げる。

叫《さけ》びすぎて喉《のど》が焼けているように感じた。

「いっ、いたっ、あうっ、うあああーっ‼」

「泣いて許されると思うな‼」

ヒステリックな胴間声《どうまごえ》がルネの鼓膜《こまく》をひっ叩《ぱた》く。泣いてもやめてくれないのはもう分かっている。分かっているけれど、それでも痛くて怖《こわ》くて、涙《なみだ》は勝手に溢《あふ》れてきた。

「連邦《れんぽう》に通じ国を売った、堕落《だらく》した王の娘《むすめ》！　貴様は何故《なぜ》、連邦との国境に住んでいた⁉　連邦とはどのような接触《せっしょく》があった⁉　知っているはずだ！　言え‼」

幾度《いくど》となく繰《く》り返された問い。連邦との国境に住んだのは、連邦の文化が色濃《いろこ》いために『銀髪銀《ぎんぱつ》目の忌《い》み子』への偏見《へんけん》が薄《うす》く、ルネの身体についてどうこう言われることが少ないからだ。それに連邦との関係は（たとえそれが上下関係だろうと）ずっと良好であり、他の国境地帯に比べるといきなり国境線が燃え上がるという危険も非常に小さかった。ただそれだけの理由だ。母が幾度か口にしていたこともあり、ルネはその辺りの事情を幼いながらに心得ていた。

それに王の娘と言われても、ルネは己《おのれ》の出自をずっと知らなかった。王の対連邦政策だの、裏での交渉《こうしょう》ごとだのに関《かか》わっていたわけもない。何も無いのだからルネが知っているはずなどなかった。

だがそれは拷問官たちの求める答えではなかったようで、何度言っても『本当のことを言え』と怒鳴《どな》られ、嘘《うそ》をついた罰《ばつ》としてさらに鞭打たれた。

もうルネは泣き叫ぶことしかできなかった。

「知らな……ひっく、知らないよぉーっ！」

「嘘をつけ‼」

「あううっ……！」

ルネの背中を鞭が打ち据《す》えた。

知らないと言ったら言ったで嘘扱《あつか》いされる。もし求める答えがあるのなら教えてほしいとルネは思っていた。それをそのまま言うから。しかし、求める答えなんてものは最初から無いのかも知れない。拷問の形式を取り、言いがかりを付けて苦しめるのが目的なのだとしたら。

吊された腕《うで》に身体を預け、ルネはぐったりと項垂《うなだ》れる。

無理な姿勢のせいで肩《かた》が軋《きし》んだが、しかしどうしようもなかった。

「うああ……えぐっ……」

「チ……悲鳴が小さくなってきたな。責め手を替《か》えろ」

「はっ」

命じられて出て行った拷問官は、すぐ隣《となり》の部屋から何かを持って戻《もど》ってくる。

それは熱した火掻《ひか》き棒だった。

「そらよ」

火掻き棒が押《お》し当てられる。

千匹《びき》の蜂《はち》が同時に肌《はだ》を刺《さ》したかのような痛みに、ルネは身体をのけぞらせた。

「あ、あああああーっ‼」

振《ふ》り絞《しぼ》るような叫喚《きようかん》がルネの喉から噴《ふ》きだした。

「ったく、ガキの悲鳴ってのは色気が無ぇ」

その様子を見て拷問官は勝手な感想を述べる。

「あ、ああ……あ……つい、あつい、あつい……あつい、あつ……い……」

朦朧《もうろう》としながらもうわごとのように繰り返すルネの言葉を聞き、拷問官が銀の髪《かみ》を掴《つか》んでルネの顔を引き起こした。

「熱い？　熱いか？　熱いんだな、よーし！　冷ましてやろう！」

狂気《きょうき》的に目をぎらつかせた拷問官の後ろには、また別の拷問官が立っていた。

煮《に》えたぎる湯を入れた鉄鍋《てつなべ》を持って。

「ひっ……」

「……焼けた鉄よりは、こっちのが冷たいだろうさ」

鍋の中身が――

＊　＊　＊

「わああああああっ！」

叫んで跳《は》ね起きたイリス《ルネ》は、自分が石の拷問室ではなくふかふかベッドの上に居ることに気付く。

繊細《せんさい》に刺繍《ししゅう》されたカーテンの隙間《すきま》からは、青紫《あおむらさき》色になり始めた夜明けの空が見えた。

全力疾走《しっそう》で山ひとつ登り切ったかのように息が切れ、心臓は割れんばかりに脈打って、身体は土砂降りの雨を浴びたように汗《あせ》で濡《ぬ》れていた。

「……夢……」

夢であったことを確かめるようにイリス《ルネ》は呟《つぶや》いた。

アンデッドであるルネは睡眠《すいみん》も休息も不要の存在だ。しかし、仮宿としているイリスの肉体は違《ちが》う。疲労《ひろう》すれば睡眠が必要だった。そして地獄《じごく》の夢を見た。

悪夢と呼ぶも生ぬるい生き地獄の記憶《きおく》。ルネを捕《と》らえた王弟派の騎士たちは、ただひたすら苦痛を与えることを目的としてルネを拷問にかけた。

それは今にして思えばルネを苦しめることが彼らの正義だったからだ。あれは彼らが絶対悪と見なした前王の治世に対する攻撃だった。何より彼らは熱狂の中に居て、仲間が居て、ルネは無力だったから攻撃が苛烈《かれつ》になった。

イリス《ルネ》は部屋の中を見回す。夜通し燃え続けた暖炉《だんろ》が部屋をぼんやり照らしていた。

天蓋《てんがい》付きのベッドに綿雲のような絨毯《じゅうたん》。壁《かべ》すら美麗《びれい》に装飾《そうしょく》され、家具はどれもこれも輝《かがや》くようで優美な曲線を描《えが》く。泥《どろ》団子ひとつ投げただけで大金が飛びそうな部屋。パーティーのメンバーとも離《はな》れて独占《どくせん》している、キーリー伯爵《はくしゃく》の城館の客間だ。

伯爵令嬢《れいじょう》キャサリンと影武者《かげむしゃ》イリス《ルネ》は、日によって違う客間をそれぞれ使って寝《ね》ることになっていた。もし暗殺者などがキャサリンを狙《ねら》ったとしても混乱させるためだ。まだ仕事は始まっていないが、一足先にイリス《ルネ》はここで眠《ねむ》ることになった。

暖かな寝床《ねどこ》。仕事中の冒険《ぼうけん》者という仮初《かりそ》めの立場。安心してもいい。ここは冷たい石の牢獄ではなく、おぞましい拷問具など存在せず、正義に燃える拷問官も存在しないのだ。

「……安心？　馬鹿《ばか》みたい。何考えてるの？　今の俺は最強のアンデッドだぞ？」

イリス《ルネ》は震《ふる》えた苦笑《くしょう》を漏《も》らした。今ならもう、あんな悲惨《ひさん》な目には遭《あ》わないだろう。

「わたしは……俺《おれ》は強い。俺は強い。俺は強い。次は、殺す」

自分に言い聞かせるようにイリス《ルネ》は言った。口調が自然に男のものとなる。心の痛みに耐《た》えるため、『大人』という虚勢《きょせい》の殻《から》を記憶の底から掘《ほ》り出してそれを被《かぶ》った。

あの屈辱《くつじょく》を、痛みを、恐怖《きょうふ》を忘れない。

優《やさ》しく美しかった母を、平穏《へいおん》な生活を、全《すべ》てを奪《うば》われた怨《うら》みを忘れない。

ルネは自分を正義だなどと思っていない。これからルネは、奪われた以上のものを奪い、傷つけられた以上のものを傷つける。復讐《ふくしゅう》の対象は、親兄弟も無垢《むく》な子どもも、末代に至るまでも祟《たた》り殺し尽《つ》くす。理不尽《りふじん》に殺す。惨《むご》たらしく殺す。ルネを怨み復讐の復讐を企《くわだ》てる者があれば、これを踏《ふ》みにじり嘲笑う。必要とあらば咎《とが》が無い者も糧《かて》とする。

そんな行いが正義であるはずない。だが、理非善悪などもはやどうでもいい。胸の内に燃えるどす黒い怨みの炎《ほのお》が全てを焼き尽くすまでルネは止まらない。

「殺す……殺す……殺すっ！」

そして拳《こぶし》をベッドに叩き付けたイリス《ルネ》は妙に湿《しめ》っぽい感触《かんしょく》に気付く。下半身からシーツに掛《か》けて、汗では説明できないレベルでぐしょ濡れになっていた。

イリスの記憶を探《さぐ》っても、彼女《かのじょ》にそんな恥《は》ずかしい癖《くせ》は無かった。だとしたらこれはきっとルネの持ってきた記憶のせいだ。きっと、あの悪夢のせいだ。

「もー……最悪……」

切れ切れの息の合間から、イリス《ルネ》は鉛《なまり》のように重い溜息《ためいき》を吐《つ》いた。

＊　＊　＊

シュミーズ風の寝間着《ねまき》を着ていたイリス《ルネ》を年若い侍女《じじょ》が手際《てぎわ》よく着替《きが》えさせていく。

「お気になさらないでください、洗濯物《せんたくもの》がひとつやふたつ増えても変わりませんよ。慣れない場所で寝たから緊張《きんちょう》してしまったのですね」

「あ、はい……」

侍女様の温かな気遣《きづか》いが心に刺さる朝。イリス《ルネ》は精神を虚無に近づけようと努力していた。人の心とは不思議なもので、殺人は平気なくせに羞恥《しゅうち》心が健在だったりする。

このシエル＝テイラにおいても、やはり上流階級は自分で着替えたりしないものらしい。小さな頃《ころ》に親が着替えを手伝ってくれた記憶はルネにもあったが、それはあくまで自分で脱《ぬ》ぎ着ができなかった頃の話。今になって一から十まで他人にやってもらうというのは違和《いわ》感があるものだった。

今は予行演習というか、お嬢様の影武者として本格的に仕事をする前のトレーニング期間である。

母ロザリアは宮廷《きゅうてい》を追われる時、幾《いく》ばくかの財産を下賜《かし》されていたようだが、倹約家《けんやくか》だったようでルネの暮らしは質素だった。使用人のひとりも雇《やと》わなかったのは……単に、半ば隠《かく》れ住む身の上だったからかも知れないが、とにかく貴族としての生活はそれなりにカルチャーショックだ。

着替えさせられるのもだが、服装もそうだ。ルネはシンプルでありふれた羊毛のワンピースくらいしか着たことが無かった。ところが今用意されているのは目が潰《つぶ》れそうなくらい鮮《あざ》やかな深紅《しんく》とゴシックな黒の……ドレスだかワンピースだかよく分からないもの。布地を埋《う》め尽くすフリル飾《かざ》りはもはや大仏ヘッドで、そこかしこにリボン飾りが付いている。思いきり広がったスカートは腰回《こしまわ》りを細く見せる効果もありそうだ。アンダーに着る白くてフリフリのパニエは、おそらくスカートの裾《すそ》からのぞくはず。こんな絢爛《けんらん》に飾り立てられた服、ネズミ御殿《ごてん》のパレード用電飾衣装《でんしょくいしょう》とさして変わらないのではないだろうか。

「いたたたっ！」

「あら、少しきつすぎましたでしょうか」

思わずイリス《ルネ》は悲鳴を上げ、紐《ひも》を締《し》め上げていた侍女がちょっと手を止める。

胸の下から腹にかけてを圧迫《あっぱく》するコルセットはルネとしても初体験。確か地球の歴史において、コルセットは身体に悪いと言われて使われなくなったはずだが……

――これは……確かに身体に悪い。おまけに動きにくいし。

『イリス』としての仕事に差し支《つか》えると困るなあ、とは思う。こんなものを着けて激しいアクションをこなすのは大変そうだ。

下着を着せ終わると、次はあのパレード衣装みたいな服。下に着るシャツがあったり、エプロン状の部位があったり、あちこちを紐で締められたりして、もはや組み木細工のパズルみたいな工程を経て服が着せられていく。おそらく、後でこれをひとりで着ようと思ってもやり方が分からない。

「さあ、できましたよ。ご覧になってくださいな」

やっと着付けが終わったようで、イリス《ルネ》は鏡の前に立たされる。

『人形のような』という形容が違和感なく似合う美少女がそこには居た。ウェーブの掛かった金髪が美しい彼女は、鏡の中で藤《ふじ》色の目を輝かせている。

そもそも今ルネが依り代としているイリスは見栄《みば》えがする顔立ちだ。そこに良い服を着込めば華《はな》やいだ雰囲気《ふんいき》になるのも道理。仮の肉体とは言えど、イリスの胸《ルネ》は高鳴った。紛《まが》う方無き貴族の装《よそお》い。物語の中で思いを馳《は》せるだけだった素敵《すてき》なお洋服を、今自分は着ているのだ。

「うわぁ……」

思わず歓声《かんせい》を上げてからほんの少し間を置いて、ぞわぞわと背中をくすぐられるような奇妙《きみよう》な感覚がやってきた。

——こっ……この感情は、背徳感⁉

するべきでないことをしているのだという据わりの悪さと、抗《あらが》いがたいトキメキのアンヴィバレンツ。お高く豪奢《ごうしや》な服で可愛《かわい》らしく着飾《きかざ》った自分の姿を好ましく思いながらも、そんな自分の感情を否定すべきだと考える『前世的感覚』が微《かす》かに存在する。違和感と感動が同居するこの想《おも》いを一言で表現するなら、つまり背徳感としか言いようがなかった。

——な、なんか変な扉《とびら》開けたって言うか、知らなくても生きていけることを知ってしまったような気分……ってそう言えば、わたしもう生きてなかったか。

あまりにくだらないセルフ棺桶《かんおけ》ジョークが浮《う》かんでくるくらいにはイリス《ルネ》はテンパっていた。このジョークは墓まで持って行こう（混乱中）。

ルネが着慣れたような服ならばまだいい。慣れが先行して違和感も小さい。

しかし。ルネにとって非日常的な格好……例えばこういうドレスとか、ノット・ドロワーズで布地が少ない先端《せんたん》ファッションの下着なんかは、比較的《ひかくてき》ヤバい。

——スースーするって言うか、こんなの何も穿《は》いてないのと同じようなもんじゃない？　なんでこの世界、こんな下着が普通に存在するの⁉　なんでこんなに下着の縫製《ほうせい》技術が発展してるの⁉　確かお母さんもブラ着けてたし！　これも神様が人族に下した技術だったりするの⁉　そりゃもちろん、ちゃんとした下着って健康のためでもあるんだけど！　なんか怪《あや》しくない⁉　その技術教えた神様、タルタロスとかに繋《つな》いどいた方がよくない⁉

イリス《ルネ》が考え込んでいる間にも、髪はとかされ顔には薄く白粉《おしろい》が塗《ぬ》られ、何かの生産ラインみたいな手際の良さで朝の身支度は進んでいた。

＊　＊　＊

イリス《ルネ》の生活とはまた別で、城の一室が〝竜《りゅう》の喉笛《のどぶえ》〟に割り当てられていた。

そこは城内で生活している使用人向けの居住区画。元は空き部屋だったらしい部屋ひとつがパーティーの領域だ。本来は五、六人向けの部屋であるらしい大きめの部屋にベッド三つと多少の家具が並び、部屋の隅《すみ》には余分のベッドなどが布を掛けたまま寄せられている。

イリス《ルネ》が部屋に入っていった時、三人はちょうど朝食を摂《と》っているところだった。

「みんな、おはよう」

『イリス《ルネ》』の記憶をなぞり、イリス《ルネ》はいつも通りの挨拶《あいさつ》をした。

食事の手を止めてぽかんとした顔でイリス《ルネ》の方を見ていたヒューが破顔する。

「おお、イリスか！　一瞬《いっしゅん》分かんなかったぞ」

「俺は分かった」

「お前は鼻で分かるだろうがよ！」

ヒューは燻製《くんせい》肉のサンドイッチを齧《かじ》っていたベネディクトを引っぱたく。コボルドであるベネディクトは犬並みに耳と鼻が利《き》く。その力で何度かパーティーを救っていた。

まあ、さすがにイリスに憑依《ひょうい》したルネを野生の勘《かん》で察知したりはできない模様だが。

「どうしたんだ、その格好？」

「えっと、メイドさん……じゃない、侍女さんか。侍女さんに着せられたの」

「ほーん。似合ってるよ、イリス。普段から可愛いけど、そうしてると見違えるように可愛い」

さらっと当然のようにディアナが褒《ほ》める。なんだかイリス《ルネ》はくすぐったかった。

「そうか、お嬢様の影武者だもんね。同じ服を着なきゃいけないか」

「いっつも防御《ぼうぎょ》力と動きやすさしか考えないローブだし、そういうのにも慣れなきゃならんな」

「コルセットで死ぬかと思った」

「あっはっは！　確かにありゃキツいよ。冒険者はあんなもん着けないからね」

ディアナは普段コルセットなんて使っていないが、着けたことはあるようだった。

コルセットはあくまでも見栄えを良くするための矯正《きょうせい》下着。あんな息苦しくて動きを妨《さまた》げるようなもの、冒険者はとても使っていられないのだ。

「それと、この服。すっごく複雑なの。わたし着方どころか脱ぎ方も分かんない」

「ん？　……ああ、そうか自分で着たわけじゃないからか」

「そうなの。全部侍女さんがやってくれるから……」

もしどこかでルート分岐《ぶんき》が違えば、自分は生まれ変わった時から王宮でそんな人生を送っていたのかも知れないと思うと不思議な気分になるイリス《ルネ》。

「それで、ひとりだけふかふかのベッドで寝る仕事はどうだった？」

「えっと、まあ……」

ヒューに問われたイリス《ルネ》は侍女さんの口が堅《かた》いことを祈《いの》りつつ言葉を濁《にご》した。

「俺らもちゃんとした寝床だったろ」

「おう。すきま風ひとつねえ部屋で寝れるってのは幸せだな。ついでに飯もうめえ」

「そりゃそうだよ、危険な依頼《いらい》なんだから経費と報酬《ほうしゆう》はたっぷり積んでもらわなくちゃ」

まだこの仕事に納得《なっとく》しきれていないようで、ディアナは必要以上の力を込めてサンドイッチを噛《か》みちぎる。

「しかし、こんなんでいいんだろうかな。影武者と言ったって丸わかりじゃないか？　イリスは変装すりゃお嬢様に似せられるだろうが……〝竜の喉笛〟だって無名じゃないんだ。俺らが城に出入りしてたら、お嬢様とイリスがすり替《か》わってる可能性があるって、ナイトパイソンだって気がつきそうなもんだよな」

「請《う》けたあんたがそれを言うのかい」

ベネディクトが訝《いぶか》しむ。実はイリス《ルネ》も同じ意見だった。使用人たちもこの件を知っているし、だいいち、イリス《ルネ》が城に居る間も護衛対象である伯爵令嬢キャサリンはほぼ普段通り生活することになるようなのだ。つまり、城の中には都合二人の『キャサリン』が存在することになるわけで、意味があるのだろうかと思わなくもない。

だがヒューは、気にすることではないとばかりに首を振る。

「気がついたって良いんだよ。多分な。それはそれで連中、お嬢様に手出ししにくくなるだろ。もしかしたら今ここに居るお嬢様は偽物《にせもの》かもなーって」

「なるほど」

「仮にそれで上手《うま》くいかなかったとしても、そりゃ計画を立てた伯爵様の問題だ。俺らは言われた通りに仕事すりゃいい。文句言われる筋合いはねーぜ」

ヒューはあっけらかんとそう言うが、ベネディクトはお嬢様を心配してか渋《しぶ》い顔だ。

──えーと……ここは『イリス』が口を挟《はさ》むべきポイントだよね。

ルネはイリスに憑依した際、彼女の記憶を覗《のぞ》き見られるようになっている。ここで子どもらしい正論を言うのが、ルネがイリスの記憶から読み取ったイリスの姿だった。

「ヒュー。冒険者としてはそれでよくっても、わたしはちゃんとキャサリンちゃんを助けたいの」

心にも無いことをイリス《ルネ》は言った。

「俺も助かりゃ良いたぁ思うけどね。俺らの対処能力を超《こ》えた事態になったら手は出せねえぞ」

「だね。イリスも、くれぐれも危ない目に遭わないよう気を付けとくれよ」

「はあーい」

釘《くぎ》を刺すディアナに、不満げな演技でイリス《ルネ》は返事をした。それを見てヒューが苦笑する。

「俺らも大概《たいがい》だと思うけどさ、やっぱディアナはイリスに甘《あま》いよな」

「そうとも、大甘さ」

「きゃっ！」

いきなり背後からディアナに抱《だ》きすくめられてイリス《ルネ》は思わず硬直《こうちょく》するほど驚《おどろ》いた。温かくて、柔《やわ》らかくて、煙草《たばこ》の匂《にお》いがした。何故だかイリス《ルネ》は、身体にぴりぴりと電撃が走っているような気分だった。いつまでもこうしていたいような、それが致命《ちめい》の毒であるかのような。

「もしこのまま順調に仕事続けてたら、何をどうしようがあたしの方がイリスより先に冒険者引退すんだし、あたしの方が先に死ぬよ。だからせめて一緒《いっしょ》に冒険者してられるうちはあたしが守りたいし、残せるだけのもんを残してやりたいじゃないか。経験とか知識とか、そういうのをさ」

堂々と甘やかし宣言をするディアナ。〝竜の喉笛〟は全員同じ第四等級の冒険者ではあるのだが、キャリアでも年齢《ねんれい》でも一番下のイリスはみんなの妹ないし娘のような扱いだった。

それを『イリス』は、うっとうしくもありがたく思っていて、皆《みな》を慕《した》っていた……

ちくりと、イリス《ルネ》は胸が痛むような気がした。罪悪感と言うよりも、切なさに。

「ところでイリスは朝飯まだなのか？　取っといたんだけど」

「あ、じゃあいただきます」

「お待ちください、イリス様。……やはりこちらにおられましたか」

促《うなが》されるままイリスがサンドイッチに手を伸《の》ばそうとした時だ。半開きの扉を押し開けて、飾り気の無い禁欲的なワンピース姿の女性が押し入ってきた。

アップに纏《まと》めた髪に三角眼鏡《めがね》というコテコテの姿をした彼女は、その見た目通り（？）住み込みの家庭教師で、お作法その他をキャサリンに教える先生だ。イリス《ルネ》は仕事が始まるまでの数日間、上流階級としての所作や作法を彼女から教わることになっていた。

「イリス様は別でご朝食を。食事の摂り方もお勉強にございます」

「は、はい……」

イリス《ルネ》はこの先生と昨日会ったばかりだが、出合い頭《がしら》に十分間ばかり姿勢を厳しく正されて既《すで》に苦手意識を持っていた。ディアナは苦笑して手を振る。

「残念。しごかれてらっしゃいな。あたしらもこれから警備の打ち合わせと、そのための城内見学ツアーだよ」

「注意点だけは後で伝える」

「わかった、お願いね」

三人に別れを告げ、先生に続いて廊下《ろうか》に出ると、イリス《ルネ》は急に気温が下がったように感じた。

〝竜の喉笛〟の仲間たち。冒険者のパーティーは、時には金のため仲間を裏切ることもあると聞いていたが、少なくとも〝竜の喉笛〟はそうではない。まるで家族のようなパーティーだ。皆、イリスのことを深く思いやっているのが伝わってくる。その想いが自分に対して向けられたものではないのだと知りながら、イリスに憑依しているルネは、このパーティーを好ましく思っていた。

イリスに憑依し成り代わり、彼女が受け取るべき愛情をかすめ取っているのは、背徳感と共にどうしようもない切なさがある。所詮《しょせん》、これはイリスに向けられた想い。満たされているという気はしなかった。

この悲しみと怒《いか》りは誰にも癒《い》やせはしない。

復讐で流された血によってしか癒やせないのだと、イリス《ルネ》は思った。

＊　＊　＊

灰色の街に日が差して、大通りからは雪が溶《と》け消えていく。その日は久しぶりの冬晴れだった。お嬢様ブートキャンプ開始から一週間経った日。イリス《ルネ》はディアナと連れだって街へ出ていた。今日はあの拷問具的なコルセットも着けず、久々に気楽なローブ姿だ。

　向かう先は、街にある冒険者ギルドの支部。

　超《ちょう》国家機関である冒険者ギルドは、ざっくり言えば冒険者の管理と依頼の斡旋《あっせん》を行う組織である。国家との距離《きょり》感は場所によりけりだが、基本方針は『政治に関わらず』。かなりの戦力を保持している民間団体という聞くだけで不安にさせる立場ながら、中立の存在であるという前提と、公《おおやけ》がやりたがらない魔物退治を金で片付けてくれるという利益の上で絶妙なバランスを保っていた。

　……その観点から言うなら今回の依頼はかなりグレーだったりする。田舎《いなか》の役場みたいにコネで動く体質の小さな支部が『柔軟《じゅうなん》な判断』を下した結果だろう。

　伯爵から直接依頼が来ているような状態ではあるが、それでもギルドを通すのが冒険者としての礼儀《れいぎ》だ。ギルドを無視したクエスト発注者も、それを請ける冒険者も、原則として指導の対象になり悪質ならブラックリストに載《の》る。

　そんなわけでディアナは正式なクエスト受諾《じゅだく》の手続きをするため街にある冒険者ギルド支部に向かっているのだった。それにイリス《ルネ》が付いていくことにした。

　冒険者は魔物が居る場所の探索《たんさく》と、対魔物戦闘《せんとう》の専門家。ルネにとって目下の脅威《きょうい》はあの騎士団長だが、今後、強い冒険者と戦わないとも限らない。冒険者については可能な限り理解しておかねばなるまい……とかなんとか理由は付けたが、イリスの記憶からサルベージするだけでは飽《あ》き足らず自分で見に来たのは、半分くらいは好奇心《こうきしん》のためだ。

「どうだい、お勉強の方は」

「すごく大変……」

ぶらぶらと道を歩きながら二人は話をする。イリス《ルネ》はここ数日のしごきでヘロヘロだった。

「ナイフとフォークの使い方。椅子《いす》の座り方と立ち方。優雅《ゆうが》な言葉遣《ことばづか》いと優雅な手振《てぶ》り。歩くときは一本の線の上を歩くように。おまけに……信じられる？　途中《とちゅう》からは全部、頭に本を載せてやらされたの！」

「あらま。本を頭に載せるなんて、お偉《えら》いさんを笑った冗談《じょうだん》だと思ってたのに、本当にやるんだね」

道中の話題はイリス《ルネ》がやらされている訓練についてだ。

イリス《ルネ》の礼儀《れいぎ》作法力は、生まれた時から貴族として教育を受けていたキャサリンに遠く及《およ》ばない。

それでも多少は取り繕《つくろ》えるようにと、文科省でなくてもゆとり教育を叫びたくなるレベルの詰め込み教育が施《ほどこ》されていた。正直、イリスの立場を使うこの作戦をちょっと後悔《こうかい》したほどだ。

「仕事に必要なお勉強だって言うなら、この時間のお給料も欲《ほ》しいくらい大変」

「あはははは！　そりゃ道理だ！　でもイリス、きっとこいつは将来役に立つよ」

「そういうものかな？」

「そういうもんだよ。ナイフとフォークの使い方がしっかりしてるだけで、『こいつ冒険者なぞに身をやつしているが、もしかしたらやんごとなき家柄《いえがら》なのでは？』なーんて、お偉いさんからの見る目が変わったりするかもだよ。そういうのって意外とどこかで役に立ったりするんだ」

なるほど、とイリス《ルネ》は思う。無給で研修を受けさせられると考えるとブラックだが、金を払《はら》ってでも受けたい授業を無料で受けられると考えると確かにお得かも知れない。

実際、ルネとしてもこれはありがたい機会。

これから先、また別の高貴な女の子に憑依して成り代わることがあるだろう。そんな時に戸惑《とまど》わないためにも、それらしい動きは身につけておいて損は無いはずだ。

――まあ、それも……まずはこの国に片を付けてからだけどね。

そのためにもまずはナイトパイソンとかいう連中を地獄に送り届けなければならないのだ。

そんなことを考えているうちに、ふたりはギルドの支部に辿《たど》り着いていた。

＊　＊　＊

「ほいよ、領主様からのクエストね。分かってるよ」

顔なじみの支部長《マスター》はもはや委細心得た様子で、イリス《ルネ》たちふたりを見るなりそう言った。

その冒険者ギルド支部は、一応、街で一番繁華《はんか》な場所にあった。だが二階建ての建物自体はこぢんまりとしていて、雰囲気の良い酒場みたいな場所だ。別にここで食事は出していないのだが近くの店で買ってきた食べ物や酒を持ち込んで飲食している冒険者の姿がある。カウンター周りには酒や飲み物のメニューの代わりに依頼の張り紙が出されていた。

小規模な支部なので、支部長《マスター》自ら受付に立って冒険者の相手をすることもある。受付嬢のシフトの穴を支部長《マスター》が埋めているのだ。『変な事件が何も起こらなければ支部長《マスター》が一番ヒマだからな』とは本人の弁。まあ実際のところ、本人の趣味《しゅみ》という面が多分にあると思われる。

横に大きく縦に短く、岩のような筋肉を持つ髭面《ひげづら》の男。支部長《マスター》はこの国では人間に次いで多い種族、ドワーフだ。男のドワーフは若者でも髭もじゃなので、人間からは歳《とし》がよく分からないものだが、支部長《マスター》は既に老境にあるらしい。自慢《じまん》の筋肉も衰《おとろ》えた（どこが衰えているのか人間には分からない）が、若い頃は冒険者としてブイブイ言わせていたそうで、今でもカウンターに立って現役《げんえき》冒険者の顔を見るのが一番の楽しみなのだとか。

「まったく、お前さんらは領主様に気に入られてるなぁ」

「気に入られてるったって良し悪しよ。今回の仕事はちょっと危ないわよ。内容知ってるでしょ。よくこんな仕事回してくれたね」

「いやあ、だってよ……しゃあねえだろ」

支部長《マスター》は決まり悪そうに口ごもる。岩盤《がんばん》みたいに分厚い手を口元に当て、彼は声を潜《ひそ》めた。

「今暴れてる『謎《なぞ》の盗賊団』……こいつがナイトパイソンの連中だってのはほぼ確実だろうし、そうなりゃ裏でジェラルド公爵が糸引いてんのもほぼ確実だ。だが、そいつらは所属を明かしてやってるわけじゃあねえ。向こうが建前上『謎の盗賊団』でシラを切るってぇなら、俺らも政争に首突《つ》っ込んだわけじゃねえって言い訳は立つだろ」

「それで王宮《むこう》が納得してくれるんならいいんだけどね」

「ねえ支部長《マスター》さん。それって有名な話、なんですか？」

ヒルベルトを支援《しえん》したジェラルド公爵だの、それと繋がりがある犯罪組織だの、支部長《マスター》は当たり前のように話している。『イリス』も知っていたがルネは知らなかったことだ。

「諸侯《しょこう》の動向くらいはギルドが把握《はあく》してるもんさ。公爵とナイトパイソンの関係は、ま、噂《うわさ》だよ。噂だった。尻尾《しっぽ》を掴んだわけじゃなかった。だがクーデター騒《さわ》ぎからこっちの動きを見てると、もう疑う余地はねえって感じなんだよな」

自ら茶を淹《い》れて、ふたりに出しながら支部長《マスター》は語る。ちなみに彼は自分が飲む分の茶には何かの酒をたっぷりと注ぎ込んでいた。ドワーフはお茶にすらアルコールを入れないと気が済まないらしい。それはもはやお茶でなく、酒のお茶割りという気もしてイリス《ルネ》は呆《あき》れたが。

「現王……あれを王って言っていいのかはともかくとしてだ、現王陛下が四大国を背後《ケツ》に付けて諸侯に呼びかけたとき、逸早《いちはや》く膝《ひざ》を折ったのがジェラルド公爵だ。そこから陛下は一気に工作力を増したって話でな。説得に難色を示す領主には脅《おど》しがあったり、軍勢をまとめて王都入りする段になったら邪魔《じゃま》になりそうな領主のところはトラブルが起こって騎士団が動けなくなったり。そこでどうもナイトパイソンが動いたくせえって情報があるのさ。まあそもそも対軍の破壊《はかい》工作なんてもんがまともにできるのは、この国じゃ王宮の隠密《おんみつ》部隊とナイトパイソンぐらいだろうよ」

立ち飲み居酒屋のようにカウンターで茶を飲みながら話を聞いていると、イリス《ルネ》はなんとなく、クーデターなんてものが容易《たやす》く成った理由が分かってきた。

王は……つまりルネの父は、気がつけば手足をもがれた状態にあったのだ。

ヒルベルトは四大国の支援を取り付けることで大領主たちを自分になびかせた。

大領主たちを自分になびかせたことで他の領主たちに『戦ってもムダ』と思わせた。

各領主が抱《かか》える騎士と農兵を全て集めたものが『シエル＝テイラ王国』としての戦力。領主の戦力は当然、領地の大きさに比例する。ジェラルド公爵のような大領主が反旗《はんき》を翻《ひるがえ》せばその打撃は計り知れない。そして王家直属である頼《たの》みの綱《つな》の騎士団は……トップがローレンス《アレ》だ。

事態の推移を考えれば、その中でジェラルド公爵とナイトパイソンが果たした役割は小さくない。

王都脱出《だつしゆつ》後の追撃戦で彼らが出てきたのもクーデター勃発《ぼつぱつ》からの流れを汲《く》んでのことだし。

——よし、なるべく惨たらしく殺そう。戦力的にもまずこっちを削《けず》る意義はある。

イリス《ルネ》は密《ひそ》かに決意を固めていた。

「話を聞いてると……あたしらがこの仕事請けるの、ますます危険じゃないかい？」

いつの間にか煙草を吸っていたディアナが、紫煙《しえん》混じりの溜息を吹き出す。

この国に居ること自体が危ないかも知れない。それどころか、下手すれば〝竜の喉笛〟はこのクーデター騒ぎに負けサイドから首を突っ込んでしまうかも知れないのだ。今、この国にどんな狂気が渦巻《うずま》いているのかイリス《ルネ》は身をもって知っている。ディアナの心配は杞憂《きゆう》と言い難《がた》い。

支部長《マスター》は難しい顔のまま、躊躇《ためら》いがちに頷《うなず》いた。

「そうかも知れん……ただ、俺はそのうえで〝竜の喉笛〟にこの依頼を請けてほしいと思ってる。領主様を守ってほしいしな」

「支部長《マスター》。ギルドは政治から中立じゃあなかったかい？」

「分かってんよ。だからこいつぁ俺個人の考えだ」

超国家機関である冒険者ギルドは、『特定の国家や政治勢力に肩入《かたい》れしない』という建前を守ることで多くの国家から存在を認められているのだ。『犯罪組織に狙われた伯爵令嬢を護衛する』というのなら構わないだろうが、そこに国家を二分する大騒動《そうどう》が関わってくるとなるとグレーだ。

本来ならそういうクサい依頼を蹴《け》るとか、依頼主と条件を詰めて政治的な話にならないよう環境《かんきよう》を整えることも支部長《マスター》としての仕事なのだが、こういう理念的な部分はやはり、末端《まつたん》の小さな支部ほどいい加減になる。

「あたしらが国に睨《にら》まれるたぁ思わないのかい？」

支部長《マスター》はぐっと言葉に詰まる。間を持たせるように茶を飲もうとして、カップは既に空だった。

「お前らが請けた仕事は犯罪組織に狙われてる伯爵令嬢の護衛だ。文句の付けようがねえ、真っ当な冒険者の仕事だ。それに政治的な理由で国が茶々入れてくるんならギルドが容赦《ようしゃ》しねえ。そのために冒険者ギルドがあるんだ」

「ちゃんと本部動かせるんだろうね？」

「やるさ。国内がダメでも連邦のギルドに話通せば動いてくれるだろう」

「うーん……」

「大丈夫《だいじょうぶ》です、支部長《マスター》さん。やりますよ。伯爵様とキャサリンちゃんのためです」

ディアナが何か言う前にイリス《ルネ》は機先を制して言った。戦いが終わった後にキーリー伯爵や〝竜の喉笛〟がどうなろうと知ったことではないが、ここで破談になったら目も当てられない。

「……そうか」

まさかイリス《ルネ》の事情など分からないだろう支部長《マスター》は、ちょっと済まなそうに笑った。

ディアナは苦い顔をしていたが……それ以上何も言わなかった。

「そんじゃ手続き書類出すから、いつも通りよろしく頼むわ」

「あいよ」

支部長《マスター》は立ち上がってカウンターに引っ込み、ややこしい書類の束を出す。

カウンターで手続きをするディアナを待つ間、イリス《ルネ》はクエストボードに貼《は》り出されている依頼書を眺《なが》めていた。特定の冒険者を指名しない、ギルド全体への依頼が貼り出されているのだ。

依頼書には報酬と内容、依頼主、そしてクエストの推定難易度が冒険者の等級《ランク》で書かれている。薬草摘《つ》み、下水道に住み着いた指喰い鼠《ジャイアントラット》の退治、ゴブリンの集落の掃討《そうとう》、喧歌鳥《アーリーバード》の羽根集め……特にイリス《ルネ》の興味を引くような依頼書は無かったが掲示《けいじ》物を順々に眺めていると、途中からは依頼書ではないものが並んでいた。

西部劇の賞金首手配書みたいに、牙《きば》や爪《つめ》を振りかざす凶悪《きょうあく》な怪物《かいぶつ》たちのイラストが描《か》かれている。似顔絵の下には戦績と特徴《とくちょう》が併記《へいき》され〝血塗《ちまみ》れ牙〟とか〝狂獣《きょうじゅう》〟とか、おどろおどろしい二つ名が書かれている。

人族にも一般人《いっぱんじん》から英雄《えいゆう》までいろいろ居るように、魔物にも当然ながら個体差が存在する。そして並外れた武勇を誇る個体や、種族の平均から大きく外れた能力を持つ個体は、冒険者ギルドが二つ名を付けて注意喚起《かんき》する。これが『ネームドモンスター』というシステムだ。

ネームドモンスターは一般人のみならず、冒険者にとってすら恐怖の対象。しかし、ある意味では冒険のロマンのひとつでもあった。

戦闘狂《バトルジャンキー》の冒険者でなくとも、ドラゴンとの決闘《けっとう》を思い浮かべれば心が躍《おど》るだろう。それと同じように、ネームドモンスターとの戦いにはヒロイックな憧憬《しょうけい》がつきまとう。

そして大抵《たいてい》のネームドモンスターには国や周辺住人から賞金が懸《か》けられており、討伐《とうばつ》した冒険者は富（と言えるほどの額かは場合によるが）と名声を手にできるのだ。

『村をひとつ潰した』とか、『第三等級のパーティーを全滅《ぜんめつ》させた』とか、脅威は脅威だがみみっちい強さのネームドたちを眺めていると、一枚だけ、毛色の違うイラストをイリス《ルネ》は発見する。

その手配書には、耽美《たんび》な雰囲気を醸《かも》し出す美しい少女が描かれていた。

切られた己の首を捧《ささ》げ持つポーズ。目を閉じ、静かに祈りを捧げるような、ともすれば神々《こうごう》しくも見える姿。美しくフリフリのドレス。スカートの左前側の部分には、返り血で服が染められたような感じで薔薇《ばら》が描かれている。

とにかく凶悪に描かれていていかにも手配書といった風情である周囲のネームドのイラストとは一線を画する雰囲気だ。絵画のタイトルみたいに書かれた文字は……

「〝怨獄《えんごく》の薔薇姫《ひめ》〟？」

「ああ、それかい。こないだ王都であった騒ぎのあれだよ、あれ」

「首切られたお姫様がデュラハンになったたって話かい」

思わず呟いたイリス《ルネ》に、支部長《マスター》とディアナが反応した。

——……ですよねー！　どう考えてもわたしだよね、これ！

イリス《ルネ》は顔が引きつってしまいそうなのを必死でこらえていた。

「気合いの入った絵だこと」

「手配書の絵師も、いっつも化け物ばっか描かされてるからな。滅多《めった》に女の子なんて描けないから張り切っちまったんだろ。おまけにこいつは、おあつらえ向きに物語性がある。なんでも騎士団からは『あれを姫と呼ぶな』とギルドに抗議《こうぎ》があったらしいけどね……知るかい。冒険者ギルドはメスのオークにだって姫って付けけんだぜ。生前が王家の血筋とありゃ、姫と付けない理由が無い」

「ネームドモンスターの二つ名なんて安直なのが多いからねえ」

「こいつのネームド指定はまた奇妙な経緯《けいい》でなあ。表向き、王都で騎士団に倒《たお》されたことになってんだよ。ところが騎士団はこいつを捜《さが》してるような動きを見せて、情報収集の協力願いまで国から出た。それでギルドも何かあると踏んで、ひとまず国内ネームド指定の通達が出たわけだ」

——ひえー……じゃあ王宮だけじゃなく冒険者ギルドも一応敵なわけ？　見つからないよう気を付けなきゃ。

しかし警戒《けいかい》すると同時に、この手配書を見てイリス《ルネ》はちょっと気をよくしていた。

ネームドモンスター〝怨獄の薔薇姫〟。悪くない、とイリス《ルネ》は思った。世に悪名を轟《とどろ》かせ、魔王すら超えた恐怖の代名詞になるというのも悪くない。もし今、ヒルベルトが自分の存在に恐《おそ》れをなして王城の奥《おく》で震えているのだとしたら……それは想像するだけでも愉快《ゆかい》だった。

——ん……そういうのも復讐の形か。考えてみれば殺すのは一瞬の苦しみだもんね。悪名を高めて、散々にビビって怖がってもらってから最終的に攻《せ》め込んで殺すってのも良い。じわじわ絶望してから死んでもらうんだ。……今は正体を隠さなきゃダメだけど、ちゃんと〝怨獄の薔薇姫〟として戦うときは自己ブランディングを考えないと。

「しかし……年端《としは》もいかない女の子に、連中もまた酷《ひど》いことしやがる」

ディアナの苦り切った言葉に、イリス《ルネ》はまた別の意味でドキッとした。他ならぬ自分を哀《あわ》れんでくれる者が居るというのは、既に粉々に壊《こわ》れているはずの心がほんの少し温かくなるようだった。

「そりゃあもう散々な目に遭わせてから殺したっちゅう話だぜ。処刑台に上がった時は、顔がボッコボコで男か女かも分からなかったたって話もある。化けて出たくもなるだろうってもんさ」

支部長《マスター》も嘆《なげ》くように言った。

それは流石《さすが》に噂に尾《お》ひれが付いているが、散々な目に遭わされたというのは事実だ。奪われた生活。奪われた母。何の意味も無い責め苦。元凶たる僭主《せんしゅ》ヒルベルト。王を裏切り、ルネが奪われた

全てを貶《おとし》めた騎士団長ローレンス……

――そう……この怨み、必ずや晴らしてくれる。

「……イリス？」

ディアナに声を掛けられ、ほとんど睨むように手配書を見ていたイリス《ルネ》は我に返った。

「顔が怖いよ」

「あ、えと、酷いなって……」

「そうかい」

ディアナは痛ましげにイリス《ルネ》を見ていた。

「あたしはね、政治のことはよく分かんないよ。でも、ちっちゃい子にそんな顔させる連中がマトモだとは、どうしても思えないね」

イリス《ルネ》は無言だった。奴《やつ》らがマトモじゃないのは身をもって知っている。今やイリス《ルネ》の方もマトモかどうかは分からないが。

「怒るのは体にも心にも毒だよ、イリス。ほどほどにしときな」

「別に……怒ったっていいでしょ。何があっても笑って許せばいいの？」

ちょっと不自然に思われるかな、とも考えたが、それでもイリス《ルネ》は言い返さずにはいられなかった。あれを笑って許すだなんて到底《とうてい》できない。

するとディアナは、そういうことじゃないとでも言うように首を振る。

「理不尽に対しては誰かが怒らなきゃなんないよ。でもね、怒ってると幸せになれないんだ。だからあたしは、あんたにも、他のどんな子どもたちにもそんな顔してほしくない。笑っててほしい。

汚《よご》れ仕事は大人に任しときゃいいのさ」

「笑って……」

「ああそうさ。特に女の子の笑顔《えがお》ってのはそれだけで魔法みたいなもんだよ」

「わたし、そんな子どものつもりないけど」

「こいつめ、そういう生意気な口はせめて下の毛生えてから利きな！」

「いたっ」

ディアナがイリス《ルネ》の頭を軽く小突いた。

イリス《ルネ》はディアナの感情を読み取る。言葉の通り、彼女の心は温かな慈愛《じあい》で満ちていた。

ふと、彼女はもし本来の姿をしたルネを目の前にしても同じことが言えるのだろうかとイリス《ルネ》は疑問に思った。いずれにしてもディアナの言葉なんかで救われはしないだろう。

——わたしがすべきは、ニコニコ笑って幸せになることなんかじゃない。

イリス《ルネ》はここ数日間、夜ごとベッドの中から魔法を使って伯爵執務《しつむ》室の様子を探っていた。警戒が厳重なら魔法で姿を隠して忍《しの》び込むことも考えていたのだが、幸いなことに（あるいは悲しいことに）キーリー伯爵居城は『外から内へ』の魔法の備えは一通り仕掛けてあっても『内から内へ』の備えは大したことがなかった。

執務机の引き出しに入れてあった『山賊《さんぞく》』の活動に関する報告書を覗き見れば、敵がどこで活動しているかは丸分かり。分かったなら、後は殺すだけだ。

標的たる首領《ボス》を捜し出すため。そして何より、罪無き親子の死を、血で償《つぐな》わせるために。

小さな胸の中に黒い炎が燃えていた。今宵《こよい》……〝怨獄の薔薇姫〟が動き出す。

5　跳梁《ちょうりょう》と嘲弄《ちょうろう》

一日の終わり、伯爵《はくしゃく》居城の客間は静かな闇《やみ》の中に沈《しず》んでいた。暖炉《だんろ》で燃え続ける炎《ほのお》が部屋の中をぼんやりと照らし、視覚的にも温かい。

ふかふかのベッドの中で寝《ね》たふりをしていたイリス《ルネ》は、そのまま精神を集中し、本体の感覚を一気に周囲へ拡《ひろ》げた。

アビススピリットの能力『感情察知』。感情を餌《えさ》とするアンデッドだからこそ持ちうる能力。最大捕捉範囲《ほそくはんい》は今のところ半径三百メートルほどだろうか。思考までは読めないものの、喜怒哀楽《きどあいらく》や恐怖《きょうふ》、戸惑《とまど》いや欲望、後ろめたさに敵意や殺意、そういった気分を読む力だ。

イリス《ルネ》は城全体をこの能力で捉《とら》えて俯瞰《ふかん》した。城主であるオズワルドや護衛対象の令嬢《れいじょう》キャサリンは既《すで》に休んでいるようだ。未《いま》だに立ち働いている使用人たちの、どこかうんざりしたような疲労《ひろう》感にじむ感情反応。夜警に当たる者らの緊張《きんちょう》感。

ここ数日でイリス《ルネ》が眠《ねむ》ったのは一晩だけだ。魔法《まほう》で体力を回復させれば数日は眠らずに済む。まあ生身の身体《からだ》に間借りしている以上、眠らずにいると肝心《かんじん》の魔力回復が遅《おそ》くなっていくので、膨大《ぼうだい》な魔力を持つイリス《ルネ》であっても数日に一度は眠らなければならないのだが。

ともかく、そうやってイリス《ルネ》は夜中『感情察知』のレーダーを広げて使用人たちの行動や警備の巡回《じゅんかい》ルートを確認《かくにん》していた。

オズワルド、キャサリン、そしてイリス《ルネ》の寝室《しんしつ》は警備がされている。廊下《ろうか》は見張られ、外から忍《しの》び込む者がないかも城壁《じょうへき》上の兵が警戒《けいかい》する。

だが、夜が明けて侍女《じじょ》が朝の支度《したく》をしに来るまでイリス《ルネ》の部屋に踏《ふ》み入ってくる者はない。また警備の態勢そのものはあくまで人力頼《だの》みらしい。ベネディクトに警備態勢の話を聞いてみたが、マジックアイテムで出入りを見張るみたいなことはしていないようだ。

——就寝《しゅうしん》時間後にバレないように抜《ぬ》け出せば、朝までは自由時間。

城壁の魔法防御《ぼうぎょ》力を除けば、この城で唯一《ゆいいつ》と言っていい魔法的防御は『狙《ねら》いを逸《そ》らす』力。貴族の城館なんかで一般《いっぱん》的な、内部を調べようとする魔法や貴人に向けられた呪《のろ》いを受け流す機構だ。脱出《だつしゅつ》は楽だ。《転移《テレポート》》の魔法でどこか城の近くの目立たない場所へ出ればいいのだから。本来なら狙いを定めることができないはずの帰り道も、《転移《テレポート》》の目印《ビーコン》となるものを部屋の中に置いておくことで狙い違《たが》わず侵入《しんにゅう》可能となる。

魔法で気配や姿を消して忍び込むのはおそらく無理。敵だって同じことを考えるかも知れないわけで、伯爵は配下の術師を夜警に出し、姿の見えない敵を探《さぐ》る『風読み』をさせているそうな。

——さてと。

念のためベッドの中には丸めた毛布を寝かせ、その隣《となり》に切り落とした髪《かみ》を一房《ひとふさ》。この髪が帰ってくる時に《転移《テレポート》》する目印《ビーコン》だ。髪なら綺麗《きれい》に切れれば回復魔法で繋《つな》げ直すこともできる。

「《収納鞄《アイテムポーチ》》」

シュミーズ風の寝間着《ねまき》を脱《ぬ》ぎ捨て、収納魔法から、防寒の力が魔化（物品への魔法付与）されたコートを取り出してイリス《ルネ》はそれを羽織る。つまり下着の上に直接コートを着込む露出狂《ろしゅつきょう》変態スタイルだが深く考えないことにした。マジックアイテムのコートはこの格好でも充分《じゅうぶん》暖かい。このコートは昨夜、試《ため》しに城を抜け出してみた時に城下町の商店から盗《ぬす》んできたアイテムだ。

もう一度イリスは感情反応《ルネ》を確認してから、脱出のための魔法を行使する。

「『世界は交差する〃我は果てへと至る者〃奏《かな》で／摘《つ》み取り／風は星を撒《ま》く〃門を開け、背理の傀《かい》儡《らい》』……《転移《テレポート》》」

詠唱《えいしよう》は結ばれ、少女は暖かな寝室から消え去った。

＊　＊　＊

星々の輝《かがや》きすら灼《や》いて、空が赤く染まる。

その村は燃えていた。焼け付く風に火の粉が舞《ま》い、穏《おだ》やかな村は地獄《じごく》と化した。断続的にどこからか聞こえてくる悲鳴。狼狽《うろた》え逃《に》げ惑《まど》う人々の叫《さけ》び。その合間を縫《ぬ》うように跳梁し、音もなく襲《おそ》い来る黒い影《かげ》……。

「はっ……はあっ、はあっ、あっ、あああっ……！」

村娘《むらむすめ》リリアンは必死で逃げていた。どこへ逃げればいいのかも分からないまま。

見慣れた小道に人の形をした正視に堪《た》えない物体が転がっている。前方から悲鳴が聞こえる度にリリアンは方向転換《てんかん》し、炎の中をさまよった。

気がつけば村は燃えていた。ベッドから飛び出して、悲鳴を聞いて。逃げて。逃げて。

「つっ……！」

家の角を曲がろうとしたリリアンは、その先の広場の光景を見て足を止める。ゴロゴロと採れたての芋《いも》みたいに人の形の物体が転がっていて、赤い水たまりができていた。その中に黒装束《しようぞく》の男が、真っ赤に染まった剣《けん》を持って立っていた。

野盗《やとう》に捕《つか》まった娘は慰《なぐさ》み物にされた後で遠くに売られてしまうのだと聞いていた。

だが、違う。これは違う。

老いも若きも、男も女も、戦える者もそうでない者も、ひとりとして区別なく入念に執拗《しつよう》に、ただただ殺されていた。だいたい、財物すら奪《うば》わずに村を焼くのはおかしいではないか。奪うべきものまで一緒《いっしょ》に燃えてしまうではないか。

と、疑問に思ったところでその理由を襲撃《しゅうげき》者に聞きに行くわけにもいかない。

「まだ居たぞ！」

「ひうっ⁉」

怒鳴《どな》るような声。それが自分に向けられたものだと分かって、リリアンは走り出そうとした。

しかし。

「あっ……！」

何も無いところでリリアンは躓《つまず》いて転んだ。焦《あせ》りと恐怖がリリアンの足に絡《から》みついていた。

倒《たお》れたまま身を翻《ひるがえ》せば、そこに近付いてくる四人の男。いや、女も交じっているのかも知れない。

全員が同じような黒衣を纏《まと》って目元以外を隠《かく》しており、大まかな体格以外は分からないのだ。

彼《かれ》らの目には興奮すら見えず、ひたすらに淡々《たんたん》としていた。彼らにとって殺人はただの作業。畑の草を抜くのと同じ、片付けるべき作業でしかないのだとリリアンは思った。

「待っ…………」

命乞《いのちご》いをする暇《ひま》もなく。戦闘《せんとう》用のナイフや剣を構え、彼らは襲いかかってくる。

何故《なぜ》か、どこからか子どもの歌うような声が聞こえていた。

「『万象は止《し》に絶えるべし〃我は因果の汀《みぎわ》を分かつ者〃曇《くも》り無き真魚《まな》／天より落ちて／逡巡《しゅんじゅん》能《あた》わず眼下に踊る〃絢爛《けんらん》輝け、白美の女帝《じょてい》』」

迫《せま》り来る死の予感に、リリアンが反射的に目を閉じた時だった。

「……《六花氷棺《グレイシャルコフィン》》」

全《すべ》ての命を摘み取るかの如《ごと》き、禍々《まがまが》しく忌々《いまいま》しい厳冬の風が天より舞い降りた。

「きゃあっ⁉」

ガラスでも割れたような音が辺りに響《ひび》き渡《わた》り、そして静まり、リリアンは恐《おそ》る恐る目を開けた。

リリアンに襲いかかろうとしていた男たちは皆《みな》、透《す》き通った氷の柱の中に閉じ込められていた。

驚愕《きょうがく》か苦痛か、あるいはその両方に目を見開いて、時間を止められたかのように。

家々を焼く炎が氷の表面に反射して、恐ろしく輝いていた。

「はい、おしまい」

鋭《するど》く指を鳴らす音がして、同時に、澄《す》んだ音を立てて氷柱《ひょうちゅう》が砕《くだ》け散った。中に閉じ込められた男たちも氷と一緒に割れ砕け、切断面から雪みたいに凍《こお》った血を撒き散らしながら解体された。

ざりり、ざりりと音を立て、誰《だれ》かがリリアンの方にやってくる。

振《ふ》り向けばそれは少女であった。サイズの大きすぎるコートの裾《すそ》を引きずり、袖《そで》から手が出ないまま無理やり杖《つえ》を巻き込んで持っている。冷たい月のように鋭く輝く銀色の髪と銀色の目、そして桜色の頬《ほお》。垢抜《あかぬ》けない可愛《かわい》らしい少女なのに、その目には怒《いか》りを煮詰《につ》めきって無に帰したかのような冷たい狂気の光が宿っているように思えて、リリアンは背筋がぞっとした。黒衣の男たちより数段恐ろしい何かに見えたのだ。

「おっと」

銀色の少女は自分の髪をつまんで顔の前に持ってくると、銀の輝きを見て肩《かた》をすくめる。そして彼女《かのじょ》は自分の頬をぺちぺち叩《たた》いた。

「やっぱり強い魔法使うと剥《は》げちゃうのか。本気でやれるのは後先考えなくていい時だけね」

途端《とたん》、少女の姿が変わる。月光のような銀髪《ぎんぱつ》は、緩《ゆる》やかにウェーブした陽光の如《ごと》き金髪に。銀色の目は藤《ふじ》色に。身長まで少し伸《の》びたような気がする。リリアンは夢でも見ている気分だった。

「なっ、何者だてめえええ‼」

異変を察したのか、さらに別の黒衣の男がやってくる。

がむしゃらに剣を振り上げ突進《とっしん》する男に焼け焦《こ》げたような杖を向け、少女は短く呪文《じゅもん》を唱えた。

「《衝撃弾《ショックボール》》」

杖の先から光の球が飛び出して、男はそれを躱《かわ》そうとする。

「もう一度《衝撃弾《ショックボール》》！」

その、避《よ》けた先に光の球が再び飛んだ。今度はもはや回避《かいひ》できず、直撃する。

男の身体が爆発《ばくはつ》四散した。身を包んでいた黒衣はズタズタになり、その中身は細切れになって辺り一面にぶちまけられた。それが人であったと類推することすら難しい有様だ。

悲鳴すら上げられず死んだ男もそうだろうが、傍《はた》で見ていたリリアンにも何が起こっているのか分からなかった。この少女は何者か。何故ここで戦っているのか。

「くそ、死んでるぞ！」

「こいつは何だ！」

「囲め！」

村中に散って殺戮《さつりく》を働いていた襲撃者たちが続々と集まってくる。黒衣の男たちはもはやリリアンのことなど眼中に無い様子で、得体の知れない少女を警戒しつつ包囲していた。

その様子を見渡《みわた》し、満足げに少女は笑う。恍惚《こうこつ》と、狂気に染まった笑《え》みを浮《う》かべる。

「『流転さらに流転／我は……』」

「止《と》めろ！　詠唱を止《や》めさせろ‼」

杖を掲《かか》げた少女目がけ、包囲の中から数人が吶喊《とっかん》する。それを見た少女は杖を振り下ろした。

「《早贄《キラーシュライク》》」

「ぴぎゃ⁉」

地面が鋭い針のように隆起《りゅうき》して、数人の男を股間《こかん》から脳天まで刺《さ》し貫《つらぬ》いていた。

土の杭《くい》がぼろりと崩《くず》れると、支えを失った男たちはバタバタと倒れる。

「こいつっ！　別の魔法に切り替《か》えやがった」

黒衣のひとりが悪態をつき、一歩前に出る。

その男は少しだけ際立《きわだ》っていた。どいつもこいつも没《ぼっ》個性な格好をしているせいで、ほんのちょっと豪華《ごうか》な剣を持ちアクセサリーを着けているだけなのに目立っている。もしかしたら、村を襲った黒装束集団の中で一番偉《えら》い奴《やつ》なのかも知れないとリリアンは思った。

「護符《ごふ》で防御しながら突《つ》っ込む！　援護《えんご》しろ！」

黒装束リーダー（仮）は、金色の板みたいなものを掲げて部下に命じ、狼《おおかみ》のように地を蹴《け》った。

「《閃光《レイ》》！」

「《飛礫弾《フラジルバレット》》！」

黒装束のうち二人が杖を振り、リーダーの突撃《とつげき》に援護射撃をした。

一直線に迸《ほとばし》る熱線。飛翔する無数の石片。

そして、剣を腰溜《こしだ》めに抱《かか》えて人にはあり得ないほどの速度で走るリーダー。

一瞬《いっしゅん》の後。少女は熱線に焼かれ飛礫に引き裂《さ》かれ、黒衣の男に真っ二つに切られ……

——切られて……ない？

「消えた⁉」

黒衣の男が驚《おどろ》き焦る。少女が消え去っていた。

「《凍枷《アイスロック》》」

声が上から降ってきた、と思った途端。

ガギン！　と音を立てて黒衣の男たちの手足が凍り付き、氷塊《ひょうかい》の枷によって封《ふう》じられた。さらに磁石が引き合うように両腕《うで》の氷、両足の氷がくっつき、男たちはのけ反るような体勢で拘束《こうそく》されて腹から地面に倒れる。

何故かリーダーひとりだけが無事だった。

「んなっ……転移術だと⁉」

彼がふり仰《あお》いだ先、いつの間にか屋根の上に少女が立って見下ろしていた。

「《凍枷《アイスロック》》！　《凍枷《アイスロック》》！　《凍枷《アイスロック》》！」

少女が立て続けに杖を振り下ろすたび、しゅうしゅうと音を立ててリーダーの懐《ふところ》の中で何かが白い煙《けむり》を立てる。そして、四度目にしてついにリーダーの手足も氷に包まれ、部下たちと共に仲良く転がった。

倒れたリーダーの服から何かが転がり落ちる。それは金属の板だった。もとは金色だったのかも知れないけれど、それは黒く錆《さ》びたように朽《く》ち果て、白い煙を細くたなびかせていた。

「……嘘《うそ》だろ？　護符の魔法防御が、こんな簡単に破れるわけ……」

目を見開くリーダーを見下ろして、少女はまた笑った。蕩《とろ》けるように笑った。

「問一、ナイトパイソンのアジトを知る限り述べよ、四十点。問二、ナイトパイソンの首領《ボス》の居場所を述べよ、六十点。……ひとまず殺してから聞くことにするわ。どう答えるか考えときなさい！」

そして少女は、ぼうっと赤く染まる夜空に高々と杖を掲げる。

その時リリアンは奇妙《きみよう》なものを見た。まるでメッキが剥げるかのように、少女の姿が違うものになった。美しい金髪だと思ったものに、あどけない藤色の目と思ったものに、銀の光が迸った。

「『流転さらに流転∥我は紡《つむ》ぎ砕く者∥吹き抜く慨嘆《がいたん》／断崖《だんがい》に咲《さ》き／揺籠《ゆりかご》潰《つぶ》して省みず∥舞い果てよ、無貌《むぼう》の王』……《連鎖召雷《チエインライトニング》》！」

少女の杖から一条の雷光が天へと迸り、そして。

次の瞬間、それは光の土砂降りとなって手足を封じられた男たちの上に叩き付けられた。

「あぎゃあああああ‼」

「ぎぃいいいいああああああああ‼」

目も眩《くら》むような光景だった。数えきれないの数の雷が降り注ぎ、光の洪水《こうずい》に呑《の》み込まれた男たちは魚のように飛び跳《は》ねながら焦げ朽ちていく。何故か雷には物理的な衝撃《しようげき》力まであるようで、のたうつ蛇《へび》の姿のように地が抉《えぐ》られた。

そして雷が止んだとき、もはや男たちは誰一人として動かなくなっていた。

「ふ、ふふふ……」

ふわりと、風に抱き留《だ》められるかのような挙動で、銀色の少女が屋根の上から降りてくる。

大地と、そして人だったものたちが、黒い煙を立てていた。それを見て、彼女は笑った。

「ふふ、あははっ、あはははははははははは‼」

血と、屍肉《しにく》と、燃え落ちる村。地獄のような光景の中で、地獄のように少女は嗤《わら》った。彼女は無《む》垢《く》で、純粋《じゅんすい》で、歪《ゆが》んでいた。

リリアンは戦慄《せんりつ》した。何を見てしまえば人を殺してこんな笑い方ができるようになるのかと。小さな少女の中におぞましく膨大な闇が無理やり詰《つ》め込まれているかのように思えて、恐ろしさのあまり目が離《はな》せなくなった。

「あ、あの……助けてくれて、ありがとうございます」

恐怖に耐《た》えかねて、リリアンは声を掛《か》けてしまった。いつ彼女が振り向くか考えただけで恐ろしさのあまり死んでしまいそうで、リリアンは自分から声を掛けた。どうせ、この状況《じょうきょう》で声を掛けないのは不自然なのだからこれで正しい。はずだ。

少女は振り返る。リリアンを見る目には、不思議と、憐《あわ》れみの色が浮かんでいるようにも見えた。

「あなたはどちらの方ですか？　とてもお強いですが、見たところ子どものようで……」

「ごめんね、目撃者さん」

「えっ……」

少女は、リリアンに杖を向けた。

＊＊＊

「ひどいな……」

燻《くすぶ》り続ける村を見て開口一番。『討伐部隊《とうばつぶたい》』を率いるイーサン・シミオン・ダンヴィル子爵は、率直にそう言わざるを得なかった。

近隣《きんりん》の領から腕に覚えのある騎士《きし》を集め冒険者《ぼうけんしゃ》も数人雇《やと》い入れた討伐部隊は、戦える者だけ数えても三十人を超《こ》える。跳梁するナイトパイソンを排除《はいじょ》するべく編制された精鋭《せいえい》部隊だが、しかし、既に全てが死に絶えた村を救うことなどできない。

石造りの家々は石の外枠《そとわく》を残して燃え落ち、家畜《かちく》小屋などは黒々とした炭の塊《かたまり》になっていた。死体が村の至る所に転がっている。ある者は火にまかれてこんがりと焼け。あるものは生々しく。その惨状《さんじょう》はまさに地獄のごときものであった。

だが、ここはただ襲われて滅《ほろ》びただけの村ではない。偵察《ていさつ》に出した冒険者が、ある異常を発見して既に報告している。

「こいつ……」

雇われて同行している冒険者の戦士《ファイター》が、剣で死体を突いて転がした。仰向《あおむ》けに倒れていた黒衣の男。焦げかけた衣を剣の先で剥がすと、苦悶《くもん》の表情で事切れている。辺りには同じような黒衣を纏った死体がいくつも転がっていた。どれもこれも魔法で殺されている。

「ナイトパイソンの連中だな。村人はナイトパイソンが殺ったのだろうが、何故ナイトパイソンの連中まで殺されているんだ？」

イーサンは首をひねるよりない。

この近くの街道《かいどう》に陣取《じんど》って、通る者を誰彼構《だれかれかま》わず襲い殺し、村を次々に焼き討ちにしていた『謎《なぞ》の山賊《さんぞく》』。それを討伐しに来たはずなのに、何故こんなことになっているのか。

「あれじゃあないですか、旦那《だんな》様！　戦い傷ついて村に流れ着き、村人に偶然《ぐうぜん》助けられた孤高《ここう》の冒険者が危機に際して立ち上がり大活躍《かつやく》！　そして最後に賊の頭目《ボス》と相打って……」

イーサンの年若い従騎士がはしゃいだ調子で滔々《とうとう》と夢物語をまくし立てたので、イーサンはとりあえずゲンコツをくれて彼の口を閉じる。

「いてっ！」

「馬鹿《ばか》者。小説の読み過ぎだ。……だが万が一、こいつの言う通りだったりするかも分からんか」

誰が、ナイトパイソンを殺したのか。そして、そいつはどこへ消えたのか？

「とにかく、ここで何が起こったか手掛かりを探せ。もちろん生存者もな。まさかまだ敵が潜《ひそ》んでいるとは思えんが、念のため気をつけろ。単独行動はするなよ」

「はい」「おう」「了解《りょうかい》した」

「……神官様。何か語ってくれそうな霊《れい》は視えますか？」

「いえ、何も」

イーサンが声を掛けたのは、普段《ふだん》はベルガー侯《こう》爵居城に勤めている老神官だ。垂れ下がった頬が福々しい彼は一通りの神聖魔法の心得があり、霊視もできる。

聖印を掲げ死した者らに祈《いの》りを捧《ささ》げた後、彼は杖にすがって背伸《せの》びをするように周囲を見回した。

「どうやら皆、この世に未練を残すことなく神の御許《みもと》へと旅立たれたようです。虐殺《ぎゃくさつ》の現場では地上に残ってしまう霊が多いのですが、これは不幸中の幸いと言うべきでしょう。あるいは……霊が余計なことを語らぬよう、邪法《じゃほう》によって霊を拉致《らち》するということも可能なのですが、まあ今回はあり得ないでしょうな」

「しかし情報が得られないのは困るな……」

「霊が残っていたとしても、保護されていない霊は時間が経つにつれて記憶《きおく》は混濁《こんだく》し理性も消えていきます。有用な証言が得られる可能性は低いのですよ」

「そうか……ではいずれにせよ、我ら生きた者の目と耳で辺りを調べるしかないわけだな。ちょうどこの広場が村の中心だ。全体を四分割して調査に当たろう」

イーサンの号令で、一団は四組に分かれて活動を開始した。

そして、その直後にイーサンは足を止めることになった。

広場から一歩出て、焼けた家の角を折れた場所。そこに死体が立っていた。

「う、うわあああああっ⁉」

鉢合《はちあ》わせしてぶつかりそうになった年若い従騎士は、大げさに後ずさって尻餅《しりもち》をついた。

イーサンはそんな大げさな反応はしないが、それでも痛ましく思い、目を伏《ふ》せる。

「……ナイトパイソンに殺された村娘か。可哀想《かわいそう》に」

それは若い娘だった。寝間着のまま家を飛び出して逃げてきて、ここで殺されたらしい。猛吹雪《もうふぶき》に立ち向かったかのように雪と氷が全身を覆《おお》っていて、何を見たのだろうか、かっと目を見開いたまま彼女は凍死《とうし》していた。悪趣味《あくしゅみ》な彫像《ちょうぞう》か蝋《ろう》人形のようだが、それは確かに死体だった。

「そなたに良き輪廻《りんね》があらんことを」

イーサンは霜《しも》が降りた彼女の目を優《やさ》しく閉じ、短い祈りを捧げた。

＊　＊　＊

そこは窓の無い部屋だった。

魔力灯で煌々《こうこう》と照らされた部屋は『執務室《しつむ》』という呼び名がふさわしい。帳簿《ちょうぼ》や資料を詰め込んだ本棚《ほんだな》。筆記具と資料が並ぶ机。ほどよく豪華な革張りの椅子《いす》。

その執務机の前でふたりの男が向かい合っていた。

全身入れ墨《ずみ》だらけで筋骨隆々たるスキンヘッドの男ジェゾンは、ナイトパイソン内でもバリバリの武闘《ぶとう》派として鳴らしている。ピアスまみれの顔はいかにも裏社会の住人という風情を漂《ただよ》わせていて恐ろしげだ。

しかし今、彼は父親にイタズラを見つかった子どものように青い顔をして平身低頭していた。

「もう一度、報告を確認させてもらおうか」

ジェゾンと向かい合う男、ナイトパイソン・キーリー伯爵領統括《とうかつ》のデリクは、苛立《いらだ》ちを隠しもせずに言った。

デリクは一見すると神経質そうな四十がらみの小男だ。だがその実、豪快《ごうかい》かつ豪放な性格であり、敵対する者に対しては冷酷《れいこく》だ。デリクについて知る者は決して彼を見くびらない。そして何より、数字に強く頭が切れることから領ひとつを任される幹部にまで成り上がったのだ。

しかし今、彼は蛇の前に立ったカエルのように青い顔で震《ふる》えながらジェゾンを叱《しか》りつけていた。

「俺《おれ》がお前に任せた『工作部隊』の一班は荒事《あらごと》慣れした奴ばっかり二十人だ。うち三人は『練技』持ちの前衛。術師も二人付けた。そうだな？」

「は、はい……」

床《ゆか》に目を落としながら消え入るような声でジェゾンは返事をする。

「この戦力なら並の冒険者は返り討ちだ。相手の数次第だが騎士どもとだってやり合える。村ひとつ潰すようなつまんねー仕事でしくじるわけねえ。そうだな？」

「はい……！　そう、思っていました！」

「失敗どころか全滅《ぜんめつ》とはどういうこった！　危急を知らせる暇すらなかったのか⁉」

「そっ！　その通りです！　面目次第もございません！」

僅《わず》かに震える声で叱責《しっせき》するデリクに対して、ジェゾンは床に擦《こす》り付けんばかりに頭を下げた。

「おかしいぞ……先日の二班はまだしも一班まで！　こんな真似《まね》ができる馬鹿《ばか》みてえに強い奴は討伐部隊に入ってなかったはずだ。しかも奴らが来るのは夜が明けてからの予定だったはずだろう」

「はい、討伐部隊に潜《もぐ》り込ませた内通者もそう報告しておりやす。討伐部隊は、何もしてねえのに標的が皆殺しになって、みんな首傾《かし》げてるって……」

叱る側も叱られる側も真っ青になっているという光景は傍目《はため》には奇妙だが、その原因は明瞭《めいりょう》だ。

執務机の向こう、本来ならデリクの席である椅子に座《すわ》っている邪悪《じゃあく》な老爺《ろうや》の放つ威圧《いあつ》感……

落ちくぼんだ目が炯々《けいけい》と光り、痩《や》せて節くれ立った指が不吉《ふきつ》な印象を与《あた》える。これでローブを着ていたら童話に出てくる悪い魔法使いそのものだというような雰囲気《ふんいき》。そのせいか一見コミカルな印象も受けるが、中身は外見の数百倍悪辣《あくらつ》で怪物《かいぶつ》じみた男である。

彼こそがこのシエル＝テイラの夜の世界を牛耳る者。ナイトパイソンの首領。

いくつもの名前を持つが、表の世界に出る時にはグレアム・バルタークと名乗っているので、この名前が最も通りが良い。

革張りの椅子に身を預けたグレアムは、何を考えているのか掴《つか》みがたい表情で、ジェゾンを叱責しているデリクを見ていた。デリクにしてみれば冷や汗《あせ》ものだ。

今、ナイトパイソンは反ヒルベルト派の……正確にはヒルベルトがそう見なした諸侯に対する攻《こう》撃《げき》を請《う》け負っている。標的となる領に戦闘員《せんとういん》を集め、山賊に扮《ふん》して街道を封鎖《ふうさ》したり村を焼いたりしているのだ。このキーリー伯爵領でもそうしている。

だが。その『山賊部隊』が謎の全滅を喫《きっ》した。どうしてこんなことになったのかまるで分からないが、確実なのはデリクの責任問題になるということだ。

しかも、よりによってグレアムが西部に来ている今。

あろうことか、グレアムが汚職《おしょく》役人との密会を前にして拠点《アジト》を視察に来ている今。

デリクは運命を呪わずにいられなかった。邪神より恐ろしい首領の前で大事件が報告されたのだ。『山賊部隊』を任せてあって、事件を報告しに来たジェゾンを締《し》め上げずにはいられなかった。

「時間の無駄《むだ》だな」

失望の色を滲《にじ》ませてグレアムが呟《つぶや》く。独り言のような口調なのに、その言葉にはぞっとするほどの蔑《さげす》みが込《こ》められていて、ジェゾンもデリクも声も無くすくみ上がった。

「しゅ、首領、これは……」

「必要なのは仕事を終わらせること。そして、何者の仕業《しわざ》であるか突き止め報復することだ。元より必要な支援《しえん》があれば惜《お》しまないつもりだが、まだ問題があるかね？　貴様ら自身の落とし前をどう付けるかなど、仕事が終わった後で考えればいい」

「ははあっ‼」

図《はか》らずもジェゾンとデリクは揃《そろ》いのタイミングでグレアムに頭を下げていた。恐怖こそが裏社会の秩序《ちつじょ》であり、グレアムはその体現者だった。

求められているのはグレアムの望み通りに仕事をこなすことだ。それだけに挽回《ばんかい》のチャンスもある。既に大失態だが、態勢を立て直して仕事を完遂《かんすい》できれば、死刑《しけい》から半殺しくらいに減刑《げんけい》されるかも知れない。

「現場の調査に当たれ、ジェゾン。俺は領内の情報収集体制を洗い直す。だがこの場合あり得そうなのは、国内の支部を通さずに強力な冒険者を呼び寄せた可能性だな。そうなると……」

「本部の『調査局』に調査を依頼《いらい》すればよかろう」

デリクの指示出しにグレアムが割り込み、デリクは鉄棒を飲まされたように背筋を伸ばした。

「はっ！　そうさせていただきます！　また領内での攻撃作戦続行に必要な支援要請《ようせい》に関しても即《そく》座《ざ》にまとめさせていただきます！　……おい、ジェゾン、お前はもういいだろう。行け！」

「はいっ！」

退去を許されて安心したかのような顔でジェゾンが遁走《とんそう》していった。

「活《い》きの良い若い衆を飼っているな」

グレアムは特に面白《おもしろ》がっている様子も無く、そう言った。

「は、はあ、申し訳ありません。粗忽《そこつ》な野郎《やろう》で……と、ところで、首領。何故西部にいらっしゃったのか伺《うかが》ってもよろしいでしょうか？」

「んあ？　ああ、そうか、お前には言っておいてもいいか。この辺の連中が改易を食らうからだ」

全く何でもない調子でグレアムが言ったものだから、デリクは聞き流しそうになった。

「か、改易？　ですか？」

「反ヒルベルト派の諸侯から所領を取り上げ、領境の変更《へんこう》も含《ふく》めた大規模な改易を行うそうだ。今やっとる攻撃は、その下ごしらえよ。でだ、うちの組織は領単位でやってるからな、改易に合わせて組み替えることになる。その準備に、表の連中と調整をしとかにゃならん」

諸侯から領地を取り上げるなんてことは滅多《めった》なことでは起こらない……少なくとも最近のシエル＝テイラではそうだった。諸侯は当然のように領主の座を世襲《せしゅう》させていた。

だがその『滅多なこと』がこれから起こる。しかも領主の首のすげ替えだけではなく領境の変更まで行うと。ヒルベルトにとって自らに反抗《はんこう》的な諸侯は許されない存在なのだろう。そして取り上げられた領地は、クーデターの際に味方した者に褒美《ほうび》として分配されるのだろう。領の区分けを変えるとなれば政治も経済も混乱しようが、ヒルベルトはお構いなしというわけだ。

「今までこの国は西の連邦《れんぽう》と仲が良かったわけだが、今度は東の方が賑《にぎ》やかになる。そうしたら私はしばらく、東にかかりきりになるだろうからな。その前に、改易の準備にケリを付けておく必要があった。今のうちに出向かねばならなかったのさ」

淡々とグレアムは語る。デリクはただ、波乱の予感に戦慄するだけだった。

＊＊＊

キーリー伯爵居城の執務室は、主の趣味を反映してか、どうしようもなく実用一点張りの空間だった。広くて使いやすい執務机は頑丈《がんじょう》だが飾《かざ》り気がなく、大きくてたくさん入る本棚も頑丈だが飾り気がない。調度品らしきものは皆無《かいむ》。外から見えるカーテンだけは豪勢《ごうせい》な刺繍《ししゅう》が施《ほどこ》されていた。

「……討伐部隊が行く先々で『山賊』の死体の山が待っている。誰がこんなことを？」

報告書を見ながらオズワルドは渋面《じゅうめん》を作っていた。民を害する悪者たちが勝手に消えてくれるならありがたいことだが、だからと言って謎を謎のままにはできない。

「いずれも討伐部隊の到着《とうちゃく》直前、ですか。奇妙ですな。まるで討伐部隊に手柄《てがら》を立てさせようとしているかのような……」

執務室にはベネディクトが来ていた。焦げ茶色をしたモップのような尻尾《しっぽ》がピンと水平に伸び、蛇のようにゆらゆらと揺《ゆ》れている。彼もまた事の推移を訝《いぶか》しんでいるのだ。

「ああ。やってもいないことをやったと発表するわけには行かぬがな、諸侯合同での討伐部隊は既に世間に知られている。その行く先で賊が討伐……討伐とは言い難《がた》いな、これは殺害、虐殺だ。とにかく、討伐部隊が行く先で賊が虐殺されていたとなれば世間は我らを称揚《しょうよう》しよう」

「伯爵様。素朴《そぼく》な疑問なのですが、その、ナイトパイソンを虐殺した何者かはそんなことをして何になるというのでしょうか。まるで、そう、手柄を討伐部隊に押《お》しつけて自らは陰《かげ》に潜んでいるかのような……」

「分からぬ」

オズワルドは率直に言った。オズワルド自身もそれを疑問に思っているのだ。

「それが何者かは分からないが、かなりの戦力を保有しているのは確実だ。討伐部隊と同等か、それ以上か。……私はな、討伐部隊が賊を取り逃がすことも、苦戦を強いられる可能性も考えていた。場合によっては犠牲者《ぎせい》が出ていたかも知れない。それがどうだ、謎の『ナイトパイソン殺し』は圧《あっ》倒《とう》的な力で一網打尽《いちもうだじん》にしている」

オズワルドは手にしていた数枚の報告書を執務机に放《ほう》り出す。ベネディクトはそれを見て首を傾げるよりなかった。

「魔法の痕跡《こんせき》、ですか。賊はいずれも魔法で殺されている……」

「どうだ、ベネディクト。これだけの戦いができる術師に心当たりは？」

オズワルドの問いに、ベネディクトは丸太のように太い腕を組んで考え込んだ。三角形の耳がピクリピクリと煩《わずら》わしげに動く。

「まさか単独ではないでしょう。一般的な実力の術師が複数、でしょうか。五大国のトップパーティーに所属するレベルの魔術師《ウィザード》であれば単独でも可能やも知れませんが、それほどの方が密《ひそ》かにシエル＝テイラ入りしているとしたら理由が分かりません」

「だろうな。しかし、術師たちをどこから引っぱってきて、何故に戦っているのか……」

戦略地図の上に突如《とつじょ》として降って湧《わ》いた不確定要素だ。今のところはありがたいだけだが、謎のまま放置しておくには存在が大きすぎる。

「こんな言い方をするのもなんだが、この国に今ナイトパイソンと戦おうなんて物好きが我々の他に居るとも思えなくてな」

「ナイトパイソンは国中の善き人々から恨《うら》みを買っていることでしょう。そうした人々が伯爵様に呼応して動き出したのでは」

「であれば私の許に馳《は》せ参じそうなものだが」

「人それぞれに事情があるでしょうから」

ベネディクトはペロリと鼻を舐《な》めてから、詩でも詠《よ》むように言う。

「この国に、正義は死んでいなかった。そういうことではないでしょうか」

その言葉にオズワルドが破顔し、ふたりは虚無《きよむ》的に笑った。『そんなうまい話があるわけない』という諦観《ていかん》と、『だったらいいのに』という期待の中間あたりで。

＊＊＊

イリス《ルネ》がキャサリンの影武者《かげむしや》になるとは言っても、キャサリン本人の生活はほぼいつも通りだ。ただしイリス《ルネ》が護衛に入る間、城館では毎日キャサリンのスケジュールが二本引かれている。そのどちらを本物が、どちらをイリス《ルネ》が担当するかは毎朝伯爵自身が決める。イリス《ルネ》もまた同時にキャサリンとして生活するのだ。

髪は《染色《カラースプレー》》の魔法で蜜柑《みかん》色に染めた後、ウィッグを付け足して同じ長さにし、顔に白粉《おしろい》を塗《ぬ》ってうっすら化粧《けしよう》をする。目の色は特殊《とくしゆ》なマジックアイテムの目薬（効果持続は約半日。しばしば非合法な用途《ようと》で使われるらしい……）を点《さ》して、灰と紅のオッドアイに変える。そして同じ服を着ればいか。なるほど確かに鏡の中には、あのキャサリンお嬢様と瓜二《うりふた》つの少女が居るではないか。

そして本物と偽物《にせもの》で扱《あつか》いに差は付けず、使用人たちはどちらに会っても『キャサリンお嬢様』として接する。果たしてこの作戦に意味があるのかイリス《ルネ》はちょっと分かりかねるが、言われた通りに仕事をしているのだから問題が起きるとしたら伯爵の責任だろう。

それと、外の者に会うような用事があれば当然それはイリス《ルネ》の仕事になる。

『別に会話をしたりする必要はないから』というのは伯爵の弁。今のところクエスト期間中にそういう予定はないが、何か急に必要になった時のため影武者が居るというだけでも伯爵はかなり安心できることだろう。

キャサリンとしての生活はなかなかに忙《いそが》しかった。

まずは勉強。必須《ひっす》教養として、家庭教師から文法・幾何《きか》数学・芸術・社会学を学ぶ。

続いて花嫁《はなよめ》修業。刺繍や裁縫《さいほう》、料理などの家事一般。小学校の家庭科レベルだが掃除《そうじ》や洗濯《せんたく》も一応やる。普段は使用人任せにしていることも自分でできるようにならなければならない。『どんな環境《かんきょう》の家に嫁《とつ》ぐか分からないから』『できないと恥《は》ずかしいから』という建前こそあるものの、どちらかと言えば単に『これができるのが当たり前だから』という同調圧力的文化の産物だ。

これがシエル＝テイラに生きる貴族女子の日常だった。イリス《ルネ》は前世で大人だったとは言え、この世界では十年生きただけに過ぎない。読み書きは当然できるし社会についても多少の知識はあったが、文法や社会学の教育が受けられるのは、実はかなりありがたかった。

——世の中についてよく知っている方が、何をするにしたってうまく動けるはずだもんな。それにどうせ昼間は事態の進展を待つしかないから、その時間にやることがあるのは良い。

黒板ひとつに机ひとつという勉強部屋。自分ひとりのための授業で幾何の問題を解《と》きながら、イリス《ルネ》は今後の見通しを立てていく。無知な少女ならざる大人の視点によって。

ここ数日でイリス《ルネ》は『山賊団』を四つと、各都市にあるナイトパイソンの活動拠点三つを潰した。

だが、そこで逐一《ちくいち》情報収集をしているというのに、首領の居場所に関しては『近くに来ているらしい』としか分からない。ナイトパイソンの首領は少数精鋭《せいえい》の護衛を率いて神出鬼没《きぼつ》に各地を渡り歩いているようで、部下たちでさえも居場所や行動計画を知り得ていないのだ。

『さっきまで首領が居ました』とか『今滞在中《たいざい》です』みたいな大当たりを引くまでガチャを続けるしかない。

――魔法で飛んでいけば隣の領くらいまでは夜の間に往復可能か？　幸いナイトパイソン討伐の連合軍に参加してるのは近場の領主ばっかりだし、もうしばらくは討伐部隊の行く先を見て潰して回る感じでいいか。

もしくは、こうしている間にオズワルドが首領の居場所を突き止めてくれたりするととても助かる。将来の敵戦力を削《けず》っているという意味で言えば、空振《からぶ》りだろうと無意味ではないが。

領主であるキーリー伯爵《オズワルド》が持つ人脈と情報のネットワークは、最強のアンデッドである〝怨獄《えんごく》の薔薇姫《ばらひめ》〟も持たない力なのだ。特に遠隔地《えんかくち》や広範囲からの情報収集はいくら魔法があっても難しい。

他所《よそ》の街となると『感情察知』による高性能レーダーも届かない。苦手な部分は伯爵に補ってもらえばいいだろう。ひとまず伯爵と手下の皆様には頑張《がんば》って調査に駆《か》け回ってもらわなければ。

そして戦うときは討伐部隊の動きを隠れ蓑《みの》にすることで〝怨獄の薔薇姫〟の蠢動《しゅんどう》を疑われないようにする。完璧《かんぺき》、とは言えないがかなり上出来の計画だろうとイリス《ルネ》は自画自賛していた。

「そう言えば……イリス様は魔術師《ウィザード》なのですよね」

計算中のイリス《ルネ》に、幾何の先生が出し抜けに言う。どうあがいても知識や学力や習熟度は誤魔化《ごまか》せないので、家庭教師の先生方はどっちがどっちか知っている立場だった。

彼は横髪がぐるんぐるんロールしているので、イリス《ルネ》は彼を心の中で『モーツァルト先生』と呼んでいる。本物のモーツァルトみたいにカツラなのかは不明だが、先生に変なあだ名を付けるのは天地開闢《かいびゃく》以来、生徒の特権だ。

ちなみに彼は普段、城下から授業の時だけ通っているそうだが、今だけは守秘のため城に泊《と》まり込まされているとかなんとか。

「実は私、魔法も教えているのです。残念ながらキャサリンお嬢様には素質がおありではなかったもので、理論のみで魔法の学習は終えているのですが」

「へえっ、そうだったんですか」

意外な事実。モーツァルト先生は魔法使いだったらしい。

実は貴族としての必須教養には魔法理論（と、才能がある人は実践《じっせん》も含まれている。キャサリンは魔法の才能が無いから実践をやらないし、理論の方は修了《しゅうりょう》ということで既に時間割から外れているようだ。

「失礼ですが先生は、魔法はどの程度？」

「冒険者のよく使うレベル分けで言いますと、基礎《きそ》の術がレベル二、火の元素魔法がレベル一です。いや、お恥ずかしい。私は最初の一歩を教えるのが仕事なものでこれで充分ではあるのですが」

専門家を前に恥じ入るモーツァルト先生。全ての魔法には便宜《べんぎ》的に習得難度として『レベル』が定められている。どのレベルの魔法まで使えるかというのが、実力を測る指標であった。

このレベルは冒険者ギルドがベテランの魔術師《ウィザード》たちを委員として決定しているもの。冒険者たちの実力を客観的に測る基準作りの一環《いっかん》だ。あくまでギルド内部で使われる基準でしかなかったはずなのだが今では世間一般《いっぱん》でも通じている。

その基準で言うとモーツァルト先生は、アマチュアとしては良い線いってるという程度だ。火打ち石の代わりに魔法で火を付けたり、追い剥ぎを火の玉で追《お》っ払《ぱら》うくらいはできるかも知れない。

——仕事として通用するレベルの魔法の才能は貴重だけれど、魔法を習得してる人自体は案外多いんだよね。そりゃ、親兄弟に魔法の才能有るのに自分は魔法使えないとなりゃ腐《くさ》るか。

キャサリンお嬢様は魔法の才能がなかったのだという話だが。

——ううん……もしかして、わたしも、元はそうだったのかも。加護が無ければ。

ずるりと、蛇が尾《お》を引き這《は》いずるように、危険な衝動が胸の内で蠢《うごめ》く。

大神に欺《あざむ》かれ、唯一の贈《おく》り物と言ってよかった魔法の才能すら取り上げられた。あの絶望的な状況下で魔法が使えたからと言って何が変わったかは分からないが、しかし、それでも……

「イリス様は？」

「……っ！」

モーツァルト先生に水を向けられ、イリス《ルネ》は、踏みとどまった。練りかけた魔力が体内で渦《うず》を巻いていた。あと数秒、先生が話しかけるのが遅《おく》れていたら怒りのままに城を半壊《はんかい》させてしまっていたかも知れない。

——落ち着け、俺……今は、まだ、戦うべき時じゃない……

「……わたしは水と風がレベル三です。他もいくらか」

イリス《ルネ》はあくまでイリスとしての実力を述べる。これは評するなら『この歳《とし》で既に一人前なのは凄《すご》いがそれ以上ではない』といったところ。

「なんと、その歳でレベル三は流石《さすが》と言うほかありませんね」

モーツァルト先生はしきりに感心していた。実際イリスは成長に従って実力を付け大成していったことだろうと思う。ルネに目を付けられさえしなければ。

ちなみに中の人《ルネ》の実力は『現状で人族最強の術師と肩を並べるくらい、なおこれから更《さら》に強くなる予定』……である。最高位であるレベル八（これ以上の魔法は習得者が少なすぎて一定の評価基準を作れないので全部レベル八に放り込んである）の魔法を使うのは流石にしんどいが、そもそも『難しすぎて使えない魔法』というのが無い。神聖魔法みたいにジャンル的に使用不可能なものがあるだけだ。

だがその実力に驕《おご》ってはいけないとイリス《ルネ》は思う。白兵戦偏重《へんちょう》であるデュラハンの姿になったことで魔法力が低下していたとは言え、騎士団の防御陣には魔法が通じなかったのだから。何も考えず魔法をぶっ放していたら魔力を無駄遣《むだづか》いするだけだ。

「よろしければイリス様の魔法を少しお見せいただきたいのですが」

「さすがにそれは。だってキャサリンお嬢様は魔法が使えないんですから、魔法の気配がしたらわたしが偽物だってバレちゃいます」

「おっと、確かに。申し訳ありません」

モーツァルト先生は申し訳なさそうに笑う。

この会話もアウトという気がするが、外からの魔法は『狙い逸らし』がかけられているので気にするべきは城内からの盗聴《とうちょう》のみ。『イリス』の立場として一応気にするフリだけはしたけれど、『感情察知』の能力で城中スキャンし続ければ逆探知可能だったりする。

――盗み聞き……してる人って居るのかな？　ちょっと探《さぐ》ってみよっと。

もしかしたら今も内通者がイリス《ルネ》の動向を探り、真偽《しんぎ》を見極《みきわ》めようとしているのかも知れない。

イリス《ルネ》は次の問題を解きながら、少しずつ感情探知の範囲を拡げていく。

ローテクな盗み聞きができるような場所にはそもそも人が居ない。廊下を行き交う召使《めしつか》いたちのくたびれた残業サラリーマンみたいな灰色の感情が流れ込んでくる。

――特にそれらしいのは引っかからないなー。もう少し範囲を広く……

しようとした時だった。

いきなりすぐ近くで何者かの警戒心《けいかいしん》がふくれあがったのをイリス《ルネ》は感じ取った。

――ん……？　なんだろ、コレ。

廊下を歩いてきた誰かの感情反応が、すぐ近くで急にピリピリとした警戒心に変わった。

上司や伯爵にでも会ったのかと思ったが、反応を探る限りそうではない。そいつは誰かに会ったとか何かを見たという様子ではなく、一直線にイリス《ルネ》が居る勉強部屋に向かってくる。

――わたしの所へ来るに当たって気を引き締めている？　にしては妙にネガティブな反応……

心持ち気を引き締めて待ち構えていると、やがて、扉《とびら》が控《ひか》えめにノックされた。

「どうぞ」

モーツァルト先生が声を掛けると、ひとりの男性召使いが入ってきた。これと言って外見的な特《とく》徴《ちょう》が無い、ちょっとオドオドした雰囲気の若い男だ。

「幾何学《きかがく》授業用の教材、お持ちしました」

「ご苦労様です」

彼は抱えてきた三角やら半円のパネルをドサドサと教卓《きょうたく》の上に落とした。

学校によくある黒板に図形を書くための定規だ。

彼は先生とイリス《ルネ》に対して折り目正しく一礼。だが、特にイリス《ルネ》の方を見た時の感情がおかしい。ネガティブな警戒心がいっそう強く燃え上がったのだ。男は部屋を出て行ったが、しかし部屋を出たところで数秒止まり、それから足音を殺すように離れていった。

「先生、今の方は？」

「サイラスさんですね。最近、私のお手伝いをしてくれているんです。『この歳からだが知識を深めたい』とおっしゃいまして、自分も教わりながらお手伝いがしたいと」

怪《あや》しい。怪しすぎる。誰だって突然《とつぜん》学問に目覚めるのは悪くないし生涯《しょうがい》学習は素晴《すば》らしいが、感情の反応を併《あわ》せて考えるとクサすぎる。

「……あの、先生。ごめんなさい、ちょっとお手洗いに」

「どうぞ。ですがご注意を。この教室を出たら、あなたは『キャサリンお嬢様』ですからね」

＊　＊　＊

先生の許可を得て教室を出たイリス《ルネ》は、そそくさとサイラスを追った。

「な、何をなさいますっ……！」

イリス《ルネ》に捕獲《ほかく》されたサイラスは近くの空き部屋に無理やり引っ張り込まれた。その感情は困惑《こんわく》以上に恐怖で占《し》められている。おそらくそれはイリス《ルネ》に対する恐怖でなく、全てが破綻《はたん》することへの恐怖。

イリス《ルネ》は太ももにくくりつけていた短杖を取り出し、それを一振りする。

「《消音《サイレント》》。……これで、この場での話が周囲に漏《も》れ聞こえることはありません」

周囲の音が一切遮断《いっさいしゃだん》される。ふたりだけを包む小範囲に行使したのだ。

イリス《ルネ》としてはこんなもの必要ないのだが、相手を安心させるための措置《そち》だった。

「まず話の前に。もうこの杖を見てお分かりでしょうが、わたしはお嬢様ではなく影武者のイリスです。単刀直入に聞きます。あなたはこの城の中の情報をナイトパイソンに流してはいませんか？」

前振りも何も無いあまりにもストレートな問いに、サイラスは目を白黒させる。

「な、なんのことか……」

ひとまずとぼけるサイラス。鎌《かま》を掛けられているだけだと思ったのかも知れない。

確かに証拠《しょうこ》は無い。だが、イリス《ルネ》は感情察知の力で彼の中に渦巻《うずま》く恐怖と罪悪感を読み取っていた。うろたえて視線が定まらないサイラスの目をイリス《ルネ》はじっと見つめ続ける。

すると、彼はすぐに音を上げて、飛び込むように限りなく九十度に近いお辞儀《じぎ》をした。

「……はい、そうです、申し訳ありません‼　どちらが本物のお嬢様か常に調べておいて、聞かれたら報告しろと……！　妻と息子《むすこ》を人質《ひとじち》に取られているんですっ‼」

――やっぱりか。

ふたりのキャサリンお嬢様のうち、どちらが本物でどちらが偽物か。判別できる立場の者は限られる。キャサリンとイリス《ルネ》本人は当然として、後は世話をする侍女たちや勉強・家事訓練の先生くらい。もし、その先生に取り入って勉強の場面に関《かか》われるようになれば真贋《しんがん》を常に掴んでおける。

なにしろキャサリンが勉強を休む日はほぼないのだ。

そのためにサイラスは突然学問に目覚めた。

人質なんぞ知るかと言いたかったし、なんならこの場でサイラスを適当にいたぶって服従させダブルスパイにするという手も考えたが……どう考えても『イリス』が言っていいこと、していいことではない。

さてどうするかとイリス《ルネ》は考える。

——しかし、だとすると急造の内通者なのか……？　それならそれでもっといいポジションの人を選べばいいような。直接お嬢様や俺の世話をする係の侍女さんとか……こんな面倒《めんどう》な関わらせ方しなくても先生の方を脅《おど》すとか……

まあ都合良く人質に取れそうな家族が居なかったという可能性もあるが……全員そうだったのだろうか？

「なんでサイラスさんだったんでしょうね？」

「え？」

「人質を取って言うこと聞かせるの。もっと、お嬢様の身の回りの人とかの方が良さそうなのに」

疑問に思ったので言うだけ言ってみたのだが、その瞬間、イリス《ルネ》は燃え上がるような恐怖を察知した。この反応は……何かある。

「分かりません……分からないんです……」

「本当ですか」

「えっ……」

「本当に何も知らないんですか、って聞いてるんです」

二度目は折れるのも早かった。

サイラスはもう膝《ひざ》から崩れ落ちるように土下座のフォームに入る。

「あ……も、申し訳ありません！　家族のために金が必要だったんです！　それでずっと上手《うま》くやってたのに、あいつら急に……！」

「……つまり、金で言うこと聞いて伯爵様の身の回りの情報流してたら、急に家族を人質に取られて無茶振りされたんですね」

流石に呆《あき》れるイリス《ルネ》。伯爵が対ナイトパイソンで動き出すより前からサイラスはスパイ活動をして情報を売っていたのだ。

ナイトパイソンは適当に餌をやって内通者未満のコソ泥《どろ》を飼っておき、いざという時に重要情報を探らせる。裏切らないよう、ご丁寧《ていねい》に人質まで取ったうえでだ。

いくら強引《ごういん》な手があると言っても、新たな内通者を増やすのは面倒だろう。忠誠心の高い奴は主君を裏切れずダブルスパイとして嘘の情報を流したりしそうだ。もともと金で情報を流していたような奴に仕事をさせる方が合理的……なのかも知れない。

――しかしこの能力、嘘発見器にも使えるなあ。

いつも『剣と魔法で殺してハイおしまい』だったら楽なのだが、今後もこうして対人交渉《こうしょう》や頭脳戦的な探り合いがないとは言えない。この力はきっと役に立つだろう。

「そ、それにしても、何故お分かりに……？」

「あ、えっと……わたしとお嬢様の真贋を探る人が居ないかは警戒してたし、こう、隠し事してるっぽい雰囲気だったので……」

「……そうでしたか。冒険者の方は感覚が鋭いのですね」

納得《なっとく》してくれたようなので、イリス《ルネ》は余計なことを言わず曖昧《あいまい》に笑って誤魔化した。

「私は……どうすれば……」

進退窮《きわ》まりワラにも縋《すが》る様子でサイラスが言う。

「えっと、個人的な意見ですけど、ひとまずこのままでいいんじゃないですか？　伯爵様に相談するとか、変な動きをしたら人質さんが危ないかもですし」

「それで……いいのでしょうか？」

「きっと伯爵様が助けてくれますよ。討伐部隊のことはご存じですよね？　どこかで監禁《かんきん》場所にガサ入れして助けてくれるんじゃないですか」

イリス《ルネ》は欺瞞《ぎまん》的な気休めを言った。

何の根拠《こんきょ》も無い言葉だったが、こう自信満々に言われると真実かも知れないという気になったのか、サイラスは少しだけホッとした顔になる。

「……すごい、ですね。イリス様はまだ子どもなのに私よりよほど落ち着いてらっしゃる」

――いえいえ、落ち着いてるのはお嬢様の命も人質の命もどうでもいいからですってば。

サイラスに感心されたが、ろくでもない真実は胸に秘《ひ》めておいた。

「人質が救出されるまでは言われるがままでいいと思います。わたしが言うのもなんですけど、真贋が分かっただけじゃお嬢様狙うの無理だと思いますし。ただ、本当に何か予想外の事態が起こりそうだったら伯爵様に相談する……とかでいいんじゃないですか？　それと、できれば何かあったらわたしにも教えてほしいです」

『隙《すき》を見てお嬢様を殺せ』とか言われるかも知れないので、一応釘《くぎ》は刺しておく。

「そうですね……はい、ありがとうございます。そうします」

「じゃ、お仕事とお勉強に戻《もど》りましょう。このことは他言無用、ですよ」

「分かってます。言いませんよ」

イリス《ルネ》が《消音《サイレント》》を解《と》くと、サイラスは何度も何度もペコペコ礼をしながら部屋を出て行った。

その去り際。

イリス《ルネ》は完全に無詠唱で簡単な風の魔法を使い、サイラスの後ろ髪を数本掻《か》き切る。サイラスはそれに全く気付かず部屋を出て行った。

床の上に残った髪をイリス《ルネ》はつまみ上げる。そして、ニヤッと笑った。

血縁《けつえん》者の身体の一部を使えば、探知を掛けられる。サイラスの血を分けた息子を捜《さが》し出せる。

もちろん普通《ふつう》はそんなに簡単ではなく、広範囲に探知を掛けようと思ったら膨大な魔力が必要になる。都市の地脈に蓄《たくわ》えられた魔力を引っ張り出すとか、複数人の術師で儀式《ぎしき》化しなければ、複数の都市をカバーするような広域探査はできないものだ。

イリス《ルネ》の場合、その制限は問題無い。人の魂《たましい》では決して持ち得ないほどの魔力を……少なくともエルタレフみたいな半端《はんぱ》な都市の地脈には匹敵《ひってき》するであろう、桁違《けたちが》いの魔力を蓄えている。魔力をつぎ込めばつぎ込んだだけ強化されるタイプの魔法とは相性《あいしょう》が良い。後は腕前の問題だ。

まあ、魔法で探すべきターゲットが探査阻害《そがい》の掛けられた場所に居るとしたら簡単には見つからないわけだが、だめだったらその時はその時だ。

「……《人探知《シークパーソン》》」

試すだけの価値はあった。事態が進展するかも知れないという希望と、クーデターに関わったナイトパイソンの関係者をまた殺せるのだという悦《よろこ》びに、イリス《ルネ》の心は沸《わ》き立っていた。

＊　＊　＊

そこは、街道からも大分離れた場所に建つ山小屋だった。道なき道を抜けた先、岸壁《がんぺき》に背を付けて建つその建物は、崖《がけ》に開いた洞窟《どうくつ》や地下にまで広がっており、外見を裏切る大きさだった。

朧月《おぼろづき》が冷たく峰々《みねみね》を照らす時間になっても、物騒《ぶっそう》な目つきをして物騒な得物を持った男たちが建物の中をうろついていた。そして彼らは殺された。

机を並べたオフィス風の部屋は、飛び散った鮮血《せんけつ》と焼け焦げによって汚《よご》されていた。この時間でも煌々と魔力灯に照らされた部屋の中、魔法で吹き散らされた書類の山が床に洪水を作っている。

「う、う……」

顔以外の全身を氷漬《づ》けにされ、床に転がされた男がうめく。ガタイがよく厳《いか》めしい顔つきの、ザ・ヤクザ者という雰囲気の男だ。それをイリス《ルネ》は、例の防寒着に加えて目だけを露出《ろしゅつ》した黒巻き布の覆面《ふくめん》という怪しさ満点のスタイルで見下ろしていた。

辺りには死の静寂《せいじやく》が満ちている。侵入者《しんにゆうしや》であるイリス《ルネ》を殺そうと向かってきた連中を片《かた》っ端《ぱし》から薙《な》ぎ払ったからだ。

目の前で倒れているほぼ氷漬けの男は、戦闘員に対して偉そうに指示を飛ばしていたので、多分ここではこいつが一番偉いのだろうと思って殺さなかった。

「質問に答えて。即座に、正確に」

「ななな、なんにゃんだ、お、おま、おまえええええ………」

体温を奪われているようで、ガチガチと歯を鳴らしながら氷漬けの男が言う。その口に向かってイリス《ルネ》は、焼け焦げた魔杖の石突《いしづ》きを叩き込んだ。

「ぶぎっ！」

歯が数本折れて不格好な悲鳴が上がった。相手が無抵抗《むていこう》なら少女の腕力《わんりよく》でもこれくらいできる。

「だからぁ、質問に答えて。即座に、正確に」

「ひゃ、ひゃい！」

回らない舌で、血まみれの口で、男は必死に恭順《きようじゆん》を示す。『警備員』を排除した時点で既に心は折れていたようだ。

「ナイトパイソンの首領の居場所、知ってる？」

「………ふぇ？」

「答えなさい。さもないと次は片目を……」

「や、やめれっ！　おれは知らにゃいれふっ！」

血の唾《つば》を飛ばしながら男は慌《あわ》てて答えた。

嘘発見器ではないけれど、『感情察知』の力で心理を読み取ると嘘をついた者の感情には独特の『波』が立つように感じられる。その観点からすれば、この男は嘘をついていなかった。

——……またハズレ？　せっかく伯爵も未発見っぽいアジトを見つけたのに。

イリス《ルネ》がここへ来たのは、サイラスの毛髪を使った探査魔法の結果だ。結局、お目当ての首領はここにもいなかった。いかにも隠れ家《が》くさい場所だったから怪しいと思ったのだが。

「じゃあ、その話はもういいから、代わりにまだ活動してるナイトパイソンのアジトの場所を知ってる限り全部教えて」

「ひゃい！　わかりまひたっ‼」

泣きながら何もかも吐《は》いた男だったが、結局彼が知っていたのは全てオズワルドが把握《はあく》済みのものであり、彼は三分後に用済みとして殺害された。

＊　＊　＊

ナイトパイソンの構成員たちが死に絶えたアジトの中をイリス《ルネ》は見て回る。

あちこちに書類仕事の形跡《けいせき》があり、大量のファイルがあり、何事か管理を行っていた場所なのは明白だ。イリス《ルネ》にはちんぷんかんぷんだが、この大量の資料をオズワルドに押しつければ何か読み解いてくれるかも知れない。例えばナイトパイソン内部のサプライチェーンとか、金の流れとか。

——問題は、人里離れたこの場所をどう気付かせるかってことなんだけど……

考えながら探査の反応を追って歩いていると、地下二階のまるで隠すように入り組んだ通路の先でルネは奇妙なものを見る。

そこには唐突《とうとつ》に牢獄《ろうごく》があった。換気口《かんきこう》だけが存在する薄暗《うすぐら》い牢獄は、金属の板を張り付けた壁《かべ》と天井《てんじょう》、そしてお決まりの鉄格子で構成されている。

いくつか並んだ部屋のうちひとつを覗《のぞ》き込んで、イリス《ルネ》は捜し物を発見した。

干からびて黒ずんだ死体がふたつ。

着ている服と体格からして、おそらく母親と息子だったのだろうと推測できる。

イリス《ルネ》がサイラスの頭髪を触媒《しょくばい》に行使した《人探知《シークパーソン》》。捜し当てた彼の息子は、既に死んでいた。

殺されたのは数日前くらいだろうか。魔法かマジックアイテムか、何を使ったのか知らないが遺体には処理が施されており腐臭《ふしゅう》などはしない。多分、ひとまず不潔にならないよう保存加工しておいて、近日中に溶《と》かすなり埋《う》めるなりして処分する気だったのだろう。

イリス《ルネ》はアジトに踏み込んだ時点でこの結末を既に知っていた。《人探知《シークパーソン》》の示す先に、『感情察知』で読み取れるものが何も無かったのだから。

——この死体……回収しておいた方がいいかな。『実はとっくに人質死んでました』って情報が伝わらずに済めば、サイラスをまだ利用できるかも知れない。

そんな風に合理的な思考を巡《めぐ》らしてから、ふと、イリス《ルネ》は苦笑《くしょう》する。

——変わっちゃったなあ、わたし……

『ルネ』は優しくて分別のある良い子だったはずなのに。

悪事を働いている自覚があるだけまだマシだろうと、少女は心の中で誰にともなく言い訳をした。

「《収納箱《アイテムボックス》》」

牢屋《ろうや》の中の死体が消え去った。後は帰り道の途中、適当な場所で埋めてしまえばいい。

――それで、あとは……

サイラスの妻と息子は死んでいた。だが、『感情反応』で捉えたのはもうひとり。こっちがサイラスの奥《おく》さんかと思っていたのだが違ったようだ。

狭《せま》い牢屋が片側に四つ並ぶ通路を奥まで行くと、そこに人が居た。

「誰、ですか……?」

ボロ布のような敷物《しきもの》に力なく横たわっていた若い女が、イリス《ルネ》の足音に気付いて身を起こした。

＊　＊　＊

群青色の髪と目をした女は辺りを憚《はばか》るように心持ち身をかがめ、イリス《ルネ》の後ろを付いてくる。

「足音は殺さなくて結構。この建物の中で生きているのは、もうわたしとキミしか居ない」

「あ、はい……」

イリス《ルネ》はわざと口調を変えて言った。

「キミは先程《さきほど》、旅芸人をしていると言っていたが。どうしてこんな場所に?」

「国内が物騒になったので、密かに連邦の方へ出ようと思ったのですが……途中で襲われてしまいまして……」

救出された捕虜《ほりょ》の女は、言われてみれば確かに芸人らしい、ちょっと過激な格好をしていた。下着のような衣装だが、おそらく露出を増やすために『防寒』の魔化を施した品だろう。

女は、ナイトパイソンによる街道封鎖の被害者《ひがい》だった。ちょうど『山賊』が活動を始めた頃《ころ》に移動していたのが不運だった。一座の仲間たちは皆殺しにされ、彼女も殺されるところだった。

しかし若くて見た目が良かったのが幸いしたようで、彼女は商品として残された。あそこで出荷前に一時保管しておいたところ、イリス《ルネ》の襲撃に居合わせたという成り行きらしかった。

「助けてくれて、本当にありがとうございます」

「礼には及《およ》ばない」

「……あの。つかぬ事をお伺いしますが……あなた、女の子ですよね？」

控えめながらも確信に満ちた口調で女に問われ、イリス《ルネ》は寸の間、足を止めた。

「ボーイソプラノだ」

「うっそだぁー……」

性別だけでも誤魔化そうとしたが信じてもらえなかった。

「何故、小柄《こがら》な種族でなく子どもだと思った？　ただの子どもにこんな戦いができるはずなかろう」

「それはそうですけど、物腰とか体つきとかを見ると……旅芸人の勘《かん》ってとこですね」

なんで気が付いたのかだけでも探ろうとしたのに、彼女の答えは要領を得ない。多くの人を見てきた経験から全体的な違和《いわ》感に気付いた、ということだろうか。

当然、イリス《ルネ》は内心穏やかでない。念のため魔法で幻影《げんえい》を作って覆面の下の顔だけは変えているのだけれど、小さな身体は誤魔化しようがないわけで。

——あんまり余計なことに気が付かないでよーっ！　生かしてリリースしなきゃだめなのに！

頭を掻き毟《むし》りたいのをこらえるイリス《ルネ》。彼女の口を封じては面倒なことになる。

そうこうしている間に二人は玄関《げんかん》まで辿《たど》り着いていたが、イリス《ルネ》はそこを素通りした。

「そっちはダメだ。表の見張りは始末したけれど罠《わな》が多く仕掛けてある」

「じゃあどこから逃げるんですか？　あと、その口調無理してません？」

「無理などしていない。……あー、もういい！　やめやめ！　普通に喋《しゃべ》る！」

イリス《ルネ》は遂《つい》に観念した。

小動物を観察するような生温かい視線に耐えながら女を先導し、イリス《ルネ》は建物の裏手へと向かう。

コンテナが乱雑に積まれた倉庫のような部屋の奥に裏口があった。元は荷物で塞《ふさ》がれ扉も目張りされていたのだが、荷物が押しのけられ扉が半開きになっている。イリス《ルネ》が破壊して侵入した跡だ。

「こっち。裏口は荷物で塞がれてたけれど、ここをこじ開けて入ってきたの。……通れる？」

「平気。私は身体が柔《やわ》らかいんです」

二人は積まれたコンテナの隙間を抜け、立てかけられた鉄の棒みたいなものが絡み合う下を潜る。どけておいた鉄棒がまた倒れていたもので、イリス《ルネ》はそれを押し返して道を開ける。

念のため幻影の魔法で顔を隠しながらなので、鉄棒をどけるのに魔法は使えない。非力な少女の肉体にはなかなかの重労働だった。汗が噴《ふ》き出す。

「手伝いましょうか？」

「いいって。あなた、ふらついてるじゃない。わたしだけで大丈夫だから」

道を開ける作業をしながらそう言うと、急に暖かな感情を投げかけられてイリスは振り返る。

「……良い子だわー。この状況でも気遣ってくれるなんて」

「え、ちょっ……あんなの当然って言うか、当たり前でしょ。脊椎《せきつい》反射だし！」

何故だか気まずくてイリス《ルネ》は必死に言い訳をした。あの程度では親切にしているという感覚すら無かったのだが……確かに、犯罪組織のアジトを潰した謎の人物の行動としては似つかわしくない。

――なんでこんなとこでギャップ萌《も》えされなきゃならないの……！

イリス《ルネ》は素数を数えて落ち着こうとしたが余計に気が散るのですぐに止めた。

裏口から這い出せば、そこは雪に埋もれた山の中。皓々《こうこう》と照る月の下、凍《い》てつく風が吹き抜ける。

イリス《ルネ》は倉庫からかっぱらっておいたアイテムを女に手渡《てわた》す。一定時間姿を消すポーションや、獣《けもの》や弱い魔物が嫌《いや》がる音を出して遠ざける鈴《すず》、爆竹など。旅芸人なら使い方は分かるはずだ。

「この方向に下りていくと街道があるから、ぶつかったら右へ行けばいいの。宿場町があるから、そこの通信局からコルガの衛兵隊に通報すれば来てくれるはず」

獣道のような山道を指差しながら、イリス《ルネ》は提案という名の誘導《ゆうどう》をした。

これで、アジトの位置はオズワルドの知るところとなる。残された資料を押収《おうしゅう》・分析《ぶんせき》すれば、またナイトパイソンとの戦いが一歩前進する、かも知れない。

「何から何まで本当にありがとう！」

イリス《ルネ》の事情などつゆ知らず、女は深々と礼をした。

「その、おかげさまで助かったけれど……あなたはいったい？」

「通りすがりのニンジャです」

黒覆面姿《くろふくめんすがた》なのをいいことに、イリス《ルネ》は適当な嘘をついた。

「ニンジャは正体がバレたらいけないの。恩に着るなら、わたしのことは適当に誤魔化しておいて。黒ずくめの不審《ふしん》者に助けられたとか、そういうことを言っとけばいいから」

精神操作の魔法を使って、女の認識《にんしき》をいじってしまう手もイリス《ルネ》は考えた。

しかし精神操作の魔法は後遺症《こういしょう》を残しやすく、そうなれば精神操作を怪しまれ、捜査《そうさ》の過程で専門の術師の施術《しじゅつ》によって記憶が復元されてしまう危険もある。逆に疑いが向けられそうだ。

小細工をするより成り行きに任せた方がいいだろうとイリス《ルネ》は判断した。なるようになれ、だ。

「何か事情があるのね……分かったわ。お姉さん約束する」

女は胸に拳《こぶし》を当てて誓《ちか》った。

そして彼女は身をかがめると、唐突に。

巻き布の覆面越《ご》しにイリス《ルネ》の鼻梁《びりょう》に口づけた。

「ちょ、ちょ、な⁉」

「あははは ー、ごめんなさい、今はこんなお礼しかできないわ。ありがとう、強くて格好いいお嬢ちゃん。また会った時にあなたが大人になってたら、お姉さんがイイコトしてあげるわ！」

突然の出来事にイリス《ルネ》は思いっきり狼狽《ろうばい》した。尻餅をついてカサカサ後ずさるイリス《ルネ》を見て、旅芸人のお姉さんは『してやったり』とばかりに朗《ほが》らかに笑う。

「じゃあねー！」

そして彼女はひらひらと手を振り、去って行った。

後に残されたのは、冷たい風が吹き荒《すさ》ぶ中、呆然《ぼうぜん》と見送るしかないイリス《ルネ》。

「………強敵だった……」

なんかやたらと疲《つか》れたような気がして、イリス《ルネ》はげんなりと呟いた。

6　帰らざる交差路

一日の終わり、キャサリンとイリス《ルネ》は揃《そろ》って同じ寝室《しんしつ》に入る。日中はなるべく接触《せつしょく》しないようにしている二人がこの時間だけ一緒《いっしょ》になるのだ。部屋には侍女《じじょ》すら入れず、二人っきりの時間ができる。そして片方は部屋を出て別の寝室へ向かい、もう片方はそのまま眠《ねむ》る。つまり、ここでシャッフルが行われるのである。

「もう……！　あなたほんとうに大丈夫《だいじょうぶ》なんですの⁉」

そしてキャサリンは当然のように喧嘩腰《けんかごし》だった。

「かみをそめて同じ服を着ていたって、男の子みたいに品のない仕草をしていたらすぐに分かってしまいますわ。私《わたくし》、一日中気になってしょうがないのですよ！　あなたが何か変なことをしてはいないかって……」

嫌《いや》みったらしいと言うよりも、これは気位の高い仔犬《こいぬ》が気にくわない客人にキャンキャン吠《ほ》えているようなものだ。

いくらキャサリンに対抗心《たいこうしん》を燃やされてもイリス《ルネ》としては別にどうでもいい。だがここまで執拗《しつよう》だと、ちょっとうざい。口答えのひとつくらいは許されるだろうとイリス《ルネ》は考えた。それに、ここで言い返すくらいは『イリス』の行動としてもむしろ自然なはずだ。

「わたしはお嬢《じょう》様生まれじゃないし、ずーっと礼儀《れいぎ》作法を勉強してきたわけじゃないんだもの。あなたのようにはできないわ」

長広舌を遮《さえぎ》ってぴしゃりと言い返すと、イリス《ルネ》が言い返したことそのものにキャサリンは面食ら

った様子だった。

「そ、それじゃダメじゃないの！　どっちがニセモノか分かってしまうじゃない！」

「完璧《かんぺき》にできないなりに最善を尽《つ》くしてるわ。それでもいいと思ったから伯爵《はくしゃく》様はわたしを雇《やと》ったの。文句があるなら、それはお父様に言うべきではないの？」

ノーモアブラック労働。

前世の長次朗《ちょうじろう》はゾンビ並みに賢《かしこ》い上司から責任を押《お》しつけられた経験が一度ならずあるが、上のマネジメントがまずい場合まで現場が責任を取るのはおかしい。雇われ人は実力の範囲《はんい》で最善を尽くすべきであって、それでも上手《うま》くいかないなら問題は采配《さいはい》する側にあるはずだ。

と思ったのだが、キャサリンはもちろんそれで納得《なっとく》してはくれなかった。

「私はあなたみたいに魔法《まほう》が使えるわけじゃないんですのよ！　おそろしいアサシンにおそわれたりしたら何もできませんわ！　気がつかれないことが大切なのです！」

「だから、そのために最大限の努力はするわ。あなたと同じようにはできないというだけ。なんだって、危険性を零《ゼロ》にするのは無理よ。それをできるだけ小さくするのが護衛であるわたしの仕事」

「あなたは自分が強いからそんなことを平気で言えるのですわ！　もっと気合いを入れて私のフリをなさい！」

「わたしみたいな平民育ちが、キラキラの服を着て育ったお嬢様のマネなんて完璧にできるわけないわ！　何、今の動き！　自然な手振《てぶ》りまで意味分かんない気品が……」

売り言葉に買い言葉で言い合いがヒートアップしかけた。だがそこでキャサリンが、はたと自分の口元を押さえる。

「……あら？　どうして私たち、お互《たが》いをほめ合ってるんですの？」

「そう言えば……」

沈黙《ちんもく》、そして珍妙《ちんみよう》な空気が流れ、次の瞬間《しゆんかん》ふたりは、

「「ぷっ」」

同時に噴《ふ》き出していた。

「あはははははははっ！」

「ふ、うふふ、くくくくっ……ちょ、ちょっとなんでこんなっ……」

「……はしたなく笑ってもいいのよ。ここにはわたししか居ないから」

肩《かた》をふるわせて身体《からだ》を丸め、キャサリンは必死で笑いをこらえていた。ストレートに感情表現するのは、上流階級の人々にとって避《さ》けるべき下品な振る舞《ま》いなのだ。

「ふう、はあ……あー、もうっ！　本当にどうしてこんな話になったのかしら！」

「だいたいキャサリンお嬢様のせい」

「調子がくるいましたわ……」

毒気を抜《ぬ》かれた様子のキャサリンは、灰と紅の目でまじまじとイリス《ルネ》を観察する。

「イリス。お父様の所へあなたたちが来ているのは何度も見ていますけれど、こうしておしゃべりするのは初めてでしたわね」

「初めてってわけじゃないけど……」

『イリス』の記憶《きおく》を探《さぐ》れば、二言三言、挨拶《あいさつ》くらいの会話を交《か》わしたことはある。まあ逆に言えばそれだけだから、会話したことが無いと言ってもいいレベルかも知れない。主にその原因は、キャ

サリンがイリスに対してツンケンした態度であまり話そうとしなかったからだが。

「私、なんだかイリスをごかいしていた気がしますわ」

「……どう思ってたの？」

「冷たい顔でなんでもカンペキにやってしまって、こんな風に笑うことはないんだろうなって……」

あぁなるほど、とイリス《ルネ》は思う。

ベネディクトが言うには、キャサリンは母から魔法の素質を受け継《つ》げなかったことがコンプレックスなのだという。魔法の素質に恵《めぐ》まれた『イリス』に対して、羨望《せんぼう》と嫉妬《しっと》の入り混じった複雑な感情を抱《いだ》いていることは想像に難くない。存在自体が彼女《かのじょ》のコンプレックスを刺激《しげき》しているのだ。

『イリス』を冷たく機械的な完璧超人《ちょうじん》のように思っていたのは、羨望から来る部分もあったのだろう。しかも『イリス』は結構人見知りだった。仲間たちには気安いけれど、見知らぬ相手に気さくに笑顔《えがお》を見せることはない。

だからこそ、なのか。イリス《ルネ》が笑ったというただそれだけのことで、キャサリンから向けられる感情が変わった。

「なんでもはできない。わたしは神聖魔法なんて使えないし、刃渡《はわた》り百五十センチの大剣《たいけん》も振れないし、重い鎧《よろい》を着て盾《たて》を持つこともできないもん」

「……それはできる人の方が少ないのではありませんの？」

「なんでも、はできないって話。お嬢様の真似《まね》ができないのも当たり前。わたしには、わたしのできることがあるだけ」

「……そう」

『イリス』らしい言い回しで言うと、キャサリンはなんとなく感銘《かんめい》を受けたようだった。

「ねえ、イリス。よかったらあなたの冒険《ぼうけん》の話を聞かせてくださいません？」

ずいっと寄ってきたキャサリンは、灰紅の目に星を瞬《またた》かせてイリス《ルネ》に椅子《いす》を勧《すす》める。

「あんまり長い時間掛《か》けちゃうと、寝支度《ねじたく》をしてくれる侍女さんが待ちくたびれちゃうと思うけど」

イリス《ルネ》は真面目《まじめ》ぶった理由を付けてこれを断った。じっくり雑談なんかしてるとボロが出そうで、ちょっと気が進まない。

キャサリンは納得しかけた様子だったが……何か思いついた様子で手を打つ。

「……それもそうですわね。だったらお父様に言って、明日からはあなたとおしゃべりする時間を作ってもらいますわ！」

「え」

「決まりですわね！　それではお休みなさい、イリス。また明日、ここで会いましょう」

言い置いてキャサリンはさっさと出て行ってしまった。

後には、展開について行けなかったイリス《ルネ》が残された。

――しょうがないか……ちゃんと時間確保してもらえて寝る時間が遅《おそ》くならないなら、もうそれでいいや。

大切なのはあくまでも、『イリス』として行動しつつナイトパイソンについて探り、狩《か》ること。余計な日課が追加されてしまったが、まあ、本筋から言えば些事《さじ》だ。適当にあしらってしまおう。

キャサリンと夜のお喋《しゃべ》りをすることになろうが何だろうが、イリス《ルネ》にとってはどうでもいいことだった。

この時は、まだ。

＊＊＊

明くる朝。鉄靴《サバトン》の音も高らかに、武装した騎士《きし》たちが伯爵居城へ行進していた。

ほんの少し小高い場所に位置するキーリー伯爵居城への坂道を、まるで地を踏《ふ》みにじるような堂々たる足取りで十人ほどの騎士が歩んでいた。皆《みな》、灰色の輝《かがや》きを纏《まと》っている。騎士の標準装備、軽量で魔化素材に適したミスリルの全身鎧だ。荷物を持ったり馬を引いたりしながら、人足や従者が付き従う。

騎乗して彼《かれ》らの先頭を行くはゲイリー侯爵《こうしゃく》。隣《りん》領の領主だ。全身鎧姿ではよく分からないが年齢《ねんれい》は四十代半ば。背が高く手足が長いせいでひょろ長く見えるのだが、その身体は隙《すき》無く鍛《きた》え上げられ胸板《むないた》も厚い。

こんな威圧《いあつ》的な行進をして城へ向かっていこうものなら侮辱《ぶじょく》あるいは敵対行為《こうい》ととられて差し支《つか》えないものだが、今ばかりは違《ちが》う。

騎士のひとりが軍旗のごとく押し立てているのは白く国章を縫《ぬ》い取った紫《むらさき》の旗。国王の代行として諸侯の監査《かんさ》や弾劾《だんがい》を行うお役目の者が、その証として預かるものだった。

「開門！　私はオスカー・レイン・ゲイリー侯爵である！　シエル＝テイラ国王たるヒルベルト・〝獅子の心《ライオンハート》なる〟・ニコラス・シエル＝テイラの名代としてオズワルド・ミカル・キーリー伯爵を検《あらた》めに参った！　忠義と騎士道に悖《もと》るところ無しと信ずるのであれば検めを受けられよ！」

門前までやってきたオスカーは、天まで轟《とどろ》くほどに声を張り上げ高らかに名乗った。

＊　＊　＊

それはずいぶんと急な監査だった。オスカーがここへ来るという連絡《れんらく》がオズワルドに入ったのも、既《すで》にオスカーが居城を出発した昨日になってから。

「キーリー伯爵。あなたには、国王陛下のお許し無く諸侯と結託《けったく》し軍を編制した、大逆の疑いが掛けられております」

敵意に満ちた険悪な目つき。高圧的な物言い。

完全武装のオスカーと手勢の騎士団を、オズワルドは政務用の服装で出迎《でむか》えた。

「その点に関しては、先刻申し開き致《いた》しました通り。領内に賊《ぞく》が跋扈《ばっこ》しております故《ゆえ》に、それらを討伐《とうばつ》するため合同で部隊を編制したのです。賊や強大な魔物を討伐するため諸侯が協力することは前例もございますし、急を要する場合は事後承諾《しょうだく》となることもございました。私も王宮に対してお伺《うかが》いは立てております。領民に甚大《じんだい》な被害《ひがい》が出ている状況《じょうきょう》でしたが、なかなかお返事を頂けず……」

「ですから、その『お伺い』に疑義が生じたのです。これより私は国王陛下の目、陛下の耳となります。そのことをよくご理解いただいたうえで、ご協力くださいますよう」

努めて冷静かつ理路整然と対応したオズワルドだが、オスカーの態度は取り付く島もない。

オズワルドは最初からオスカーを疑って掛かっていた。王宮の意を受けての行動となると、対ナイトパイソンの討伐部隊を編制したことへの報復か、足止めか。

オズワルドは……そしてクーデターに与《くみ》しなかった他の諸侯も同じだろうが……まだヒルベルトがどこまでやる気なのか測りかねている部分があった。もしヒルベルトが完全に敵に回るなら、オズワルドは領民や家臣たちのためにも辛《つら》い決断をしなければなるまい。

いずれにせよ、まずはこの場を穏便《おんびん》に切り抜けなければ。

「……かしこまりました」

不満や不信を押し隠《かく》し、オズワルドは見た目だけは礼儀正しい慇懃《いんぎん》な礼をした。

＊＊＊

「ふん、貧相《ひんそう》な執務室《しつむ》だな」

「お待ちください、何を……」

ずかずかと執務室に上がり込《こ》んだ騎士たちは当然のように机の引き出しを開け、本棚《ほんだな》を引っかき回し、目に付いた紙らしきものを片《かた》っ端《ぱし》からまとめ始めた。

「それは無関係の行政書類ですぞ」

「関係があるか否かは私が調べ、決めることです」

オズワルドが控《ひか》えめに非難するが、それでも騎士たちは手を止めない。

「いつお返しいただけるのですかな？」

「お調べが終わり次第《しだい》、となりましょう。まあ、重要な証拠《しょうこ》であれば王宮へ送り、そちらで子細にご確認《かくにん》いただく運びとなりましょうが。……おい、あるだけ持って行け」

「それでは領政に差し障《さわ》りが……」

「キーリー伯爵」

オスカーは自然な動作で腰の剣に片手を当てながらオズワルドに詰《つ》め寄る。刃物を振り回すチンピラみたいに、薄《うす》っぺらで嗜虐《しぎゃく》的な光が彼の目には浮《う》かんでいた。

「あなたは大逆の疑いを掛けられた身の上であることをお忘れなく。これはあなたの疑いを晴らすためでもあるのですよ？」

オズワルドは押し黙《だま》るより他になかった。

＊　＊　＊

壺《つぼ》。皿。絵画。金貨。貴金属、そしてマジックアイテム。

城中から適当に掻《か》き集められた物たちが城の中庭に並べられていた。オスカーと騎士たちが城内を歩き回る中で見つけた価値がありそうなものを取りあえず片っ端から持ち出してきたのだ。

「何故《なぜ》、このようなものを？」

「不正蓄財《ちくざい》がないか、確かめねばなりません」

「でしたら目録をお作りになればよろしいでしょう」

「同時にこれは資産の差し押さえでもあります。売り払《はら》えば多少の軍資金にもなりましょうからな。疑いが晴れた暁《あかつき》には可能な限りお返し致します」

嫌らしくニヤニヤ笑いを貼《は》り付けたオスカーの後ろでは、集めた物を騎士たちが荷車に積み込んでいた。

「ほい」

　布一枚で包んだだけの壺が軽く放《ほう》り投げられ、荷車の荷台の上で儚《はかな》い音を立てて割れた。包みは明らかに形が変わって体積を減らしている。

「……………お返しになるとおっしゃったように記憶しておりますが？」

「そのままで返さねばならぬ、という規定はございませんので悪しからずご了承《りようしよう》ください」

　城の中に手を突《つ》っ込んで財産を奪《うば》い、傷つける。

　仮にそういうことができる規定だとしても普通《ふつう》はやらないだろう。諸侯と王家の信頼《しんらい》関係によって国は成り立っているのだから。だが、オスカーは今それをやっている。おそらくは彼個人の暴走でなく王宮の意を受けて。

　嫌がらせだろうか？　潜在的《せんざい》反対派の諸侯を弱体化させる策の一環《いっかん》だろうか？　それとも、散々に侮辱してオズワルドが堪《こら》えきれず手向かいしてくるのを待っているのだろうか？

　オズワルドはオスカーと、隣領の領主同士として多少の付き合いがあった。オスカーは上には媚《こ》び下には尊大な面倒《めんどう》くさい男ではあったが、ここまで下衆《げす》で下品ではなかったはずだ。

　ある種の狂気《きようき》を感じずにはいられなかった。クーデターからこの方、シエル＝テイラの中には狂気が渦巻《うずま》いている。王宮も、オスカーも、自分が何をしているか分かっているのだろうかとオズワルドは思わずにいられなかった。

「では、次は厩舎《きゆうしや》もお見せいただけますか？」

　オズワルドの我慢《がまん》の限界を探るような、嫌みったらしい言い方だった。

＊＊＊

名残惜《なごりお》しげに振り返りつつ連行されていく愛馬・銀嶺《ぎんれい》号を、オズワルドは砂を噛《か》むような想《おも》いで見送っていた。

「ご協力感謝いたしますよ」

「なんの、あなたが国王陛下の名代たるのであれば、私はシエル＝テイラを治める諸侯のひとりとしてそれに協力せねばなりますまい」

相変わらず嫌みったらしいオスカーに、オズワルドは形だけの礼儀で応じた。

「おやおや……これはまた、しおらしい。伯爵、あなたは陛下に対して含《ふく》むところあるものと思っておりましたが？」

オスカーは皮肉る調子だ。

やはり彼は全《すべ》て分かっているのだと思わずにいられなかった。クーデターに積極的に協力しなかったオズワルドの振るまいも、その後のヒルベルトへの不信も。領内で暴れている賊の正体にオズワルドが勘付《かんづ》いていることも。

「……周辺諸国と良好な関係を築き、民を富ませることこそ王道。私は陛下もそのようにお考えであると信じておりますよ」

むしろ、そうであってくれと祈《いの》る気持ちでオズワルドは言った。それをオスカーは鼻で笑う。

「悪習を廃《はい》し、ゆすりたかりには毅然《きぜん》として対応すること。そして、国家に巣くう害虫と膿《うみ》を取り除くこともまた王の為《な》すべきことにございましょう」

ヒルベルトの所業の正当性を説くオスカーの言い草……それ自体は正論だろうとオズワルドも思う。だがやり方がまずい。そしてやりすぎた。

――この国は……これからどうなる。

未来のことなど誰《だれ》にも分からないものだが、オズワルドには破滅《はめつ》の予感があった。国も民も、全てが黒い渦《うず》の中に呑《の》み込まれて消えて行くかのような絶望の未来が見え……

さくり、と溶《と》け残りの雪を踏む音がしてオズワルドは振り返る。

リボンだらけのドレスを着て蜜柑《みかん》色の長い髪《かみ》をした、ちょっと気の強そうな少女がそこに居た。オズワルドの次女キャサリン……あるいは、その影武者《かげむしゃ》をしている冒険者イリス。

――何故ここに？　いや、いずれにしても今ここに居るのは偽物《イリス》の方だ！　本物《キャサリン》は体調が優《すぐ》れないと言うので、大事を取って朝から休ませているはず！

なるべくならオズワルドは『キャサリン』をオスカーに会わせたくなかった。彼がどこかで『敵』と繋《つな》がっていることを警戒《けいかい》しているためでもある。

ましてイリスを会わせた日には。まずいことにオスカーはキャサリンとも面識があり、最後に会ったのはほんの半年ほど前だ。あれこれ探りを入れられたら偽物だとバレてしまう。手の内を知られるのも、これ以上余計な疑いを掛けられるのも御免《ごめん》だ。

なんとか誤魔化《ごまか》して穏便に立ち去らせようとしたオズワルドだったが、その矢先、手足を縫い止められたかのように立ちすくんで機を逸《いっ》した。

――なんだ、これは……？　殺気、か……？

佇《たたず》むイリスが一瞬、おぞましいほどの殺気を発したように感じた。

武よりも文を好むオズワルドであるが、領主たる者、すべからく武人である。諸侯は王から軍役《ぐんえき》を課されるものであり、オズワルドとて戦の経験はそれなりにある。

そのオズワルドをして怖《お》じ気づかせるほどの殺気だった。

何食わぬ顔をして、ちらとオスカーの方を見れば彼もまた怯《ひる》んだ様子だった。だがオスカーはすぐに気を取り直した様子でイリスの方へ向かっていった。

「お久しゅうございますキャサリン嬢。ちょうど貴女《あなた》にお目にかかりたいと思っていたのですよ」

イリスはスカートの裾《すそ》をつまみ、軽く膝《ひざ》を折って挨拶をした。無言で。

目の色や髪の色は簡単に変えられるが、声まではそう簡単に似せられないし、話し方や知識などからボロが出るかも知れない。だからイリスは（そしてカモフラージュのためキャサリンも）今は基本的に喋らないことにしているのだ。

「失礼、ゲイリー侯爵。娘《むすめ》は今少々、体調が思わしくないものでして……ほら、キャサリン。早く部屋に戻《もど》りなさい」

「いえ、伯爵。少々お待ちくださいませんか？」

オズワルドはふたりの間に入ってイリスを帰そうとするがオスカーは食い下がった。

「奇妙《きみよう》な噂《うわさ》を耳に入れたのですよ。キーリー伯爵が冒険者を雇《やと》い入れ、キャサリン嬢の偽物を仕立てたのだと」

「なんっ……それは」

オズワルドは言葉を喉《のど》に詰まらせる。何故オスカーがそれを知っているのか。

いや、真贋《しんがん》知る者は少ないとしても、城の中でイリスが何をしているのか知っている使用人は多い。どこからか話が漏《も》れる可能性もある。

しかし、だとしても街で噂になるようなことではないはずだ。ましてオスカーの所に伝わるなど。何か碌《ろく》でもない情報収集手段を使っているのだと自白しているようなものだ。あるいは、わざとか。

『お前がしていることなど全て見通しているのだ』と言っているのか。

「キャサリン嬢。何故お話しにならないので？　お声を聞かせてはいただけませんかな？」

「喉を痛めておりまして……」

「もし、仮にではありますが。こちらにいらっしゃるキャサリン嬢が偽物だとしたら……そんなことを伯爵がしていらっしゃるのでしたら、私としてはお役目上、調べなければなりませんものでね。

何故、偽物のキャサリン嬢がいらっしゃるのか、と」

――〝竜《りゅう》の喉笛《のどぶえ》〟も私から引き剥《は》がす心算か！　それに、この調子では何をするか知れたものではない。拷問《ごうもん》でもなんでもして、謀反《むほん》への協力を自白させる気やも知れぬ！

どんなデタラメな陰謀《いんぼう》を企てたにしても、貴族相手だと流石《さすが》に遠慮《えんりょ》がある。適当な理由でいきなり捕縛《ほばく》するような強引《ごういん》なやり方は憚《はばか》られるだろう。そこで偽《にせ》証人をでっち上げたり、周りの者を協力的な気分にさせて都合の良い偽証《ぎしょう》をさせるというのはありがちな手だった。

「いかがです、キャサリン嬢。このままでは私はあなたを押収《おうしゅう》しなければならなくなりますよ？」

気がつけばイリスの背後にはオスカーの連れてきた騎士ふたりが回り込んでいる。勝利を確信した様子のオスカーが芝居《しばい》がかった仕草で両手を広げつつイリスに詰め寄った。

――万事休《ばんじ》すか……！

動けずにいるオズワルドの見ている前で、イリスが、口を開いた。

『われはかつもくせり、氷の花よりうるわしきものよ』

朗々と。

オズワルドもオスカーもあっけにとられた。それは少し風邪声《かざごえ》っぽく掠《かす》れてはいたけれど、確かにキャサリンの声だった。だが彼女は何を言っているというのか。

――いや、待て。これは確か……

「な、なんだ？　いきなり何を……」

予想外の反応だったらしくオスカーはしどろもどろだった。それを見て、無表情にも見えたイリス（？）が顔をほころばせる。どこか得意げだった。

『これはペリウラ・サガ。かの詩人イザークの代表作ですわ』

キャサリンが口にしたのは、八編の幻想叙事詩《げんそうじょじし》からなるペリウラ・サガという有名な物語の一節。

影《かげ》の怪物《かいぶつ》を倒《たお》す力を求め、吹雪《ふぶき》の魔女と結婚《けっこん》しようとした英雄《えいゆう》ペリウラに対して、吹雪の魔女は三つの氷の花を自分と同じ姿に変えて『どれが本物の自分か分かれば結婚してもいい、ただし解を誤れば氷の中で殺す』と述べた。ペリウラは四人の魔女と一月もの間踊《おど》り続けても何も分からず、諦《あきら》めかけた時、自分がずっと目を閉じていたことに気がついた。ペリウラが目を開けると氷の城の幻《まぼろし》は消え去り、雪山のてっぺんで、三つの氷の花と吹雪の魔女に囲まれていた。そして、ペリウラは言った。自分が何も分からなかったのは、目を閉じて何も見ようとしない愚《おろ》か者だったからなのだ、と。……幻想的だか理不尽《りふじん》だか分からない話だとオズワルドは思っていた。

『今、私《わたくし》が述べましたのは、吹雪の魔女の幻を見やぶったペリウラの言葉ですの』

「あ、う、うむ……知っているとも、もちろん」

取り繕《つくろ》うようにそう言ってからオスカーが皮肉に気付くまで、五秒。

「ん、んぐうっ⁉」

オスカーが急に目を白黒させた。

物事の真偽を見抜けなかった己《おのれ》の不明を恥《は》じた物語の英雄に引っかけた皮肉だ。彼女は、教養を滲《にじ》ませる貴族的な物言いと台詞《せりふ》の原典によって自らが本物のキャサリンであると主張し、それを見抜けないかったオスカーを皮肉ったのだ。

さらに言うなら、オスカーはキャサリンが補足説明するまで何を言われているか理解できなかった。オスカーは教養で負けたのだ。これは見栄《みば》で生きるべく宿命づけられた『貴族』という生物にとって致命《ちめい》的な敗北だった。

オスカーの顔が、今し方サウナから出てきたか、もしくは酒でも飲みすぎたかのように真っ赤になった。

だが、よりによって年端《としは》もいかぬ少女にあらぬ疑いを掛けた上に教養で殴《なぐ》り返されるという、不名誉《めいよ》極まりない敗北を喫《きっ》したところ。ここで逆上するようなことがあれば恥《はじ》の上塗《うわぬ》りだ。

「こ、これは失礼を……どうかお大事にということでございまして……」

よく分からないことを言いながら、そそくさとオスカーは去って行った。

イリスは……いや、本当にイリスだったのだろうか？　オズワルドは質《たち》の悪い妖精《ようせい》にでも化かされたような気分だった。イリス、あるいはキャサリンは、拍手喝采《はくしゅかっさい》を浴びながら舞台《ぶたい》に幕を引く手品師のように、オズワルドに軽く会釈《えしゃく》してそれっきり行ってしまった。

＊　＊　＊

「イリス！」

「わわわっ」

一日の予定を消化し終え、最後にイリス《ルネ》がキャサリンの居る寝室へ向かうと、キャサリンは飛びつかんばかりの勢いだった。

「お手柄《てがら》でしたわね！」

灰と紅の目をキラキラ輝かせ、キャサリンはイリス《ルネ》に迫《せま》る。

「起きて大丈夫なの？」

「いいんですのよ。熱もないのにお父様ったらおおげさなんですわ。一日たいくつしていたおかげで、すっかり良くなりましたわ。たいくつだったのはイリスが魔法で私に話しかけてくるまででしたけれど。本当によくやってくださいましたわ」

「……わたしは何もしてない。全部キャサリンちゃんがやったんだから」

「でも、とっさに私《わたくし》にれんらくしたのも、私の声を届けたのもイリスの魔法ですわ。何より、この作戦を思いついたのはイリスではありませんの」

「それは、そうだけど」

オスカーの前に姿を現したのはもちろんイリス《ルネ》だ。キャサリンはその時、部屋で休んでいたのだから。しかしイリス《ルネ》は事態を察し、即座《そくざ》に《念話《テレパシー》》の魔法でキャサリンに連絡を取った。さらに

《通話《リモートトーク》》によって会話をキャサリンに届け、逆にキャサリンの声を引っぱってきた。あとはイリス《ルネ》が口パクをすれば完全犯罪成立だ。

ただイリス《ルネ》はキャサリンの声を聞かせられれば充分《じゅうぶん》だと思っていた。まさかキャサリンが引き歌をしてオスカーに恥を掻かせるという平安時代めいたイケズ攻撃《こうげき》までするとは。

「……じゃあ、二人ともよくやったってことで。えいっ」

イリス《ルネ》はキャサリンの両手を押し上げるように自分の手を打ち合わせた。

「きゃっ。な、なんですの？」

「ハイタッチ。……えっと、なんて言えばいいのかな。勝ち鬨《どき》みたいなもの？　ちょっと庶民《しょみん》的な」

「はいたっち……」

キャサリンは何故か甚《いた》く感動したような体で、まじまじと自分の手の平を見ていた。

「すごい顔してたわ、あの侯爵さん」

「見られなかったのがざんねんですわ。まったく、あの方はなんということをしてくれたのでしょう。私も何度か会ったことがあるのですけれど、あんなに下品でどうしようもない殿方《とのがた》だとは思いませんでしたわ！」

「そういう直接的な言い方って貴族的にはダメなんじゃないの？」

「でも……他にどう言えばいいか分からないのですもの」

憤懣《ふんまん》やるかたない様子で鼻息も荒《あら》くキャサリンは断言する。

確かにあれは酷《ひど》い。ヒルベルトの一派がどれだけデタラメでやりたい放題なのかはイリス《ルネ》にとって今さら言うまでもないことだが、それを再認識させられた。

しかも、オスカーの傲慢《ごうまん》な物言いはどうだ。『膿を出す』と。つまりルネを殺したのは膿出しだったと言うのだろうか。あの場で殺さずに堪えられたのは奇跡《きせき》的だった。あれからイリス《ルネ》はずっと、一刻も早くオスカーを惨殺《ざんさつ》したいという衝動《しょうどう》で胸がはち切れんばかりだった。

「おどろきましたわ。気がつかれないように魔法を使ったということは、えいしょう無しで魔法を使ったんですのよね？」

「あ、えっと……うん」

キャサリンの感情は素直《すなお》に賞賛する風だったので、そのまま怪《あや》しまずにいてくれと祈るイリス《ルネ》。

――キャサリンちゃんは魔法使えないけど、魔法知識はあるんだよね……

《念話《テレパシー》》と《通話《リモートトーク》》は、短距離《きより》で行使するなら比較的《ひかくてき》簡単な魔法だ。しかしそれでも魔法の名称《めいしょう》さえ口に出さない完全無詠唱《えいしょう》はややハードルが高い。『イリス』の実力からしたら実はちょっとオーバーかも知れないところだ。中の人《ルネ》が居ることに気付かれてはいけない。

「わたし、キャサリンちゃんが応《こた》えてくれるか、ちょっと心配だったの」

イリス《ルネ》は話を逸《そ》らした。

「あら、そうなの？　どうして？」

「だってキャサリンちゃんはわたしのこと嫌《きら》いだったみたいだし。それに……」

「魔法？」

ちょっと意地を張るような感情がキャサリンの中に見えた。

イリス《ルネ》は頷《うなず》く。魔法にコンプレックスがあるというキャサリンだから、イリス《ルネ》の魔法にへそを曲げて応えないかも知れないと危惧《きぐ》していたのだ。

これにキャサリンはちょっと気分を害した様子だった。

「あのね……私にそのくらいの分別も無いと思ったのかしら?」

「……ごめんなさい」

イリス《ルネ》は素直に謝っておいた。実際、今回の件ではキャサリンを見直したと言うか、見くびっていたのを思い知った感もある。いきなりテレパシーで話しかけられたのにすぐに状況を呑み込んで助けてくれたし、引き歌で皮肉を言って面倒な相手を追い払うなんて雅《みやび》の極《きょく》致《ち》だ。

「それにしても、本当に許しがたいこと。あんなものが大手をふって歩いているようではこの国はお終《しま》いですわ。これからどうなってしまうのかしら……」

アンニュイでメランコリックな溜息《ためいき》を吐《つ》くキャサリン。

反ヒルベルト派(もしくはヒルベルトがそう思っているだけの)諸侯は、徐々《じょじょ》に追い詰められている。真綿で首を絞《し》めるよう、と言うよりはもうちょっと過激だろうか。

キャサリンはそんな我が家の立場を理解しているようで不安に思っている様子だった。

「大丈夫よ。因果応報っていうのはこの世に存在すると思うわ。それが正義かは分かんないけど」

「いんが……?」

ゲイリー侯爵ことオスカーを自由に行動させておけば、討伐部隊もオズワルドも身動きが取れなくなる。それは阻止《そし》しなければならないことだ。

だがそれだけではなく、イリス《ルネ》は純粋《じゅんすい》にオスカーを殺したいと思っていた。

ヒルベルトに与したオスカーは、我が世の春に酔《よ》っていた。

ならば、思い知らせてやらねばなるまい。彼らが踏みつけたものが何だったのか。

それは天罰《てんばつ》でも刑罰《けいばつ》でもないが、オスカーの罪に対する罰だとイリス《ルネ》は信じていた。

驕《おご》れる正義に……悪の鉄槌《てっつい》を。

＊　＊　＊

ゲイリー侯爵の一行は、エルタレフのひとつ隣《となり》の街コルガにて宿を取っていた。

ちょうど近くへ来ている『討伐部隊』への監査を翌日に控え、一行は軽く酒席など設けている。

「まったくキーリー伯爵も可愛《かわい》げが無い。あれだけやられて黙って耐《た》えるとはな」

オスカーがワイングラスを傾《かたむ》けつつそう言うと、臣下たちは主への同調を示すように笑った。

せいぜい中の上程度の宿で食堂のテーブルに取り寄せた酒と料理を並べるというのは貧乏《びんぼう》ったらしいのだが、監査役《かんさやく》という立場上、領主居城で接待を受けるわけにもいかないのだから仕方がない。

ちなみにこの払いは王宮持ちだった。この仕事に際して、多少ではあるが王宮から『経費』も出ている。禁欲的に任務をこなすなんてオスカーの柄《がら》ではなかった。いかなる時も華《はな》やかに。

「では、明日の行動について確認する。討伐部隊とやらを調べることになるわけだが、あいつらは武装解除させればそれで事足りよう。証拠《しょうこ》品の名目で武具の一切合切を押収する。堪えきれずに刃向かってくれれば逆にありがたいのだが……向こうは多勢だ。奴《やつ》らが斬首《ざんしゅ》になる前に我々が殺されては何もならんか」

再び笑いが起こった。

武装解除すれば『討伐部隊』は行動不能。任務継続《けいぞく》のために装備を揃え直すのはとんでもない出費になるだろうし、市中からそれほどの質と量の装備を調達するのは難しいだろう。

奪った装備はそのまま没収《ぼっしゅう》でもいいかも知れないが……この場合、うるさいのが冒険者ギルドだ。ならず者の集まりごとき何するものぞと言いたいところだが、冒険者ギルドに睨《にら》まれるのは実際面倒だったりする。あくまで政治的中立の建前を守っている限り、公《おおやけ》の側としても多少の配慮《はいりょ》を約束してやらなければならない。だから冒険者の持ち物は半年後くらいに返してやってもいいだろう。

「相手は諸侯の混成軍で冒険者まで居る。統制が利かず一部が暴走するという恐《おそ》れもある。キーリー伯爵居城に踏み込んだときよりも危険だろう。気《き》を付けたまえよ」

「「はっ！」」

臣下たちの返事を聞いて、オスカーは上機嫌《じょうきげん》でグラスを空にした。

これで、もはや『討伐部隊』の命運は決したようなものだ。

そこでオスカーは深い谷底へ落ちていくような眠気《ねむけ》を覚え、彼の意識は突然途切《とつぜんとぎ》れた。

＊　＊　＊

全身がギチギチと締《し》め上げられるように痛んでオスカーは目を覚ました。

実際に縄《なわ》で締め上げられて、猿《さる》ぐつわまで噛まされてオスカーは宿の食堂の床《ゆか》に横たえられていた。二日酔《ふつかよ》いのように頭の奥《おく》がガンガン痛んで、視界も意識も焦点《しょうてん》が合わずぼうっとしていた。

首を動かして周囲を見れば、臣下たる騎士たちも同じように縛《しば》られて、死んだように眠っている。

何か恐ろしいことが起きているのだと理解し始め、危機感によってオスカーの頭は少しハッキリした。

「毒か……!?」

何者かが酒か食べ物に毒を混ぜ、オスカーたちを捕《と》らえたのかと思った。

「え？　毒？」

意外そうな声が返った。

すぐ近くにひとりの少女が立っていた。金の髪と藤《ふじ》色の目を持つ少女が。

焼け焦《こ》げた魔法の杖《つえ》らしきものを持って、冒険者向けと思《おぼ》しきコートを着ている。ただ、そのコートは明らかに大人用で、裾を引きずった上に袖《そで》から手が出ない有様だったが。

「あー、毒殺とかできたらスマートだったんだけど。ほら、こういうので判別されちゃうでしょ？」

オスカーを見下ろす少女がテーブルから取り上げたのはミスリルのスプーン。貴族や富裕層《ふゆうそう》の食事の席には欠かせない逸品《いっぴん》、『検毒』の魔化を施《ほどこ》した食器だ。

もちろんオスカーはこれを使っていた。毒のはずがない。だとしたら？

「だいいち、そんな毒の調達手段とか知らないし。だから何の変哲《へんてつ》もない《集団誘眠《カレスクレイドル》》で、寝てる間に縛らせてもらっただけ。……毒は、これから」

《集団誘眠《カレスクレイドル》》。効果範囲内の対象を一気に眠らせる魔法だ。

だが広範囲を対象にする魔法は精度も落ちる。これだけ騎士が……つまり訓練を受けた武人が揃っていて、しかも術師まで居るというのにひとりも抵抗《ていこう》できず眠らされたというのはおかしな話だ。

とにかく、よく分からないがこの少女が自分たちを縛り上げた犯人らしいということはオスカーも理解し始めていた。少女は杖を振り、詠唱を始める。

「『秘奥《ひおう》を模《かたど》りて〃我は調律を乱す者〃朽《く》ち果て分散する／忌《い》まわしき滝壺《たきつぼ》／在らざるは在るに近しく〃差し伸《の》べよ、無私の修復者』……《死毒投与《デッドリーポイズン》》」

杖が振り下ろされた瞬間、オスカーは臓腑《ぞうふ》を焼かれるような苦痛を感じた。

「がっ⁉」「ごふっ！」「う……ぐっ……！」

周囲の騎士たちも同時に咳《せ》き込み、血か反吐《へど》か分からないようなもので猿ぐつわを濡《ぬ》らす。苦痛から逃《のが》れようと彼らは身悶《みもだ》えるが、ミイラの包帯みたいに身体が膨《ふく》れるほど幾重《いくえ》にもロープで巻かれているせいでほとんど身動きすらできないようだった。

身体を蝕《むしば》み破壊《はかい》する魔法の毒だ。肺の中で炎《ほのお》が燃えているようだった。全身の血管が引きちぎられている気がする。呼吸に水っぽい音が混じる。デタラメに、脈絡《みやくらく》なく、全身のあちこちが痛い。

「これからわたしは皆さんを殺し、人里離《はな》れた場所に死体遺棄《いき》しようと思います。はい拍手《はくしゅ》ー！」

少女が明るく言って、誰も拍手をしなかった。したくてもできなかったが。

何故そんなことを彼女が言いだしたか分からないが、オスカーはぞっとした。死体を持ち去られるということは、蘇生《そせい》の望みを絶たれるということだ。

この規模の街なら神殿《しんでん》には《死者蘇生《レイズデッド》》のできる神官が居るはずだ。寿命《じゅみょう》で死んだ場合などはどうしようもないが、命半ばで死を迎《むか》えた場合は神の奇跡に縋《すが》ることで蘇《よみがえ》れる場合もある。そして、死んだのがオスカーのような重要人物であれば、絶対に蘇生が試みられる。

成功率は使った触媒《しょくばい》や死体の状態、術者の腕前《うでまえ》などに左右されるから成功するかは不明だが、一人か二人は蘇生を試みられるだけの触媒を蓄《たくわ》えているはずだ。

だが死体を持ち去られたら、そんな最後の望みさえ絶たれてしまう。

少女は、獲物《えもの》をなぶる猫《ねこ》のような歪《ゆが》んだ笑顔でオスカーを見下ろした。

「と言うわけで、さっさと死んでちょうだい。……安心して。そこまで苦しくないと思うから。わたしが味わった苦痛に比べたらね」

「げほっ、げほーっ！」

オスカーは血を吐《は》いた。内臓を溶かして吐き出しているような苦痛だった。猿ぐつわがべっとりと気持ち悪く濡れ、漏れ出た血が首元に掛かった。

「ねえ、知ってる？　収納魔法って生き物はほぼ入らないけど、死体は運べるの」

平然としている少女を見てオスカーは恐怖《きょうふ》し、そして怒《いか》った。

「何故《なへ》だ《は》……!?　何故《なへ》私《わはひ》が《は》っ、こ《ほ》んな目《はへ》に《ひ》……」

オスカーは理不尽に対して嘆《なげ》き怒らざるを得なかった。

いと貴きゲイリー侯爵家の長男として生まれ、幼少のみぎりより文武を問わぬ才覚を発揮し、果てしなく貴きゲイリー家の者として務めを果たし、家を富ませ、ついでに蒙昧《もうまい》な民草《たみくさ》どもも領主の責務として導いてやった。祈りを欠かさぬ敬虔《けいけん》な信徒でもある。それが、何故！　かような死を迎えなければならないのか！　オスカーには分からなかった！

「……………………あぁ？」

少女が、表情を歪めた。

その小さく軽い身体でオスカーの上に踏み登り、杖の先端《せんたん》をオスカーの喉に突きつける。

「分からないなら教えてやる！　お前たちが起こしたクソッタレなクーデター騒《さわ》ぎで！　俺は！　当たり前で慎《つつ》ましやかな生活も！　家族も！　未来も！　何もかも奪われたんだ‼」

その叫《さけ》びは、獣《けもの》の慟哭《どうこく》としか思えなかった。どんなに声を荒らげても、それはか弱い少女の声音《こわね》でしかなく、しかし。込められた激情は禍々《まがまが》しいほどのものだった。

「……てめぇらに反省なんざ期待しねぇ！　後悔《こうかい》するだけの知性もあるとは思ってねぇ！　だからただ怖れて苦しんで死ね！　わたしが全てを奪われたのと同じように、虫みたいに潰《つぶ》されて……」

炎のような涙《なみだ》を流し、壮絶《そうぜつ》な表情をした少女は杖を振る。先端で印を描《えが》き、簡易的な詠唱として用いているのだ。

滑《ぬめ》り輝くような銀光が少女を包む。いや違う。その目と髪が銀色に変じている。銀髪《ぎんぱつ》銀目の少女。顔立ちも変化した。そこに滲むのは、かつてオスカーが仕えていた王の面影《おもかげ》。

——そんな、まさか！　こいつは！　この御方《おかた》は……！

「死ねええええええええっ‼《超重圧砕《ギガトンスクイーズ》》‼」

刹那《せつな》、オスカーの肉体には上下左右全方向から圧が掛かる。肉が潰れ骨が裂《さ》け血管は千切られ臓腑は軋《きし》み、この世の全ての苦痛を詰め込んだような永遠にも思える一瞬の果て……

オスカーは、血煙《ちけむり》となって死んだ。

＊　＊　＊

夜闇《よやみ》に沈《しず》む雪深い谷間をひとつの未確認飛行物体が飛んでいた。

返り血で真っ赤に染まったコートの少女が、慣性に振り回されるように飛んでいた。

「ああっ、もう！　操縦難し………」

高度を下げつつ崖《がけ》へ向かったイリス《ルネ》は、崖の壁面《へきめん》に身体を擦《こす》り付けつつ横穴に滑り込んだ。

「きゃあっ！」

そしてデコボコの岩の上に転がった。

「いったーい……」

すりむいてしまった額をさすりながらイリス《ルネ》は起き上がり、洞穴《ほらあな》の闇を睨んだ。

「《収納領域《インベントリ》》！」

まるで手品のように虚空《こくう》からドサドサと死体が降って来て、穴の中にみっしりと積み上がった。イリス《ルネ》がコルガで殺害した騎士たち、そしてその従者たち。合わせて数十人だ。比較的大きな洞穴を選んだはずだが、これだけの死体を詰め込むと流石に満杯《まんぱい》だった。

この崖の中ほどの横穴は、エルタレフとコルガを結ぶ街道《かいどう》からだいぶ逸れた場所にある。イリス《ルネ》がコルガへ行く前に、死体の投棄《とうき》先として見つけておいたのだ。

普通に歩いていたら来ることができない場所。魔法で洞穴を塞《ふさ》いでしまえば鳥や獣にさえ見つかることはない。死体があれば殺人事件だが、死体が無ければ殺されたのか失踪《しっそう》したのかも不明だ。

――何日、時間を稼《かせ》げるか……分かんないけど、あのまま帰すわけにはいかなかった。

これでオスカーたち一行は消え去った。連絡が途絶え、王宮が情報を集め、次はどう出るだろうか。確かなことは、このままオスカーを野放しにしたらオズワルドの戦いは終わりだっただろうということだ。だからオスカーと彼の一行を排除《はいじょ》し、入念な死体遺棄で時間を稼いだ。

――でも《収納領域《インベントリ》》使ったまま飛ぶのはもうやんない！　これ、魔力《まりょく》の出力をほとんど食われるじゃん。これじゃ簡単な魔法も使えなくなる……

ここに来るまでの苦労を思い返してイリス《ルネ》は溜息を吐く。髪を一房《ひとふさ》手に取ると、本気の魔力行使のせいで銀色を顕《あらわ》していた髪が『イリス』本来の金髪に戻っていくところだった。

こうして姿が変わりそうになるのは、肉体をアンデッド化させる能力の暴走、あるいは副作用だ。もし全力全開の百パーセントで魔法を使ったら完全に殻《から》が破れて、この肉体はアンデッド化し姿もルネのものとなるだろう。寸前であれば、まだ元に戻すことができる。

銀髪が出るほど魔力を使ったのは収納魔法のせいだった。

普通、魔法は一度に一つしか維持《いじ》できないが、例外もある。収納系の魔法は出し入れの時のみ呪《じゅ》文《もん》を唱えて行使すればよく、それ以外の時はアイテムを収納したままで別の魔法を使える。

もちろんタダとはいかない。収納中は魔力を食い続ける上に、出力が限られる。

上位の《収納領域《インベントリ》》ともなれば特に負担が重い。普通の術師であれば《収納領域《インベントリ》》使用中に別の魔法を使うなんてこと自体が不可能だろう。そんなだからイリス《ルネ》でさえ《飛翔《フライ》》の魔法が上手く使えず、ここまで飛んでくるのも一苦労だった。

「アンデッド化して歩かせた方が良かったかな？　でも、あれも維持で魔力食うのは同じだっけ」

積み重なった死体に杖を向け、イリス《ルネ》は呪文を唱える。

「材料あるし、ちょっと試《ため》してみよっか。《屍兵作成《クリエイトアンデッド》》」

動かなかったはずの騎士が立ち上がり、イリス《ルネ》に敬礼をした。アンデッド化したのだ。

魔法の効果範囲を拡《ひろ》げ、ひとり、またひとりとイリス《ルネ》は立ち上がらせていく。死んだままの姿で、血反吐《ちへどし》の染みた服で、血色の悪い顔で、濁《にご》った目で立ち上がり、狭《せま》い穴の中で押し合いへし合い蠢《うごめ》く。と言うか途中からは、立たせると入りきらなくなるので積み上がったままゾンビにした。

アンデッドの数が四十、五十と増えるにつれて、イリス《ルネ》は肩にのし掛かるような重圧を感じる。

——RPGっぽく言うなら、MPは全然余裕《よゆう》でも魔法攻撃力が削《けず》られて足りなくなる……わたし自身が戦闘《せんとう》をこなすには百体くらい、操《あやつ》りに専念するとしても三百体くらいが限度、かな。

アンデッドの大軍勢で王都を包囲するという作戦も考えたのだが、たった三百体では無理があるだろう。王宮騎士団と渡り合えるアンデッドをどこから調達するのかという問題もある。

やはり今のままでは戦えない。ナイトパイソンのボスを血祭りに上げ、魂喰《たまぐ》いをせねば。

「もういい」

イリス《ルネ》の一言で、アンデッドたちはまた物言わぬ屍《しかばね》となって倒れ込んだ。

「《地殻変動《ディアストロフィズム》》」

そしてイリス《ルネ》が杖を一振りすると、自動ドアのように岩が生えてきて接合され、横穴は閉じた。

比較的深い横穴だったのに、死体を放り込んだ奥の方が埋《う》められたことで、今や入り口の部分が僅《わず》かな窪《くぼ》みとして崖の壁面に残っているだけだ。

「これで任務完了《かんりょう》かな。さて、帰らなきゃ。『其《そ》は黄昏《たそがれ》の境界／白銀の針ありて⫽我は偽《いつわ》りの立証者／そして／機巧《きこう》を借り受けし者⫽十重二十重《とえはたえ》に訝《いぶか》しみ／逆らい従う⫽夢想せよ、愚かな天秤《てんびん》』。……《迷彩《ステルス》》×《クロス》《飛翔《フライ》》。複合錬成魔法《アセンブルド・スペル》……《潜雲飛行《クラウドダイバー》》」

指先から溶けるように姿が消えていき、同時に身体が重力の軛《くびき》から解き放たれていく。

イリス《ルネ》は夜空に舞う不可視の風となった。

崖を抜ければ荒涼《こうりょう》とした雪の野原が広がる。ぼんやりと月光を照り返した雪明かりがあった。

そのままエルタレフへの飛行を開始すると、冷たい風が吹き付けてきた。『防寒』コートの力でかなりマシになっているが、それでも夜間の飛行は風邪《かぜ》を引いてしまいそうだ。

「そう言えば、侯爵を殺したときになんか……すごい自然に男口調が出たのってなんでだろ？」

雪の親玉みたいに空で輝いている月を見て、イリス《ルネ》はふと、どうでもいいことが気になった。

どうでもいい疑問には、すぐに、どうでもいい答えが浮かんだ。

「…………あ。罵倒《ばとう》の経験が足りないんだ、ルネ《わたし》は」

今、『ルネ』はかつて地球に生きていた頃《ころ》の記憶と知識を引き継いでいる。他人を思いっきり面罵《めんば》するというのは『ルネ』の経験から遠すぎて、長次朗の言葉を借りることになったのだろう。

「これは……前世の記憶があって良かった案件、なの……かな…………？」

流石に疑問が残る。が、今際《いまわ》の際《きわ》に聞かせる罵倒が可愛らしくては、様にならないのも確かだ。

「でも、ちゃんと今の自分の言葉で罵《ののし》れるよう、台詞を考えといた方が……くあぁっ」

独り言の最中に大あくびが漏れて、冷たい空気が肺に侵入《しんにゅう》した。

「あふっ……そろそろ寝ないとまずいかな」

空腹に似た感覚があり、イリス《ルネ》は呟《つぶや》く。

眠らなくても魔法で疲労《ひろう》を誤魔化せるが、ちゃんと寝ないとその魔法を使うための魔力が回復しなくなる。本体が睡眠《すいみん》不要のアンデッドであるイリス《ルネ》は、憑依《ひょうい》中でも不眠の影響《えいきょう》が出にくい方だが、それでも限界があった。おまけにこうして夜ごと暴れていれば魔力も底を突いてくる。

ただ、寝不足なのは夜中にこうして仕事人しているからではない。出かけない夜だってある。それでも寝不足なのは単にイリス《ルネ》が寝たくないからだ。

眠ればきっと悪夢を見る。だからできれば眠りたくなかった。ついでに言うならその際の『致命的な失敗』も怖《こわ》い。そのため出かけない夜はベッドの中でじっと考え事をしている。

――でもさすがにキツいしなー……しょうがない、明日の夜はちゃんと寝るか。って言うか悪夢を見ないようになる魔法とか無いのかな？　あと、場合によっては火の魔法でシーツを乾《かわ》かし……いや乾いても汚《よご》れが落ちたわけじゃないよね。あー、もー。洗濯《せんたく》用の魔法って無いの？

飛びながらそんなことを真剣に考えていたイリス《ルネ》は、たった一晩眠ることを真剣に怖がっている自分に気付き、理力魔法で握《にぎ》り潰した侯爵の返り血に塗《まみ》れ赤黒くなったコートを見て、苦笑《くしよう》する。

――あんだけ人殺しといて、一晩ぐっすり寝ることは怖がるってどうなの自分……

行く手には黒々とした城壁《じようへき》が、エルタレフの街が見え始めていた。

＊　＊　＊

そしてイリス《ルネ》は風邪を引いた。

「えくちっ！」

夜間飛行が堪《こた》えたのか、それともキャサリンから感染《うつ》されてしまったのか。

――あー……この程度魔法で治せるけど、いきなり治しちゃ怪しまれるし……

早めに自分で気付けば良かったのだが、自分より先に侍女さんに気付かれてしまったのだ。かくして、昨日一日休んだらしいキャサリンと入れかわりに、今日はイリス《ルネ》が寝室の番人だ。

暇《ひま》ではあるが昼間は眠っても居られない。うなされる姿から『イリス』の異状に気付かれたら面倒だ。不快な熱を帯びた身体をもこもこのベッドに埋《う》め、イリス《ルネ》はじっと天蓋《てんがい》を見ていた。

すると、扉《とびら》がノックされる。影武者業の間イリス《ルネ》は基本的に喋らないことになっているので、これは入室の許可を求めているのでなく入室の合図だ。

しかし、入ってきたのは使用人ではなかった。

「やっほー、イリス」

「ディアナ!?」

編み籠《かご》を持ってひょっこりと姿を現したのは、改造僧衣《そうい》を身に纏うやさぐれ僧侶《プリーステス》。ディアナだ。

「え、どうして……来ちゃいけないんじゃ」

「なに、伯爵様のご許可も頂いてるよ。実はキャサリンお嬢様のお見舞《みま》いにも行ってたんでね、カモフラージュはバッチリさ。それに、病人のところに僧侶《プリーステス》が来るのはおかしかないだろ？」

編み籠を枕元《まくらもと》に置いて、ディアナはイリス《ルネ》の顔に手をかざした。

「『天の門開かれり〃我は無垢《むく》なる者〃其れは光を拓《ひら》く／其れは息吹《いぶき》となる／其れは慈悲《じひ》である〃故に我は跪《ひざまず》く、主よ憐《あわ》れみ賜《たま》え』……《恩寵：快復促進《トリートメント》》」

優《やさ》しい声での詠唱。そして温かな光がディアナの手から放たれた。病気からの快復を促《うなが》す治癒《ちゆ》の神聖魔法だ。中身がアンデッドでも肉体は普通の生きた人族。効果はちゃんとあるだろう。

「さ、後は暖かくして寝てるだけだ。あとそうだ、ドライフルーツ貰《もら》ってきたけど食べるかい？」

イリス《ルネ》が額に載《の》せていたタオルを絞《しぼ》り直しながらディアナは聞いた。

優しくされてしまったら、否が応でも思い出す。前世の母は……ちょっと酷かったが、ロザリアはルネが風邪を引いた時、ちょうどこんな風に付きっきりで看病してくれた。

「どしたんだい？」

気遣《きづか》わしげにディアナがイリス《ルネ》の顔を覗《のぞ》き込んでくる。

顔に出したつもりはなかったのだが、浮かない表情をしていたらしい。

「ディアナは、わたしのことが大切なのね」

「そりゃあそうさ！　……なんだい、もしかして嫉妬深いヒモ男みたいに愛情疑ってんのかい？」

「もしわたしが……『〝竜の喉笛〟の仲間のイリス』じゃなくて、どこか知らない別の誰かだったとしても、ディアナは同じように言ってくれるのかな……って」

言葉にしてみると、その問いはひどく虫のいいものだった。

戸惑《とまど》った様子だったディアナは、やがて、いきなりイリス《ルネ》の頭を思いっきり揉《も》みくちゃにする。

「こいつめ！　かーわいいこと言ってくれんじゃないか！」

「ひゃわあ！」

全身がくすぐったかった。

「どこの誰だろうが、あんたがあんたである以上、あたしと会ったらきっと仲良しになってたさ」

「じゃあ、わたし以外の誰かが『〝竜の喉笛〟の仲間のイリス』で、わたしがイリスじゃない別の誰かだとしたら？」

頭を抱《だ》きしめられながらイリス《ルネ》が吐いた言葉は、まるで駄々《だだ》をこねる子どものようだった。

不安に突き動かされるようにイリス《ルネ》は問うていた。心臓が不快に弾《はず》んでいる。……何が不安だというのだろう。ディアナは、ちょっと考えてから答えた。

「そこまで現実離れした話だと、ちょっと想像付かないけどね……仮にその、イリスじゃないあんたがあたしに大事にしてほしいなら、きっとあたしはそうするだろうね」

さらりと、当たり前のようにディアナは言う。

それを聞いてふいに涙が溢《あふ》れそうになり、イリス《ルネ》は深く呼吸して心を落ち着けた。

――もし別の形で出会っていれば……？

イリスに対するのと同じように、ルネを慈《いつく》しんでくれたのだろうか。

……それはＩＦでしかない。ルネはどうしようもなくディアナの敵だ。〝竜の喉笛〟から『イリス』を奪った、敵だ。

熱のせいだ。気弱になって、妙なことを考えてしまう。

「ちょっと……寝る」

顔を見られたくなくて、イリス《ルネ》は毛布を被《かぶ》って丸くなった。

「そうかい、その方がいい。寝れば元気になるよ」

頭から毛布を被って寝たふりするイリス《ルネ》の上に、ディアナは優しく手を置いていた。

毛布越《ご》しにディアナの温《ぬく》もりを感じた気がして、それが、いつまでも残っている気がして。

＊　＊　＊

ヒルベルトはその日（正確には次の日だが）、日付が変わってからようやく執務室に戻ってきた。

中年の男性秘書官をひとり伴《ともな》っている。この秘書官は前王にも仕えていたが、政治に対してひたすら中立的であり王の補佐《ほさ》に徹《てつ》するという愚直《ぐちょく》な態度、そして王の職務をよく知っていることからヒルベルト直々《じきじき》に抜擢《ばってき》した。まあ、代わりが見つかり次第殺そうとは思っているが。

「整理すると彼らの主張は、国営だったグラセルム鉱山の経営権を全てよこせというわけだな」

「はい。国ごとに『よこせ』の形式は異なりますが」

ヒルベルトは自分の頭を整理するように口に出す。秘書官がそれに応えた。

四大国との外交・通商交渉《こうしょう》が早くも始まっている。ヒルベルトは夜会で外交官たちをもてなした後、高官たちと会議を開いて交渉内容について報告を受け今後の作戦を練ってきたところだ。四大国は当然のように、最も価値のある鉱山を要求してきていた。

シエル＝テイラ王国の戦略的重要性は鉱物資源にある。

ただ、オリハルコンやアダマンタイトは確かに貴重だが、それはわざわざ四大国が……特に地理的にも少々離れているケーニス帝国《ていこく》、ディレッタ神聖王国、ファライーヤ共和国が王弟の支援《しえん》を約束してまで手に入れたいほどのものではない。焦点となっているのは、ある種のマジックアイテムや高等ゴーレムの回路に用いられる希少金属『グラセルム』である。

ジレシュハタール連邦《れんぽう》は〝人類の砦《とりで》〟を標榜《ひょうぼう》する強力なゴーレム兵団を持ち、それは魔物や魔族との戦いで活躍《かつやく》するとともに、他の人族国家にとっては潜在的脅威《きょうい》となっている。

連邦自身も豊富なグラセルム鉱脈を持ち、軍事利用するのみならず輸出品として大きな利益をもたらしているが、連邦はシエル＝テイラ王国からもグラセルムを収奪《しゅうだつ》……もとい買い付けていた。

もしシエル＝テイラのグラセルム鉱脈を手に入れればゴーレム兵団の真似事くらいはできるのではないか？　連邦と肩を並べる列強諸国は夢を見たのだ。ゆえに彼らはヒルベルトから乞《こ》われて後ろ盾《だて》となる代わり、鉱物資源の利権を、特にグラセルムを求めたのである。

ヒルベルトは、自分の認識《にんしき》が少々甘《あま》かったと思わずにいられなかった。

せいぜいグラセルムを売る値段の問題だと考えていたが、四大国はシエル＝テイラの内側に根を張って食い尽くす腹づもりだ。国益を考えれば突っぱねるしかないが果たして可能だろうか。四大国への借りを踏み倒すわけにもいかない。

「肉の切り分け方を巡《めぐ》って争う子どもたちのように、四大国に相争ってもらうしかあるまい。それで少しでもマシな結果になることを祈ろう。他の何を差し出してもグラセルム鉱山の独立性は守りたいところだが……」

やはり難しいだろうとヒルベルトは思う。他に差し出せるものなど何があるだろう。

シエル＝テイラの売りと言えば、鉱物資源の他には特産の白薔薇《スノーローズ》（観賞および調合用）くらいだ。ヒルベルトがクーデターを起こした大義名分は不平等の解消だ。かえって損をするような結果になったと知れれば国民は何と言うだろうか。抗議《こうぎ》する活動家が出て来ても殺せばいいだけだが、愚王扱《あつか》いされるのはヒルベルト自身が耐えられない。

税を課せば収入は維持できるが、仮にそれで上手くいってもグラセルムに対するシエル＝テイラ王国のコントロール能力は弱まるのだ。ヒルベルトはひしひしと嫌な予感を感じていた。

「ところで、先日の経済記者の件ですが」

「ああ、どうなっている？」

「本日……ではありませんな、昨日午後二時頃、殺害に成功致しました。広場を歩いているところを毒矢にて。『見せしめのためなるべく凄惨《せいさん》に』との仰《おお》せでしたので、全身が紫《むらさき》色に腫《は》れ上がる毒を使用したそうです。その後、妻と息子《むすこ》二人も自宅にて同じ毒を用いて殺害したと」

「よくやった」

淡々《たんたん》と、感情を交えずに秘書官は報告した。

経済の専門家だとか名乗っていた紙クズ売り《しんぶんや》。彼は王弟時代のヒルベルトの発言を引き合いに出して、ヒルベルトの能力に疑問を呈《てい》したのだ。

王の名誉を傷つける、こんな反逆者を許してはおけない。ヒルベルトは即座に殺害を命じていた。

「今後、生意気な口を利いた記者は家族まとめてしょっぴけ。最初の一人を派手に見せしめにしたから、次からは密《ひそ》かに連れ去るだけでも充分な戒《いまし》めになる。……だがやはりこれは応急処置だな。いずれ報道改革が必要になるだろう。奴らが好き勝手に私の悪口を書いていては国が危《あや》うくなる」

「はっ」

ヒルベルトの決定に、秘書官はただ頷くだけだ。

「それからこちらを。反対派諸侯への工作に関する、ジェラルド公爵からの通信連絡です」

魔法による通信メッセージが書き記された連絡文を渡され、ヒルベルトはさっと目を通す。

内容は、作戦の戦果と被害状況の報告。そして『正規軍の応援を出せないか』という打診《だしん》だ。

ヒルベルトは唸《うな》る。キーリー伯爵領内でナイトパイソンの工作部隊が全滅しているという情報は既にヒルベルトのもとに届いていた。まあ、いくらナイトパイソンと言ってもこれだけの数の戦闘員を出すとなれば質の保証などできないだろうし、敗北もやむなしと思っているのだが、『諸侯連合による討伐部隊の仕業《しわざ》ではないらしい』という情報があるのは不気味だった。

この辺りでケリを付けておけば今後の領地改易に際しての心配事が減るだろう。

公然と軍を動かすのはいくらなんでも体裁《ていさい》が悪いが、ナイトパイソンと協働して密かに討伐部隊を皆殺しにするというシナリオなら、あるいは。

──しかし……王宮騎士団は今、他所《よそ》へ出したくない。

反対派諸侯などよりよほど恐ろしい敵が一人。いや、一匹《ぴき》と言うべきか？　居るのだから。

冒険者ギルドから〝怨獄《えんごく》の薔薇姫《ひめ》〟などという大層な名を賜《たまわ》った、ヒルベルトの姪《めい》っ子。ルネ・〝薔薇の如き《ローズィ》〟・ルヴィア・シエル＝テイラ。

未《いま》だ闇に潜《ひそ》んでいる彼女の存在を考えれば王宮騎士団を王都から出したくはなかった。仮に王宮騎士団を動かすとしたらルネの居場所を掴《つか》み、それの討伐に向かうときだ。

「キーリー伯爵領の周囲でこちらに付いた諸侯に戦力を出させる。どのような形で使うかはまだ分からんが、準備だけはさせておけ」

「御意《ぎょい》に」

ヒルベルトの決定に、やはり秘書官はただ頷くだけだった。

＊　＊　＊

一方その頃。

「わあああああああっ⁉」

エルタレフの街にあるキーリー伯爵居城で、悪夢にうなされていたイリス《ルネ》が跳《は》ね起きた。そして直後に自分に掛かっていた毛布を剥ぎ取り、その下を見て絶望した。

「知ってた……‼」

嘆きの声は静かな客間に染み入っていった。

7　忍《しの》び寄る影《かげ》、待ち伏《ぶ》せる闇《やみ》

「……………………ハァッ……………ハァッ………………………」

ミレナはクローゼットの中に隠《かく》れ、闇の中で息を殺していた。

ミレナの夫はキーリー伯爵《はくしゃく》の騎士《きし》である。と言うと大層なご身分にも思えようが、所領を持たない一代騎士の生活など質素なものだ。使用人も住み込みで働いているメイドがひとり。エルタレフの住宅街にある一軒家《いっけんや》で慎《つつ》ましやかに暮らしている。

そのメイドの悲鳴が夜陰《やいん》に響《ひび》き、ベッドから飛び起きたのが先程《さきほど》のことだ。

部屋に向かってくる何者かの足音を聞き、ミレナは咄嗟《とっさ》にクローゼットに滑《すべ》り込んだ。

「留守か？」

直後、足音が寝室《しんしつ》に踏《ふ》み込んできて、男の声が聞こえた。

侵入《しんにゅう》者が魔力《まりょく》灯の照明を点《つ》けたようで、クローゼットの扉《とびら》の隙間《すきま》から光が差し込む。

「まさか。確かにこの部屋に明かりを見たぞ」

別の男の声がした。

「絶対に逃《に》がしちゃならねえ」

「お前がメイドに見つかっちまったから……」

「んだと⁉　やんのかゴラァ⁉」

「あぁハイハイ！　俺《おれ》が悪かったよ！　ったく、余計な殺しをさせやがって」

クローゼットの扉の隙間から様子をうかがっていたミレナは、悲鳴をこらえていた。

全身黒ずくめの男たちは剣《けん》を持っていた。真っ赤な鮮血《せんけつ》に染まった剣を。

「まだ温かいな。どこに逃げた……」

男たちはミレナが眠《ねむ》っていたベッドの様子を調べ、そして辺りを見回した。

この寝室に隠れられそうな場所など、ベッドの下かクローゼットくらいしか無い。つまり、数秒後、男たちはミレナの居場所を突《つ》き止めるに違《ちが》いない状況《じょうきょう》だった。

――神様、神様、神様……！

今、夫はナイトパイソンとかいう組織と戦うための遠征《えんせい》に参加している。この家に居るのはミレナと……メイドはおそらくもう死んでいるのだろう。何にせよ、刃物《はもの》を持った男ふたりを追い払《はら》うことなどできはしない。

絶体絶命と悟《さと》り、ミレナはもはや奇跡《きせき》を祈《いの》るより他になかった。

そして、祈りが通じたのか、それが奇跡だったのかは定《さだ》かでないが、ミレナは助かった。

「居た」

ぎしり、と床板《ゆかいた》が可愛《かわい》く軋《きし》んで。幼く、しかし冷ややかな少女の声がした。

「あ？」

「んだよ、このガキは」

侵入者の男たちが訝《いぶか》しむ声。ミレナは状況がよく分からなかった。男たちとは別の侵入者が、しかも少女が？　この部屋に入ってきたというのだろうか。

「どうするよ。ってか、娘《むすめ》が居たのか？」

「んな話は聞いてないが、まあ殺しとけ」

「だな」

風を切る剣の音がして、ミレナは身をすくませる。

悲鳴が聞こえるかと思った。しかし聞こえたのは、剣が柱にめり込むような乾《かわ》いた音だけだった。

「あん？　どこ行きやがっ……」

「《烈氷剣山《フロストファランクス》》」

さっきとは別の方向から少女の声がしたと思った、直後。

皿やガラスや氷を何枚もまとめて叩《たた》き割ったような騒々《そうぞう》しい音がして、寝室全体が揺《ゆ》れた。

「きゃああっ！」

ミレナは吊《つる》された服に抱《だ》きついた。何故《なぜ》か急に冷たい風が吹《ふ》き込んできた。

そして静寂《せいじゃく》が訪《おとず》れた。

冷え冷えとした空気の中でミレナはじっとしていた。細く静かに呼吸をして、自分の存在を消そうとした。何が起こったのか分からない。ただ、指一本でも動かしたらその瞬間《しゅんかん》に何者かがクローゼットの扉を開けて自分を殺すのではないかと思えて。

「奥《おく》さん」

「ひっ⁉」

予想だにしないほどの近さで少女の声が聞こえてミレナはすくみ上がった。

クローゼットのすぐ前に居る。しかも、ミレナに気付いている。

「もう大丈夫《だいじょうぶ》です。夜が明けたら衛兵隊に通報してください。扉だけは溶かしておきました」

「……え？」

それ以上は何の説明も無く、パキパキと何かを踏み割るような足音を残して、少女は寝室から出て行った。

「さぁーて、キリキリ吐《は》いてもらうから。あなたたちの巣はどこにあるの？」

誰《だれ》かと会話するような少女の声が遠のいていった。

「何が……」

思わずミレナはクローゼットの扉を押《お》し開けた。

すると、そこは銀世界だった。

見慣れた寝室は吹雪《ふぶき》の吹き抜《ぬ》けた後のように真っ白で、その中に、人間どころか城門でも貫《つらぬ》けそうな巨大《きょだい》な氷柱《つらら》がいくつも生えていた。

天井《てんじょう》から、床から、壁《かべ》から。氷柱は絡《から》み合い、貫き合い、まるで巨大な氷の化け物の口の中に入って牙《きば》の噛《か》み合わせを見ているかのような気分だった。

黒ずくめの男がふたり、氷柱に貫かれ、シャーベットのようになって死んでいた。

「どうなってるのよ、これは……」

ミレナには何も分からなかった。息が白く、恐怖《きょうふ》とは別の理由で歯の根が合わなくなっていた。

巨大な氷柱はやがて、最初から張りぼてであったかのように儚《はかな》い音を立てて砕《くだ》け散り、後には凍《こお》り付いた部屋と凍り付いた死体だけが残った。

＊　＊　＊

その日、エルタレフの住宅街にある集合住宅の一室で小火騒《ぼやさわ》ぎがあった。

原因は煙草《たばこ》の不始末だった。火の点いた煙草の入った煙管《きせる》が衣類の上に転がって、火元となっていた。幸いにも火は燃え広がっておらず、駆《か》けつけた消防隊によって消し止められた。

だが、鍵《かぎ》が掛《か》かった扉をぶち破って突入《とつにゅう》した消防隊が発見したのは、火元だけではなかった。

何故火が燃え広がらなかったかと言えば、床に流れ出した大量の血によって火の手が阻《はば》まれていたからだ。部屋の中には、鋭利《えいり》な刃物か風の魔法で切り刻まれたと思《おぼ》しき三人の男たちの惨殺《ざんさつ》死体が転がっていた。

おまけに部屋の中には違法《いほう》な薬品類、剣、暗器、盗賊《シーフ》系の冒険《ぼうけん》者が使うような忍び込みの道具など、どう見てもまともではないものが多数置かれていた。

この報告はすぐオズワルドのもとへ上げられることとなり、衛兵隊が捜査《そうさ》に入った。

当初は首をひねるばかりだった衛兵隊だが、死体のうち一つがナイトパイソンの構成員として顔の割れた男だったことから事態は急展開した。

この部屋はナイトパイソンが活動する拠点《きょてん》として確保されていたのだ。

なお、衛兵隊のうち一人が火事の発生状況を訝しみ『まるでわざと小火騒ぎを起こしてこの場所に気付かせたかのようだ』と主張したが、その真相は結局分からずじまいだった。

また、その晩はもう一つ事件が起こっていた。

とある騎士の自宅に侵入《しんにゅう》した男二人がメイドを殺害し、さらに女主人（と言うと大げさだが……）を殺害しようとして何者かに返り討ちにされた奇妙《きみょう》な事件だ。家主である騎士は諸侯《しょこう》の合同による対ナイトパイソン討伐《とうばつ》部隊に参加しており、留守だった。

返り討ちが何者の仕業であるかは不明だが、家に押し入った男二人の死体を調べたところ、やはりナイトパイソンの関係者であった。

この二つの事件を結びつけ、オズワルドと衛兵隊は『ナイトパイソンが討伐部隊参加者の家族に狙《ねら》いを定め、殺害しようとした』と推測。もしこの調子で討伐部隊関係者が次々殺害されていけば、討伐部隊は士気の低下によって活動を停止せざるを得なかったはずで、有効な脅《おど》しの手だった。

また、夜中に現れて魔法を使ってナイトパイソン関係者を殺害するという手口から、これまで討伐部隊の行く先々で獲物《えもの》をかすめ取ってきた謎《なぞ》の術師がまた現れたのかとオズワルドは考えた。

あわやというところで命を救われたミレナなる夫人は『少女の声がした』と証言していたが、まさか本物の少女であるはずもなし。

オズワルドにとって有り難くも不気味な味方は、依然《いぜん》として正体不明のままだった。

＊＊＊

シエル＝テイラ東部、ジェラルド公爵領の領都・ウェサラにて。

領主であるアラスターは、自らの居城地下の通信室に居た。石造りの部屋の床一面に大小三つの魔法陣《じん》を組み合わせて敷《し》いてあり、それが足下《あしもと》からぼんやりと光を放っていた。

声を届ける魔法は比較的《ひかくてき》単純な部類だが、遠隔地《えんかくち》と直接会話をしようとなると簡単にはいかない。しっかりと設備を整え、魔法を維持《いじ》するための燃料を供給しなければならないものだ。普通《ふつう》は地脈の魔力溜まり《ホットスポット》から魔力を引っ張り出して使うもので、必然的にこういった遠距離《きょり》通信ができるのは魔力溜《ホットスポット》まりの上に作られる都市に限られる。

民間向けには街の通信局。そして領主は大抵《たいてい》、居城に通信室を持つのだ。

「被害《ひがい》は」

アラスターは虚空《こくう》に向かって問う。通信魔法の向こう、遠く西の地に在るグレアムに向かって。

『……戦力として数えるべき駒《こま》が三十は消えた。末端《まったん》の兵隊《クズ》どもも含《ふく》めるなら六倍ほどか』

グレアムの声が響いてきた。平然とした声で答えているが、これは諸侯への工作につぎ込まれたナイトパイソンの戦闘員《せんとういん》の死者数に関する話だ。

ナイトパイソンはアラスターを通して王宮から依頼《いらい》を受け、ヒルベルトに批判的だったり潜在《せんざい》的に敵となる諸侯の領地に破壊《はかい》工作を仕掛けている。賊《ぞく》に扮《ふん》して街道《かいどう》を通る商人を襲《おそ》い物流を止めるとか、村を焼くとか、その他諸々《もろもろ》。そうしておびき出した騎士の数を減らすのも計画のうちだ。

ところが、今その活動に異変が起こっていた。工作部隊が何者かに襲撃《しゅうげき》され、次々全滅《ぜんめつ》しているのだ。なにやら諸侯連合の討伐部隊なんてものが編制されたそうだが、勝てる状況なら潰《つぶ》すだけ、勝てなければ会敵を避《さ》けて逃げ回るだけでよかったはず。しかし討伐部隊の動きを先取りするように何者かが工作部隊を潰して回っている。

『キーリー伯爵領内で当初活動していた二部隊に加え、周辺領の三部隊が犠牲《ぎせい》になった。さらにこちらの活動拠点も都合八つほど潰されている。うち三つは討伐部隊の手入れに先立って放棄《ほうき》したようなものだが、残りは……惨劇《さんげき》だ』

「何者の仕業か、まだ掴《つか》めぬのか？」

『率直に言うと何も分かっていないようなものだ。だがアラスター。誓《ちか》って言うが、この調査にはナイトパイソンの総力を挙げている。その上でまだ分からんのだ。想定外の要素が紛《まぎ》れ込んでいる』

この国の夜を支配し続けた化け物がお手上げ宣言だ。その事実がアラスターには重くのしかかる。

「未《いま》だ行方《ゆくえ》を掴めていない〝怨獄《えんごく》の薔薇姫《ばらひめ》〟の仕業では……」

『もちろんそれは考えたとも。しかし剣で斬《き》られた死体が無い。念のため邪気《じゃき》の計測も行ったが正常値の範囲《はんい》だ。あれほどのアンデッドが暴れたとしたら、痕跡《こんせき》が残らないのはおかしいだろう』

「ぬう、分からんな……何も分からないままではこちらも援軍《えんぐん》など出せぬぞ」

『おや、話は付いたのかい？』

「近隣《きんりん》の諸侯に戦力を出させると陛下は仰《おお》せだ。だが、出せば出しただけ死ぬようではな……」

『無論、そうならぬように準備をせねばならんだろう』

討伐部隊は、反ヒルベルト派諸侯が精鋭《せいえい》を出し合っている。あの部隊を罠《わな》に嵌《は》めて一網打尽《いちもうだじん》にできれば、もはや反ヒルベルト派の武力的な抵抗《ていこう》は不可能。軍を動かすという賭《か》けの価値はあった。

「それと……ゲイリー侯爵の謎の失踪《しっそう》に関しても調査を続けてくれ」

『何か追加で分かり次第《しだい》、情報を回そう』

キーリー伯爵領内で宿を取っていたゲイリー侯爵の一行がまとめて姿を消した謎の事件についても、アラスターはナイトパイソンを通じて情報収集を図っている。

キーリー伯爵による暗殺の可能性も考えたが、だとしても何かがおかしい。

何が起こったのか調べなければならないし、討伐部隊の動きを止める予定だったゲイリー侯爵が消えてしまったことで予定が狂《くる》っていた。軍を動かして叩き潰すなんて荒《あら》っぽい話が出てきたのは、そのせいでもあった。

『……念のためだ、私も『用心棒』を出そう』

グレアムが唐突《とうとつ》に言った。

『もはや出し惜《お》しみをしている場合ではない。狙うは、キーリー伯爵だ。どんな札があるとしても、それを使う頭が消えれば戦えなくなるだろう？　そちらが軍を動かさずとも終わるかも知れない』

「すると、出すのは彼女《かのじょ》か」

第一騎士団長ローレンス・ラインハルトがそうであるように、他を超越《ちょうえつ》した強者《きょうしゃ》というものは存在するものだ。ナイトパイソン最高の戦力は『用心棒』と呼ばれる三人。冒険者に喩《たと》えるなら第七等級か、ともすればそれ以上と言われる。

ミスリルをも切り裂《さ》くカタナ使い、ウダノスケ。

虎《とら》の群れを素手で皆殺《みなごろ》しにしたこともあるというドワーフの格闘家、ゴド。

そして、あと一人。

『うちの男どもは正面から戦う質だからな。ここは搦《から》め手から攻《せ》める。……伯爵の命運もこれまでよ。ついでに、『謎の襲撃者』についても口を割らせたら最高だな』

グレアムは成功を確信している様子だったが、アラスターもそれを過信だとは思わない。グレアムの切り札たる『用心棒』は、そういうものだ。

＊　＊　＊

男を魅了《みりょう》する色香《いろか》。一目見た相手であればどんな顔にでも化けられる変装術。老爺《ろうや》から少女まで真似《まね》られる七色の声。誰にでも取り入る会話術。幻術《げんじゅつ》や精神操作を中心とした潜入《せんにゅう》工作用魔法の習熟。種々の武器の扱《あつか》い、特に暗器の実力。断崖《だんがい》や城壁《じょうへき》すらよじ登る身体能力。擦《す》れ違いざまから房中《ベッド》まで状況を問わぬ多様な殺人術。それらの能力を最大限活用する作戦を練り上げる知識と狡猾《こうかつ》さ。計画から外れた状況でも臨機応変に対応する機転。

それがナイトパイソン『用心棒』の一人、エストという女暗殺者。もっとも、この名前さえ自ら名乗り始めたものであり、彼女が親と神殿《しんでん》からどんな名前を貰《もら》ったのか、そもそもそんなものがあるのかはグレアムすらも知らない。

此度《こたび》、彼女が受けた使命はキーリー伯爵の暗殺。彼女にとっては久々の、そしてナイトパイソンのもとに流れ着いてからは初めての『大物食い』だ。

エストは職人気質の暗殺者で、自らの仕事に誇《ほこ》りと自信を持ち、仕事の達成に快感を覚える。諸侯の人を暗殺する大仕事は願ってもない。最近は諜報《ちょうほう》や調査ばかりで飽《あ》き飽きしていたところだ。

既《すで》に伯爵居城の内部の様子は、内通者から少しずつ引きだして集積した情報によってあらかた把《は》握《あく》している。その上でエストは外出中のメイドを拉致《らち》し、自分の魔法で引き出せる限りの記憶《きおく》をメイドから引きだして読み取り（なおメイドはこの過程で顔にある全《すべ》ての穴から血を流しながら悶死《もんし》した）、彼女に化けて成り代わり城に帰った。

エストはもちろん全く気付かれずに迎《むか》えられた。このままメイドとして生活しながら城内の情報を手に入れ、最終的には伯爵を暗殺して脱出《だつしゅつ》するのが今回の仕事だ。

最優先すべきは伯爵暗殺だが、ここ最近の伯爵の不可解な動きについても情報を掴んでおきたい。特にナイトパイソンの工作部隊を襲撃した『謎の襲撃者』についての情報をグレアムは欲《ほっ》している。

いずれにせよ、エストには容易《たやす》いことだ。容易いはずだった。

そして、潜入初日の出来事だった。

＊　＊　＊

その一秒間でエストは破滅を予感した。

廊下《ろうか》で擦れ違った伯爵令嬢《れいじよう》キャサリン……否、その姿をした影武者《かげむしや》、冒険者のイリス《ルネ》だ。付け焼き刃にしては随分頑張《ずいぶんがんば》っているがエストの目で見れば一目瞭然《りようぜん》。歩き方ひとつ取ってもぎこちない。

それを見たときは微笑《ほほえ》ましくさえ思ったものだ。娘の命を守るため伯爵が無い知恵絞《ちえしぼ》って考え出した陳腐《ちんぷ》な策。まあエスト自ら見なければ分からなかったのだから、まんざら無意味でもなかったかも知れないが、二重の意味で無駄《むだ》だった。結局エストには通じなかったわけだし、何より、もはやナイトパイソンは令嬢なんかじゃなく伯爵当人の方を狙っているのだから。

しかし、頭を下げてイリスが通り過ぎるのを待っていたエストは、ほんの一秒イリスが自分の方を見ていたことで破滅を予感した。そのままイリスは何もなかったような顔をして通り過ぎていく。

他者の反応から心理を察することに長《た》けたエストは、イリスが何かに気がつき、そして何食わぬ顔で『気がついていないフリ』をしたのだと分かった。素人臭《しろうとくさ》い誤魔化《ごまか》し方だが、だからこそその前の『何かに気がついた様子』は疑いようのないものだった。

――あのガキ！　何に気がついた⁉

年齢《ねんれい》で相手を侮《あなど》る気は無い。イリスはこの歳《とし》で第四等級の冒険者であり、しかも魔術師《ウイザード》。警戒《けいかい》を要する相手だとは認識《にんしき》していた。だが、だとしても一目でエストを見抜くなどあり得ない。エストの変装術は、標的の実の妹に成り代わっても気付かれなかったほどだ。あり得ないはずなのだが。

イリスはこの屋敷《やしき》に来てまだ一ヶ月も経っていない。まさか使用人全員のことを子細に把握していてエストの変装を見抜くとは考えがたい話だ。あるいは何かの勘違《かんちが》いだったり、別のことに気がついたとでも？　エストの後ろの壁に汚れが付いていたとか。

——いや、楽観はできない……最悪を想定しつつ動く。

エストは静かに廊下を歩きながら猛烈《もうれつ》な勢いで計画を練り直していた。情報を探りつつ暗殺のタイミングを計るつもりだったが、悠長《ゆうちょう》にしていては守りを固められるかも知れない。最優先である伯爵暗殺だけは失敗できない。

——あのガキが伯爵にチクりに行ったとして、即座《そくざ》に私を捕《つか》まえに来るなら逃げるしかない。でも、それとなく監視《かんし》される程度だったら……

仮に違和感があったとしても、雇《やと》われのガキ一匹《ぴき》の言葉だけで使用人を偽物《にせもの》扱いして捕《と》らえはしないはず。そこまで決定的な疑念は抱かせていないはずだ。だからイリスが何かに気がついていたとしても、当面ヌルい対処になる可能性はあるとエストは考えた。

もしそうなればその隙を突く。既に城内の様子はある程度分かっている。強行突破不可能な状況ではないだろう。エストは今夜、オズワルド・ミカル・キーリーを殺害すると決めた。

＊　＊　＊

メイドの一人として一日の勤めを終えたエストは、他の使用人たちが寝静《ねしず》まるのを待って寝床《ねどこ》を抜け出した。明かりもとうに落とされて青白い月明かりだけが照らす城内。しかし暗視の訓練を積んだエストにはこれで充分《じゅうぶん》すぎる明るさだ。

気配を消し足音も立てずに移動するエストだが、移動しつつ様子を探《さぐ》るにつれて奇妙なことに気がついた。

あまりにも警備が平常通りなのだ。内通者の情報や街中からの監視で得られた情報そのままの警備が敷かれている。壁に背中を付けるようにして窓から外を見れば、貧相《ひんそう》な城壁の上に立つ歩哨《ほしょう》たちや『風読み』はあくまで外からの侵入者に気を配っていた。

──私に何も注意を払っていない？

本当はイリスは何も気がついていなかった？　彼女の報告が取るに足らないとして聞き捨てられた？　伯爵が忙《いそが》しくて対応できなかった？

様々な可能性を考えたが、それでもエストは侮りを排《はい》す。敵を馬鹿《ばか》だと思った瞬間に足を掬《すく》われる、というのがエストの持論だ。

しかし、だとするとこの状況はどういうことか。侮るのもいけないが疑心暗鬼《あんき》になるのもいけない。正確な状況を把握しなければ。

いつ以来になるかも分からないほど、全身の毛穴を耳にするような気持ちでエストは警戒した。とにかく伯爵を殺害して逃げること。それだけだ。

「『其《そ》は黄昏《たそがれ》の境界〃我は偽《いつわ》りの立証者〃十重《とえ》二十重《はたえ》に訝しみ〃微睡《まどろ》め、愚《おろ》かな天秤《てんびん》』《迷彩《ステルス》》」

囁《ささや》くような詠唱《えいしょう》の後、エストの姿が闇に溶《と》ける。

足音は歩法で消せる。気配は呼吸法と精神統一によって、《気配遮断《スニーク》》の魔法にこそ及《およ》ばないが完璧《かんぺき》に近いレベルで消せる。この状態になったエストを捉《とら》えるのは至難だ。

さらに、たとえ見張りが居ようとも人の集中力なんてものはいつまでも続かない。見張りの注意が途切《とぎ》れる一瞬を見抜き行動することでエストの隠密《おんみつ》行動は完全なものとなる。

誰もエストには気付かない。巡回《じゅんかい》する衛兵も。壁際《かべぎわ》にじっと立っている衛兵も。廊下のど真ん中に立ちはだかる少女も。……少女？

「やっと来たね。ナイトパイソンの切り札『用心棒』のエストさん、で合ってる？」

見えていないはずのエストを見て、彼女ははっきりそう言った。

エストは全身に氷水を浴びせられたかのようだった。あり得ない。

ウェーブが掛かった金髪《きんぱつ》に藤《ふじ》色の目を持つ少女、イリス。キャサリンへの変装は解いている。何故か返り血らしきものでべっとりと染まったコートを着て、何故か焼け焦《こ》げている杖《つえ》を構えていた。

エストは魔法を解いて姿を現し、代わりに服の中に指を滑り込ませて、隠し持っていた護符《ごふ》を起動する。護符はあらゆる魔法を防ぎ、身代わりとなって朽《く》ち果てる魔法防御《ぼうぎょ》用マジックアイテム。自分が使った《迷彩《ステルス》》さえ吸収してしまうので、さっきまでは起動していなかったのだ。だが既に見つかっているなら隠れる必要は無い。魔術師《ウィザード》の相手をするなら必要な備えだ。

イリスはエストを待ち構えていた。伯爵の寝室に近い場所で。辺りには護衛らしい者たちがゴロゴロ転がり、床の上で雑魚寝《ざこね》をしていた。……何故？

「邪魔だから、伯爵様と護衛の皆さんにはちょっと寝ててもらったの。物音くらいじゃ起きないよ」

訝しむエストの心を読んだようにイリスが説明する。

「何のためにそんなことを？」

「ちょっとね。みんなにはナイショで、あなたを拷問《ごうもん》してでも聞き出したい話があって」

エストは、あっけにとられるしかなかった。予想の斜《なな》め下を行く馬鹿だ。おそらく警備が普段通りなのもイリスがエストの存在に気がついた上で誰にも言わなかったから。妙な動きがあればエストが逃げてしまうから。

何故そんなわけの分からないことを考えたかは理解できないが、イリスが致命《ちめい》的に判断を誤ったことだけは確かだ。

エストの精神には多重の安全措置《そち》が施《ほどこ》されている。ナイトパイソンの戦闘員が標準装備している自害の暗示はもちろん、強制的に情報を引き出そうとすると記憶に鍵が掛かる。拷問で情報など聞き出せはしない。そもそも、そんなことはさせない。負けることも捕らえられることもあり得ない。

「……お馬鹿なお嬢ちゃん。安い喧嘩《けんか》は安くしか買わないわよ？」

「是非《ぜひ》とも買ってもらおうじゃない。お代はあなたの命。情報を全部吐かせて、それから殺すの」

「その言葉、後悔《こうかい》なさい」

僅《わず》かな腕《うで》の動作だけで、腕にくくりつけていた刃物がメイド服の袖《そで》から飛び出す。

だがそれを投げようとする寸前、イリスは手を突きつけて『待った』をした。

「ちょっと待って。多分あなたは戦いの痕跡を残したくない身の上だと思うの。わたしも同じ。だからこの戦いにルールを設けるのはどう？」

「はァ？」

何を言っているのかまるで分からなかった。それでもエストがイリスの話を聞いたのは、自分の変装を見抜いてしまった得体の知れないガキから、何故見抜けたのか一欠片《ひとかけら》でも情報を引き出して己《おのれ》の糧《かて》にしなければならないというプロ意識のためだった。

「ルールその一。城の人々の安眠妨害《あんみんぼうがい》をしてはならない。ルールその二。周りを壊《こわ》してはならない」

指を一本一本立ててイリスは奇妙なお約束を数える。

意図が読めずにエストは混乱した。このイリスという少女は完全に頭がイカれているのか、それとも心理戦を仕掛けているつもりなのか。

「ルールその三。わたしを追い詰《つ》めてはならない。ルールその四。……わたしが勝つ」

「たわ言を……！」

もはや取り合う価値無しと断じ、エストは最小限の動作でイリス目がけてナイフを投じた。狙いは喉《のど》、口、そして心臓。呪文《じゅもん》を唱えるどころか反応する暇《ひま》すら与《あた》えない神速の投擲《とうてき》だ。

ぬるく淀《よど》んだような空気の中を刃物は飛び、そしてイリスの背後の壁に当たって金属音を立てた。

――消え……⁉

当たる寸前、イリスが消えた。姿を消しただけじゃない、その場から居なくなったのだ。

「《足絡め《スネア》》！《足絡め《スネア》》！《足絡め《スネア》》！」

直後に背後から聞こえた声。エストの服の中で何かがパァン！と弾《はじ》けた。

「やーっぱり護符持ってたか……あと何枚？」

振《ふ》り向けば暗い廊下の奥、エストから四歩ほどの距離にイリスは立っている。

――《短距離転移《ショートテレポート》》⁉

魔法の名前さえ言わない完全無詠唱による転移《テレポート》だった。

《短距離転移《ショートテレポート》》の魔法をこんな風に回避《かいひ》に使う術師は、エストも話で聞く程度にしか知らない。いくら簡単な魔法であっても完全無詠唱で行使できるのは一流の術師だけだ。まあそれ以前に術師たちが自ら白刃《はくじん》に身を晒《さら》すことは普通無いのだから、こんなギリギリの戦い方をする術師は限られるわけだが。

さらにその後の《足絡め《スネア》》はどうだ。相手の足を地面に貼《は》り付けてずっこけさせる妨害魔法だが、低位の魔法であり、護符で受けても大して損耗《そんもう》しないはず。だが、詠唱破棄《はき》した《足絡め《スネア》》の三連射でエストの護符はあっさり叩き割られた。状況を理解して、エストは戦慄《せんりつ》する。

——こんなもの詠唱破棄した低位魔法の威力《いりよく》じゃない！　このガキ、何者⁉　……これで第四等級？　嘘《うそ》つけ！　何故こんな化け物が今までナイトパイソンの情報網に引っかからなかった⁉

まだ予備の護符はある。あと二枚。だがそれを割られるまでに、あと何分、何秒だろうか？

「はあぁっ！」

エストはイリス目がけてナイフを放《ほう》り投げる。再びイリスは消える。

「《足絡め《スネア》》！」

「させるか！」

死角に転移したイリス目がけ、即座に気配で居場所を察したエストは次の一本を抜き打つ。見ないで投げたナイフはイリスの身体を捉えかけるが、さらなる転移《テレポート》でイリスは回避。

「《足絡め《スネア》》！」

「そこか！」

小さな木の実みたいな鉄片をエストは指で弾き撃《う》った。麻痺《まひ》毒が塗《ぬ》られており、これで肌《はだ》を傷つければまともに動けなくなる。だがこれも空を貫き壁を穿《うが》つ。

エストは一計を案ずる。次の弾《たま》を取り出し、それを構えるだけで撃たなかった。

「《凍枷《アイスロック》》！　《凍枷《アイスロック》》！　《凍枷《アイスロック》》！　《凍枷《アイスロック》》!!」

「こ、こいつっ……！」

渦巻《うずま》くような冷気がエストの周囲を吹き抜けた。

四連撃が決まり、その二撃目で護符がまた一枚弾け飛ぶ。エストは慌《あわ》てて弾を撃たざるをえなかった。フェイントを掛けて転移させ、そのタイミングで即座に狙い撃つ心算だったのだ。だがまるで、そんなエストの考えを見透《みす》かしたようにイリスは転移を遅《おく》らせた。

――心を読んだみたいに……！　それに転移魔法をこんなに連発して何故魔力が切れない!?

術師は集団の一部として運用してこそ力を発揮する。独りでいるところに近寄れば殺すのは容易い……はずだった。だが、この少女は何かおかしい。

――護符は残り一枚、しかも多分次で飛ばされる。かくなる上は……！

エストは鉄片弾《だん》を撃ちながら、太ももに巻き付けてあった細い鎖《くさり》をほどいた。

「くらいなっ！」

イリスに対し、エストは最後のナイフと同時に鎖の片端《かたはし》を放った。細く、しかし無骨なシルエットを持つ鎖が、這《は》いずる蛇《へび》のように宙を泳いでイリスに襲いかかる。

もちろんイリスはこれを転移して躱《かわ》す。しかしイリスが消えた瞬間に、宙を舞《ま》う鎖は急角度の方向転換《てんかん》を決める。エストの肩《かた》の上を抜けて後方へ飛んだ。

「なっ……」

驚《おどろ》いた声。じゃらり、と音がした。イリスの身体を巻き取ったようだ。エストの攻撃《こうげき》全てを読んでいるかのようにヒョイヒョイ転移で躱していたイリスも、虚《きょ》を突かれたらあっけなかった。マジックアイテム『蛇鎖』。これは宙を飛んでターゲットを追い、勝手に巻き付いて縛《しば》り上げるアイテムだ。

「取ったり！」

エストは鎖を放り出すと、倒《たお》れている衛兵の腰《こし》から剣を抜き取り、背後のイリスに斬りかかった。細い鎖で幾重《いくえ》にも縛り上げられたイリスは、おそらく転移を試みたはずだ。鎖の中から抜け出しつつエストの剣を躱すため。

しかしイリスの姿は消えなかった。

代わりに、蛇鎖のもう片方の端に結びつけられた最後の護符が破裂音《はれつおん》と共に黒ずみ白煙《はくえん》を上げた。

「えっ……」

藤色の目を見開くイリス。宝石のような目に、振り上げられた刃が映り込んでいた。

剣閃《けんせん》が、小さな身体に叩き込まれる。袈裟懸《けさが》けに振り下ろされた剣はコートを切り裂いてイリスの肩口に切り込み肉を裂く。鮮血が噴《ふ》き出した。

勝利を確信したエスト。彼女が何かおかしいと気付くまでは、刹那《せつな》だった。

異様な手応《てごた》え。飛びすぎる血飛沫《ちしぶき》。朽《く》ち崩れていく刃。

深々と斬り込んだはずの剣は空を切るかのように手応えをなくし軽くなっていく。

エストがその剣を振りきったとき、刃はまるで砂のように崩れてしまい、ほとんど柄《つか》しか残っていないような有様だった。

「これは……」

何事か、と言うより早く。

「あ、あ、あああああああ⁉」

エストは悲鳴を上げた。顔が、手が、胸が、イリスの返り血を浴びた場所が焼けるように痛い。返り血が気化する薬品のようにしゅうしゅうと煙《けむり》を上げ、エストを蝕《むしば》んでいた。

「……《治癒《ヒーリング》》」

肩を深く斬られたはずのイリスが悲鳴すら上げず平然と治癒魔法を行使する。

即座に傷を塞《ふさ》ぐ魔法は魔力の消費が重く難易度も高いはずなのだが、切り裂かれたコートから覗《のぞ》くイリスの肌は白く柔《やわ》らかな姿を取り戻《もど》し、痕《あと》すら残らなかった。

自分に巻き付く鎖、そしてその先に結ばれた護符を見て、イリスはしかつめらしく頷《うなず》く。

「なるほど、護符を巻き付けた鎖をわたしに投げて、擬似《ぎじ》的にわたしが護符を使ってる状態にしたのね。転移系だって自分に使う魔法だから護符があると阻害《そがい》されちゃうってことか。勉強になった。……これ、もしかして咄嗟に思いついたの？　だったらすごいわ。あ、それと勝手に動くアイテムの危険さも分かった。人と違って攻撃のタイミングが読めないからねー」

ブツブツと勝手に納得《なっとく》している様子のイリスだったが、エストはその隙に攻撃しようという気にすらならなかった。

「この魔法……っ！　《恨みの返り血《バッドブラッド》》⁉」

「そうだけど？」

「ふざけるなっ！　なんでこんな魔法を！　これは……呪詛《じゅそ》魔法じゃないか‼」

エストは半ば逆上しながら金切り声で叫《さけ》んだ。

《恨みの返り血《バッドブラッド》》。自分の血に恨みを宿し、返り血を浴びた相手に強烈《きょうれつ》な弱体化《デバフ》を掛けたり、傷を付けた武器を劣化《れっか》させたりする魔法。これは、呪詛魔法に分類されるものだ。

呪詛魔法とは、本来人族が使えないはずの邪法。邪悪なる神々の力を借りる魔法だ。魔族やアンデッドの魔法であり、生物としての理を歪《ゆが》め堕《お》ちなければ人族は呪詛魔法を使えない。そんな呪詛魔法によって己の欲望を満たす外法の術師を『邪術師』や『魔女』と呼ぶ。

エストも裏社会の住人だ。邪術師と仕事で関《かか》わることもある。だが呪詛魔法は人族社会では全て禁術であり、邪術師であることは表の社会ではそれだけで処刑《しょけい》の対象にされるほどの大罪だった。

何故。どうしてこのような子どもが。天才と言っても第四等級の冒険者でしかないはずの彼女が。

呪詛魔法のことを指摘《してき》されたイリスは、決まり悪そうに眉根《まゆね》を寄せる。

「追い詰めないでって、言ったのにね……」

訳の分からないことを言いながらイリスは蛇鎖をほどいていく。ミスリル製で外見に反して頑丈《がんじょう》なはずの蛇鎖は、イリスの血を浴びた部分から腐食《ふしょく》して千切れていた。

イリスから目を離《はな》さないようにしながらエストは後ずさった。もう任務がどうこう言っていられる段階ではない。逃げ切れるかどうかだ。

イリスはエストを殺すと言った。それは愚かなお子様の身の程知らずな夢想ではなく、ただの実現可能な計画だった。この少女の姿をした得体の知れない化け物が何故かそこまでして自分を殺したがっているというのが、エストにはたまらなく恐《おそ》ろしかった。

そう。エストは恐怖していた。心臓が脈打つたびにイリスの返り血を浴びた場所に鈍痛《どんつう》が走った。

身体が重い。頭の芯《しん》がぐらぐらと揺れているようだった。

「本当はね、呪詛魔法は使いたくなかったの。だぁって邪気が残ったら気付かれちゃうかも知れないんだもの。でもま、ナイトパイソンの『用心棒』の一角と引き換《か》えなら、それでもいっか」

イリスは、ただただ楽しそうだった。年相応の少女に見えるはしゃいだ顔で、彼女は。

「これ以上邪気を隠してもしょうがないから、ここからはちょっとだけ本気を出す。静かで、周りが壊れないようにあなたを殺せる呪詛魔法で……」

イリスの練る魔力がつむじ風のように舞った。

それは尋常《じんじよう》のものではない。怖気《おぞけ》を誘《さそ》い、吐き気を催《もよお》すような何か。邪神の眷属《けんぞく》に堕ちた者でなければ操《あやつ》ることのできない『邪気』。

目眩《めまい》がするほど強烈な魔力の嵐《あらし》の中、イリスの姿が変わりつつあった。渦巻く魔力の中で舞い上がる金髪は、メッキが剥《は》げていくかのように銀の輝《かがや》きを見せる。

髪《かみ》だけではない、目も、顔立ちも変わり………

「銀髪銀目⁉」

シエル＝テイラでは忌《い》み子とされる銀髪銀目の少女。それが意味するところは。

――まさか……！　そんな……！

エストは数々の困難な暗殺を成功させてきた、自他共に認める凄腕《すごうで》の暗殺者だ。だが、エストが相手にするべきものは『人』だ。人であることすら止めた化け物ではない。

「殺してあげる！　《貪食凌遅蟲《グラトニーワーム》》！」

エストの足下から、『虫』が生えた。

闇に形を与えたような無数の虫が、まるでトラバサミみたいに、あるいは咲《さ》き誇る花のように、エストを包囲して生えてきた。それは真っ黒なミミズのようだった。

「なっ……」

エストは飛び退いた。飛び退いたつもりだった。

しかし、おぞましいことにエストの身体からも黒い虫が生え始めた。ルネの血を浴びた箇所《かしょ》からだ。黒い虫は細長い紐《ひも》のようになってエストを縛りつつ、床から生えた虫と喰《く》らい合って結び付き、信じられないほどの力強さでエストを引き戻した。

そして全ての虫が、エストに巻き付き縛り上げて拘束《こうそく》した。太い虫、紙のようにペラペラの虫、長い虫、短い虫、その全てがエストに巻き付いて、エストの肉体を溶かしつつ肉を貪《むさぼ》り始めた。

「ん……！　んんっ……‼　うっ……！」

闇色の虫に触《ふ》れてしまった部分から、エストの肉体は水を掛けられた雪のように溶けてしぼんでいく。苦痛のあまりエストは絶叫《ぜっきょう》したが、口にまで虫が頭を突っ込み、声を出すことはできなかった。

無数の虫に床に磔《はりつけ》にされたエストは、しかし、すぐには死ななかった。黒い虫は本当に少しずつエストを侵食《しんしょく》していった。後悔と恐怖をじっくり味わわせ、心をへし折ること自体が目的であるとでも言うかのように。体を溶かされ、内外から貪られ、その間ずっとエストは気が狂いそうなほどの痛みを感じ続け、時間が永遠であるかのように錯覚《さっかく》した。

いかなる奇跡か冒涜《ぼうとく》か、エストは身体の半ばが骨になっても未だに意識を保ち激痛に苛《さいな》まれていた。自分が生きているのか死んでいるのかも分からないままエストは全身を分解されていった。

そして最後に残った骨が塵《ちり》と化したとき、エストはようやく死の安らぎを許された。

＊　＊　＊

その奇妙な事件が発覚したのは夜明け近くだった。

オズワルドの寝室付近の警備の衛兵が何故か倒れて眠っているのを、見回っていたベネディクトが発見した。衛兵たちは『突然眠気《ねむけ》に襲われて倒れた』と証言し、何らかの魔法によって眠らされたのではないかとベネディクトは推測した。

すぐに城の中は大騒ぎになった。何者かの侵入が強く疑われるからだ。

しかし、奇妙なことに被害らしきものは何も無かった。現場のすぐ近くの寝室で眠っていたオズワルドさえ無傷であり、特に物が壊されたり盗《ぬす》まれたりもしていなかった。何故かメイドが一人見当たらなくなっていた程度だが、まさかメイドを拉致するために侵入するわけもなし。

『誰かが誘眠《スリープ》ポーションを間違えて割ったのでは？』なんていう与太話《よたばなし》レベルの推測が真面目《まじめ》に取り沙汰《ざた》されるほど理解不能な状況だった。

＊　＊　＊

異常事態であるのは確かなのに何が起こったか分からないという中途半端《はんぱ》な混乱の中。ディアナとベネディクトは事件の現場を……警備の衛兵たちが倒れて寝ていた場所を見に来ていた。

「やっぱりだ、邪気が漂《ただよ》ってる」

「なんだって？」

ズキズキと痛む胸元《むなもと》を押さえつつ、虚空を睨《にら》んでディアナはきっぱりそう言った。モップのようなベネディクトの尻尾《しっぽ》がピンと立った。

邪気とはその名の通り、邪悪な力の源となる元素のことだ。邪神の力を借りて呪《のろ》いを行使するとか、アンデッドを動かすとか、およそ人が使うべきではない魔法に用いられる。

僧侶《プリーステス》であるディアナは聖気を用いる神聖魔法の使い手で、邪悪な気配には敏感《びんかん》だった。ディアナの魔法的な感覚は拭《ぬぐ》っても拭いきれない邪気を捉えていた。

「見張りが寝ちまってたのと、何か関係が？」

「どうだか……眠りに関わる呪詛魔法もあるにはあるけど、あんまり想像できないね」

「いや、そうか。見張りは普通の魔法で寝かされて、邪気は伯爵様にという可能性も……」

ぐるる、とベネディクトが唸《うな》った。あってはならないことだ。

「伯爵様に呪いでも掛けられていたら大変だ。ディアナ、伯爵様と昨日の見張りを診《み》てくれるか」

「そうだね、様子を確かめといた方が良いだろう。神殿の神官も呼んだ方がいいかな」

「よし」

ベネディクトは慌ただしく駆けだして、ディアナが付いて来ないことに気付いて急停止した。

「伯爵様を呼んどいておくれ。あたしはもうちょっとここを調べてくよ」

「分かった、頼《たの》んだぞ」

ディアナが声を掛けると今度こそベネディクトは辺りを揺るがしながら走り去っていった。

それを見届け、周囲に誰も居ないのを確認《かくにん》してから、ディアナは小さなコップを取り出した。

「さて、と……」

ディアナはいつも腕に着けているシルバーアクセサリーを取り上げ、とがった部分で手の甲《こう》を引っ掻《か》いた。すぐに赤い血が盛り上がった。

そしてディアナはまるで茶に空気を含ませるかのように、手の傷とコップの間を離し、滴《したた》った血を宙にくぐらせてから受け止める。これでディアナの血は、この場の邪気を僅かに吸った。

「正式な使い方じゃないんだけど……これで犯人分かったりしないかねぇ……」

手のひらに載《の》る程度の血が溜まると、ディアナはインナーの首元をめくり、胸元に垂らし入れた。

＊　＊　＊

明け方、城内は騒がしくなった。エストとの戦いの邪魔にならないよう魔法で寝かせておいた警備の者が発見されたらしい。

イリス《ルネ》も普段の影武者業を休んで、戦闘用のローブと杖を装備しての待機を命じられた。オズワルドにとって緊急《きんきゅう》事態に最も頼《たよ》りになる戦力は〝竜《りゅう》の喉笛《のどぶえ》〟だからだ。まあ、これ以上なにも起こらないということを知っているイリス《ルネ》は緊張《きんちょう》感も無かったわけだが。

重く静かに靴《くつ》を鳴らして、遠くざわめきを聞きながら廊下を歩く。イリス《ルネ》は不機嫌《ふきげん》だった。

せっかくナイトパイソン最高の暗殺者が飛び込んできたというのに、何の情報も得られなかったからだ。あの後エストの魂《たましい》を尋問《じんもん》したが、彼女が発狂《はっきょう》するまでに何ひとつ情報を吐かせられなかった。エストは自らの精神に何らかのセーフティロックを施していたようだ。

――ザコ戦闘員ですら捕まったら自害するよう洗脳されてるんだから、トップの暗殺者が何も備えをしてないわけないいか。収穫《しゅうかく》は、対ローレンス用に考えた転移戦法を試せたくらい……

邪神さんからいただいた加護《チート》には魔法の知識も含まれているが、あくまで広く浅く一般《いっぱん》的な知識を得ただけで、あまり専門性の高い技術に関しては分からない。例えば、こうした記憶のロックを解除して情報を引き出すにはどうすれば良かったのか、とか。

――遂《つい》に大物を炙《あぶ》り出せたのに。次はどうしよう……って言うか、どうすれば……

敵の戦力は削《けず》れた。しかし、最重要である首領の居場所は結局掴めなかった。エストが出て来たと分かった時は、これで片が付くと思ったのだが。イリス《ルネ》は手詰まりを感じ始めていた。

「……みんな、居る?」

使用人居住区にあるパーティーの居室へイリス《ルネ》が入っていくと、そこにはヒューしか居なかった。分厚い鎧《よろい》を着た彼《かれ》は、そのままソファやベッドに座《すわ》るわけにはいかず、壁際に座ってビラのようなものを読んでいた。

「よぉ、イリス。今日はお嬢様の変装じゃないんだな」

「戦闘待機って言われたの。……ディアナとベネディクトは?」

「なんかさっきから走り回ってるぜ。二人ともよく働くもんだ。俺はもう眠くってさ……クエスト始まってからこっち、いつもこの時間に寝てたからよぉ」

ヒューは欠伸《あくび》をかみ殺す。

現在イリス《ルネ》以外のメンバーは城に滞在《たいざい》して警備に当たっているのだが、夜通し不寝番をして明け方に眠るという生活だった。

眠たげな顔でヒューは何かを読んでいる。彼の手の中のプリント、そこに描《えが》かれている絵が朝日に透かして裏から見えた。自らの頭部を捧《ささ》げ持ち祈る少女の絵が……

どきりとイリス《ルネ》の心臓が飛び跳《は》ねた。あれは、〝怨獄の薔薇姫〟の手配書だ。

「それは？」

「こないだディアナがギルドで貰ってきたネームド手配書。なんか読んでれば寝ないかと思って」

気が付けばテーブルの上には、数枚のネームド手配書が置いてあった。何故か分からないがディアナが荷物から出してそこに置いていたらしい。

じっと手配書を読むヒューの眉間《みけん》には皺《しわ》が寄っていた。

「酷《ひど》いと……」

「酷《ひで》えよな」

『酷いと思わない？』……そう聞こうとしたイリス《ルネ》の機先を制するかのようにヒューは言った。

斜《しゃ》に構えたようなことばかり言うヒューだけれど、悲劇に心を痛める彼の言葉が嘘偽りではないのだと、イリス《ルネ》は『感情察知』の力で見抜いていた。

「人なんてほっといてもバタバタ死んでくもんだが、国や世間《せけん》が乱れると、運の悪い奴《やつ》からさらに早く死んでく。……あぁ、運が悪いってのは、偶然貧乏《ぐうぜんびんぼう》に生まれたとかそういうのも含めてな。この姫さんもその類いだろう」

訥々《とつとつ》と、埋《う》もれてしまった何かを掘《ほ》り起こすようにヒューは言葉を紡《つむ》ぐ。

『運の悪い奴』という言い回しはドライで突き放した印象もあるが、彼なりの優《やさ》しさが感じられた。

全ての人は生きるに値し、必然に死ぬ者は無いという哲学《てつがく》だ。同時に、死は当たり前に降りかかるものだという諦念《ていねん》も感じられる。

「だがな、そうして屍《しかばね》が積み重なると……たまに悲鳴が上がるんだ」

「悲鳴？」

「ああ。安穏《あんのん》と生きてた連中は、その悲鳴を聞いて初めて、てめぇらが踏んづけてたもんに気付く」

けけけ、とヒューは刃物のように薄《うす》く鋭《するど》い笑いを浮《う》かべた。

「例えば、飢《う》えた農民を救わなければ食い詰めて野盗《やとう》に身を堕《お》とすだろ。下々の苦悩《くのう》とは無縁《むえん》に肥え太った商人やお貴族様は、ある日自分の馬車を襲われて初めて気が付くんだ。食い詰めた連中が増えてるってことにな」

人は、病に冒《おか》されたり怪我《けが》をすれば痛みを覚え、身体に異状があることを知る。しかし社会の軋みを知るにはどうすればいいのだろうか。ヒューはそこに自分なりの考えを持っていた。

「俺にゃ、この国の悲鳴が聞こえるぜ。〝怨獄の薔薇姫〟はシエル＝テイラの悲鳴だろうさ」

目の前に本人（本アンデッド？）が居るとも知らず、ヒューは言った。

そんな自然現象みたいな見方をされるなんて、不思議な気分だった。ただイリス《ルネ》は少しだけ嬉《うれ》しかった。イリス《ルネ》はこの世の全てに抗《あらが》い無理を押し通すような心持ちだったのに、それを自然なことだとヒューが認めてくれた気がして。

「ヒューは〝怨獄の薔薇姫〟を応援してるの？」

「流石《さすが》に応援はできねーよ。多少は『やっちまえ！』って思わなくもないけど」

「じゃあ……もし、〝怨獄の薔薇姫〟と戦うことになったら？」

「その時は、勇ましく……」

ヒューはキラリを歯を光らせて爽《さわ》やかに笑った。

「……逃げるね！　絶対に勝てる気しねぇ！」

「あははは……」

苦笑《くしょう》するしかなかった。

＊　＊　＊

「さぁ、今晩もあなたのお話を聞かせてくださいます？」

その晩イリス《ルネ》がキャサリンの寝室に入ると、既にキャサリンは完全にスタンバイしていた。ベッド脇《わき》のテーブルには湯気の立つホットミルクが二杯《はい》。

――ちょっとした切っ掛けひとつで、ずいぶん懐《なつ》かれたなあ……

毎晩の日課である、本物と影武者のシャッフルタイム。そのついでにイリス《ルネ》がキャサリンとお喋《しゃべ》りをするのも日課になっていた。まあ、嫌《いや》では、ないけれど。

「分かった。じゃ、今日はアラウェン侯爵領の古城に住み着いたゴブリンと戦った話」

頷いてイリス《ルネ》もキャサリンの対面に座った。ホットミルクは砂糖と蜂蜜《はちみつ》が適量入っているらしく、甘《あま》くて温かかった。

話す内容には困らない。イリスに憑依《ひょうい》しているルネは、イリスの記憶にアクセスして読み出すことができる。第四等級の冒険者ともなれば過不足の無い『プロフェッショナル』だ。ネームドモンスター（当然〝怨獄の薔薇姫〟よりはかなり弱いが）との戦い、道なき道を行く探検、ダンジョンの攻略と、冒険者らしい活動は『イリス』も一通りこなしている。

——冒険者の知識とか、この先役に立つかも知れないしね。可能な限りサルベージしておくのは俺にとっても悪いことじゃない。

こうして憑依中に読み出した記憶・知識はルネの側にも定着するが、読んでいない記憶・知識は憑依の解除と同時に失われる。なるべく多く『イリス』の記憶を閲覧《えつらん》しておくことはルネの知識を増やすことに繋《つな》がるのだった。

「……で。それがどう見ても罠だったんだけど、あんまり罠っぽいから逆にそうやって目を引きつける囮《おとり》じゃないかってヒューが言い出したの。だからわたしが離れたところから《着火《イグニッション》》の魔法で火をつけてみたら……どっかーん」

「あら、まあ。お間抜けね」

「魔法系のゴブリンがいる群れは、ちょっと驚くくらい高度な罠を使うんだけど……多分それを形だけ真似しようとしてたんだと思う」

キャサリンはいつもイリス《ルネ》の話に熱心に聞き入っている。だが、表面的には平静を装っていても魔法の話になると……中でも特に、イリスが魔法を使ったくだりになると心がざわついているのを、イリス《ルネ》の感情察知能力は読み取っていた。

「魔法の話、嫌？」

「えっ……」

ストレートに疑問をぶつけると、イリス《ルネ》の不意打ちにキャサリンはぴくりと肩をふるわせ、あからさまに狼狽《うろた》えた様子を見せた。

「……ね、ねえイリス。はっきり言ってくださる？　私、そんなに分かりやすい反応をしていたかしら？」

「そうじゃないけど、なんとなく……」

まさか『アビススピリットの能力で感情を読み取っています』なんて言えない。

キャサリンは眉を寄せて難しい顔をしていたが、やがて観念したように、叫ぶように言う。

「ええ、そうですわ！　私はお母様のようには魔法が使えないもの！　兄様方もみんな、剣術の助けにするくらいは魔法が使えるのに、私はからっきしなのですわ。だから、あなたが魔法を使った話を聞くたびに、才能がなかった自分がイヤになって……それだけなの。イリスのお話がイヤってわけじゃありませんわ」

イリス《ルネ》の話はキャサリンのコンプレックスを直撃していたらしい。

——平和な悩《なや》みではあるよね……

ちょっとだけ、羨《うらや》ましくもあり、疎《うと》ましくもあり。

そんなイリス《ルネ》の考えをキャサリンは敏感に察知した。

「……なにかしら、その目は」

「なんでもない」

「言いたいことがあるのならハッキリとおっしゃい！」

目を逸《そ》らそうとするイリス《ルネ》の顔を掴みキャサリンは無理やり自分の方に向かせる。

イリス《ルネ》も観念して遠慮《えんりょ》無く言うことにした。

「お母さんが居るだけで幸せなのにって、思っただけ」

それは『イリス』としての言葉であり、ルネとしての言葉でもあった。

イリスは戦災孤児《こじ》だった。両親を失って神殿運営の孤児院で生活していたが、たまたま訪れたディアナに魔法の才能を見抜かれ、彼女と親交がある魔術師に預けられて修行《しゅぎょう》を積んだという過去があった。ルネに関しては、もちろん言うに及ばず。

端的《たんてき》なイリス《ルネ》の言葉。それは単純であるだけに鋭かった。

キャサリンは『しまった』という顔をして、そして消沈《しょうちん》する。

「そう……そうですわよね。たしかイリスはご両親を亡くして……そんなあなたの前でこんな話をしても、ぜいたくな悩みだったかも知れませんわ」

しかしイリス《ルネ》は首を振った。

「別に……わたしはあなたより不幸だと思うけれど、それを理由にあなたの不幸を否定しないわ。程度と方向性は違うかも知れない。でも、みんな違ってみんな不幸なのよ」

「イリス……」

これは『イリス』の演技ではなく、むしろルネの言葉だった。

ルネは復讐《ふくしゅう》者である。己の不幸を嘆《なげ》き、その不幸をもたらした者へ復讐を企《くわだ》てている。

だからこそルネは他者の不幸を否定しない。他の誰かの不幸を『その程度気にするな』なんて言ったら、ルネは自分自身の不幸さえも否定することになりかねない。

「……ありがとう」

「気にしないで。思ったことを言っただけだから」

ホッとしたような表情を浮かべていたキャサリン。イリス《ルネ》はテーブルの上に身を乗り出して、そんな彼女に手を差し伸《の》べた。

「な、なんですの？」

「ちょっとじっとしてて」

蜜柑《みかん》色をしたキャサリンの髪を一房《ひとふさ》取り上げたイリス《ルネ》は、その中から一本をつまみ上げ、そこに自分の髪を一本結びつけた。

「今、何を……」

「お詫《わ》び、じゃないけど。わたしの髪を結んだの。これってどんな意味があるか分かる？」

「ええと……分かりませんわ。何か魔法的なものですの？」

「わたしが魔法で物を捜すとき目印にできるの。例えば、縁起《えんぎ》でもない話だけどキャサリンちゃんが攫《さら》われたりしても、これでわたしが見つけられるのよ」

キャサリンは灰と紅の目を零《こぼ》れ落ちそうなほど見開いて、自分の髪に結ばれた同じ色の髪（そのうち《染色《カラースプレー》》の効果が切れて金色に戻るだろう）とイリス《ルネ》を見比べていた。

「不気味な事件があった後だから、もっと用心した方がいいかなって。……嫌？」

「いえ、そんなこと！　……ありがとう、イリス」

「気にしないで。でもそれ、侍女《じじょ》さんが髪をとかすときにバレちゃいそうだから、明日の朝起きたらこっそり捨てておいてね。また明日の夜、代わりをあげるから」

「分かりましたわ。……二人だけのヒミツですわね」

「うん。敵を欺《あざむ》くには味方から、ってね。どこで誰が情報漏《も》らしてるか分からないし、こういうのは気付かれたらお終《しま》いだから」

キャサリンは『二人だけのヒミツ』という響きにウキウキしている様子だが、生憎《あいにく》そんな甘いものではない。

――アジトをいくつも潰してるはずなのに、ボスどころか幹部の尻尾すら碌《ろく》に掴めてない。厳重に隠されたアジトがどこかにあるのかも知れないし……もしヒルベルト派の領に居たりしたら、伯爵には捜しようがないんじゃない？

敵戦力削りは順調だったが、最重要の目的であるボスの足取りは未だ不明。だというのに反ヒルベルト派諸侯の領地からは『山賊』が一掃《いっそう》されつつあり、討伐部隊の作戦行動にも終わりが見え始めていた。そして、それは影武者業の終わりでもある。当たり前だがオズワルドたちの目的は自衛であり、ナイトパイソンのボスを倒そうとまでは最初から考えていないのだ。

ついでに言うならオズワルドがいつまで領主として活動できるかも怪《あや》しい。こないだの『監査《かんさ》』は排除したが、あんな時間稼《かせ》ぎがいつまでも有効なわけがない。じき、王宮はまた別の形でオズワルドを攻撃してくるだろう。

だからイリス《ルネ》は、有効活用できる手札があるうちに一計を案じた。

これは、仕込みだ。

生き地獄《じごく》と言うも生ぬるい責め苦と非情な処刑を経て、ルネは良心というものを失っていた。自分の目的のためとあらば、たとえキャサリンを利用して命の危機に晒したとしても、もうなんとも思えなくなっていた。ただ、悪い事をしているという自覚があるだけだった。

8　悪者どもが悪夢《ゆめ》の跡《あと》

「《教　唆《デビルズウィスパー》》」

「あ…………」

その日、サイラスはいつぞや裏切りを見抜《みぬ》かれたときのようにイリスによって空き部屋に連れ込まれた。そこから先の記憶《きおく》は曖昧《あいまい》だったが、何故《なぜ》かサイラスはそのことを特に疑問に思わなかった。

「サイラスさん。伯爵《はくしゃく》様が裏切り者であるあなたのことを処刑《しょけい》しようとしています」

「な、なんだって！　大変だ、どうしよう！」

「仮に奥様《おくさま》やお子様が解放されたとしても一緒《いっしょ》に殺されるでしょうね」

「なんてことだ……！」

サイラスはがっくりと膝《ひざ》を突《つ》いて、自業自得の末に招いた破滅《はめつ》を嘆《なげ》いた。

サイラスが何かしたからといって家族まで刑に処せられるとは限らないはずなのだが、その時サイラスはイリスの言葉の方が正しいのだと確信していた。

「あなたが家族を守りたいと考えるなら方法はひとつしかありません」

そうだ、方法はひとつしかない。

イリスが背後から手を伸《の》ばし、サイラスの肩《かた》を掴《つか》んだ。彼女《かのじょ》は嗤《わら》っている気がした。

「キャサリンお嬢様《じょうさま》を誘拐《ゆうかい》し、ナイトパイソンへの手土産《てみやげ》にすればよいのです。ナイトパイソンはもともとお嬢様を狙《ねら》っていました。この窮状《きゅうじょう》にお嬢様を差し出せば、あなたは家族を返してもらって国外逃亡《とうぼう》の手助けもしてもらえるでしょう」

そうだ、それしか方法はない。

「し、しかし、私にできるのでしょうか」

「大丈夫《だいじょうぶ》です。不思議な力があなたを助けるでしょう。あなたの姿と歩く音は消え去り、気配は絶たれます。あなたは夜中にこっそりお嬢様の寝室《しんしつ》まで行って、お嬢様を縛《しば》って抱《かか》えて逃《に》げればいいのです」

「なるほど、そうだったのですか」

サイラスは少し安堵《あんど》した。それなら自分にもできそうだ。

「もしお嬢様が心配だとしても大丈夫です。ナイトパイソンはお嬢様を傷つけたりはしないでしょう。少し窮屈《きゅうくつ》な思いはするかも知れませんが、伯爵様のところに無事帰れますよ」

「だとしたら私も躊躇《ためら》う必要はないのですね」

「その通りです」

これでもサイラスはオズワルドを尊敬しているし、使用人の一人として一応の忠誠心を持っている。自分の行いでキャサリンを危険に晒《さら》したりオズワルドに迷惑《めいわく》を掛《か》けるのは避《さ》けたいという意識があった。だがその自制心は今、砕《くだ》け散った。

「ナイトパイソンとの連絡《れんらく》手段はあるんですよね?」

「はい。家族への連絡を装って、通信局から暗号通信を出しています。詳《くわ》しく話を聞きたい場合は向こうから会う場所を指定してくるので、そこで」

「ではお嬢様を攫《さら》ったらナイトパイソンに緊急《きんきゅう》通信を入れればいいでしょうね。夜中には通信局も閉まっていますが、受信のための夜番が居ますから、伯爵様の用事だと嘘《うそ》をつけば連絡を扱《あつか》ってもらえるでしょう。そうするしかありません」

そうだ、それしか方法はない。

「では今夜、お嬢様を攫いに行こうと思います」

「よろしい。ところで、ここでわたしが言ったことは全《すべ》てあなたが自分で思いついたことですので
お間違《まちが》えのないように」

「もちろん分かっています。なんてことだ、俺《おれ》には犯罪者の才能があったのか」

サイラスは力無く苦笑《くしょう》した。

＊　＊　＊

最初、ジェゾンは耳を疑った。

内通者《サイラス》を迎《むか》えに行かせた部下も信じがたい様子だった。

それはそうだ。『用心棒』の一角であるエストすら退けた不気味な要塞《ようさい》から、金で主君を裏切るような小悪党じみた従僕《じゅうぼく》がたったひとりでお嬢様を掻《か》っ攫って逃げてきたというのだから。

そこはエルタレフの繁華街《はんかがい》にある高級クラブ『黄金の鳥』の裏口から入った先にある隠《かく》し部屋。ムーディーな照明に照らされた室内には、偉《えら》そうなソファと成金趣味《しゅみ》なテーブル、無数の酒棚《さかだな》が置かれていた。

ここはナイトパイソンの臨時活動拠点《きょてん》。ジェゾンは今、本来のキーリー伯爵領内統括《チーフ》であるデリクの留守を預かっていた。

と言うと聞こえは良いが、実際はもっと情けない何かだ。工作部隊が全滅《ぜんめつ》して補充《ほじゅう》も追いつかず仕事が無くなったジェゾンが貧乏《びんぼう》クジを押《お》しつけられたのだ。領外から指揮を執《と》っている統括《チーフ》に代わり、『謎《なぞ》の襲撃者《しゅうげきしゃ》』に怯《おび》えながら僅《わず》かに領内に残っている活動を監督《かんとく》する仕事だ。

紫《むらさき》色がかった照明に照らされ、鬱陶《うっとう》しいほど毛足が長い絨毯《じゅうたん》の上に転がされているのは、寝間着《ねまき》姿の少女。蜜柑《みかん》色の髪《かみ》はよく手入れされ艶《つや》やかで、灰と紅のオッドアイ。美しくも気の強そうな顔立ちだ。

「本物か？　今、あそこには偽物《にせもの》のお嬢様も居るんだろう」

「偽物は金髪《きんぱつ》です。試薬に浸《つ》けやしたが、魔法《まほう》で色変えてる反応じゃねえってんで」

「ほう……」

ジェゾンはのしのしと威圧《いあつ》的な歩き方で近付く。キャサリンはそれを見ても敢然《かんぜん》とジェゾンを睨《にら》むように見上げていた。

キャサリンの柔《やわ》らかな頬《ほお》を、ジェゾンは鋲《びょう》だらけの革靴《かわぐつ》でにじる。

「いたっ……！」

「気にくわねえツラだ。俺みてえな野良《のら》犬に踏《ふ》まれんのは初めてだろ？　あ？　お貴族様」

キーリー伯爵領内のナイトパイソン関係者は誰《だれ》も彼《かれ》も領主オズワルドを恨《うら》み抜《ぬ》いている。あの堅物頭《アダマントヘッド》には賄賂《わいろ》も懐柔《かいじゅう》も効かず、家臣の騎士《きし》たちに対しても腐敗《ふはい》がないよう教育と監査《かんさ》を行っていた。お陰《かげ》で他領に比べ活動の成果が上がらない。どうしようもなく邪魔《じゃま》な男だったのだ。

その娘《むすめ》を踏みつけにするというのはなかなか気分が良かったが、ぐりぐりと踏まれながらもキャサリンが睨み付けてくるのでジェゾンは苛立《いらだ》たざるを得なかった。

「ケッ」

このまま一発くらい蹴《け》っ飛ばしてやろうかと思ったが、それをするかどうかはジェゾンが決めることではない。勝手な真似《まね》をしたらデリクの逆鱗《げきりん》に触《ふ》れる。

それよりも今、気に掛けるべきは……

何をどうやったか分からないがいきなりキャサリンを連れてきた内通者、伯爵家の従僕サイラス。

彼は所在なげに体を縮めていた。

「で？　お前は何なんだ。よくやったと言いてえが、何が狙いだ？」

「わ、私の妻と息子《むすこ》を返してください。そしてこの国から逃がしてください」

「…………ほーん」

必死の訴《うった》えだった。

もちろんジェゾンはサイラスの家族がどうなろうと興味無い。人質《ひとじち》が今生きているのかどうかも知らない。家族揃《そろ》って始末するのが一番良さそうだと思ったが、始末するにはまだちょっと早い。

「なんだか知らんがひとまずあいつも連れてくぞ。あとは統括《チーフ》に任せよう。どうやって攫ったのか聞き出すべきだろうし、あれだけ怪《あや》しいと放《ほう》り出すわけにもいかん」

「分かりやした」

傍《かたわ》らの部下に囁《ささや》き命じるジェゾン。

「引き揚《あ》げだ。残ってる奴《やつ》らを掻き集めろ。人質を連れて逃げるぞ。追っ手が来る前に……そうだな、一時間、いや二十分後には出る。荷物をまとめろ」

はやる気持ちをジェゾンは抑《おさ》えきれなかった。ここに居たら、いつ自分も『謎の襲撃者』に殺されるか分からない。しかしキャサリンを連れて行くならキーリー伯爵領から逃げる言い訳にもなるというもの。

ついでにキャサリン誘拐をどうすれば自分の手柄《てがら》にできるだろうかと、ジェゾンはうきうきと考え始めていた。

＊＊＊

まだ夜も明けきらぬ時間に、キーリー伯爵居城は蜂《はち》の巣を突《つつ》いたような大騒《おおさわ》ぎとなった。

「キャサリン……どうか無事で居てくれ！」

執務《しつむ》机に突っ伏《ぷ》すように手を組み合わせてオズワルドは祈《いの》る。

煙《けむり》のように消え失せたキャサリン……。

叩《たた》き起こされた衛兵たちがキャサリンの寝室を中心に現場検証を行い、同じく叩き起こされた使用人たちも何か知る者は居ないかと十把《じっぱ》一絡《ひとから》げにお調べを受けている。城中が騒然《そうぜん》として、まるで生きのいい採れたての大雪崩《なだれ》を城の中に放流したかのような有様だった。

従僕がひとり姿を消していることが分かったのだが、現段階でそれ以上に分かることはない。城内の誰も（若干《じやつかん》一名の元凶《げんきよう》を除く）が困惑《こんわく》し、不安に思い、キャサリンの身を案じていた。

「伯爵様、魔法による探査の結果ですが」

「どうなった⁉」

ローブを着た術師が執務室に入ってきてオズワルドは食い付かんばかりに腰《こし》を浮《う》かせる。しかし術師は申し訳なさそうに、力なく首を振《ふ》るだけだった。

「申し訳ありません、反応せずです。既《すで》に捕捉範囲《ほそくはんい》外に出ているか、あるいは探査阻害《ジャミング》のマジックアイテムを使用しているものと思われます」

「ぐ……っ！」

常套《じょうとう》手段だ。

魔法で追跡《ついせき》されたくない人物（例えば、誘拐してきた伯爵家令嬢）を連れている場合、魔法による探知を妨害《ぼうがい》するための措置《そち》を講じるもの。これは伯爵居城を包む『狙い逸《そ》らし』の結界みたいに汎用《はんよう》性は持たないのだが、情報収集の魔法を攪乱《かくらん》するだけなら実は容易《たやす》い。

探査阻害《ジャミング》を破るには相応の準備が必要なのであって……。

「伯爵様！」

報告に来た術師を押しのけるようにして、血相を変えたベネディクトが執務室に飛び込んできた。

「伯爵様、お嬢様の居場所、探査の魔法を！」

「……残念ながら、それならば今し方失敗したところだ」

「いえ、違います！　イリスが言うには昨夜寝る前、自分の髪を一本抜いてお嬢様の髪に結びつけておいたと！　なんでも一昨日からこれをやり始めたそうで」

「何⁉　では、まさか！」

オズワルドはバネ仕掛けのように椅子《いす》から立ち上がった。

オズワルドとて魔法知識はかなりのもの。術師にとって髪の毛が特別な意味を持つことくらい知っている。この場合、イリスは自分の一部をキャサリンに持たせたことになる。探査阻害《ジャミング》の向こう側に回路を繋《つな》ぐための目印《ビーコン》、闇夜《やみよ》に光る灯台だ。

「はい。イリスが探査阻害《ジャミング》をぶち抜いてお嬢様の居場所を突き止めました！」

「でかした！」

貴族の見栄《みえ》も矜持《きょうじ》も無く、オズワルドは握《にぎ》った拳《こぶし》をアッパーパンチのように突き上げた。

「場所は!?」

「この街より南、コルガを抜けた先の街道《かいどう》上です。行き先は南東。速度からするに雪上仕様魔化を施《ほどこ》した馬車か、馬ゾリでの移動と思われます」

「南東……ちょうど討伐《とうばつ》部隊が行っている方か」

壁《かべ》に張り出されたシエル＝テイラの地図を見てオズワルドは呻《うめ》くように言う。

アラウェン侯爵《こうしゃく》領の東部。未《いま》だ『山賊《さんぞく》』の被害《ひがい》が出ており、諸侯連合の討伐部隊と『謎の術師』によって駆逐《くちく》されたナイトパイソンの残党が集結しているという情報もある。

人質を連れて逃げていく先としては妥当《だとう》だろう。そしてもし誘拐犯《ゆうかいはん》がナイトパイソンの残党に合流してしまったり越境《えっきょう》して東へ逃げていったりしたら追討・奪還《だっかん》は困難を極《きわ》める。

「向かう先に連絡して街道を封鎖《ふうさ》する！　それとベネディクト、〝竜《りゅう》の喉笛《のどぶえ》〟を率いて追ってくれるか。この状況《じょうきょう》でキャサリンを捜《さが》せるのはイリスしかおらん」

「もちろんです。すぐにでも」

「状況を見て討伐部隊にも協力させよう。理想は待ち伏《ぶ》せだな」

「伯爵様、必要経費は出してくださいよ？　連絡用の通話符《コーラー》とか、雪道に慣れた乗り物を四人分」

ベネディクトの巨体《きょたい》の後ろからひょっこりと顔を出したヒューが抜け目なく金の話をする。緊急の、正義のための戦いだったとしても割に合わない仕事はできない。自分で自分の首を絞《し》めるようなものだからだ。〝竜の喉笛〟の場合、金銭面を締《し》めるのはヒューの仕事だった。

「分かった、可能な限り協力しよう。成功すれば報酬《ほうしゅう》も金に糸目を付けん。頼《たの》むぞ！」

「はっ！」

ベネディクトは分厚くモフモフの胸板《むないた》を力強く叩いた。

＊＊＊

〝竜の喉笛〟は街道を駆《か》ける一陣《いちじん》の風となった。

と言ってもガソリン自動車の速度を知っているイリス《ルネ》にしてみれば実にすっとろいものだったが、逃げる側も大した速度が出ていないのだからそれで充分《じゅうぶん》だ。

オズワルドが用立てたのは雪道に慣れた馬三頭。蹄鉄《ていてつ》にも雪道向けの魔化が施されているらしい。イリス《ルネ》だけはディアナに抱えられるように乗って、馬上から探査の魔法でキャサリンを追った。

巨体のベネディクトは装備を軽装の鎖帷子《くさりかたびら》に留め、愛用の大剣《たいけん》すらヒューの馬に預けた。ヒューはいつもの分厚い鎧《よろい》を着ておらず、軽装で二枚の大盾《おおだて》だけを持っていた。馬をバテさせないためだ。

ディアナがイリス《ルネ》と同乗しているのは、男どもの馬にイリス《ルネ》を乗せると重量オーバーになるからだ。ディアナは二人乗りでも巧《たく》みに馬を操《あやつ》り、急制動でイリス《ルネ》が振り落とされないよう走行を安定させていた。ディアナからは煙草《たばこ》の匂《にお》いがした。それがディアナの匂いだった。

逃げるナイトパイソンは夜中に出発しており明け方にエルタレフを出た〝竜の喉笛〟はかなり引

き離《はな》されていたが、その差は徐々《じょじょ》に詰《つ》まっていった。荷物を載《の》せて走る馬車と人を乗せただけの馬では速度に差が出るし、街道の検問や街を迂回《うかい》しているらしい誘拐犯どもに対して〝竜の喉笛〟は最短距離《きょり》を突っ切れる。伯爵から連絡を受けた途中《とちゅう》の街で馬を乗り換《か》えながら〝竜の喉笛〟は可能な限り速く駆け抜けた。

ナイトパイソンの連中はスタートダッシュが早かったうえ、思ったより頑張《がんば》って逃げてくれたので、少なくとも領境を越《こ》えるまでは追いつかなかった。後は、追いついてしまいそうなら適当に嘘をついて変な方向へ誘導《ゆうどう》し、敵が逃げる時間を稼《かせ》げばいい。

……そう思っていたイリス《ルネ》の目論見《もくろみ》が外れるまでに長い時間は掛からなかった。

「《託宣：尋ね人》《シークパーソン》…………よし、捕《つか》まえた！　あんたはちょっと休んでな。追跡魔法代わるよ」

伯爵から借りて持ってきたキャサリンの髪飾《かみかざ》りを使い、馬上で探査の魔法を行使したディアナがそう言ったのは昼下がり。アラウェン侯爵領に入ってしばらく経《た》った頃《ころ》だった。

――おいこら⁉　エルタレフからもうかなり離れてるけどさあ、なんで重要な人質連れてるのに探査阻害《ジャミング》解《と》いちゃうわけ⁉　もう追いつけっこないって思った⁉　魔法が届く場所にはもう追っ手が居ないって思った⁉　馬鹿《ばか》なの死ぬの⁉

イリス《ルネ》は間抜けな逃走《とうそう》者どもに頭の中で思いつく限りの罵倒《ばとう》を並べていた。罵倒の語彙《ごい》が足りず心の中で口調が前世化《おっさん》しているのはご愛敬。

自分のように目印《ビーコン》を持っていないディアナがキャサリンを捕捉できたということは、逃走のために使っていた探査阻害《ジャミング》が解除されたということだ。

もしかしたら単に使い切ってしまって予備を持っていなかったのかも知れないが、探査阻害《ジャミング》のためのマジックアイテムもそこそこ高価な消耗品《しょうもう》だ。『ケチって止めた』とかの理由だったら無能な誘拐犯どもの爪《つめ》に火を灯《とも》してやろうと決意するイリス《ルネ》。

——捕捉してるのがわたし一人なら、追いつきそうになった時に引き回して時間稼ぎして、相手が巣に逃げ込むまで待てたのに。あーあ、これ途中で捕まえちゃうよ。まずったなー、もうちょっと出発遅《おく》らせるべきだった？　でも『イリス』の魔力で捕捉できないほど遠くに行かれちゃ、捕捉したときに怪しまれちゃうしー。

この先どうするか考えながら、イリス《ルネ》は早足の馬に揺《ゆ》られていた。煙草の匂いがした。

＊　＊　＊

「あれだな！」

「ああ、間違いないね！」

ディアナと交代してからしばし。〝竜の喉笛〟は小高くなった雪の丘《おか》から先を見て、急ぎ気味に進む馬車を発見した。

「馬を走らせる。イリス、強化《バフ》頼む。ヒュー、剣くれ」

「おう」

「分かった」

——そう言えばなんで強化を『バフ』って言うんだろ。これ地球だとゲーム用語だったはずだよね？　明らかにその発音なんだけど……まあいっか。

疑問はとりあえず脇《わき》に置いて、イリス《ルネ》は杖《つえ》を振って三頭の馬に魔法を飛ばした。

「《体力強化《スタミナ》》」

魔力の燐光《りんこう》が三頭の馬を包んだ。馬が全速力で走れる時間は短い……普通《ふつう》なら。だが、そこをどうにかできるのが魔法の力だ。

「行くぞぉっ！」

ベネディクトの合図で三頭の馬に同時に鞭《むち》が入った。

馬たちは一声いななき、雪化粧《ゆきげしょう》した石の上を全速力で走り始める。加速度と凍《こご》える風がイリス《ルネ》に押し寄せた。見据《みす》えた先には簡素な箱馬車が二台と、その周りを馬で進む武装した男たち。護衛を雇《やと》って街道を移動する商人のようにも見えるが、違う。

——予定とはちょっと違うけど……こいつらがなんか情報持ってることに期待しよう。

激しい蹄鉄の音に気付き、男たちが振り返ったときにはもう遅《おそ》い。

即座《そくざ》に鞭が入り馬車は速度を上げるが、それを待ってイリス《ルネ》は魔法を使った。

「《足絡め《スネア》》！」

イリス《ルネ》の魔法によって、怪しい男たちの馬の足が地面に張り付いた。

「なんだとお⁉」

無茶な体勢で受け身も取れず、体重に引きずられるように足を折りながら転倒《てんとう》する馬が数頭。当然乗り手は振り落とされる。馬車を引いていた馬も速度を上げようとしていたところなので見事に引っかかった。命令されるまま従っていただけの馬には可哀想《かわいそう》な展開だが仕方ない。無辜《むこ》の人すら平然と殺せる狂地《きょうち》に至ったイリス《ルネ》には動物の命とて塵芥《ちりあくた》に同じだった。

「ディアナ！　お嬢様が居るのはどの辺だ⁉」

「後ろの馬車、ケツの方だ！　多分床《ゆか》に寝かされてる！」

「よし、ならば……」

馬上で大剣に手を掛けたベネディクトは襲《しゅう》歩《ほ》の勢いを借り、馬の背を蹴るように跳躍《ちょうやく》した。

「前の方《あたま》は斬《き》ってもいいわけだな！」

刃《は》が付いているだけの棍棒《こんぼう》みたいな金属塊《きんぞくかい》が、動きを止めた後ろの馬車に叩き付けられた。『鋭《えい》刃《じん》』の魔化が施された大剣は馬車の枠《わく》を叩き切り、構造物を巻き込むようにして抉《えぐ》り飛ばす。

「囲め！　囲め！」

護衛に扮《ふん》していた男たちが凶悪《きょうあく》な本性を剥《む》き出しにして剣を抜く。イリス《ルネ》が思っていた通り、杖を出す奴は居ない。そんな人材は既に『山賊ごっこ』に割り振られ、イリス《ルネ》に殺害されているのだ。

「袋叩《ふくろだた》きに……」

「させるかよ」

馬が一頭。

駆け抜けた後には二枚の大盾を構えた男が立っていて、振り下ろされる剣を受け止める。盾手《タンク》が使う盾は形状によらず『ターゲット』とも呼ばれ、『敵意誘因《ゆういん》』の魔化が施されている。訓練された動作と魔化の力で敵を惑《まど》わせ、盾を殴《なぐ》らせるのが盾手《タンク》の役目だ。

襲《おそ》い来る斬撃《ざんげき》を流れるように弾《はじ》き返したヒューは、巨大な棘《とげ》の付いた盾で手近な敵を殴打《スマイト》した。

「ぐぼっ！」

鎧を着ていなければ体に大穴が開いていたであろう、スパイクシールドによる一撃。

吹き飛ばされた男は泡《あわ》を吹いて地面に転がった。

「こいつめ！」

そのヒューに、背後から斬りかかる男が一人。今日のヒューは分厚い鎧を着ていない。軽装の胸甲《きょうこう》だけだ。盾手《タンク》にしてはあまりに防御《ぼうぎょ》が甘《あま》すぎる。

そして、振り下ろされた剣は空を切った。

「え？」

ヒューは盾を投げ捨て、高く後ろ宙返りをしていた。背後から斬りつけて来た男の頭上まで飛び上がり、ヒューは短剣を抜いた。

「ぐぶっ⁉」

男はヒューが背後に着地すると同時、喉《のど》を切り裂《さ》かれていた。血が飛沫《しぶ》いて、倒《たお》れる。

ヒューは大盾を蹴り上げてキャッチし、構え直した。

「残念！　今日は装備が軽いもんでな！」

普段は鎧と盾で盾手《タンク》なんぞしているがヒューの本来の職種《クラス》は盗賊《シーフ》だ。ダンジョン探索《たんさく》の機会が乏《とぼ》しかったことと、後衛二人の強みを生かすため、後衛を守れる盾手《タンク》に転向していただけだ。

十人ばかりの男たちがベネディクトとヒューを警戒《けいかい》しつつ距離を取る。背中合わせに立った二人をほぼ等間隔《とうかんかく》で囲んだ。

そして、それは判断ミスだ。

「『天の門開かれり〃我は咎人《とがにん》を悼《いた》む者……』」

「デカいのが来るぞ！　詠唱《えいしょう》を止めろ！」

ディアナが詠唱を開始するに至ってようやく包囲の中から数人が後衛組の方へ向かってきた。弓を持ち出そうとした男がヒューに殴り飛ばされて倒れる。

「悪い、そっち頼んだわイリス」

「《霜槍衾《フロストカーレム》》！」

ジャリリッ！　と音を立て、半円状の配置でイリスとディアナ（と、ついでに二人が乗ってきた馬）を守る氷の槍《やり》が地面から突き立った。馬防柵《さく》のような防御陣。それは剣で切れば破れる脆《もろ》いものだったが、時間稼ぎには充分すぎた。

「『……其《そ》れは手折る／其れは輝《かがや》く／其れは無に還《かえ》す／其れは裁きなり〃故《ゆえ》に我は跪《ひざまず》く、主よ応《こた》え賜《たま》え』……《神罰：鉄槌戒《ゴッドハンマー》》！」

ディアナの祈りが天に放たれた瞬間《しゅんかん》、見えざる聖気の鉄槌が地に振り下ろされた。

「げえ⁉」「ぎゃあ！」「ぐはっ⁉」

男たちは押し潰《つぶ》されたように地面に倒れる。街道の舗装《ほそう》にいくつも放射状のヒビが入り、雪の上にはクッキーの型抜きをしたみたいなへこみができた。

余波として放散される聖気にイリス《ルネ》は吐《は》き気を覚えた。生きた肉体の殻《から》を纏《まと》っているので多少は平気だが、アンデッドにとっては毒だ。

と、その中で無事な者がひとり。氷の槍も聖気の鉄槌ももののともせずイリス《ルネ》に突進《とっしん》する。

味方が一網打尽《いちもうだじん》にされたことでテンパり、もはや目の前の敵を殺傷することしか考えられなくなっているらしい男。血走った目で剣を振り上げ迫《せま》り来る。

「死にさらせぇぇぇぇぇ！」

——こいつ、護符《ごふ》持ち？

護符は、一定量の魔法を遮断《しやだん》する絶対的防御手段。使用者は強化《バフ》や回復も受けられなくなるが、これで魔法を防ぎながら接近戦に持ち込めば普通の術師は為《な》す術《すべ》無い。

普通の、術師は。

「下がりな！」

ディアナはそう言って、イリス《ルネ》が下がるのを待つまでもなく改造僧衣《そうい》を翻《ひるがえ》して前に出た。網状《あみじよう》になったスリットの下から覗《のぞ》くのは、ミスリルの輝きを放つ鋭角《えいかく》的なフォルムのブーツだ。

「イアアアアアアアアッ‼」

ヴェールを振り回すような勢いでディアナは回し蹴《げ》りを放った。まさか反撃されるなんて思っていなかったのか、その蹴りは防御すらされず男の首筋にクリーンヒット。首の骨を折られた男は地面に叩き付けられるよりも早く絶命していた。

ディアナは確かに僧侶《プリーステス》だ。だが、実は格闘技《かくとうぎ》でも飯が食えるレベルの使い手だった。

「無事か、ディアナ！」

「まあ無事だよな！」

言いながらベネディクトが大剣を、ヒューが大盾を振り回し、倒れた男たちを片っ端《かたぱし》から殴打して落としていった。打ち所が悪かった者はそのまま命を落とした。

その時だ。

ベネディクトが切り裂いた馬車の残骸《ざんがい》の中から、何かを持って飛び出す者があった。

いかにもチンピラくさいピアスだらけの顔をした、刺青《いれずみ》特盛りで筋骨隆々《りゆうりゆう》たるスキンヘッドの男が、蜜柑色の髪の少女を抱えてナイフを突きつけていた。少女はシュミーズのような寝間着姿の上から縛られ、猿《さる》ぐつわで口を封《ふう》じられている。

「てめえら！　これが目に入ら……」

「《飛礫弾《フラジルバレット》》」

「ぼげら!?」

ピアス男が何か言う前にイリス《ルネ》は巻き込み上等の攻撃《こうげき》魔法を放つ。

その辺の石ころが弾丸《だんがん》のように吹っ飛び、上手《うま》いことキャサリンを避けピアス男の肩を貫《つらぬ》いた。

「お嬢様！」

ピアス男の手を離れたキャサリンをベネディクトがスライディングで抱《だ》き留める。

「危ねえなイリス！　でもよくやった！」

ヒューがピアス男の手を離れたナイフを蹴飛《けと》ばし、盾を押しつけるようにのしかかって制圧した。

「うーっ、むーっ！」

「ああ、これね。今ほどくから待ってな」

縛られたまま身悶《みもだ》えして猿ぐつわを外そうとするキャサリン。懇願《こんがん》する視線を受けてディアナが結び目を解く。

するとキャサリンはまだ腕《うで》を縛られたまま、ひょいとディアナの手を逃《のが》れた。

「あ、ちょっと！　どこへ……」

そしてキャサリンは道脇の、まばらに草が生えている場所で膝を突いて背中を丸めた。

「おえええええ……」

「ああ……」

「ずっと荷物みたいに放り込まれてたんなら、そりゃあね……」

「俺らみてーに慣れてねえだろうしな」

「……この時間に吐くってことは飯はちゃんと貰《もら》えたのか」

なんとも言い難《がた》い生暖かい空気が流れた。ディアナはキャサリンの背中をさすりながら腕を縛っている縄《なわ》を解いた。

一通り出すものを出すと、キャサリンはよろめきながらも立ち上がる。

「たっ、助けてくださいまして、ありがと、うございます」

「無理しなくていいんだからね？」

「貴族の根性《こんじょう》ってすげえわ」

顔色が優《すぐ》れないのに、寝間着の裾《すそ》をちょいとつまんで膝を折る礼をする所作は文句の付けようがないもので、さすがにこれは付け焼き刃では真似できないと思わされるイリス《ルネ》。

「ほれ、これ着な」

薄《うす》い寝間着一枚のキャサリンにディアナが自分の防寒具を着せる。馬車の残骸の中を見るに、キャサリンは縛った上から毛布を被《かぶ》せられていたようだ。

「それではあなたが……」

「いいのいいの。あたしは適当にこいつらの荷物から失敬するよ」

「ありがとう、ディアナ」

ホッとした様子でキャサリンは言った。

「さてと、問題はコイツだな」

ベネディクトが大きな手でピアス男の首根っこを掴み、軽々と吊《つ》り上げる。

「ひいっ⁉」

「てめ、お嬢様をどうする気だった？　どこへ連れてく気だった？」

剥き出した牙《きば》の隙間《すきま》から巨大ロボの排煙《はいえん》みたいに荒《あら》い息を吐きながらベネディクトは詰め寄る。どう見てもカタギじゃないピアス男と言えど、これにはたまらず真っ青になった。

「し、知らねえ。俺も上の指示で動いてたんだ！　ガズールの街で落ち合うって約束で、そっから先はどこへ行くか知らねえ！」

ピアス男の自白を聞いて、イリス《ルネ》は落胆《らくたん》を禁じ得なかった。

――うわ、最☆悪っ。大失敗じゃん。せめてこいつから聞き出せればよかったのに。この大騒ぎ、完全に徒労だったわけぇ？

ピアス男を改めて見てみれば、確かにいかにも三下。重要な情報は知り得ない立場だったわけだ。

ただ、この近くで活動しているのは確かなのにそうまでして拠点を隠すというのは気に掛かる。重要な何かがあるのではないか、という気もするのだが。いずれにせよ、居場所が分からなければ潰しに行くこともできない。

「ガズールな……すぐそこか」

「どうする？　ガズールの通信局へ行って、そこから伯爵様に連絡する？」

「街へ入るのは危ねえかもだな」

三角形の耳を伏《ふ》せてベネディクトが気にしているのは、キャサリンの身の安全だ。もしガズールの街にナイトパイソンの連中がゴキブリのように潜《ひそ》んでいるのだとしたら、迂闊《うかつ》に踏み込むのは面《めん》倒《どう》の元になる。

「イリス、陣を敷《し》けるか？　遠距離型通話符《コーラー》の射程をちっと延長すりゃエルタレフまで届くかも知んねえ。伯爵様に指示を仰《あお》ぎたい」

「やってみる」

もうどうにでもなーれの心地《ここち》でイリス《ルネ》は雪の上に杖で陣を描《えが》いた。自然界に存在する魔力をほんの少し分けてもらうためのものだ。原理としては各都市に設置された地脈の魔力を汲《く》み上げるシステムと同じである。

ベネディクトは通話符《コーラー》を起動して、陣の上に落とした。

「聞こえますか、伯爵様！　……はい！　ガズール近郊《きんこう》にて逃走中のナイトパイソンの一団を確保、交戦後……はい、お嬢様を救出致《いた》しました！　…………いえ、それほどのことは！　あの、それよりも今は…………はい、捕《と》らえた男によればガズールで迎えと落ち合う予定だったとのことで、街に入るのは危険かと…………はい、了解《りようかい》しました」

四つん這《ば》いになって通話符《コーラー》に怒《ど》鳴りつけるベネディクト。通話相手のオズワルドの声は後ろのイリス《ルネ》たちには何が何だか分からない程度の音量でしか聞こえなかったが、ベネディクトの声の調子から、何やら良い方向に事態が進みそうなのだとは分かった。

「討伐部隊が近くに居るだろ？　それが来てくれることになった。合流してからガズール入りする」

諸侯合同によるナイトパイソン討伐部隊……それをボディーガードにすると決まったようだ。

＊＊＊

キャサリンを休ませなければならないのは当然として、〝竜の喉笛〟の四人も明け方から馬で走りっぱなしだ。途中で乗り継《つ》いできたとはいえ馬だって疲《つか》れている。ひとまず討伐部隊の到着《とうちゃく》までは休憩《きゅうけい》を取ることになった。

街道から少し離れた場所に天幕が張られ、ベネディクトはその辺の薪《まき》を拾ってきて焚《た》き火を始めた。余所者が人里近い森や林で勝手に薪を拾うことは普通禁止されていて、場合によっては冒険《ぼうけん》者ギルドへ抗議《こうぎ》が飛ぶ案件なのだが、まあ何かあればオズワルドが話を付けてくれるだろう。

天幕の中で今後どうするか考えていたイリス《ルネ》は、ディアナが煙草を吸いに出て行ったことで図らずもキャサリンと二人きりになった。ベネディクトは天幕の前で焚き火を見つめながら捕縛《ほばく》した男たちを見張り、ヒューは火に当たりながら居眠《いねむ》りしている。

天幕の中にはイリス《ルネ》と、粗末《そまつ》な寝袋《ねぶくろ》で泥《どろ》のように眠《ねむ》るキャサリンだけだ。

キャサリンを見るともなしに見ながら思索《しさく》を巡《めぐ》らしていると、やにわにキャサリンの意識が覚醒《かくせい》したのを『感情察知』の力で察する。やがて彼女は灰と紅の目を開けた。

「ここ、は……？　あ、ああ、そうそう、そうでしたわね……」

ぼうっとした顔で周囲を見回したキャサリン。自分がどういう目に遭《あ》ってどうしてこんな場所に居るか思い出したようだ。

「おはよう、キャサリンちゃん」

「おはようございます。……ごめんなさい、お礼もそこそこに眠ってしまったようで」

あの戦闘の直後、緊張の糸が切れたのかキャサリンは気を失うように眠ってしまい、ディアナが寝袋の中にキャサリンを突っ込んだのだ。

「気にしないで。疲れて当然だと思うから。ああ、起き上がらなくていいわ」

事態の元凶であるイリス《ルネ》はヌケヌケと言った。

するとキャサリンは寝袋の中から手を伸ばし、がっしりとイリス《ルネ》の手を取った。

「イリス。あなたのお守りが役に立ったんですのね」

「……うん」

「本当に、ありがとう。きっと来てくれると思ってましたわ」

イリス《ルネ》が髪を結んだ辺りに触れて、はにかむようにキャサリンは言った。

――利用する気全開だったのに、しかもマッチポンプなのに感謝されてる。もしもーし。

正直ここでキャサリンに感謝されたところで特に意味が無いイリス《ルネ》だったりする。

「……それにしても、なんだかいわかんがありますわね。だってあなた、ずっと私と同じ姿をしていたんですもの」

「あ、そっか、そう言えば。よく考えたら不気味な状況だよね、双子《ふたご》でもないのに同じ姿」

「でも、なんだか妹ができたみたいで面白《おもしろ》かったですわ」

「えっ。そこわたしがお姉ちゃんじゃないの?」

「私の方が半年ほど上ですのよ?　それに……」

キャサリンは困ったような、同時に何か不服そうな顔をした。寝袋から這い出して、キャサリンはちょっとふらつきながらもその場に座《すわ》ってイリス《ルネ》を見据える。

「あの、どうかしたの？」

「イリス。いい機会ですから、ちゃんとあなたのことを聞かせてくださらない？」

「つまり、生い立ちとかそういう話？」

「違いますわ！　イリスからは『自分を理解してもらおう』って言葉がぜーんぜん出てこないんですもの。さいしょから仲良くなることをあきらめられてるみたいで、ちょっと気分わるいですわ！」

「う……えっと、それは……」

イリス《ルネ》は言葉に詰まる。鋭《するど》い。

――だって仕方ないじゃん……！　わたしの本当の身の上なんてどう理解してもらおうって言うの⁉　だからってイリス自身のこともあんま突っ込んで話すとボロが出そうで怖《こわ》いし！

慎重《しんちょう》に話題を選んでいたのだが、そういった守備的な態度を見透《みす》かされてしまっていたようだ。

「人見知り？　って言うのかしら。他人をこわがってるうちは、まだまだ子どもですわ！」

客観的に見ればどう考えても自分も子どもだろうに、しかも一歳《さい》未満の差なのに思いっきり年上ぶるキャサリン。元大人としては微笑《ほほえ》ましいと思うべきなのかも知れないが、キャサリンが言ってること自体は正論だった。

「ほら、また！　困ると靴《くつ》をすり合わせるクセ」

「あ。ご、ごめんなさい……」

まとめた荷物の上に腰掛けていたイリス《ルネ》の足を、マナーの先生みたいな調子でキャサリンはびしっと指差した。

「なんだか胸の中につっかえてる考えがあると、身体《からだ》の据《す》わりが悪いみたいな気がして」

「『直しなさい。私にそんなクセはありませんわ』……って三回くらい言いましたわよね」

イリス《ルネ》は内心冷や汗《あせ》ものだった。これは『イリス』でなくルネのクセだったからだ。

――うっかり『イリス』に無い癖《くせ》を〝竜の喉笛〟のみんなの前で見せたら怪しまれるかもだよね。

ほぼ別行動だったから助かったけど……

ずいっと身を乗り出してイリス《ルネ》の顔を覗き込んでくるキャサリン。

大きな灰と紅の目に、イリスの顔が映り込んでいる。

――火のような紅と、灰の色……火葬《かそう》を連想するなあ。アンデッドとしては縁起《えんぎ》でもない。

「イリス。あなた、お友だちはいらっしゃいますの？」

唐突《とうとつ》にキャサリンはそんなことを聞く。

「お友達……」

ふと、イリス《ルネ》は考える。

地球に生きた前世である長次朗。魂《たましい》であるルネ。身体であるイリス。全員にとってちょっと縁遠い言葉だったりする。

長次朗は学生時代の友人とも社会人になってからは疎遠《そえん》になっていた。職場の人々とも『友達』と呼べるほどの付き合いはなかった。

ルネは銀髪銀目のことでいじめられることがちょくちょくあって、母が人目を避けるように暮らしていたせいもあったので友達らしい友達は居なかった。

そしてイリスも、実はそれらしい相手が居ない。

「〝竜の喉笛〟のみんなは仲間で、あとは……仕事上の知り合いなら結構居る、かな」

「つまり、居ないんですのね」

あくまでキャサリンは『イリス』のことを言っているわけだが、ちょっと傷ついたイリス《ルネ》だった。

「……そう言うキャサリンお嬢様は」

「居ますけれど……あれをお友だちと呼べるのか、私はちょっとギモンですわ」

どういうことか理解できずにいると、キャサリンはやれやれと肩をすくめた。

「だって疲れるんですもの！　お友だちと言ったって、ひとつでもお作法を失敗したらみんな陰でバカにするに決まっていますもの。完ぺきなレディとしてふるまえるように気を付けていては、いっしょに食べるおかしの味も分かりませんわ。それに、みんなお父様の爵位《しやくい》や家格で順番を作りたがったり……お友だち付き合いっていうのは戦いなのですわ！」

いろんなものが積もり積もっているらしいキャサリンの言葉にイリス《ルネ》は苦笑した。

上流階級の付き合いというのは、子ども同士でも面倒くさい政治的なさや当てが発生するものらしい。平民とは隔絶した華美《かび》な生活をしている伯爵令嬢にも、その地位故の悩《なや》みがあるのだ。

「やっぱりね、みんな違ってみんな不幸」

「そうですわ。でも、だからこそ不幸じゃないお友だちは大切だと思いますの」

灰と紅の目がイリス《ルネ》を見る。

「私たち、お友だちになりませんか？　お互《たが》いにかくし事なく、なんでも言えるようになりませんか？」

その言葉は甘酸《あまず》っぱい少女の愛の告白のように。

少しだけ、キャサリンは緊張しているようだった。

――さて、どう答えるかな。

イリス《ルネ》はどう答えるべきかちょっと考え込む。

今は所詮《しょせん》、ナイトパイソンを血祭りに上げるためイリスの身体を借りて仕事しているだけの状態。どうせ全てが終われば姿を消すことになってそれっきりなのだ。

そもそもキャサリンは『イリス』と友達になりたいのだろうが、今キャサリンと話しているのはイリスに取り憑《つ》いた怨霊《ルネ》に過ぎない。

だから、本当にキャサリンと友達になんてなれるわけがない。……なれるわけが、ないのだ。

だとしたら、キャサリンと別れるまでの間だけ、その場しのぎになる答えを用意すればいい。しかしどんな答えが適当だろう。

ちょっとばかし考え込んでいると、にわかに外が騒がしくなった。いくつもの感情反応が接近中。

――あら、これは来たかな？

やがて、弾かれるように天幕の入り口が開かれる。

「キャサリン！　無事でよかった！」

「お兄様！」

旅装の上から伯爵家家紋《かもん》入りのサーコートを纏った青年が立っていた。

撫《な》で付けたようなオールバックの蜜柑色をした髪に、絶対秩序《ちつじょ》の薫《かお》りがする厳《いか》めしい顔。まるっきりオズワルドを若くしたような外見だ。

彼はオズワルドの次男ハドリー・カスペル・キーリー。諸侯連合部隊の名目上の指揮官だ。

クーデター以後、何故か異様に強い山賊・野盗《やとう》の類いが、何故かヒルベルトと距離を置く諸侯の領地のみで活動している。

特にシエル＝テイラ王国の西側はジレシュハタール連邦《れんぽう》と関係が深い領主や、グラセルム鉱山を持たずヒルベルトに協力する動機が薄かった領主が多く、謎の賊が広く活動していた。そこでキーリー伯爵が呼びかけて周辺の諸侯を糾合《きゅうごう》し、編制した討伐部隊。

実際に指揮を執っているのはベルガー侯爵配下の騎士イーサン・シミオン・ダンヴィル子爵だが、あくまで名目上はハドリーの指揮となっている。

オズワルドが呼びかけ人であったのをいいことに、あくまでオズワルドを責任者にする態勢。領地への脅威《きょうい》は払拭《ふっしょく》したいが、決定的に王宮から睨まれるのは避けたいという諸侯の思惑《おもわく》も滲《にじ》む……。

二人は抱き合って無事を喜び、そしてハドリーは身体に針金でも入っていそうな四角四面の所作でイリス《ルネ》の手を取った。

「事情はベネディクトから聞いた。キャサリンを守ってくれてありがとう、イリス」

「あ、はい……どういたしまして……」

イリス《ルネ》は熱烈《ねつれつ》に握手《あくしゅ》されながら、キャサリンとの会話が音を立てんばかりの勢いでうやむやになっていくのを感じていた。

正直助かったと思うイリス《ルネ》。そして全てはうやむやのままになった。

＊　＊　＊

夕刻にガズールの街へ入った一行は、ひとまず身体を休めることになった。

キャサリンは街の中心の城館で、街を預かっている子爵様のお世話になるそうだ。〝竜の喉笛〟が護衛として出しゃばる必要もなく、久々に一息ついてよいとお許しが出た。

その明くる朝。

「今日一日は休養日になる」

朝食の席でベネディクトはそう言った。〝竜の喉笛〟は冒険者だから、半日がかりで馬を乗り継ぎかっ飛ばすような強行軍の直後でもバリバリ働いて当然なのだが、キャサリンはそうもいかない。簀《す》巻《ま》きにされて長距離を運ばれた後なのだから、城へ帰るにしても大事を取って少し休ませるべきだという判断だ。

手早く朝食を済ませたイリス《ルネ》は、割り当てられた部屋（ディアナとの相部屋だ）であんまり柔らかくないベッドに大の字で身を預け、天井《てんじょう》を見ながら考え事をしていた。

――これからどうするか……

キャサリンを使って敵の居場所を探り出そうと一計を案じたが、失敗に終わってしまった。もはやオズワルドの周囲からはナイトパイソンの勢力が一掃《いっそう》されたと言っていい。この先、オズワルドはどう動くのだろうか。イリス《ルネ》の役には立たない可能性が高い。王宮だって怪しい動きをしているのだから、いつまで伯爵がまともに動けるか分からない。

とりあえず手近な場所を全部潰してから考えればいい、と思っていた。その時が来たようだ。

『イリス』を、やめる時だ。これ以上オズワルドと〝竜の喉笛〟を利用する価値があるのかと言えば少々疑問だった。

やめるのは別にいい。簡単なことだ。……本当に簡単なことだ。だが、その先どうするか。

キャサリンを連れて行った奴らがガズールを目指していたことから、この街に何か手掛かりがあるのではないかとイリス《ルネ》は思った。そして今も『感情察知』を効果範囲いっぱいまで拡《ひろ》げて街をスキャンしているのだけれど、感情反応だけでそれと分かるような怪しい奴らは見当たらない。

ナイトパイソンは国中に根を張った組織だ。寂《さび》れた農村などは別として、まさか都市に一人も関係者がいないとは思えない。怪しいところを虱潰《しらみつぶ》しに当たれば何か分かるかも知れないが……

——やっぱり逃走した『山賊』を追って東へ行くべきかな。ヒルベルト派の領地内ならナイトパイソンも油断してるかも知れないし、何か手掛かりが見つかるかも知れない。

考えつつ街を見渡《みわた》していたイリス《ルネ》は、すぐ近くに気になる反応を見つけて自分の肉体に意識を引き戻《もど》した。宿の廊下《ろうか》を部屋に向かって歩いてくる何者かだ。足音が大きい。

ストーンゴーレムでも良い音を響《ひび》かせそうな、重いノックが扉《とびら》を軋《きし》ませた。

「イリス、暇《ひま》か？」

ベネディクトの声だった。

＊　＊　＊

三十分後、イリス《ルネ》は凍《こお》った湖の上で魚釣《さかなつ》りをしていた。

粉雪を舞《ま》い上げて吹く風は冷たいけれど『防寒』の魔化が施されたマフラーのお陰で平気だ。

「なんで……なんでわたし、こんなことしてるんだろ…………」

分厚い氷が張って真っ白に輝いている広大な湖の上に、釣り人たちの姿がある。釣り用の天幕が張られていたり、もこもこに着込んで組み立て椅子に座っていたり。なかなかの賑《にぎ》わいだった。

凍った湖の畔《ほとり》には露店《ろてん》らしきものも出ている。釣り竿《ざお》と釣り餌《え》はもちろん、飲食物や雑貨まで。

「なんかみんなで遊びに行けるような面白い所この街に無いかって、宿の女将《おかみ》やら冒険者ギルドやらに聞いてみたら全員一致《いっち》でここでな。特に今日は安息日だ、来る奴が多いから店も多く出る」

「そ、そう……」

「ソリやスキー遊びはどこでもやれっから、たまにはこういうのがいいかと思って」

ディアナとヒューは何やら露店へ買い物に行っていて、チラチラこちらを見ているディアナの意識の流れを感じる。ベネディクトとイリス《ルネ》だけ先に氷の穴に釣り糸を垂れ、釣りを始めていた。

満足げなベネディクトの意図が読めない。

「『なんで自分はこんなことしてるのか』って顔だな」

「……分かるの？」

「分かるさ。でもな、そんな風に思う瞬間ってのはいいもんだぜ。自分の悩んでたことが世界の全てとは限らないって思える」

ベネディクトは上機嫌《じょうきげん》な犬みたいに破顔する。

「朝飯の間、ずーっと難しい顔してたぞ。お前」

「そうだった、かな」

はぐらかしてみたけれど図星だ。

せっかくの作戦が失敗してしまい、これからどうすべきか考えていたのだから。

「この国のことを考えていたの」

イリス《ルネ》は、嘘ではないが真実でもない言い訳をした。これなら難しい顔になって当然だろう。

ベネディクトは何とも言わなかったが、疑っている様子ではなかった。彼は釣り糸から目を離しどこか遠くを見た。真っ白で広々とした湖を。

「いいもんだぜ、釣りは。適度に忙《いそが》しくて適度に暇だ。それに釣り場ってのは概《おおむ》ね眺《なが》めが良い。どうしようもないことを呑《の》み込んじまうにはいいもんだぜ、釣りは」

その感情は、諦念《ていねん》だった。

「ベネディクトはもう諦《あきら》めてるの？　伯爵様とか、この国のこと」

「諦めたくねえよ……だが実際はどうしようもない」

ぐるるる、と牙を剥いてベネディクトは唸《うな》っていた。牙の隙間から漏《も》れる吐息《といき》が白い。

「俺は政治なんてよく分からんが、極論すりゃ王宮騎士団がなだれ込んできたら伯爵様は終わりだろ？　王宮《むこう》が本気になった時点で負ける喧嘩《けんか》なんだよ、こいつは。俺としちゃ伯爵様には連邦にでも亡命していただきたいが、そしたら下の連中が困る。伯爵様は最期《さいご》まで逃げないだろうさ」

やるせなさを声に滲ませてベネディクトは言う。

イリス《ルネ》はちょっと驚《おどろ》いていた。ベネディクトは伯爵様至上主義で死ぬまで盲目《もうもく》的に付いて行きそうに思えていたのだが、意外にも突き放してオズワルドを見ていた。

それはそれとして無念ではある様子だけれど。

「俺には……どうしようもねえ……蟻《あり》は火を焚けないし魚は空を飛べない。この世界にゃクソくだらないことが山ほどあるけれど、小せえ、小せえんだよ俺らは……俺たちが持ってる力ってのは、ぜんたい身の丈《たけ》通りのもんで、領分を超《こ》えた不条理は呑み込んでいくしかねえんだと思う」

モフモフの大きな手を握りしめ、ベネディクトは空を睨み付けていた。天気は憎《にく》たらしいほどに良かった。なんだか分からない自由な鳥が一羽、黒い影となって飛んで行く。

ふと我に返ったようにベネディクトはイリス《ルネ》の方に振り返り、困ったような顔で鼻を鳴らした。

「……俺に失望したか？　イリス。俺もつまんない大人だよ。見て見ぬフリした不正義と不条理の数だけ大人になったと思ってるチビ助だ」

イリス《ルネ》は何も言わなかった。大人経験者として、ベネディクトの言い分は重く響く。

「でもな、そのちっぽけな俺らが昨日はお嬢様を助け出したんだ。俺らはほんのちょっとだけマシな結末へ持っていく、その手伝いしかできないが、そりゃあ別に無駄《むだ》じゃねえのさ」

『その『ほんのちょっと』が集まって、伯爵様が助かったらいいのにね」

「……そうなりゃいいが。今のこの国にゃ、あの王様にいかれっちまってる奴が多いからなぁ」

焦《こ》げ茶色の耳をもどかしげに掻くベネディクト。

ベネディクトはヒルベルトのやり方を横暴で不当なものと考えている。だが、その考え方は政治の世界でも国民の間でも少数派で力を持たない主張だ。少なくとも今は。

もし多数派であるということが正義ならば、ベネディクトも悪の側だ。

「俺は、伯爵様をお救いすることはできないのかも知れない。そんでもパーティーのメンバーを不幸にしないよう気張ることはできる。だから……『諦めろ』ってのは変だな。世の中でどれだけクソみたいなことがあっても、お前が生きてく場所は俺が作る！　安心しろ！」

「ごふっ！」

大きな手で背中をバシバシ叩かれ、イリス《ルネ》はむせた。

モフモフの胸を張るベネディクトを見てイリス《ルネ》はつくづく、彼は良いリーダーだと思った。尊敬すべき人であるとも思った。

真《ま》っ直《す》ぐな正義と理想を胸に抱き、それを貫き通せない痛みを知っている。身の程《ほど》を知りながらも、自分ができる範囲のことは諦めず責任を持つ。そして優《やさ》しい。

――もしも、生きてるうちにこんな人に会えていたら……

力なく首を振って、イリス《ルネ》はつまらない夢想を消し去った。

ルネは殺され、母も奪《うば》われた。それが全てで、変えようがない事実だった。邪神に見初められて力を手にした〝怨獄《えんごく》の薔薇姫《ばらひめ》〟には、残念ながらベネディクトの哲学《てつがく》も慰《なぐさ》めも無用の長物だ。

「釣りはいいいぜ」

ベネディクトはまた同じことを言う。気晴らしのために連れ出してくれたのかと思ったけれど、悩みを忘れたいのは彼自身なのかも知れない。

「何より、釣ったもんで腹が膨《ふく》れる。ヒューと二人の頃はしょっちゅう釣りしてたな。携帯《けいたい》食料を買う金すら惜《お》しかったから。……釣れなかったら空《す》きっ腹抱えて寝るしかない真剣勝負だった」

氷をくり貫《ぬ》いた穴に釣り糸を垂れて、ベネディクトは駆け出し時代を懐《なつ》かしむ。

その時、イリス《ルネ》の握る釣り竿がピクリと動いた。

「引いてる！」

釣り糸がピンと張り、くり貫かれた湖面を掻き乱した。釣り竿が信じられないほど重い。

――これ絶対にワカサギじゃないよね⁉　何が釣れるの⁉

「手を貸せ、イリス！」

ベネディクトが手を添《そ》えるとあっさり釣り竿が上がった。刃のようなヒレを持つ魔物くさい魚が。

「やったあ！」

思わず歓声《かんせい》を上げてから、イリス《ルネ》ははっと我に返る。

――しまった、わたし気を抜くとただの十歳《さい》児になる……状況に流されないようにしないと……

なんというか、復讐《ふくしゅう》に狂《くる》っても自分自身以上の何かには成れないのだと思い知る瞬間だった。

さっきまでのシリアスな話がぶっとんで、一瞬童心に返っていた。いや、実際に子どもであるのだから返るも何もないのだが。何やら気恥《きは》ずかしいし、なんかマズいという気もする。

――別に日常パートで気抜《きぬ》けしててもいいんだけど、いざって時に『大人の視点』が消えてると困るから気をつけないと……

ほんの少しだけ、冷静になれたり辛《つら》いことに耐《た》えたり視野が広がったり。前世で大人だったという経験は意外なほど助けになっていた。だが、その感覚はふとした瞬間に曖昧になってしまう。何しろ今は幼い少女でしかないのだから、どうしてもその実感の方が優勢になる。

子どもじみた感傷に呑まれたら、何かが綻《ほころ》び何かが歪《ゆが》む。そんな予感がしていた。

「お、ほら見ろイリス。ちょうどヒューとディアナが戻って来た」

釣り上げた魚から針を外しながら、ベネディクトは肘《ひじ》で湖畔《こはん》の方を示す。

露店で買ったらしいものをいろいろ持ってヒューとディアナがやってくるところだった。

「くぅーっ、昼間から酒が飲める幸せ！　このクエストの何が辛いって酒が飲めねえことだな」

ヒューは素焼きのコップで湯気の立つ酒を飲みながら歩いていた。ここしばらくは伯爵居城にずっと詰めていたわけだが、寝ても覚めても護衛の仕事なのだから酒なんて飲むことは許されない。

ヒューはあれこれと戦利品を一旦《いったん》氷の上に置いて、脇に挟《はさ》んで持ってきた折りたたみの机を組み上げた。どうやらこの机はレンタル品らしい。

ディアナは机の上に、野菜の漬物《つけもの》を添えた炙《あぶ》り塩漬け肉や、それを挟んで食べるためのものらしいパンを並べていく。

「適当に飲み物と食う物買ってきたよ。ああ、これはあたしの分ね」

「なんだそりゃ、蜂蜜《はちみつ》茶か？　ディアナが酒飲まねえとか珍《めずら》しいこともあるもんだ」

「今日は気分じゃないんでね。ほら、あんたもお飲み」

「ありがとう、ディアナ」

中身の熱で温まったコップがディアナからイリス《ルネ》に手渡《わた》された。茶にたっぷり蜂蜜を入れるのはシエル＝テイラ流の飲み方だ。

「おいベネ、『盤上君主《ロード・オン・ザ・タイルズ》』の盤《ばん》まで貸してたから借りてきたぞ！」

「なにぃ？　そんなもんまであんのか」

ヒューが取り出したのは、チェスのようなゲーム盤。二つ折りにして駒《こま》を収納できる形状のものだ。釣り人向けの商売は多岐《たき》にわたっているらしい。

「至れり尽《つ》くせりだな。イリス、やるか？」

「わたしは……見てる方がいい」

「しゃーねぇ。やるぞ、ヒュー」

「『しゃーねぇ』はねぇだろ『しゃーねぇ』は」

「だって俺、お前に勝てねえし」

「勝てよ！」

氷の穴に釣り竿を固定したまま、ベネディクトとヒューはゲームの準備を始めた。

イリス《ルネ》はディアナに押しのけられて椅子を乗っ取られ、彼女の膝の上に座らされてそこから盤上の戦争を見ることになった。煙草の匂いがした。

＊　＊　＊

その日はベネディクトと討伐部隊との間で情報交換《こうかん》もあったが、結果はイリス《ルネ》を失望させるものだった。結局彼らはナイトパイソンの居場所を突き止められず引き返してきたところなのだ。

アラウェン侯爵領東部で活動していた『山賊』は、討伐部隊が来るとぴたりと活動を止めて潜伏《せんぷく》してしまった。いや、潜伏したなら捜せば見つけ出せるかも知れないからまだいい。これで、連合に参加していない（つまりヒルベルト派の）隣《りん》領に逃げ込まれていたりしたら打つ手無しだ。

こうなってくると次に獲物《えもの》が顔を出すより、オズワルドが王宮からの政治的工作を受けて行動不能になる方が先なのではないかとイリス《ルネ》には思われた。

――あの筋肉ピアス男、この街で仲間と落ち合う約束って言ってたけれど……仲間は事態を察して逃げ出したかな？

夜半、イリス《ルネ》は宿を抜け出す。

ひとまず今夜は街を探り、何もなければそのまま東へ向かうつもりだった。姿をくらますのだ。

『イリス』のふりをするのもこれっきりだ。

ガズールはエルタレフより二回りくらい小さく、街の中心にある城館も伯爵居城に比べたらかなりこぢんまりしている。キャサリンは城に宿泊中《しゅくはく》だ。夜陰《やいん》に浮かぶ城には、特に懐かしくもない日本の終電間際《まぎわ》の夜景のようにまばらに光る窓があった。

　――お嬢様ごっこも今日でおしまいか。

　感慨《かんがい》、というのも多少はあった。キャサリンとの別れに関して。

　利用して危険な目に遭わせておいてだけど、それはイリス《ルネ》が必要だったからそうしただけで、別にキャサリンが憎かったわけじゃない。むしろオズワルドは『敵の敵』であることだし。

　友達にならないかというお誘《さそ》いはうやむやのまま。どうせ誠実に答えることなどできないのだからこれでいい。だけどもし、生きているうちにルネとして出会えていたらどうなっていたのだろうかと思ったりはした。

　さよならを言おうとして……イリス《ルネ》は振り返る。誰かが近付いてくるのを『感情察知』で悟《さと》る。

「どうしたんだい、こんな時間に？」

　ディアナだった。

　僧服《そうふく》を脱《ぬ》いで艶《なま》めかしい黒インナーだけという姿。相変わらず顔と手以外は肌《はだ》を露出《ろしゅつ》していないがヴェールを脱いでいて、漂白《ひょうはく》されたように薄い色の赤毛が奔放《ほんぽう》に渦巻《うずま》いていた。こんな格好でもシルバーアクセサリーと殺人ブーツは身につけている。慣れた手つきで細長いキセルを持ち、煙草を吸っていた。

「……眠れなくて」

　ちょっと面倒なことになったかな、と思いつつイリス《ルネ》は会話に応じた。ディアナを殺そうと思えば殺せるはずだが、そんな強引《ごういん》な手を使う局面にも思えなかった。

ディアナは微笑む。子をあやす時のように相手を安心させるための笑《え》みだ。

「そうかい……それで気晴らしに散歩を?」

「うん」

「どこまで?」

「気が済むまで適当に」

戦闘用の防具であるローブに杖まで持って、というのは散歩と言うには物騒《ぶっそう》だが、夜間に一人で出歩くにはこれくらいでなければならない。別に不自然ではなかった。

「散歩をしたからって眠れるとは限らないだろ。目が冴《さ》えちまうかも知れない」

「それは、そうだけど……」

月明かりがディアナの顔にくっきりと影を刻んでいた。

イリス《ルネ》としてはどうにかディアナをあしらってこのまま こっそり出て行きたいのだけれど、なんとなくすぐには離してくれなそうな雰囲気《ふんいき》だ。

ディアナは、とっておきの悪戯《いたずら》を思いついたようにニンマリする。彼女はキセルをひっくり返して、軒下《のきした》で溶《と》け残った雪の中に煙草を落とした。

「来な」

「あ、ちょっと!」

「本当に眠れないか試《ため》してみようじゃんか、そうしよう」

ディアナはイリス《ルネ》の手を掴むと強引に引っぱっていった。思ったより手の皮が厚くて、でも温かかった。無理やり手を振りほどくのも憚《はばか》られると言うか、ディアナに力で敵《かな》うわけがないと言うか……あまりに強引でイリス《ルネ》は流された。

そのまま連れ込まれた先はイリス《ルネ》とディアナが割り当てられたツインルームで。

「てりゃ！」

「あわわわわっ！」

トライ、あるいはタッチダウン。無理やり抱きかかえられたかと思ったら、イリス《ルネ》はディアナと共にベッドにダイブしていた。

「ちょ、ちょょっと何……」

「ほら、これで……ちょっとは眠くならないかい？」

ディアナはがっちりとイリス《ルネ》をホールドし、その上から毛布を被る。仄《ほの》かに煙草の匂いがして、バキバキに鍛《きた》えた身体のはずなのに意外なほど柔らかくて。あと煙草とは違う何か甘くて優しい匂いにも包まれて、イリス《ルネ》は胸が締め付けられるように感じた。

「こんな、子どもみたいに……」

「子どもじゃないか」

反発してはみたものの、有無《うむ》を言わせぬ断言によってイリス《ルネ》は黙《だま》らされた。

「あんたは子どもだよ」

「……そっか」

そうなのかも知れない。

「あんた、また辛《つら》そうな顔をしてたよ」

「そう？」

「何か、気になってることでもあるのかい？」

ディアナは形式的に聞いているのではなく、本気で案じている様子だった。イリス《ルネ》は黙秘権《もくひけん》を行使した。まさか馬鹿《ばか》正直に言うわけにもいかないのだから。

抱きしめられたまま柔らかで温かな胸に顔を埋《うず》めさせられているので、ディアナがどんな顔をしているのかイリス《ルネ》は分からなかったけれど、苦笑していたような気がした。

「言いたくないならそれでいいさ。教えてくれなくてもいい」

「ごめん……」

「はは、謝《あやま》ることじゃないよ」

そしてディアナはイリス《ルネ》の髪を梳《くしけず》るようになで始めた。最初イリス《ルネ》は思わずぴくりと震《ふる》えたが、そのまま、されるがままになった。

「こうして抱かれていると、ほんの少しだけでも落ち着かないかい」

「………落ち着く」

「そりゃよかった」

──これは、夢だ。

イリス《ルネ》はそう思った。甘い微睡《まどろ》みの中で見る泡沫《うたかた》の夢。目覚めれば消えて戻らぬ夢。こんなもの、こんなもの、夢と同じだ。明日の朝が来れば消えてしまう。

「『世界を敵に回しても』……なぁんて、ナンパ男みたいな大それたこたぁ言えないけどね。あたしゃできるだけあんたを大事にしてやりたいんだ。だから、さ………」

ディアナの声は、穏《おだ》やかな子守歌のようだった。

イリス《ルネ》は嗚咽《おえつ》を堪《こら》えていた。毛布の中にすっぽり埋《う》もれ、意志の力だけで泣くのを堪えて。そのままイリス《ルネ》は、雲間に舞うような穏やかな眠りの中に滑《すべ》り落ちていった。

＊　＊　＊

その晩、イリス《ルネ》はいつもの悪夢を見なかった。

重たい瞼《まぶた》を持ち上げると、窓から差し込む朝日が部屋の中を鮮《あざ》やかに彩《いろど》っている。窓辺で鳥たちのさえずる声がうるさいくらいに響いていた。

隣を見れば既にディアナはおらず、温《ぬく》もりと煙草の匂いだけがかすかに残っていた。

毛布から這い出したちょうどその時、コツコツと足音響かせ誰かが廊下をやってくる。

「起きたのかい、おはよう！　よく眠れた？」

パンとヤギ乳とチーズ。雪中保存されていた野菜のシチューが湯気を立てる。二人分の朝食を盆《ぼん》に載《の》せたディアナが蹴破るように元気よく部屋の扉を開けて入ってきた。

「……うん。おはよう……」

爆睡《ばくすい》してしまったのが決まり悪くも思えて、イリス《ルネ》はちょっとしどろもどろに返事をした。

——出て行くのは……今夜でいいか。

まだぼーっとしている頭で、自分の下半身とシーツをぺたぺた触《さわ》って濡《ぬ》れていないのを確認《かくにん》しながらイリス《ルネ》はそう考えた。

9　掃討《そうとう》

討伐《とうばつ》部隊と〝竜《りゅう》の喉笛《のどぶえ》〟はキャサリンを伴《ともな》い、まずアラウェン侯爵《こうしゃく》領の領都ティースへ向かうことになった。そこから先、どういった手はずでキャサリンを帰すかは現在検討中だ。

ティースへの道程では、ガズールの切通しと呼ばれる場所を通ることになる。

古《いにしえ》の昔、大魔術師《まじゅつし》ガズールが魔法によって山を切り裂《さ》き人々が通るための道を作ったという場所。五百年も前の逸話《いつわ》で、かつて大陸が魔族に占領《せんりょう》され人族文明がほぼ破壊《はかい》されたのより前の話……先史人族文明の時代のことだから本当なのかは分からない。

真偽《しんぎ》はともあれ、山に垂直な切れ込みを入れたかのようなこの場所は高さ数十メートルのゴツゴツした崖《がけ》に両脇《わき》を挟《はさ》まれた細道であり、世が世なら観光名所にできそうな絶景だった。

諸侯の騎士《きし》と従者、雇《やと》われた冒険者《ぼうけん》たち、数珠繋《じゅずつな》ぎにされた逮捕《たいほ》者たち、〝竜の喉笛〟、そして馬車に乗ったキャサリン。いまひとつ統一感が無い隊列は細長い山道をえっちらおっちら進んでいく。

「騎士さんって、行軍の時は武装しないんですね」

ちょっと気になって、イリス《ルネ》は近くのハドリーに聞いてみる。旅装の上にサーコートという出で立ちをしたハドリーは、上り坂だからか馬を下りて自分の足で歩いていた。

「ああ、そうだ」

「それで危なくないんですか？　ベネディクトとかヒューは移動中も鎧《よろい》着てますけど」

「騎士の本分は軍団と軍団の戦いだからな。戦いが起こる場、起こる時が予想できる。だからその前に着替《きが》えればいい。その分、冒険者の装備なんかより重くて強力だ。まあそのせいで行軍中に着てたら疲《つか》れてしまうわけだが」

「もちろん騎士だって行軍中が危ないのは分かってる」

鎧をガチャつかせながら歩くベネディクトが少し速度を上げて追いついてきた。

「思いがけず敵や魔物に襲《おそ》われたりしないよう斥候《せっこう》を出すし、どうしても危険な場合は武装した護衛をちゃんと付けるなり、鎧の中から軽いパーツだけ選んで装備した軽装状態で移動したりする。

……ですよね、坊《ぼっ》ちゃん」

「坊ちゃんはもうよせよ、ベネディクト」

「は、失礼しました」

居たたまれない様子のハドリーにベネディクトは深く頭を下げた。隣《となり》に居たディアナが苦笑《くしょう》する。

「俺《おれ》たちはどんな状況《じょうきょう》で魔物と戦うか分からんからな。防御力《ぼうぎょりょく》とかお値段《コスパ》をいくらか犠牲《ぎせい》にしても、着たままで動ける装備を使うんだ。フル装備の騎士と真正面から殴《なぐ》り合ったら勝てないよ」

「なるほど」

――つまり、行軍中の軍隊は見た目以上に脆《もろ》いってことか……

イリス《ルネ》は細切りにされた空を見上げた。

アビススピリットの『感情察知』能力はイリス《ルネ》を中心にした球状に展開される。いくつもいくつも、断崖《だんがい》の上に、岩棚《いわだな》になっている場所に、息を潜《ひそ》める感情反応があった。

『敵意』が存在した。怒《いか》りも恨《うら》みも混じらない、冷徹《れいてつ》に研ぎ澄《す》まされた敵意が。普通《ふつう》、人が誰《だれ》かに敵意を抱《いだ》くのは、怒りや恨みから発生した結果としてだ。その過程をすっ飛ばして敵意を抱くというのは……例えば、仕事で人を殺そうとする暗殺者なんかはこんな風になるのかも知れない。

そういう冷たい仕事人反応が半分くらい。残りはもうちょっと剥《む》き出しの闘争心《とうそう》やら緊張《きんちょう》やらが見える。仕事人と武人が混在している、という印象だ。

行軍中の誰も気がついていないということは、魔法か何かで気配を遮断《しゃだん》しているのだろうか。ベネディクトの鼻でも気がつかないとするとニオイまで消しているのか。『感情察知』は気配とは別の尺度で探知しているため丸わかりだったが。

アラウェン侯爵領東部で暴れていたという『山賊《さんぞく》』はどこへ行ったのだろう。身を潜めているのか、領境を越《こ》えて逃《に》げたのか、それとも……

――カモがネギ背負って出汁《だし》まで持ってやって来た、かな？

その時。

何かが爆発《ばくはつ》するような音が、前後から同時に聞こえた。

「岩崩《いわくず》れだ！」

がらがらごろごろとやかましい音を立て、断崖の上から岩が降ってくる。

それは伸びきった隊列の前後に落ちてきて、そして道を埋《う》めた。

「違《ちが》う！　違うぞ、おい！　道を塞《ふさ》がれた！」

「術師、除去しろ！　地属性魔法使える奴《やつ》居ねえか⁉」

頭上で敵意が膨《ふく》れあがる。ざわめき、武器を取り、人々は狼狽《うろた》える。

待ち伏《ぶ》せ襲撃《しゅうげき》だ。おそらくは、ナイトパイソンの。

――いよっしゃあああああーっ‼

イリス《ルネ》は駆《か》けだした。騒乱《そうらん》に紛《まぎ》れるように顔見知りたちから距離《きょり》を取った。

高揚《こうよう》、高揚、高揚。黒き怨《うら》みの炎《ほのお》が胸中で燃え上がる。

「上だ！　くそったれ、斥候は何やってる！」

「飛び道具を用意しろ！」

イリス《ルネ》は杖《つえ》を振《ふ》り、魔力《まりょく》を練る。感情反応の数と配置から、最も効率よく殺せる方法を考える。

広域を狙《ねら》い大量破壊する魔法は消費が重い。例えば辺り一面焼き払《はら》おうと思ったらさすがにイリス《ルネ》でも消耗《しょうもう》が激しいだろう。それに相手が護符《ごふ》を持っていたりしたら、広域破壊の魔法を重ね掛《が》けしなければならない。

集団戦法に敗れた王都での戦いからずっとイリス《ルネ》は考え続けてきた。自分の魔力を最大限に活かす方法を。その思いつきの中から一枚の札を切る。

「冷たっ……なんだこれ」

「まずい、油壺《あぶらつぼ》だ‼」

「おい、避《よ》け……ぎゃっ！」

油壺だの、矢だの、岩だの、いろんなものが降ってくる。感情を探《さぐ》る。その感情が向く先を視る。攻撃《こうげき》のタイミングが分かる。どこが攻撃されるか分かる。

「『永久にも近しく／震《ふる》うは怒《いか》り／その手より零《こぼ》れ／月の門開かれり∥我は開闢《かいびゃく》の威《い》を借《か》る者／そして／果てを閉ざす者／そして……』」

頭上からの攻撃に倒《たお》れた者を避け、走りながらイリス《ルネ》は詠唱《えいしょう》する。

バチッ、バチッと音を立てて頭の上で何かが弾《はじ》ける。化けの皮が剥《は》がれているのだ。顕《あら》わになっていく銀髪《ぎんぱつ》銀目を隠《かく》すため、イリス《ルネ》は深く防寒用のフードを被《かぶ》った。

「火矢が来るぞ！　水魔法！　水魔法！」

「待て、違う！　火属性魔法で炎への備えを……」

「この人数守るのは無理だ！」

「落ち着け！　指示に従え！」

火矢の炎が頭上に輝《かがや》く。前後を塞がれて油壺を落とされ、さらに火矢を射かけられたらどうなるか。それこそ文字通り、火を見るより明らかというものだ。

術師たちが防御《ぼうぎょ》の魔法を使おうとしているが、どう考えてもこの状況で全員は守り切れない。半数近くの者がパニック状態だった。

「『……見えざるものに縋《すが》り／打ち鳴る銀嶺《ぎんれい》／天を見上げ／故《ゆえ》に回帰する／その熱を納め／閃《ひらめ》きは永らえず／故に回帰する／悲しみを罠《わな》と知れ／かくて世界は結ばれる……』」

イリス《ルネ》はただ詠唱を続ける。圧縮言語の裏打ちとなるイメージを崩さないよう、慎重《しんちょう》に集中して。

心持ち早口で、しかし雑にはならないように。

「射《う》てぇーっ！」

「《岩塊砂化《アブレーション》》×《クロス》《流　砂《サンディトレント》》×《クロス》《早　贄《キラーシュライク》》×《クロス》《魔力吸収《マナアブソーブ》》！

複合錬成魔法《アセンブルド・スペル》……《不帰万骨枯竭陣《デッドエンドデザート》》‼」

広域化のために限界一歩手前まで魔力を流し込み、イリス《ルネ》は地面に杖を突《つ》き立てた。

◇

火矢が放たれ降ってこようかという直前。

見上げた先で、屹立《きつりつ》する断崖が。荒削《あらけず》りの岩壁《がんぺき》が。張り出た岩棚が。

その輪郭《りんかく》を失い砂塵《さじん》の大瀑布《ばくふ》へと姿を変えた。

「な、なんだぁぁーっ⁉」

わけも分からず誰かが叫《さけ》んだ。大量の砂となった断崖が崩落《ほうらく》し、溶《と》け残りの雪やら武装した男なんかが雨あられと降ってくる。降ってきた男のうち、ある者は砂の上で身軽く受身を取り、ある者は怪我《けが》をして、ある者は打ち所が悪くて死んでしまった。

だがそれすら埋めるような勢いでさらに砂が降ってくる。山も崖も地面も関係無く、垂直な筒状《つつじょう》の空間をくり貫《ぬ》き、その分の岩を全《すべ》て砂に変えてしまったかのような有様だ。

誰も彼《かれ》も無差別に埋もれていき、辺りには砂煙《すなけむり》が立ち、そして、それで終わらなかった。

砂の山が動き出した。排水溝《はいすいこう》に吸い込まれる水のように、渦《うず》を巻いて流れ始めた。

「ぷっはあ！」

「死ぬかと思った！」

砂の山が掻《か》き回されるにつれ、埋もれた人々は何故《なぜ》か流砂の流れで押《お》し上げられたかのように、浮《う》かび上がって顔を出す。襲われた『討伐部隊』の者たちも、降って来た襲撃者たちも無差別に浮かんだ。最初の落下で死ななかった者は、ひとまず死を免《まぬが》れた。

免れたかに思えた。

「ぴぎっ⁉」

その悲鳴が皮切りだった。

気がついたのは犠牲者《ぎせい》の近くに居た者だけだ。一人の男……胸甲《きょうこう》と腕《うで》や足を覆《おお》う軽装のミスリル鎧を身につけた、ナイトパイソンの戦闘員《せんとういん》が口から血を吐《は》いて白目を剥いていた。

何かが彼の頭を貫《つらぬ》いていた。

砂だ。逆巻き流れる砂が密集して硬化《こうか》し、槍《やり》のように突き出して彼の頭を貫いていた。

ほとんどの元素魔法は幻《まぼろし》のようなもの。例えば火属性の元素魔法は『火傷《やけど》をもたらす幻』であることが多く、何かに燃え移らない限りは本物の炎にならない。こうした物理現象の模倣《もほう》たる幻や純《じゅん》粋《すい》な魔法エネルギーから受けるダメージは一括《ひとくく》りに『魔法ダメージ』と呼ばれ、ただ硬《かた》いだけの装甲では軽減できないが魔法防御力の高い防具や護符によってダメージを防ぐことができる。

だが、その中でも異色なのが地属性である。地属性の攻撃魔法は、元から存在する自然物を利用するものが多い。こうした攻撃魔法は物理的ダメージ。護符で防ぐことはできないのだ。

さらに何本かの砂槍が突き出して、まるで魚の小骨でも除けるように男の懐《ふところ》から金色の板を弾《はじ》き飛ばす。彼が装備していた護符だ。

護符を吹《ふ》き飛ばされるなり、男の身体《からだ》に変化が生じた。黒ずみ、ひび割れ、萎《しお》れて、その姿を表現するなら『搾《しぼ》り滓《かす》』。

鎧を着たミイラのような姿になった彼は、そのままずぶずぶと砂の中に沈《しず》んでいった。

◇

アルノン・ガンデル騎士爵は平民上がりの職業軍人である。農兵として徴用《ちょうよう》された彼は腕っ節を見込まれて訓練を施《ほどこ》されることになり、めきめき頭角を現した。

誰であれ、肉体の限界までは鍛えれば鍛えるだけ強くなれると言われる。しかしその先は才能の問題だ。才ある者は生体魔力の作用により、物理的な肉体の限界を超《こ》えて身体を鍛えることができる。アルノンにはその才能があったのだ。

アルノンは政治のことなど分からない。だが領主であるサットン伯爵《はくしやく》が素晴《すば》らしい方であることは確信していて、彼のすることであれば間違いないと思っている。伯爵が陛下に従うと言うのであればきっと陛下はこの国をよくしてくれるのだろうし、領主でありながら陛下の邪魔《じやま》をする奴らは大馬鹿者《おおばかもの》だ。この日の戦いはシエル＝テイラを良くするために必要だとアルノンは信じていた。

この剣《けん》で、この剣で悪《あ》しき騎士どもを斬《き》り伏せて……

「け、剣！　俺の剣が！」

砂の中に突き落とされたとき、アルノンは剣を手放してしまった。砂の流れに乗ってどんぶらどんぶら流れていく剣を、アルノンは力任せに砂の中を泳いで追った。だが、砂はまるで命あるもののように蠢《うごめ》いてアルノンの自由を奪《うば》う。

すぐ近くに敵が居る。同じように砂に流されている敵が。陛下に反旗を翻《ひるがえ》した悪の騎士が居る。斬らなければならないのだ。

――くそっ、かくなる上は！

アルノンは愛剣を追うことを諦《あきら》め、砂を掻き分けて近くの騎士へ近付いていった。味方の騎士は皆《みな》、武装している。偉《えら》そうな格好なのに鎧を着ていない騎士は敵だ。

「お前の剣を、よこせえええ！」

「うわっ、なんだこいつ⁉」

砂の流れに逆らって敵騎士に組み付いたアルノンは、砂に埋まった腰《こし》の辺りに手を伸《の》ばす。おそらく剣を下げているはず。それを奪おうとしたのだ。

だが。

「痛ぇ⁉」

ズン、と手に衝撃《しょうげき》が走って、思わずアルノンは砂の中から手を引き抜いた。

手の平に穴が開いていた。アルノンは籠手《こて》を身につけていたが、防御するのは手の甲側だけだ。手の平側は手袋《てぶくろ》一枚の守りしか無く、そしてそれが貫かれていた。血が溢《あふ》れて、砂の上に滴《したた》った。

「なん……ぎへぇっ！」

訝《いぶか》しむ間もあればこそ。今度は足に激痛が走った。脚部《きゃくぶ》鎧の隙間《すきま》を狙って何かが突き刺《さ》した。

「こっ、なんだこれっ、砂の中に何が居やがる……」

アルノンは砂の流れに拳骨《げんこつ》を叩《たた》き付け、さらに砂の中を探り回った。だが何の存在も感じない。そこにはただ砂があるだけだ。

……そう。敵は、砂だった。

鎧越《ご》しに圧力を感じた。周囲の砂が急に自分の方に流れ出したとアルノンは感じた。

「あああああ！　なんだこれ、なんだこれ！　よ、鎧の中に砂……」

身体を撫《な》で回されるような……いや、挽《ひ》かれるような異様な感覚。鎧の隙間から、ほんの僅《わず》かな隙間から怒濤《どとう》の如《ごと》く砂が流れ込み、アルノンの身体の表面で流れを作っていた。

そして。

「あぎゃあああああ‼」

全身にまんべんなく激痛が走り、アルノンは血を吐きながら絶叫《ぜっきょう》した。視界が白と黒に明滅《めいめつ》し、苦痛の渦の中に全てが溶けていった。

◇

護符によって対魔法の防御は万全《ばんぜん》のはずだった。

物理攻撃の魔法が飛んでくるとしたらその時は、前衛陣と術師が共同で防御に当たればよかったはずだ。わざわざ物理化した魔法なんて基本的に融通《ゆうずう》が利《き》かないものだから対抗策《たいこうさく》は多い。

……こんな、圧倒《あっとう》的な『規模の暴力』で押し潰《つぶ》しにきたのでなければの話だが。

「『眼下に流れし……』がぼっ！　げほっ、げほーっ‼」

ナイトパイソンの戦闘員、術師のサイードは砂に溺《おぼ》れていた。

杖は落下のドサクサでどこかへ行ってしまった。杖の代わりにするため、指を合わせて印を組んでいるのだが、砂の中では印を組めない。必然的に両腕を真上へ突き出すことになる。そしてその体勢だと砂の流れに逆らえず、沈みかけて砂を飲みそうになる。

——ダメだ、詠唱している余裕《よゆう》は無い！　無詠唱で使える魔法……

魔法の名称《めいしょう》のみ口に出す『無詠唱（もしくは詠唱破棄《はき》とも言う）』や、それすら言わず無言で魔法を行使する『完全無詠唱（完全詠唱破棄）』だと、威力や安定性を大幅《おおはば》に損ねることになる。つまり、自分の実力より劣《おと》る魔法しか使えないのだ。

サイードも荒事慣《あらごと》れした術師だ。修羅場《しゅらば》に放《ほう》り込まれ、振り下ろされる剣を魔法で弾き返したこともある。だが、こんな砂の大渦に巻き込まれて溺れかけるなんて経験は初めてだった。

その時、命の瀬戸際《せとぎわ》に立たされたサイードの閃きは一つの解決策を指し示した。

流れる砂は意外に湿《しめ》っぽい。それもそのはずで、断崖の崩落とともに溶け残った雪が落ちてきて、渦巻く砂の流れに攪拌《かくはん》されて混ぜ合わされているのだ。最初に投げた油壺の油も混じっている。

——じゃあ、これはどうだ⁉

ローブの中に手を突っ込んだサイードは、肘《ひじ》を張り、胸の前で印を組む。そして。

「《凍結《フリーズ》》！」

サイードがその魔法を使うと、サイードの周囲だけ砂が固まった。

レベル一の水属性元素魔法。本来は水などの液体を固体に変えるために使うものだが、それが砂に含《ふく》まれた水分だろうと同じことだ。

逆三角錐《さんかくすい》状に固まった砂に覆われたサイードの身体は、まるで岩の中に半身を封《ふう》じられたような状態だ。しかし、思いっきり肘を突っ張ってローブを広げていたおかげで胴回《どうまわ》りには少しスペースができていた。

「どっりゃあああああ！」

サイードは固めた砂に手を突いて、無理やり自分の身体を引っこ抜く。

砂に嵌《は》まった靴《くつ》がすっぽ抜け、ズボンが脱《ぬ》げる。だが下半身が自由になり、サイードはローブの内側に足を突っ張った。持っていたナイフを抜くと、裾《すそ》が埋まってしまったローブを腰辺りで切り裂き、そしてようやくサイードは固めた砂の上によじ登った。

「た、助かった……」

腰丈《たけ》で切り裂いたローブ、下半身は下着のみという、街の中を歩いていたら絶対捕《つか》まる格好のサイードだったが、しかしどうにか急場を凌《しの》いだ。

凍《こお》って硬い岩のようになった砂の上に立ってサイードが見たのは、

「なんだ、こりゃ……」

地獄絵図《じごくえず》だった。

山を垂直な筒状にくり貫いたスペースに大量の砂が渦を巻き、そこに人や、人の死体らしき物体や、馬車や荷車や馬や荷物が浮かんでグルグルと流れている。

まだ生きている人々が砂に埋もれないよう必死で砂を掻き分け浮かぼうとしている姿は、まるで地獄にあるという炎の池に放り込まれた罪人の姿のようだ。

そして、砂の海に浮かんだ人々は順番に死んでいく。ナイトパイソンの戦闘員や、その味方の騎士だけが選別されて死んでいく。砂の海から突き出す槍に貫かれ、萎れて黒ずみ干からびる。

――に、逃げ……

《飛翔《フライ》》の魔法で逃げようとした時だった。

「ごぶっ⁉」

凍った砂の塊《かたまり》の上に立つサイード目がけ、全周囲から斜《なな》め上を目がけて砂の槍が突き出された。

絶妙《ぜつみょう》に角度をばらけさせた槍はサイードの身体を胸から腹まで前後左右から貫き、サイードの身体が傾《かたむ》き始めると崩れて砂になった。

砂の海に身を投げたサイードは、砂に咀嚼《そしゃく》されていった。

＊＊＊

耳元で風が唸《うな》っていた。《飛翔《フライ》》の魔法によってイリス《ルネ》の身体は崖上へと運ばれていく。

魔法の流砂の中に落ちた敵を殺し尽《つ》くしたイリス《ルネ》は、未《いま》だ崖上に残る感情反応を探りに行った。

一歩引いた場所に居たために巻き込まれなかった敵だ。

くり貫かれた断崖を駆け上がって飛び出すと、その男は断崖の上に立っていた。

殺人流砂を見下ろしていたのは、顔と身体を隠してモブ化するためにあるようなフード付き外套《がいとう》を纏《まと》う人影《ひとかげ》。縦に短く横に膨らんだシルエット。

「これだけの惨状《さんじょう》を見下ろして、動揺《どうよう》もせずに戦意を保っている……なんかいかにもボスっぽいんだけど、一番強いやつってことで合ってる？」

「何奴！」

下から飛んで来て降り立ったイリス《ルネ》を見て、そいつはローブを脱ぎ捨てた。

姿を現したのは、筋肉であった。人間の成人より小さな身長だが、膨れあがった筋肉のせいで全く小ささを感じさせない。美術のデッサンモデルみたいな理想筋肉の極致《きょくち》だ。イリス《ルネ》の腰など片手で掴《つか》めてしまいそうな大きな手。厳《いか》めしい顔、つるつるに剃《そ》り上げた頭、荒縄《あらなわ》のようなヒゲ。

寒い季節だというのに外套の下は短いズボン以外何も身につけていない。ただしそのズボンには腰部《ようぶ》を守る鎧のように数枚の金板……魔法防御用のマジックアイテム・護符が巻き付けてある。

――よっし！　大当たり！　ナイトパイソンの最高戦力『用心棒』のひとり。ドワーフの格闘家《かくとうか》

〝虎殺《とら》し〟のゴド！　これだけの大仕掛けなんだから、ウダノスケかどっちかは居ると思ってた！

その重厚《じゅうこう》な筋肉からは信じられないような速度でゴドは距離を詰《つ》めてくる。とりあえず殴り倒してから状況を整理するタイプのようだ。まあそれはイリス《ルネ》が杖を持っていたせいもあるかも知れない。術師相手に時間を与《あた》えるのは自殺行為《こうい》だから。

護符が数枚あれば充分《じゅうぶん》に時間を稼《かせ》げる。そしておそらくゴドは『イリス』を一撃で殺せる。詠唱を行う時間すら無い。

——護符で防御しながら一撃を入れるつもり、ならば……

「《早　贄《キラーシュライク》》！」

「効くか効くかぁっ！」

地面から突き出される土の槍。次から次へと生えてくるそれを、驚《おどろ》くべきことにゴドは鉄拳《てっけん》で粉砕《ふんさい》しながら突き進んで来た。ゴドの踏《ふ》み込みは地面を割って蜘蛛《くも》の巣のようなひび割れを作る。そして、体重を乗せた大ぶりのパンチを繰《く》り出した。

「ぬうんっ！」

岩のような拳《こぶし》がイリス《ルネ》の身体を捉《とら》えた。

だが次の瞬間《しゅんかん》、ゴドの巨腕《きょわん》が血を噴《ふ》いて、内側から破裂《はれつ》するようにグチャグチャに吹き飛んだ。

「あああああああ!?」

ゴドが野太い悲鳴を上げた。彼の腕は肉と皮の残骸《ざんがい》が肩《かた》からぶら下がるだけになっていた。

「ぎゃあああああ！　わ、わしのっ！　わしの腕があああああ!!」

「いったた……ほとんど返したはずなのにそれでも結構ダメージが抜けてくるか」

対して、クリーンヒットを食らったはずのイリス《ルネ》よろめいただけだ。充分痛かったが。

レベル七の理力魔法《継続物理反射《リフレクト・エクステンド》》。

物理的な攻撃の衝撃、特に殴打《おうだ》によるものを反射する防御の強化魔法《バフ》である。

さらに『継続《エクステンド》』の名を持つ魔法の例に漏《も》れず、通常魔法に比べて効力は見劣りするが、一旦《いったん》掛ければある程度の時間継続して効果が残る。魔法の維持《いじ》を行う必要がないので、強化《バフ》の恩恵《おんけい》を受けながら別の魔法を使えるのである。

イリス《ルネ》はこの魔法をあらかじめ使っていた。相手がエストと同じように護符を持っていることは予想できたので護符と関係なくダメージを与えられる手段を考え、罠を仕込んでおいたのだ。

「く……何をした、貴様っ！」

「物理反射」

「嘘《うそ》をつけ！　貴様のようなガキがそんな魔法を使えるか！」

片腕になったゴドが素早《すばや》いフットワークで飛び離《はな》れる。巨体《きよたい》と裏腹に俊敏《しゆんびん》な動作だが、つまりそれが可能になるだけ鍛え上げているのだ。筋肉の重さを凌駕《りようが》するパワーがある。

「……フーッ……フーッ……」

火を噴くドラゴンのような独特の音を立てて呼吸するゴド。俗《ぞく》に言う『戦士の呼吸』だ。ゴドの発する『気』の圧力が急速に高まっていくのをイリス《ルネ》は感じていた。

——練技……じゃなくて、これは練気術！

武を極《きわ》めた戦士は魔法のような技《わざ》を使うことがある。厳密には魔法に分類すべきなのかも知れないが、術師としての訓練ではなく戦士としての修行の過程で身につけていくことから一般《いつぱん》的な魔法とは区別される技能だ。装備に働きかけ力を引き出すものは『練技』、自らの肉体を強化したりそこから繰り出す攻撃は『練気術』と呼ばれる。

魔法のようにどれもこれも習得するということは少ない。そもそも個々人に技の向き不向きがある。熟達《じゆくたつ》した戦士でも、使用する技は数えるほど。その代わり必殺技と言えるほどの威力がある。

残った腕に力が収束していく。暴発寸前に圧縮された力が。

「食らえぃ！　【風撃拳《アーティレリブロウ》】！」

当たるはずもない距離で振るわれた拳。

だがその拳撃は、飛んだ。地面を削《けず》り、細かな砂礫《されき》を巻き上げながら竜巻《たつまき》のような一撃がイリス《ルネ》目がけて押し寄せる。

拳圧がイリス《ルネ》の髪《かみ》を揺《ゆ》らす。イリス《ルネ》の足下《あしもと》が削られる。刹那《せつな》。

「《禍血閃光《ブレイグレイ》》」

イリス《ルネ》がゴドに突きつけた杖から、赤黒き死の閃光が噴き出した。一直線に削られた地面をさらに削り返すように、大神の作りたもうた全てを否定し憎《にく》み尽くす呪《のろ》いの力が放出される。

「ぬおっ⁉」

ゴドの巨体が呪詛《じゆそ》の奔流《ほんりゆう》に呑《の》み込まれた。辺りを昏《くら》く染め上げるおぞましき輝きの閃光がゴドの肉体を侵食《しんしよく》する。そして後に残ったのは、全身焼けただれたような状態の、人形《ひとがた》の何かだった。

「練気術は、自分の肉体に魔力を通して使う武技。つまり……護符の防御を起動したまま使えるわけないんだよね」

ゴドは練気術を使う瞬間、護符の防御を切ったのだ。イリス《ルネ》はただそこを狙って魔法攻撃を叩き込んだだけ。ゴドの一撃を敢《あ》えて食らうことで自分が攻撃する隙を作った。

一撃を食らったと言ってもイリス《ルネ》は毛一筋も傷ついていないわけだが。

「無傷、だと……⁉　貴様……さては…………」

まだ形を保っているだけでも驚きだが、さらに驚いたことにゴドは喋《しゃべ》った。

イリス《ルネ》は嘲《あざけ》るようにペロリと舌を出し、金色の板をポケットから取り出す。

「護符《これ》。なーんか知らないけどいっぱい落ちてたから、勿体《もったい》なくて持って来ちゃった」

ゴドが遠距離攻撃に切り替《か》えた時点で、イリス《ルネ》は物理反射の強化《バフ》が剥がれるのも構わずに護符を起動していた。流砂に呑まれた騎士が持っていたものだ。

接近戦を諦めて遠距離攻撃に切り替えたままではよかったかも知れないが、手札と準備の差で、ゴドは最初から勝てない勝負をさせられていたのだ。あるいは部下の術師が残っていれば搦《から》め手から攻《せ》められたかも知れないが、どうも全員が崖下《がいか》への攻撃に参加していて崩落に巻き込まれたらしい。

「お、のれ……」

ゴドが膝《ひざ》を折り、くすぶる巨体をドウと横たえた。

「……もうちょっと気の利いたリリカルな断末魔が聞きたかったなあ。まあしょうがないか、筋肉だし。それで、残るは……」

ゴドが惨殺《ざんさつ》されたのを見て腰を抜かしている男が一人、そこに居た。

◇

「あなた、偉い人っぽい？」

「あ、あ、あ……」

デリクは尻餅《しりもち》をついたまま器用に手だけで後ずさった。見下ろす少女の冷たく据《す》わった藤《ふじ》色の目には狂気《きょうき》の光が宿っていた。

デリクはキーリー伯爵が討伐部隊なんてもんを編制した時点で念のため領外に待避《たいひ》し、そこから指示を出していた。ところがキーリー伯爵領内の拠点《アジト》がことごとく潰されてしまい日常業務もほぼできなくなり、再建も後回しということでデリクは暇《ひま》になった。

そんなわけでちょうど手が空いていたデリクは、この襲撃の指揮を執《と》ることになった。それだけデリクの手腕《しゅわん》は上からも評価されているのだ。

『絶対に標的を皆殺しにして情報が漏れないようにする』という条件と引き換《か》えに近隣《きんりん》の領地からヒルベルト派の騎士たちが増援《ぞうえん》に駆けつけた。術師の数も充分で、念のための備えとして大量の護符も用意した。おまけに敵の斥候はこちらの内通者だ。

充分な戦力、有利な状況、万端《ばんたん》の準備。何も問題は無い。大仕事だが楽な仕事だ。

気になるのは『謎《なぞ》の襲撃者』だったが、活動時間帯は深夜ばかり。最初に『山賊』が襲撃されたのは黄昏《たそがれ》時だったが、あれだけ別人の仕業《しわざ》なのか、実は夕方でも大丈夫《だいじょうぶ》なのか、いずれにせよ朝方の襲撃であれば横槍は入らないだろうと断定されていた。

あとは標的を皆殺しにして、それでおしまい。そのはずだった。彼女《かのじょ》が現れるまでは。

「知ってる？　ナイトパイソンのボスの居場所」

デリクは答えられなかった。喉《のど》が渇《かわ》ききって張り付いたように感じた。声が出なかった。

彼女が何者かデリクは知っている。〝竜の喉笛〟の魔術師《ウィザード》イリス。この歳《とし》でいっぱしの冒険者という天才児だ。だが、あくまでも天才は天才でしかなく、化け物ではなかったはずだ。よりによって、よりによって、ナイトパイソン最高戦力の一角を、『用心棒』の一人〝虎殺し〟のゴドを、一対一《サシ》の戦いでゴミのように殺すなんて。

……そもそも彼女は本当にイリスなのだろうか？　デリクは確かに見た。イリスの姿が変わるのを。今は確かにイリスの姿をしているのだが、幻のように銀髪銀目の少女の姿がちらついていた。

「《圧砕《スクイーズ》》」

デリクの右腕が血煙になって、呆然《ぼうぜん》としていたデリクは我に返った。

「ぎゃあああああ‼」

「早く答えて。次は左腕。その次は足。その次は、あなたの大切な場所を潰す」

デリクの全身から冷たい汗《あせ》が噴き出した。痛めつけられるのが嫌《いや》だとか、そういう論理的な思考をする前に、デリクは恐怖《きょうふ》に駆られ心を折られていた。

ゴドは脳みその足りない筋肉馬鹿だが、誰にも止められない強さを持つ切り札だったはず。それをゴミのように殺す化け物相手に、ひれ伏す以外何ができようか。

「首領《しゅりょう》は、ウェサラだ！　『謎の襲撃者』が暴れて、戦闘部隊も拠点《アジト》も潰されて……！　危険そうだからって、本拠地《ほんきょち》へ逃げ帰ったんだ‼」

「……ええ？」

ジェラルド公爵領、領都ウェサラ。それがナイトパイソンの本拠地で、首領は今そこに居る。

イリスはそれを聞いて、少しの間何か考え込んでいる様子だった。

「分かった、案内して。かなり無茶をするけど半日くらいで終わると思うから、死なないでね」

デリクは奇妙《きみよう》な命令を下された。

◇

砂の流れはいつの間にか止まっていた。

山をくり貫いた円形の砂地獄に人がたくさん生えている。どうにかこうにか自力で抜け出した者が周囲の者を掘《ほ》り出していた。

「掴まれ、ベネディクト！」

「ディアナ……なんでお前だけ無事なんだ？」

「なんかあたしの足下の砂だけ固まるんで、埋まらなかったんだ」

全く砂で汚《よご》れていないディアナがベネディクトの手を取った。ベネディクトは自分も片方の手を砂の上に突き、這《は》いずるように砂の中から出てくる。

「うぇっぷ、口ん中がひでぇ。砂ん中で泳いだのは初めてだぞ。……これ死んでるの敵だけか？」

「多分ね。敵さんは全滅《ぜんめつ》してるっぽい」

すぐ近くの砂から黒ずんだ手が突き出していたので、ベネディクトは周囲を軽く掘り返しながら死体を引っ張り出した。

人相など分からないほどに萎れた死体だが、鎧の胸元《むなもと》の家紋《かもん》はここからすぐ北の領地の主、サットン伯爵の騎士団に所属することを示している。

「くせぇな。ロクでもないニオイがしやがる……」

「《魔力吸収《マナアブソーブ》》だよ。クソッタレな呪詛魔法さ。殺した相手の魔力を吸い取って魔法の維持に使ってたみたいだ。それでも大赤字なのは間違いないだろうけど……」

「ベネディクト！」

砂まみれの鎧を着たハドリーが、半ば足を取られながらも走ってくる。その後ろからはスカートをたくし上げたキャサリンが砂の山を越えてくるところだ。

「坊ちゃん！　お嬢様《じょうさま》！　ご無事で！」

「馬車は沈まなかったからね。乗っていたキャサリンはもちろん、僕《ぼく》は馬車に掴まって助かった」

「ご無事で何よりです」

「無事は良いんだが……これはどういう状況なんだ？」

ハドリーは周囲を見回して言う。

辺り一面砂まみれになり皆もろともに砂に溺れ、その大混乱の中で敵だけが命を奪われている。状況だけ見るなら味方の仕業という気もするのだが、こんな真似《まね》ができるような味方に心当たりがあるはずもないだろう。

「俺にも、よくは……」

「痛っ……」

胸元に激痛が走り、ディアナは思わず手を当てる。

手を開くと、豊満な胸部を包む僧衣《そうい》の谷間部分に、じわりと血がにじんでいた。

「血……？　怪我してたのか？　ディアナ」

「大丈夫、大丈夫だ」

ちくちくと痛みは感じていた。だがそれが決定的なものになったのは先程《さきほど》だ。

「崖の上かい……」

ディアナは、遥《はる》か彼方《かなた》の高みにも思える断崖の頂を見上げる。ディアナの胸を突き刺す異常な気配の源泉は、そこにあった。

「ベネディクト。ヒューを捜《さが》しときな。それと剣も埋まっちまったろ？　掘り出しときな。その鼻なら見つかるはずだ」

ディアナは天を見て、心の中で祈《いの》りの文句を唱えた。

――クソッタレで怠《なま》け者の神様とやら、汝《なんじ》の子に奇跡《きせき》の力を与え賜《たま》え！

祈りの形式も敬意の有無《うむ》も関係ない。ディアナの意思によって、ディアナ自身の命と結びつけられた回路が起動する。灼熱《しやくねつ》の歯車が身体の中で回っているようだった。今ディアナは、己《おのれ》の命をほんの少し神に捧《ささ》げたのだ。

ディアナは、走り出した。

「おい、どこへ……」

「【光翼紋《ウイングスティグマ》】励起《アクティベイト》！」

踏み切って跳躍《ちようやく》すると同時、ディアナの背中から膨大《ぼうだい》な聖気があふれ出した。有り余る聖気は概《がい》念《ねん》的な光の翼という形を取り、ディアナは重力の軛《くびき》から解き放たれる。

「はぁ⁉」

あっけにとられたベネディクトの驚きの声を残し、ディアナの身体は一直線に上昇《じようしよう》していった。

磨《みが》き上げたようになめらかな曲面を描《えが》く崖を登り切り、視界が開けたと思った瞬間、ディアナは濃《のう》密《みつ》な邪気を感じ取る。

崖の上には死体が一つあるだけだった。

「チ……遅《おそ》かったか」

降り立ったディアナは、焼けただれたような死体の隣《となり》に跪《ひざまず》いて検分する。岩と見紛《みまご》うほどに隆々《りゅうりゅう》たる身体を持つドワーフだ。片腕が爆《は》ぜ飛んだようになっていて、死体は邪気に蝕《むしば》まれている。

「こいつぁ、まさか〝虎殺し〟の……」

筋肉馬鹿のドワーフは格闘家を志す者も珍《めずら》しくない。だが、ナイトパイソンの関係者でこれだけ立派な身体をしたドワーフの格闘家と言うと、思い浮《う》かべるのはどうしても一人。『用心棒』のゴドだ。荒事担当で、とにかく武力があれば他は何も要らないという局面で投入されるナイトパイソンの決戦兵器。ゴドを抑《おさ》えるには並の兵なら百人でも足りぬという評判だ。

だが、そのゴドが無惨に死んでいる。

「ああ、全く……冗談《じょうだん》きついね」

ディアナはお手上げだとでも言うように顔を覆った。ゴドを殺すほどの何かが、居る。

◇

銀嶺を眼下に二人は飛翔する。雪を被った丘《おか》を越え、崖を飛び越えて。

《飛翔《フライ》》の魔法で吊《つ》り上げられて飛ばされているデリクは、自分の昨夜の行動を何度も反芻《はんすう》し、どこかで酒を飲み過ぎたり薬《ヤク》をキメたりしていなかったか真剣に検証していた。今の状況は信じがたいほどに現実感が無く悪夢的だ。

デリクだけが残った。それは幸運だったからでも、抵抗《ていこう》したからでもなく、単に彼女がデリクを必要だと見なしたからだ。デリクを捕獲《ほかく》して飛ぶ少女、〝竜の喉笛〟の魔術師《ウイザード》イリスの姿をした何か。彼女は何らかの手段で防寒を行っているようだが、デリクはその恩恵に与《あずか》れず、すでに涙《なみだ》と鼻水が凍ってツララになっている。もぎ取られた右腕の痛みがデリクの意識を繋ぎ止める。

「あなたたちのボスは、普段は本拠地のアジトにずっと籠《こ》もっている……ってことでいいのね？」

背後から突然《とつぜん》飛んできた声にデリクはすくみ上がった。何か考えていたらしいイリスが念押しのように突如《とつじょ》として質問してきた。可愛《かわい》らしい少女の声なのに全く抑揚《よくよう》が無く、人を相手に喋っているとは思えないほど冷たい。

デリクは、自分が『まだ利用価値があるゴミ』程度にしか思われていないのだと分かった。

「は、はい！　その通りです！　居場所は分かりやすいです、はい！」

承知したらしい少女はまた黙《だま》る。凍《い》てつく風が轟々《ごうごう》と吹き付ける中、息詰まる沈黙《ちんもく》が戻《もど》ってきた。

——夢なら醒《さ》めてくれ。夢でないなら……

奇跡よ起きてくれ、としか思えない。どうすれば命が助かるのか分からない。だから奇跡よ起きてくれと、デリクはこの世に生まれ落ちて始めて真剣に神に祈っていた。祈るしかなかった。

◇

ディアナが崖上から舞《ま》い降りると、血相を変えたベネディクトがやってくる。

「ディアナ！　イリスが居ねえ！」

「……知ってるよ。ああ、ヒューも無事か。良かった良かった」

「ディアナ、お前……飛べたのか？」

　全身砂まみれのヒューは、鎧の中に入った砂を落とすため胸甲を脱いでいた。彼も空から降りてくるディアナを見て驚いた様子だった。実際ディアナはこの魔法をベネディクトにもヒューにもイリスにも見せたことがない。

「ベネディクト。イリスの荷物、場所分かんないかい？」

「それなら落ちてた。ほら、これ……」

「貸しな！」

　大きめの背負い鞄《かばん》をベネディクトからひったくるなりひっくり返すディアナ。砂の上に荷物の雪崩《なだれ》が発生した。魔法を使うためのアイテムや、ちょっとした可愛らしい雑貨をかき分けて、ディアナが引っ張り出したのはイリスの着替えだ。

　目を閉じたディアナは、シャツの縫《ぬ》い目をなぞるようにして精神を集中させる。

「『天の門開かれり⫽我は光を仰《あお》ぐ者⫽其《そ》れは集《つど》う／其れは結ぶ／其れは天啓《てんけい》なり⫽故に我は跪く、主よ示し賜え』……《託宣《シーク》：尋ね人《パーソン》》！」

　物品などを手掛かりに人を捜す魔法の神聖魔法版だ。すぐにディアナは反応を掴む。

「やっぱり……！」

　腹の底を炙《あぶ》られているような心地《ここち》だった。……飛んでいる。

ディアナは僧衣に収めていたポーション用容器の小瓶《こびん》を取り出した。中にはドロリとした赤黒い液体が入っている。

「なんだそりゃ？」

「こいつは、崖上にあった死体から搾ってきた血だ。多分、ナイトパイソン『用心棒』のゴドだ」

「ちょっと待て、どうしてそんなことになってるんだ？」

ヒューは頭痛を堪《こら》えるような顔だった。

「誰が、どうやって殺したってんだよ。しかもなんでそいつの血を持ってくる？」

「まあ見てな」

ディアナはナイフを抜き、そして血が滲《にじ》んだ衣の胸元を切り裂いた。

これにはベネディクトとヒューが少し驚いた。ディアナはこれまで手と足と顔以外、かたくなに肌《はだ》を露出《ろしゅつ》させようとしなかった。男であるベネディクトたちにだけでなくイリスにも肌を見せずにいたほどなので、いきなりの行動に戸惑《とまど》ったようだ。

優美な曲線を描く胸元が露《あら》わになる。

そこには、魔法陣の一部のような紋様《もんよう》が刻まれていて、染《し》み出すように血がにじんでいた。

ディアナは小瓶の栓《せん》を抜き、中の血を一滴《いってき》、紋様の上に垂らす。紋様がドクンと脈打った。焼けた鉄が紋様から染みこみ、血管を通って全身を流れていくようにディアナは錯覚《さっかく》する。

「これで、あたしは……ゴドを殺した奴の居場所が分かるようになった」

「マジかよ」

「ああ、大マジさ。そして、どうやらとんでもなく厄介《やっかい》なことになった」

皮膚《ひふ》を引っぱられるような感覚に従い、ディアナは東の空を見る。

「イリスの反応と、ゴドを殺した奴の反応。それが同じ所にある」

高く蒼《あお》く澄んだ空に、千切られたような雲がいくつか浮かんでいた。

＊　＊　＊

中天を越え、傾き始めた太陽の光を背中に浴びながらイリス《ルネ》は飛んだ。

美しい銀色の化粧《けしょう》をしたシエル＝テイラの大地は、空から見下ろすとかなりのデコボコだ。なにしろこの国は急峻《きゅうしゅん》な山だらけの地形だ。その山には豊かな鉱物資源が眠《ねむ》ってもいるのだが。

イリス《ルネ》は魔法によって姿と気配を消し、さらに寒気や風圧から身を守りつつ飛翔している。ちなみに最初は自分だけ保護していたのだが、道案内係の男が凍死《とうし》しかけたので、途中《とちゅう》から範囲《はんい》を対象とした魔法に切り替えた。

隣を飛ぶのはナイトパイソンの幹部らしき男。名前はどうでもいいので聞いていない。とりあえずウェサラに着くまで無事ならそれでよく、ナイトパイソンのボスを殺す手引きだけさせて廃棄《さつがい》する予定だった。

ふと気がつくと隣の男の放つ感情がぼんやりしたものになっていた。イリス《ルネ》は即座《そくざ》に男の髪を掴んで顔を引っ張り上げると、その口の中に針を突っ込んだ。

「ぎゃあああああ‼」

男の口からだらりと血が垂れる。彼は空中でのたうつ芋虫《いもむし》のようにもがくが、魔法によって吊り上げられた身体は無情にもイリス《ルネ》の隣を飛び続けている。

「寝《ね》ないで」

「はひぃ！」

「ふん、たかが針の二、三本で大騒《おおさわ》ぎしちゃって。わたしは一日に百本やられたってのに」

吐き捨ててイリス《ルネ》は前方に目をやる。

隣の男に聞くべき事はもう聞き出した。と、なると後は暇だ。

暇になれば、思い出が蘇《よみがえ》る。復讐《ふくしゅう》の戦いを始めてから約一ヶ月。怒濤の如き日々だった。

そして、その過程で……思いがけず多くの人と関わった、という気がする。うっかりすると『世の中捨てたもんじゃないんだな』なんて思ってしまいそうだった。

だがそれは、邪悪な復讐者にとって、手に入れることが許されない温《ぬく》もりだ。

復讐のためルネは『イリス』を奪った。それは動かしようのない事実だった。

切通しへ置き去りにしてきたキャサリン、ベネディクト、ヒュー、そして……ディアナ。彼女らに会うことは二度と無いだろう。二度と会いたくなかった。会えば、敵だから。

イリス《ルネ》は頭を振って感傷を追い払う。今考えるべきはそんな事ではなく、この先の戦いだ。

現在王宮の傭兵《イヌ》として振る舞っているナイトパイソンから大駒《おおごま》を二枚ぶち抜き、戦闘部隊はボロボロにした。ついでにヒルベルト派の騎士を結構な数討ち取れたのも僥倖《ぎょうこう》だ。

後はナイトパイソンの本拠地を奇襲《きしゅう》し、ボスを殺害する。予定とはだいぶ変わってしまったが、燻《いぶ》し出して本拠地へ逃げ込ませたのだからそれで良しとしよう。居場所が分かれば袋のネズミだ。ボスを倒せば復讐《ふくしゅう》代行により自己強化できる。さらに、戦闘部隊が機能不全になっているうえに統制《ボス》を失ったナイトパイソンは大混乱に陥《おちい》って身動きが取れなくなる……ような気がする。多分。

それと、せっかくジェラルド公爵領まで出向くのだから公爵も仕留めておきたいところだ。アラスター・ダリル・ジェラルド公爵は、ヒルベルトが国内を政治的にまとめる上で大きな力を発揮しており、右腕とも呼べる存在らしい。そのアラスターが居なくなればヒルベルトも動きにくくなる……ような気がする。まあ、ジェラルド公爵は諸侯の中でも屈指《くっし》の軍事力を持つわけで、その頭を潰しておく意味は大きいだろう。

――前世でもうちょい勉強しておけばよかったなぁ。戦略とか計略とか組織論とか社会システム科学とかそういうの。

今後のことを考えながら、イリス《ルネ》は前世での無精をちょっと後悔《こうかい》する。佐藤長次朗《さとうちようじろう》なる男は一応の高等教育を受けた身分ではあったが、こんな状況で使える知識は持ち合わせていなかった。この先どうやって駒を進めるべきか、何をすればどんな結果になるのか、もう少し確信を持って予測できればよかったのだが……

――それでも、一度は大人だった経験に感謝すべきかな。十歳《さい》児のスケール感じゃここまで動けなかった、って気がする。

戦いの段取りを考えられる。計画して、殺せる。それは喜ばしいことだった。

ふたつの未確認飛行物体は放たれた矢のように一直線に飛び続けていた。

＊　＊　＊

飾《かざ》り気の無い、闇《やみ》に潜むために生まれたかのような漆黒《しっこく》の馬車が街道《かいどう》を爆走する。踏み潰された石が割れ、馬が泡《あわ》を吹くほどの速度で、ガズールの街へと向かってひた走る。

崖の上に隠されていたこの馬車は、おそらく作戦失敗時にナイトバイソンの幹部などが離脱《りだつ》するためのものだろう。馬車そのものがマジックアイテムで、矢や魔法を防ぎ、重量軽減や抵抗抑制《よくせい》によって走行を補助して馬車にあるまじき速度が出るという逸品《いっぴん》だった。

御者席《ぎょしゃ》に座ったヒューが二頭の馬にビシバシと鞭《むち》をくれる。そして箱状の馬車内部ではベネディクトとディアナが向かい合って座っていた。

「……なあ、教えてくれ。そいつは何なんだ？　俺らにずーっと隠してたってこたぁ、それだけの事情があるんだろう。でもこのままじゃ俺は訳が分からんぞ」

「だな。それが何なのか分からないままじゃ戦闘時の連携《れんけい》にも差し支《つか》える」

御者席のヒューも小窓越しに言った。

ディアナは間を取るように煙草《たばこ》を一服吹かした。吹きだした煙が滞留《たいりゅう》し、馬車内の空気をうっすら白く染めた。

「ディレッタ神聖王国の『滅月会《ムーンイーター》』っての、知ってるかい」

「噂《うわさ》くらいは……」

「アンデッドと邪術師を潰すことに血道を上げるディレッタ最強の精鋭《せいえい》部隊。腕は確かだが、邪術師ひとり殺すために村を丸ごと焼くような連中だって……」

「そういう噂は話半分に聞いときな」

ヒューの言いぐさにディアナはひらひらと手を振る。

「噂の倍は酷《ひど》いから」

そう言って、また細長く煙を吐き出した。

ディアナは馬車の窓から空を見上げる。いつしか掛かり始めた重苦しい雪雲の向こうに、遠い日の記憶《きおく》があるとでも言うように。

「うちの一家はね、それだったんだ。別に世襲《せしゅう》でもないが代々滅月会《ムーンイーター》でね。親父《おやじ》は自分の技を子に継《つ》がせたがったが男が生まれなかった。仕方なくあいつは長女であるあたしにそれを託《たく》した。八つの歳からあたしはクソみたいな修行を散々させられた。子どもが望めない身体になるほどの厳しすぎる修行をね……」

家族について語るディアナの言葉には、これっぽっちも懐《なつ》かしむ調子が無かった。

ベネディクトは重い雰囲気《ふんいき》を察してちょっと気まずげな顔だ。反応に困っているらしい。

「その親父はあたしが十五ん時に死んだ。戦って殺されたわけじゃない、命を使い果たして死んだんだ。滅月会《ムーンイーター》の奥義《おうぎ》は、人の限界を超えた力の代償《だいしょう》に命を削るのさ。所属者は実質消耗品だ。そしてあたしは親父の死を機に逃げ出した。その頃《ころ》にはもう、そこそこの使い手になっちゃいたが……滅月会《ムーンイーター》の連中のやり方は気にくわなかったからね。連中に従って村を焼くのは御免《ごめん》さ」

「胸元のそいつが滅月会《ムーンイーター》の？」

「そう。これが滅月会《ムーンイーター》の奥義『戦闘聖紋《スティグマ》』。あたしの全身には紋が刻まれてる。……全部で二十七に分かれてて、それぞれに別の力がある。あたしは普通に僧侶《プリーステス》やってる分には並だよ。でも、こいつを使えばとんでもない力を出せるんだ。そんで、胸元のこいつは探査だ。ろくでもないもんしか探せないけどね」

探査と言うが、何に反応するのかディアナは言わなかった。

「滅月会《ムーンイーター》を抜けたとき、あたしはもう戦闘聖紋《スティグマ》を使わないと誓《ちか》った。本当にどうしようもない時だけにしようってね。……多分、それは今だ」

そしてディアナはキセルを咥《くわ》え、荷物からシエル＝テイラの国内地図を引っ張り出す。

冒険者ギルドで売られているこの地図には、主要な山と川、主要な都市、そしてそれらを結ぶ街道くらいしか書かれていないけれど位置関係は正確だ。

「あたしが見てる反応の移動する方向……多分これ、ジェラルド公爵領の領都・ウェサラに向かって一直線に進んでるよ。この速度なら夕方には着くだろう」

位置を探知する魔法は距離感と方角が頭に浮かぶものが多い。少なくともディアナの紋はそういうタイプだった。土地勘《とちかん》が無い場所に相手が居る場合、地図と合わせないと正確な場所や行き先が分からないのだ。

「ウェサラか……つまりナイトパイソンの本拠地、だよな？」

「噂だけどな、まあ本当なんだろうぜ」

ヒューは痰《たん》でも吐くように言い捨てた。砂に埋まった襲撃者たちは全員死んでしまってもはや事情を語る者もなかったわけだが、しかしあれがナイトパイソンとヒルベルト派騎士たちの共謀《きようぼう》であることは明らかだ。王宮とナイトパイソンを一本の線で結ぶ存在が居るとするなら、それは誰か。

「だが、だとしてもゴドを殺したのはどいつなんだ？」

「知ってるだろ、ベネディクト。ナイトパイソンの関係者を殺して回っていた正体不明の術師」

「もちろんだ。……ディアナ、お前は今回のこれが、その術師の仕業だと？」

「だって襲撃部隊を一網打尽《いちもうだじん》にしたのも、ゴドを殺したのも魔法だろ」

「魔法ったってそれだけで……いや、よりによってナイトパイソンを目の敵にした虐殺者《ぎやくさつ》がそこら中にいるってのもおかしいか。それで仮にゴドを殺したのがその術師だとして、イリスの反応も一緒《いっしょ》なんだな」

「……ああ。紋で探知してる奴とイリスの反応はずっと同じ場所だった。《託宣：尋ね人《シークパーソン》》の方はとっくに捕捉圏外《ほそくけんがい》になっちまったが、今も一緒のままと見るべきだろう。高速で真っ直《まっす》ぐ進んでるから、おそらく魔法で飛んでる」

ディアナは言葉を選んで言った。『イリスの反応』と『ナイトパイソン関係者を虐殺した奴の反応』が別人とは限らないのだから。

だが、それが何故ウェサラへ移動しているのか分からない。確かなのは理解しがたい不穏《ふおん》な事態が起こっていることと、それにイリスが巻き込まれたということだ。

「あたしはこれを追っかけようと思う。イリスを救う手段がまだ残ってるかは……分からないけど」

「『救う』って、おい、イリスに何が起きたってんだ？　ディアナお前、何を知ってるんだ」

「だいたい、こんなのどうやって追いかけるんだよ。相手は魔法で空飛んでるんだろ？」

何かに八つ当たりするように、ヒューが大げさに嘆《なげ》く。強烈《きょうれつ》な鞭を入れられた馬が悲鳴のようにいななないた。

「さっきの魔法で飛んでくってのか？」

「戦闘聖紋《スティグマ》はどれもこれも消耗がやばいんだ。寿命《じゅみょう》を二、三年縮める気ならウェサラまで飛べるだろうけど、辿《たど》り着いた頃にゃあたしはヘトヘトだよ。それじゃあダメだ、向こうについてすぐ……

戦えるようにしとかないと」

ディアナは地図をじっと睨《にら》み続け、やがてぽつりと言った。

「ガズールにはヒポグリフ便が来てるよね？」

「おい、まさか」

思わず窓の外を見たベネディクトの視線の先。はるか高くに、この距離でもそれと分かる巨大なシルエットが浮かぶ。

蒼天《そうてん》に翼を広げて舞う巨影《きょえい》……鷲《わし》の翼《つばさ》と頭、馬の胴体《どうたい》を持つ魔物。ヒポグリフ。

ヒポグリフは地域を問わず使われている高級騎獣《きじゅう》だ。空を飛ぶ魔物の中でも飼い馴《な》らしやすさと、その割に力が強いことでは群を抜いている。用途は多岐《たき》にわたる。軍用は当然のこと、野心的で活動的な富豪《ふごう》は個人用の乗り物としてヒポグリフを所有するのがステータスになっている。また、料金はべらぼうだが物品の輸送に用いられることもあった。

もっとも、ヒポグリフ便が吊り籠《かご》で運ぶのは物に限った話で、人を運ぶのは専門外のはずだが。

＊　＊　＊

ジェラルド公爵領、領都ウェサラ。国内では王都に次ぐ大都市である。

豊富なグラセルム鉱脈を抱《かか》えるジェラルド公爵領は、種々の鉱山とその周辺産業によって栄えている。ウェサラに集うは商人、鍛冶《かじ》職人、そして錬金術《れんきんじゅつ》師。世間では比較的珍しい、ゴーレムや魔動機械《アーティファクト》の技師まで居る。軒《のき》を連ねる鍛冶工房《こうぼう》から煙が上り、シエル＝テイラらしい石組みの街並みにも無数の鋲《びょう》が打たれ輝いている。巷《ちまた》には反連邦《れんぽう》の気運が高まっているが、今さらぶち壊《こわ》すわけにもいかず連邦風の『蒸気と歯車』建築が居座っている。ウェサラはそんな街だった。

そして、そんな街のど真ん中と言ってもいい場所にナイトパイソンの本拠地はあった。機械部品とパイプで絢爛《けんらん》に飾ったような連邦風の高層建築だ。

表向き、そこはバルターク商会なる組織の本部である。バルターク商会というのが、ナイトパイソンの表向きの仮面だ。もちろんその実態は犯罪の総合商社というわけだが。

ナイトパイソンの本拠地が街のど真ん中に堂々存在すると聞いて、イリス《ルネ》は驚き呆《あき》れたものだ。堅牢《けんろう》なダンジョンになっているというわけでもなく、異常な警備がされているわけでもなく、あくまで商会の本部として存在するその建物は、この街では珍しくない普通のスチームパンク建造物。さすがに東京の高層ビルには及《およ》ばないがこの世界において摩天《まてん》楼《ろう》と呼ぶに充分な絢爛建築だ。

犯罪組織の本拠地として無防備にも思えるが、なにしろこの国の裏社会を寡占《かせん》支配する独占《どくせん》禁止法違反《いはん》の絶対王者だ。要するに誰もナイトパイソンにちょっかいを出そうなどと思わなかったということ。触《さわ》らぬ神に祟《たた》り無し。動機・戦力の面で唯一《ゆいいつ》敵となりそうな公権力は、むしろナイトパイソンと仲が良いのだから世も末だ。

だが、逆に言えばそれは自らの力に奢《おご》りきって喉を晒《さら》して眠っているも同然。そして、狂気の復讐者はナイトパイソンに恐怖など感じない。

摩天楼の側面、真鍮《しんちゅう》のパイプみたいなものがボコボコ生えている壁にそっと近づき、イリス《ルネ》はその質感を確かめる。装飾《そうしょく》と謎の浪漫《ろまん》メカが多数存在しているが、しかし建物の基幹は石だ。いくらなんでもこの規模の建物を金属だけで建てたりは（少なくともシエル＝テイラでは）しない。

その壁に杖を突きつけて、イリス《ルネ》はただ大量の魔力を流し込む。邪神から与えられた力の一端、中規模都市の地脈にも匹敵《ひってき》する膨大な魔力を汲《く》み出して、魔法の効果範囲を拡大する。

「……《石工術《メーソンリー》》」

ぴしり、と壁に稲妻《いなずま》が走った。電子回路のようにカクカクとした魔力光の軌跡《きせき》が壁に穿《うが》たれる。

そして次の瞬間、スチームパンクビルのイリス《ルネ》が見ている一面、およそ四階ほどまでの壁が、押しのけられて素通しになった。

窓枠《まどわく》や配管や装飾、意味があるのか無いのかも分からない歯車類などがいくらか剥がれ落ち、残りは蜘蛛の巣に引っかかった蝶《ちょう》のように垂れ下がる。偶然《ぐうぜん》壁際に居た『従業員』たちが、何が起こったのか分からないという顔で突然の大パノラマを見ていた。

《石工術《メーソンリー》》。レベル二の地属性元素魔法。まるで粘土《ねんど》のように石を切断・結合したり、スライムのように石を動かして自由な形に変えることもできる。流し込む魔力の量を調整すればこの通り、大きな建物にも甚大《じんだい》なダメージを与えられる。

見えない虫が建物を食っているかのように侵食は広がっていった。壁が床《ゆか》が天井《てんじょう》が押しのけられ、それを構成していた石材は無秩序《むちつじょ》な石積みとして廃棄される。

そして、遂《つい》に限界が訪《おとず》れた。

壁をひび割れさせ、パラパラと石の欠片《かけら》を落としながらビルが傾き始めた。自重を支えきれなくなったのだ。それを見て取ったイリス《ルネ》は《短距離転移《ショートテレポート》》を繰り返し、倒れる方向から逸《そ》れた建物の屋上に避難《ひなん》した。

◇

ビルの最上階にある『商会長室』で、グレアム（もちろんこれは彼が持つ多くの名前のうち一つに過ぎないのだが）は頭を抱えていた。

既《すで》にとっぷりと日は暮れていたが商会長室にはシャンデリアを模した魔力灯の照明が煌々《こうこう》と灯《とも》る。金属、貴金属、そしてまた金属の室内からは、真鍮のような枠にはめ込まれた大きな窓を通して蛍《ほたる》の群れのようなウェサラの夜景を一望できた。

王宮の意を受けて出張ってきた騎士どもとナイトパイソン工作部隊の合同で、諸侯連合の討伐部隊へ攻撃が敢行《かんこう》されたのは今日の午前。未だ正体不明の『謎の襲撃者』など、気になる要素が無いわけではなかったが、圧倒的な戦力を動員し圧倒的有利な状況で戦いを仕掛けるのだから負ける方がおかしい戦いだ。徹底殲滅《てっていせんめつ》の結末になるはずだった。

しかしグレアムにもたらされた報《しら》せは『通信途絶《とぜつ》』。山に大穴が開いて兵員が呑み込まれたという、何らかの幻術《げんじゅつ》を受けたのではないかとすら思える異常な報告の後、現場とは一切《いっさい》の通信が途絶したとガズールの街から報告があった。

理解不能な状況にグレアムがやきもきしていたところ、夕方近くなってさらに奇妙な続報が届いた。討伐部隊が無事な状態で戻ってきたというのだ。……何故か砂まみれになって。

口の軽い荷物持ちや冒険者に探りを入れていくと奇怪《きかい》な証言が得られた。崩落した断崖、敵も味方も全てを呑み込み敵だけを殺したという砂の渦……

非現実的な証言ではあったのだが、討伐部隊が生きている以上襲撃が失敗したのは確かだ。グレアムはようやく、あの報告が現実に起こった出来事ではないかと思い始めていた。

「以上が、これまでに集まった情報です……」

ガチガチに緊張した部下からの報告を聞きつつグレアムは考えていた。仮に証言が事実だとしたら何かがおかしい。魔法となると『謎の襲撃者』の影がちらつくが、これは見込み違いだの計算違いだのというレベルを超えている。

天変地異としか言いようのない大魔法は、どれほど術師の魔力を練る能力が高かろうと、魔力自体が不足する。人の魂《たましい》ではそれほどの膨大な魔力を蓄《たくわ》えきれない。地脈から魔力を引っ張り出すとか、大人数で発動するとか、大量の魔石を消費するとか、いずれにせよ入念な準備を要するものであり、突然の襲撃に対抗して即興《そっきょう》で使えるようなものではない……はずだ。

――我々は、天を舞う猛禽《もうきん》の前に姿を晒したネズミなのか？　仕事などしておれん。全力を挙げてナイトパイソンの防衛を行うべき局面だ。

「ご苦労、下がってよい」

「はっ！」

痛手を被ったが、年単位の時間を掛ければ組織はまだ立て直せる。そのためにも今をどうやって乗り切るべきか考えなければならない。

報告に来ていた部下を追い払うように下がらせると、グレアムは思案する。

――しかし、何者の仕業だというのだ。化け物の仕業としか言いようが……

考え込むグレアムの頭が右に振られ、天井のシャンデリア風照明がじゃらりと鳴った。

「おい、待て。何か傾いておらんか？」

「は、はい？」

立ち去ろうとしていた部下の身体が傾いて、彼は斜めになった床を転がっていった。

◇

徐々《じょじょ》に傾いていったビルはやがて自ら崩壊《ほうかい》しながら重力に身を委《ゆだ》ね、公爵の居する『無尽の輝き』城の堀《ほり》と城壁《じょうへき》に頭を突っ込むようにして身を横たえた。天地が震え、轟音《ごうおん》がして、土煙が巻き上げられて爆発的に広がっていく。異物を大量に突っ込まれた堀は氾濫《はんらん》した。

そして、ほんの数秒で多数の命が消え去った。

◇

「何だ……？　何が起こった？」

公爵居城の地下の一室、ただ一つ魔法陣が敷《し》かれているだけの小さな部屋にグレアムは倒れていた。平衡《へいこう》感覚を確かめるように、ぼんやりと光を放つ魔法陣を撫でる。

バルターク商会の本部ビルが倒れたことは理解している。もちろん、何故そんなことになったかはまるで分からない。とにかくグレアムは間一髪のところで、商会長室に仕掛けられた転移陣を起動して脱出《だっしゅつ》を果たしたのだ。行き先はここ、公爵居城の地下だ。

あらかじめ脱出用の転移陣を埋設《まいせつ》してあったこと。そしてアラスターとの癒着《ゆちゃく》によって、いついかなる時でも陣を起動できるよう、魔力供給を街の地脈から受けられていたことがグレアムの命運を決した。

鎧の鳴る音がガチャガチャと近付いて来て、石壁にはまった扉《とびら》が叩き割られるように開かれる。近衛《このえ》の騎士を従え、アラスターが慌《あわ》ただしく姿を現した。何かの理由でグレアム以外が転移陣を使って侵入した可能性を想定し、護衛を連れてきたようだ。

「何事だ、グレアム！　商会本部が倒壊《とうかい》したぞ⁉」

グレアムは、石窟《せっくつ》のような暗い天井を見上げて白い息を吐《は》くより他にない。

「私にも何が何やら分からぬのだ。……外は安全か？　どうなっている？」

「私もまだよくは……とにかく、商会本部が私の城に向かって倒れてきたのは確かだ。堀を越えて城壁を崩している」

「とにかく様子を見させてくれ」

老人二人、速いとは言えない速度だが可能な限り足早に廊下《ろうか》を進む。どこか遠くから風に乗って不穏なざわめき声が流れてくるかのようだった。

「おかしい。建物の点検は行っていたはずだ。崩れるほど古いものでもない。魔動機関が問題を起こしたか？　建材を誤魔化《ごまか》されたか？」

歩きながらグレアムは倒壊原因を考えていた。ただ、何が原因だとしてもナイトパイソンにとって多大な損失であることは変わらない。大きな組織ともなれば（たとえそれが犯罪組織だったとしても）組織の規模に応じた事務仕事が発生するものであり、そのための体制を失ってしまったのだから。ただでさえ減っている荒事担当の連中の頭数もさらに減ってしまった。

「既に衛兵隊が出動している。生存者が居るかは分からないが救助活動と、原因の調査を……」

前方、廊下の壁が轟音とともに吹き飛んでアラスターの言葉を断ち切った。

「な、なんだ⁉」

立ちこめる粉塵《ふんじん》。アラスターの連れてきた護衛が反射的に剣に手を掛けて前に出る。だが。

「《騒霊《ポルターガイスト》》」

崩れた石壁の破片がそのまま動き出した。撃《う》ち出された砲弾《ほうだん》のように、アラスター目がけて。

即座に護衛たちが割って入りアラスターを庇《かば》ったのは流石《さすが》と言うべきか。だが、飛来した石礫《いしつぶて》は恐《おそ》ろしい勢いで、ぶつかるなり砕《くだ》けるほどの威力だ。鎧兜《かぶと》で武装している護衛たちを、鎧をへこませ兜をへこませ吹き飛ばす。

既に死体か間もなく死体か、護衛たちは瞬《またた》く間に倒れて動かなくなった。

「みぃいーつけたっ」

小さく軽い足音が、しかし冷たく廊下に響《ひび》く。

一人の少女が姿を現した。野暮《やぼ》ったいローブにウェーブが掛かった金色の髪、そして藤色の目。ローブは冒険者向けの防具。杖を持っていることから術師……おそらく魔術師《ウィザード》と分かる。

「そこの慇懃《いんぎん》無礼スーツはアラスター・ダリル・ジェラルド公爵。そしてそっちの指名手配面《ヅラ》はナイトパイソンの首領……世間《せけん》的にはグレアム・バルタークで通している小悪党とお見受けする」

死体を踏みにじるように近付きながら杖を突きつけて、少女は傲然《ごうぜん》と言い放った。

「何者だ、貴様っ……！」

アラスターはあまりの無礼に堪えかねたように叫ぶ。

グレアムも彼女が何者であるかの答えが欲《ほ》しいのは同感だった。異常だった。こんな少女が公爵居城に押し入って護衛を惨殺するというのも、彼女が見せた魔力の片鱗《へんりん》も。

少女は花弁のような唇《くちびる》を歪《ゆが》めて冷ややかに笑う。それは、決して『子どもらしい』とは言えない狂気じみたものだった。それは少女の姿をした怪物《かいぶつ》としか思えなかった。

だが。

「何者か。そりゃ、是非《ぜひ》ともあたしらにも聞かせてほしいもんだね」

「えっ……？」

怪物の目が揺らいだ。その一瞬、グレアムは確かに少女の顔に、戸惑いと恐怖、そして狂《くる》おしいほどの切なさを見て取った。悪戯《いたずら》を見咎《みとが》められた子のように。母を恋《こい》しがる子のように。

少女は振り返り、自らの後を追うように侵入してきた者らを見た。

焦《こ》げ茶の毛並みを持ち、鎖帷子《くさりかたびら》の上に胸当てを着け大剣を携《たずさ》えたコボルドの大男。

二枚の大盾《たて》を持つ、スカした雰囲気の男。

そして、ジャラジャラとシルバーアクセサリーを身につけた女僧侶。やさぐれた雰囲気を醸《かも》しつつも、夜空の色をした目は決然として揺るぎない。白と濃紺《のうこん》の改造僧服《そうふく》は何故かインナーの胸元が切り裂かれ、豊満で柔《やわ》らかな胸部とそこに血で刻まれたかのような奇妙な紋様を露出させていた。

「ディアナ」

少女の声は、少し震えていた。

10　牙《きば》を剥《む》く救済者

「どうしたんだい、こんな時間に？」

「そうかい……それで気晴らしに散歩を？」

「どこまで？」

「散歩をしたからって眠《ねむ》れるとは限らないだろ。目が冴《さ》えちまうかも知れない」

疑念が見える。警戒《けいかい》が見える。だと言うのに、その優《やさ》しさもまた心からのもので。

「本当に眠れないか試《ため》してみようじゃんか、そうしよう」

「ほら、これで……ちょっとは眠くならないかい？」

「子どもじゃないか」

「あんたは子どもだよ」

傷口に染《し》みる消毒液みたいに、壊《こわ》れた心にその言葉は染みた。

「あんた、また辛《つら》そうな顔をしてたよ」

「何か、気になってることでもあるのかい？」

「言いたくないならそれでいいさ。教えてくれなくてもいい」

「はは、謝《あやま》ることじゃないよ」

その優しさが徹頭徹尾嘘《てっとうてつびうそ》だったなら、こんな悲しくはならなかったのに。

「こうして抱《だ》かれていると、ほんの少しだけでも落ち着かないかい」

「そりゃよかった」

どうして優しくしてくれるの？　ああ、ディアナ。あなたは。

「『世界を敵に回しても』……なぁんて、ナンパ男みたいな大それたこたぁ言えないけどね。あたしゃできるだけあんたを大事にしてやりたいんだ。だから、さ………」

もうわたしを『イリス』と呼ばないのに。

＊＊＊

イリス《ルネ》を追うように街から城内へ侵入《しんにゅう》してきた三つの感情反応。気付いてはいたが、衛兵か何かだと思っていた。夢にも思うだろうか。遠く離《はな》れたガズールの切通しへ置き去りにしてきたはずの〝竜《りゅう》の喉笛《のどぶえ》〟の三人が、こんな場所に現れるだなんて。

「どうして、ここが」

呆然《ぼうぜん》と呟《つぶや》いたイリス《ルネ》に、ディアナは胸元《むなもと》の血紋《けつもん》をトンと指さした。

「こいつは【審罪紋《インクイジションスティグマ》】って言ってね。邪《よこしま》な術や力で殺された者が居ると捜《さが》し当てることができる。さらに、そういう犠牲者《ぎせいしゃ》の血を一滴《いってき》垂らせば……下手人を地の果てまでも追い詰《つ》める探査術になるのさ」

そんな魔法《まほう》をイリス《ルネ》は知らない。ディアナがこんなことをできるなんて知らなかった。

心臓が痛いほどに脈打っていた。夜空の色をしたディアナの目が、厳しくイリス《ルネ》を見据《みす》えていて。

母の大切にしていたティーカップを割ってしまって、それを隠《かく》していて、ついに気付かれた時のことを何故《なぜ》かイリス《ルネ》は思い出した。あれは前世だったか、それともこちらに転生してからだったか。

「ここまで衛兵の死体の山だった。あんたの仕業《しわざ》かい？　イリス……いや……」

ディアナの言葉を継《つ》ぐように、ベネディクトがマズルに皺《しわ》を寄せて牙を剥く。

「ニオイは、確かにイリスだ。何十人分か数えるのもバカらしいほど血のニオイに塗《まみ》れてるがな」

「あんた、誰《だれ》だい？　どうしてイリスの姿をしてあたしらに交じってた？」

「……………わたしが何者か、あなたは知っているんじゃないの？　もしまだ断定できていないのだとしたら、想像しうる限り最悪の選択肢《せんたくし》が正解、だと思うけれど」

血が凍《こお》り付いていくような恐怖《きょうふ》の中、イリス《ルネ》は虚勢《きょせい》を張っていた。何が恐《おそ》ろしいと言うのだろうか。たかが第四等級の冒険《ぼうけん》者三人を相手にして。

と、イリス《ルネ》はディアナの心から攻撃《こうげき》の気配を読み取った。

銀の鞭《むち》が鋭《するど》く放たれた。振《ふ》り回して面制圧をするような一撃。イリス《ルネ》は距離《きょり》を取る方向に転移して回避《かいひ》する。だがイリス《ルネ》が居なくなったと見るや、銀鞭は別のものに躍《おど》りかかった。獲物《えもの》を締《し》め上げる蛇《へび》のようにアラスターとグレアムを巻き取り、ディアナの足下《あしもと》まで引きずり転がし引き寄せる。

「うわあ⁉」

アラスターが、ちょっと遅《おそ》すぎる悲鳴を上げた。

「……何のつもり？」

標的を庇《かば》うようなディアナの動きにイリス《ルネ》は戸惑《とまど》う。それに、今の力は何だろうか。鞭には魔力が通い生きているかのように鋭く動いた。異常なまでの聖気を孕《はら》んでいた。イリス《ルネ》が反撃に転じず距離を取って様子を見たのは、得体の知れない力があるように感じたからだ。

アラスターは這《は》いつくばったまま、ディアナに縋《すが》り付き顔を上げる。

「おお、冒険者よ！　褒美《ほうび》は思いのままだ！　私をあの化け物から救い……ぎゅへっ⁉」

「黙《だ》ってな、業突《ごうつ》く張りジジイ！」

そのワックス固めの頭を銀色のブーツが踏《ふ》みつけた。

「どぉーもあんたこいつらに用があるみたいじゃんか。逃《に》げられちゃたまんないからね、先にエサを確保させてもらうよ。おい、ヒュー。こいつらふん縛《じば》っときな」

「ああ」

老人二人の腰に縄《なわ》をうつヒューを尻目《しりめ》に、重く足音を響《ひび》かせてディアナは進み出る。

「【身体強化紋《エンハンスステイグマ》・重複《ダブル》】【治癒促進紋《リジェネスステイグマ》・重複《ダブル》】【感覚強化紋《センスステイグマ》】【反応強化紋《リフレクスステイグマ》】【魔力錬成紋《マナステイグマ》】【聖剣紋《ウエポンステイグマ》】【神盾紋《シールドステイグマ》】【痛覚遮断紋《アポニアステイグマ》】……十重励起《ディカプルアクティベイト》‼」

聞いたことのない魔法をディアナが起動する。

ディアナの全身が何らかの紋様《もんよう》状に青白い光を放った。改造僧服《そうふく》の下に見えていた黒インナーが燃え落ちるように塵《ちり》となり、トライバルな刺青《いれずみ》にも見える光の紋様を全身に刻んだディアナの肌《はだ》が露《あら》わになった。

膨大《ぼうだい》な魔力が渦《うず》を巻いてディアナから噴《ふ》き上がり、石床《いしゆか》にすら渦を巻くような痕跡《こんせき》が穿《うが》たれる。

ディアナを取りまくのは、吐《は》き気を催《もよお》すほどに清らかな空気だ。うっかり気を抜《ぬ》いたら思わず目を逸《そ》らしてしまいそうに強い威圧《いあつ》感をディアナが放っている。

異常としか言いようのない力がディアナに宿っていた。それがイリス《ルネ》には分かった。

——これは……この力は、わたしを滅《ほろ》ぼし得る……‼

アンデッドとしての本能（と言うのも何か変だが）でイリス《ルネ》は察した。『こいつはヤバい』と。

「自己紹介《しょうかい》は必要かい？　あたしはディアナ、冒険者をやってるつまんない女さ。イリスを取り戻《もど》しに来た。戻ってくるんならだけどね」

神人と化したディアナが銀の鞭をイリス《ルネ》に向ける。

魔力の余波で青白く輝《かがや》くディアナの目には、僅《わず》かの誤魔化《ごまか》しも許さないという真剣《しんけん》さがあった。

「…………ごめんね」

小さな声で述べた言い訳のような謝罪は、『イリス』に対するものか、ディアナに対するものか自分でも分からぬまま。イリス《ルネ》は親指を自分の首に押《お》し当て、『首切り』のジェスチャーをする。

あくまでジェスチャーだ。しかし、その指の動きに従って、イリス《ルネ》の首から血が噴き出した。

「な……⁉」

見ていた五人が揃《そろ》って驚愕《きょうがく》の表情を浮《う》かべる。

イリス《ルネ》の首はそのまますっぱりと切れて、胴体《どうたい》の上から頭が転げ落ちる。視界がぐるんぐるん回ったが、イリス《ルネ》は自分の頭部を受け止めた。

身体が変質していく。身長は少し縮み、少し細く。緩《ゆる》いウェーブが掛《か》かっていた金髪《きんぱつ》は輝くような銀髪に。自分では分からないが藤《ふじ》色の目も銀色に変じたはずだ。

切られた首の断面から、血液が逆流して噴き出していく。

それはゆるゆると流れを作り、宙に浮かび、そして呪《のろ》いの赤刃《せきじん》を形作る。巨大《きょだい》なルビーを剣形に削《けず》り出したみたいな物体を。

そしてルネは、余った血でローブの裾《すそ》に薔薇《ばら》の紋章《もんしょう》を描《えが》いた。

「銀髪銀目に……鮮血《せんけつ》の薔薇！」

「そんな！　まさか！」

総身に力が満ちる。仮初めの姿に封《ふう》じられていた邪気《じゃき》が噴出《ふんしゅつ》する。声が震えぬようルネは気張る。

「わたしはルネ・〝薔薇の如き《ローズィ》〟・ルヴィア・シエル＝テイラ。つまらない理由で殺された取るに足らない小娘《こむすめ》であり……これから全《すべ》てを滅ぼす者」

「〝怨獄《えんごく》の薔薇姫《ひめ》〟……‼」

デュラハンの姿となったルネ。その変身を見た者たちから、驚《おどろ》き、困惑《こんわく》、怖《おそ》れ、様々な感情が押し寄せる。だが、ディアナだけは少し違《ちが》った。絶望にとても近い憐憫《れんびん》が見て取れた。

「じゃあイリスはどこに！」

「さっきまでここに」

ルネは剣を持った手で平たい胸をトントンと叩《たた》いた。

「イリスに取り憑《つ》いてたの。魂《たましい》はずっと身体の中で休眠状態《きゅうみん》になってたけど……今、この身体《イリス》をアンデッドとしての肉体に作り替《か》えちゃったから。イリスは死んだわ」

その言葉が終わるかどうかのうち。ベネディクトの目がギラリと光った。

「貴っ様アアアアアアア‼」

「よせ、ベネディクト！　無理だ‼」

大剣に手を掛けてベネディクトが突進《とっしん》する。

だが白兵戦に長《た》けるデュラハンの姿を取った今、重戦士であるベネディクトの突進は、ハエが止まるどころかキノコが生えそうな速度に見えていた。

「……《加護《ブレス》：勇者の祝福《フォーブレイブ》》！」

ディアナからベネディクトに強化《バフ》が飛ぶのとほぼ同時。ルネは自ら一歩踏み込み、踊《おど》るように幾《いく》度《ど》も赤刃を振るった。

「がっ……！」

「ベネディクト‼」

緋色《ひいろ》の閃光《せんこう》がベネディクトを鎧《よろい》ごと切り刻む。鎖帷子《くさりかたびら》も、どこから調達したのか知らないが一昨日は着ていなかったはずの鎧も細切れになって剥《は》がれ落ち、次いでベネディクトがドウと倒《たお》れた。もはやピクリとも動かないベネディクトから流れ出た血が石床を紅《あか》く染めていった。

――殺せた……

赤刃を握《にぎ》る手が震《ふる》えている。アンデッドとなった直後からあれだけ大量虐殺《ぎゃくさつ》をかましたというのに、ルネは今はじめて人を殺したかのように動揺《どうよう》していた。

ベネディクトが良い奴《やつ》なのは知っている。イリスの立場を借りてほんの短い間ではあったが一緒《いっしょ》に生活して好感を持ち、頼《たよ》りがいのある相手だと思っていた。

だが今、ベネディクトを殺したルネの中にはワタボコリひとつ分の罪悪感すら存在しなかった。

……それが、何か致命《ちめい》的な間違いであるかのように思えて。

「強化《バフ》が間に合わな……違う！　ヒュー！　護符使え！　あれも魔法攻撃だ！」

「はあ⁉　マジかよ！」

高位の強化《バフ》魔法を受けてなお、ベネディクトは鎧ごと豆腐《とうふ》のように切り刻まれた。それを見てディアナは即座《そくざ》に絡繰《からくり》を見抜《みぬ》いたようだ。……呪いの赤刃は魔法ダメージだ。

護符は効果が持つ間は完全に魔法を防ぐが、味方からの強化《バフ》や回復も受けられなくなる諸刃《もろは》の剣《つるぎ》。魔法による援護《えんご》と回復に長けたディアナが居る以上、向こうも護符を使いにくかったのだ。だがもはや護符を使うしかないと判断したようだ。

「ジジイ二人持って下がってな、ヒュー」

「ベネディクトは……」

「落ち着きな、ヒュー。神殿《しんでん》に持ち込みゃ蘇生《そせい》させられる。だいぶ順番待ちに割り込むことになるだろうけど、その程度の無理は通してもらおうじゃんか。そこに領主サマが居るってんだから」

自分も飛び出していきそうだったヒューをディアナが制した。

高位の神官であれば蘇生魔法を行使できる。しかし大量の魔力と触媒《しょくばい》を消費する関係から、どうしても一度に蘇生させられる人の数は限られる。公爵《こうしゃく》居城で護衛が虐殺されている現状だと完全にオーバーフローだが、アラスターを抱き込めば無理を通せるだろうというのが不幸中の幸いだ。

まあ、死体を持って帰るには最強のアンデッドを撃退しなければならない、というのが不幸中の幸い中の不幸だが。

ちなみに、蘇生の成功率は死体の状態にも左右される。イリスの身体は高位アンデッドであるルネの憑依《ひょうい》によって穢《けが》されており、その時点で死は予約済み、蘇生もほぼ不可能な状態だった。その上、ダメ押しとばかりアンデッドにされたので、何らかの手段でルネの魂を消滅《しょうめつ》させたとしてもイリスの蘇生は絶対無理だろう。ベネディクトがブチ切れるのも当然だった。

「頼《たの》んだ、ディアナ。……おら、行くぞジジイども！」

「き、貴様なんという無礼いだだだだ！」

ルネとディアナが睨《にら》み合う傍《かたわ》らで、ヒューはグレアムとアラスターを引きずって去って行く。それをルネは見送るしかなかった。今、一瞬《いっしゅん》でもディアナから目を離したら……消滅させられる。

「薔薇の姫君《ひめぎみ》様。あんたはイリスの身体を奪《うば》って何をする気……あるいは何をしたんだい？」

ディアナが最後通牒《つうちょう》を突きつけるかのように問いかける。

「ざっくり言うなら……これからこの国を滅ぼす。わたしを死に追い込んだ四大国も滅ぼす。ジェラルド公爵とナイトパイソンの首領《しゅりょう》は、そのための第一歩」

「そうかい。止めろって言っても止めてはくれないんだろうね」

「理不尽《りふじん》に対して怒《おこ》るのは、誰かに任せておけばいい……それがあなたの言葉だった。だけど、この〝怨獄の薔薇姫〟が復讐《ふくしゅう》を忘れたら誰が代わりに怒る？　誰が奴らを裁く？　痛みも絶望もたっぷり利子付けて返してやるの。心穏《おだ》やかにあの世へ行くなんて、まっぴら御免《ごめん》なんだから！」

「ふーん。やっぱりあの時、もうイリスはイリスじゃなかったわけか」

ディアナは疲《つか》れ切ったように、あるいは苦悩《くのう》するように首を振る。

そして顔を上げると、銀鞭を振るった。その鞭は頼りない外見を裏切るほどに長く、鋭く伸《の》び、突き出された槍《やり》のようにルネの隣《となり》を吹き抜けた。

「『復讐とは怨みの牢獄に己《おのれ》を囚《とら》え続ける責め苦なり』。イカれて首を吊《つ》った、昔の詩人《しじん》の言葉だ」

鞭が振るわれ、真《ま》っ直《す》ぐに飛んだだけだ。

しかしただそれだけでエネルギーの余波がディアナから一直線に石床に灼《や》き付いていた。

「可愛《かわい》い女の子がそんな顔してるのを放ってはおけない。勝手なお節介《せっかい》だがあんたを止めてやろう。あたしを舐《な》めんじゃないよ、お姫様」

「邪魔《じゃま》を……しないで！」

二人は同時に地を蹴《け》った。

「シッ！」

ディアナが鋭く繰《く》り出した銀鞭をルネはかいくぐる。

狙《ねら》いを外した鞭は近くの柱に叩き付けられ、完全に叩き割った。打たれた箇所《かしょ》を粉微塵《こなみじん》にされた柱はそのまま膝《ひざ》を折るように崩《くず》れ落ちる。

細い銀の鞭そのものにこんな威力《いりょく》があるはずない。纏《まと》わせた魔力による破壊《はかい》だ。しかも、どうしようもないほど神聖な魔力。アンデッドであるルネに大打撃《だげき》となることは想像に難《かた》くない。

だが、その強烈《きょうれつ》な一撃を繰り出したディアナの感情は、寒気がするほど温かなものだった。

——この感情は……？

慈愛《じあい》としか言えない。

これまでルネが戦った相手は皆《みな》、敵意や怒《いか》り、焦《あせ》りや恐怖などで心を塗《ぬ》りつぶして攻撃を仕掛《しか》けてきた。だがディアナは違う。険しい顔をして修羅《しゅら》の如《ごと》く攻撃を仕掛けてきているというのに、ルネに向けられた感情には子守歌を歌う母のような温かな慈愛が含《ふく》まれていた。もちろん怒りも悲しみもあるのだけれど（おそらくはイリスの死に対する感情だ）、そこには慈愛が共存していた。

「はあああっ‼」

縦横に銀鞭が振るわれ、宙に銀光の軌跡《きせき》が描かれる。接近を拒《こば》まれたルネは赤刃で鞭を受けた。手応《てごた》えが、重い。何か身体の奥底《おくそこ》まで響くような嫌《いや》な感覚があって、呪いの赤刃が刃毀《はこぼ》れするかのように欠けた。

――剣を傷つけられてもあまり関係ないけど、これを刃毀れさせるってヤバい威力……

赤き血の刃は、怨《うら》みと呪いを練り上げた魔力の結晶体《けっしょうたい》。生半可なものであれば浄化《じょうか》の力など弾《はじ》き返してしまうはずのものだ。

宙返りで距離を取りつつルネは魔法攻撃を放った。

「《禍血閃光《ブレイグレイ》》」

赤刃の切っ先に赤黒い光が集い、それが一直線に放射された。ディアナは……避《よ》けない。彼女《かのじょ》は両手の指で銀鞭を挟《はさ》み、ぴしりと張り詰めて盾にするように掲《かか》げた。

――魔力が……前面に集まってる？

赤黒の閃光がディアナに着弾した。正確には、彼女が張った力場に。

ディアナはまるで見えない傘《かさ》でも広げているようだった。閃光はディアナの前で枝分かれし、ディアナを避けるように後方に飛び去っていく。ディアナの後ろで堅牢《けんろう》な石壁《いしかべ》がぶち抜かれ、雪交じりの風が吹き込んだ。

そしてディアナは銀鞭を打ち払《はら》う。赤黒の光線が振り払われ、同時にディアナは射線上から外れつつ距離を詰める。銀鞭の間合いだ。銀の光が、獲物を狙う蛇のようにルネに襲《おそ》いかかった。

ルネは死の光線を止め、前方五歩、ディアナの背後に転移した。

「《短距離転移《ショートテレポート》》だって⁉」

胸の聖紋でルネを追跡《ついせき》しているディアナがルネを見失ったのは一瞬。だが、その一瞬は魔法一つ使える程度の猶予《ゆうよ》ではあった。

「……《七連魔弾《フライクーゲル》》！」

ルネが振った剣の先からおぞましい闇《やみ》を練り固めたような七発の弾丸が放出される。それは意思あるかの如く飛翔する。ディアナとは全く別の方向に。

一旦《いったん》は拡散した七発の魔弾が、一点を包囲するように収束して虚空《こくう》を貫《つらぬ》いた。

「なっ⁉」

何かが弾けるような音。ディアナの驚いた声。舞《ま》い散る血飛沫《ちしぶき》。

ノイズのように景色が揺《ゆ》らめき、胸に大穴を開けたヒューが姿を現した。

盾手《タンク》ではなく盗賊《シーフ》としての戦い方だ。迷彩《ステルス》ポーション（身体と装備に吹き付けて透明《とうめい》化するポーション）で姿を隠してルネに不意打ちを食らわせようとしていたようだ。

だが、感情察知で周囲の生命体を把握《はあく》できるルネには、姿を隠そうが気配を消そうが無意味。加えて言うならルネはイリスの記憶《きおく》をサルベージして、ヒューの得意技《わざ》を知っていた。

「や、べぇ……ドジっちまっ…………………」

「ヒュー‼」

キザな盗賊《シーフ》は最期《さいご》までキザに倒れた。ナイフが転がり、床の上で打ち鳴る。避雷針《ひらいしん》のような柄《つか》を持つそのナイフは実際避雷針みたいな効果があり、敵に突き刺《さ》した後で魔力を打ち込んで追撃できるという代物《しろもの》だ。これを突き刺され、ディアナがコンボを決めていたら危なかったかも知れない。

ルネは再びディアナに向かい合う。何故か手が震える。《短距離転移《ショートテレポート》》は便利だが、今のはただの初見殺しだ。足の感覚が頼りない。一度見せてしまった以上、次はあんな隙《すき》を晒《さら》してくれはしないだろう。心臓が冷たく脈打っている気がする。

「あんた、あたしを殺せるかい？」

「な……」

唐突《とうとつ》なディアナの問いは、まるで三本目の腕《うで》で剣を突き出してきたかのようにルネの虚《きょ》を突いた。と、同時。ディアナは恐ろしいほどの加速を見せ銀鞭を飛ばした。

加速した？　違う、ルネの反応が遅《おく》れたのだ。致命的なほどに。

「つうっ……！」

赤刃で受けきれずに銀鞭がルネの脇腹《わきばら》を切り裂《さ》く。

銀鞭が身体に触《ふ》れた瞬間、不快な熱がルネを焼いた。本物の熱ではなく、これは幻《まぼろし》だ。不浄《ふじょう》のアンデッドとは相容《あいい》れない大神の威光《いこう》によって存在そのものが蝕《むしば》まれている、その痛みだった。

「そら、剣先が鈍《にぶ》ったよ！」

ディアナが手首を返すと、銀鞭は生きているように蠢《うごめ》きルネに絡《から》みつこうとする。

もしこれで身体をグルグル巻きにされたら……どう考えてもまずい。

「《対抗呪文結界《カウンターマジックフィールド》》！」

ルネから魔力が噴き出した。

魔力ある限り相手の攻撃魔法を無力化する絶対防御《ぼうぎょ》魔法。《聖　別《コンセクレイション》》などによって付与《ふよ》された聖なる力も例外ではない。銀鞭は単なる物理攻撃として、ローブを浅く傷つけただけだ。

――ここから逆に引き寄せて接近戦に持ち込……

ディアナが眼前に迫《せま》る。

「な……」

「イアアアアアアッ‼」

ディアナの蹴りがルネの小さな身体に突き刺さった。アンデッドには急所も何も関係ないが、正確にみぞおちを捉《とら》えている。メキリ、と身体の軋《きし》む音がした。

身体が浮かび、そしてルネは一直線に飛んで廊下《ろうか》の奥《おく》の扉《とびら》を貫いた。

堅牢な一枚板の扉を破砕《はさい》。飛び込んだ先の部屋でその真ん中の本棚《ほんだな》をぶち壊し、奥の壁《かべ》の作り付けの本棚にめり込んでようやくルネは止まる。千切れ飛んだ紙の束が吹雪《ふぶき》のように舞った。

そこは小さな図書館のような書庫だった。横長な部屋の周囲には作り付けの本棚が並んでいて、それに囲まれるように部屋の真ん中にも一列、本棚が並んでいる。そのうち一つはさっき壊れたが。

――ただの蹴りでここまで……！　これでやられてないわたしも大概《たいがい》だけど、あの変な魔法どれだけえげつない強化《バフ》掛けてんの⁉

付け加えるならディアナの判断も見事だ。《対抗呪文結界《カウンターマジックフィールド》》を使用中は当然別の魔法を使えず、さらに継続的に効果がある強化《バフ》魔法も消失する。つまり物理反射みたいな隠し球はできない。

「確かにあんたは、復讐するより他にないほど辛《つら》い目に遭《あ》ったんだろう。だけど復讐の戦いはあんたを苦しめるよ。下手すりゃ戦わないよりもよっぽどね」

聖気に染まり星のように輝くディアナの目がルネを見ている。ゆるりと歩いて彼女は迫ってきた。

ルネは衝撃《しょうげき》でふらつきながらも立ち上がる。

「苦しむ、ですって？　わたしが死ぬまでに味わった以上の苦痛がこの世界にあるとでも言うの？」

「あるさ！　あんたは全ての救いと、取り戻すべきものに背を向けて戦いに身を投じることになる！　内心それが分かってるからこそ、そんなに怖《こわ》がっているんじゃないか!?」

「取り戻すべきもの、なんて……」

「幸せ、だよ」

ディアナは勿体《もったい》付けもせず、当たり前のように言った。銀鞭を油断なく構えながらも声音《こわね》は春の日差しのように優しく、その心にも偽《いつわ》りは無く。

「あんたが真面目《まじめ》な良い子だったってのはよぉく分かった。反吐《へど》が出るような悲劇に巻き込まれて、イカれて復讐始めてもクソ真面目だ。真面目な復讐なんて糞食《くそく》らえだ。もうやめるんだ、こんな事。……なぁに、アンデッドが幸せになっちゃ悪いってぇ道理は無い。連邦《れんぽう》の田舎《いなか》にでも引っ込んで呑《のん》気《き》に暮らすことだってできるだろう。あんたが望むなら、たまに顔出してやったっていい」

――やめて。そんな優しい言葉を……わたしに聞かせないで。

胸の内に燃え続ける、怒りと怨みの黒き炎《ほのお》。ルネは突き動かされるように復讐の戦いを始めた。小さなボロ車にロケットエンジンを搭載《とうさい》したら自壊《じかい》するに決まっている。

ルネは魂の救済を……手にできたかも知れない安逸《あんいつ》を切り捨て、戦い続けることになる。

「それでもどうしようもない、戦いを止めることなんて考えられないってんなら、荒療治《あらりようじ》だ。あたしがあんたを止めてやる」

ディアナは射貫《いぬ》くようにルネを見つめていた。

「あなたに負けたら……わたしはどうなる？」

「死した魂は神の御許《みもと》に送られる。アンデッドになってからの罪は邪神のものだから裁かれることはないって話だよ。まあ大抵《たいてい》アンデッドって誰かに操《あやつ》られて心ならずも行動させられてるわけだから、そういう教えなんだろうけどさ」

「それじゃ天国へ行けるのね。死ぬ前に犯した罪なんて、お仕事中のアリさんを間違って潰《つぶ》しちゃったくらいだし」

ぎりり、と締め上げるようにルネは赤刃を握りしめていた。そしてルネは、叫《さけ》ぶ。

「天国なんて願い下げだっ！　天国なんてものがあるなら地獄《じごく》に変えてやる！　わたしは大神に騙《だま》されて忌《い》み子の王女にされた！　あの詐欺師《さぎし》を叩きのめして素粒子《そりゆうし》レベルに引き裂いてホルマリン漬《づ》けにして、社会科見学の小学生しか来ない郷土史博物館に『ゴミ』ってタイトルで飾《かざ》ってやる！」

「大神に騙されたぁ？」

「……生まれる前の出来事よ。きっと信じられないでしょうけれど」

「別に嘘たぁ思わないよ。あたしゃ神様とサシで飲んだことがあるわけでもなし、大神がどんな奴かなんてよく知らないからね」

聖職者にあるまじき冒涜《ぼうとく》的なことを言うディアナ。ルネは気勢を削《そ》がれたような気分だった。

「……神を殺そうってのかい？　世界を滅ぼす気かい？」

「滅ぼす必要があるならば」

ルネの答えを聞いて、ディアナは痛ましげに目を伏《ふ》せる。

「ならば尚更《なおさら》、あんたを行かせる訳にゃいかない。あんたは子どもだよ。母親を亡くして、寂《さび》しくて悔《くや》しくて悲しんでるただの女の子だ。たとえ実現可能なだけの力を持っていたとしても、世界を滅ぼせるような器じゃあない！　戦えば戦うだけ、今の十倍も百倍も苦しんで悲しむだけだ！」

「そんな理由で幕を引けるなら……最初から舞台《ぶたい》に上がってないのよ！」

戦いたいのではない。戦うしかない。熱した鉄の爪《つめ》で胸を掻《か》き毟《むし》られているような想《おも》いだった。

二人は同時に駆《か》けだした。間合いを測るように真横に。ルネとしてはディアナに蹴りの選択肢は与《あた》えたくないが、剣が届く距離を維持《いじ》したい。

部屋の真ん中に並んだ本棚を挟み、二人は併走《へいそう》した。

「はっ！」

「てぇえい！」

赤刃が、温めたバターでも切るように本棚にめり込む。

銀鞭が、分厚い辞典の背表紙を断ち割って顔を出す。

本棚を挟みながら、まるでそこに何も無いように二人は斬《き》り結んだ。銀と赤の光が目まぐるしく交錯《こうさく》する。二人が駆け抜けるにつれ、並んだ本棚は中段辺りが端《はし》から微塵《みじん》切りにされていき、血飛沫の代わりに木片と紙片を撒《ま》き散らしながら崩落《ほうらく》していく。

そして、並んだ本棚の林を抜けて壁際《かべぎわ》に至るも、振るわれる銀鞭と赤刃は壁を作り付けの本棚ごと切り裂き、二人は崩れる石壁を撥《は》ね除《の》けつつ図書室から広間に躍り出た。足下の床は、石だ。

――《地裂《ガリーエロージョン》》！

「あっ！」

完全無詠唱《えいしょう》でルネは魔法を行使。ディアナの身体が沈《しず》んだ。

《地裂《ガリーエロージョン》》。大地に裂け目を作り出す低級の地属性元素魔法だ。地割れと言えるほどの大きさではなく、せいぜい足を引っかける程度のものだが、それもまた使いよう。

「せぇい！」

体勢を崩したディアナ目がけて赤刃が突き出される。

ディアナは、銀鞭を持っていない左腕を盾にした。ディアナの左腕が切り飛ばされた。

……だが。腕を切り飛ばされながらもディアナは身をよじって斬撃《ざんげき》の軌跡から急所を外し、無理やりに身を守る。そしてディアナは切り飛ばされた左腕を右腕でキャッチし、そして。

「【光翼紋《ウイングスティグマ》】励起《アクティベイト》！」

聖なる力がディアナを包んだ。光の翼《つばさ》がディアナの背に形作られる。それは実際に翼として機能するものではなく、神が与えたもうた奇跡《きせき》の証《あかし》だった。

まるでジェット噴射《ふんしゃ》でもしたような物理法則を全く無視した動きでディアナがジグザグにスライドして距離を取り、ルネの追撃は空ぶる。

――機動の魔法！

ディアナは宇宙遊泳的な動きで身を起こし、切り飛ばされた左腕を肩《かた》の切断面に叩き付けた。

びちり、と水っぽい音を立てて肉が癒着《ゆちゃく》して、次の瞬間にはもう指が動き始めた。

――そりゃ回復は神聖魔法の得意分野だけど……どっちがアンデッドよ。

「やっぱ近づけたらダメか。……【後光紋《ヘイロウスティグマ》】励　起《アクティベイト》」

ディアナのうなじ辺りで紋が輝くと、彼女の頭の上に光の輪が出現した。童話的な天使のリングそのものだ。

ディアナからの聖なる気配がさらに強まり、ルネには目もくらむほどの輝きに見えた。余波として放散されていただけの聖気が、今は武器として、同時に盾として、戦闘《せんとう》的に噴射されているのだ。

——多分これは近付くだけでダメージ受けるし、動きも鈍る。

ふわりと浮かんだディアナは、二階まで吹き抜けのホールのど真ん中に居座った。シャンデリア型照明の光を背負って、天使の輪はさらに輝きを増すかのようだ。

ディアナがひゅるりと頭の上で銀色の鞭を振るうと、ホタルの飛翔するような光が宙に描かれる。

「【聖気増強紋《ブーストスティグマ》】励　起《アクティベイト》……《聖光の矢《ホーリーアロー》》！」

銀色の鞭の光跡《こうせき》から、数十本の光の帯が放たれた。空中で複雑かつ幾何学《きかがく》的な軌跡を描いた光の矢が降り注ぐ。あり得ない威力と弾数。光輝《こうき》の奔流《ほんりゅう》は、もはや光の滝《たき》のようだった。

「【性能偏向：弾数重視《スプレッドカスタム》】……《血染槍衾《カズイクルベイ》》！」

ぞわりと影《かげ》が沸《わ》き立つように、ルネの魔法で床から不浄の紅槍《こうそう》が突き出す。せいぜい手槍《てやり》サイズをした無数の魔法弾は、迎撃《げいげき》ミサイルのように次々飛び立っていった。

魔法を打ち返して相殺《そうさい》しつつルネは走った。壁際の階段を駆け上がり、二階ギャラリー通路へと。

ディアナが何をどうして飛びながら魔法を使っているか分からないが、ルネは《飛翔《フライ》》を使いながら別の魔法を使うことなどできない。飛行中は無防備だ。迂闊《うかつ》に仕掛けに行けば隙を突かれる。

「【聖気増強紋《ブーストスティグマ》】励　起《アクティベイト》……《聖光の矢《ホーリーアロー》》！」

「【性能偏向：弾数重視《スプレッドカスタム》】……《血染槍衾《カズイクルベイ》》！」

魔法合戦、第二波が双方《そうほう》から放たれた。聖気と邪気が相殺し合い、ぶつかり合わなかった魔法弾が双方に降りかかる。宙を泳ぐように滑《すべ》るディアナの背後でシャンデリアがひしゃげて砕《くだ》け、二階ギャラリーを駆け抜けるルネの背後でステンドグラス風の大窓が端から割り砕かれて散った。

ルネは通路の柵《さく》に足を掛け、跳躍《ちょうやく》する。狙うはディアナ……ではなくて垂直に、天井《てんじょう》目がけて。

「《石工術《メーソンリー》》！」

「ちょっ……」

ホールの天井に亀裂《きれつ》が走り、そして大小取り交ぜた不揃《ふぞろ》いの破片に分割されて降り注いだ。

ディアナは身を翻《ひるがえ》し、崩落してくる天井の間隙《かんげき》を縫《ぬ》うように飛んだ。直撃しそうな塊《かたまり》に銀鞭を打ち込み破砕する。だが、着地よりも早く。

「《禍血閃光《ブレイグレイ》》！」

既《すで》に手が空いているルネの剣から赤黒の閃光が発せられる。進路上の岩塊を粉砕《ふんさい》しつつ進むそれを、ディアナは回避しきれず。

「あぁっ！」

銀鞭の防御も貫いて、爛《ただ》れたような傷跡《きずあと》を残した。

——あれ……今ダメージ入った？

ディアナが着地する頃《ころ》には既に傷は癒《い》えていたが、確かに防御を貫いていた。降ってくる天井の破片をディアナのハイキックが粉砕する。ふと気がつけば、彼女の背中からは光の翼が消えていた。

——さては、出力不足！

考えてみれば、何故ディアナは最初から聖気のオーラや光の翼を使っていなかったのか。出力には限界があるのだろう。限りある魔法力を個々の魔法に配分して、ルネに対応している。ならば、そのギリギリの調整を破綻《はたん》させる一撃を打ち込めばどうなるか。ルネにはまだディアナに見せていない手札がある。つまり初見殺しだ。一度だけ、ディアナは対応を誤るはず。

そしてルネは気付いてしまった。ディアナを殺す算段が立ったのだ、と。

――え、待って……それって……どうすればいい、の？

ディアナを殺すのだと考えた途端《とたん》、ルネはどうすればいいのか分からなくなった。そんなことをして何の意味があるのかと。冷静に考えればディアナはルネにとって邪魔で、現在進行形で戦っている相手で、倒す……すなわち殺すしかないのに。つまるところルネは、冷静ではなかった。

階下のディアナは銀鞭を振るいながら神聖魔法を放つ。

「【聖気増強紋《ブーストスティグマ》】励　起《アクティベイト》……《光輝繚乱《イルミネイション》》！」

銀鞭の軌跡がそのまま無数の光弾となって射出される。一定範囲《はんい》に散弾のように聖気をばらまいて炸裂《さくれつ》させる神聖魔法だ。光の瞬《また》きが波のように迫り来る。

――落ち着け、俺。殺して、誰の屍《しかばね》であろうと踏み越《こ》え先に進む……！　それでいいんだっ！

ルネは怖じ気付く己を奮《お》い立たせ決断する。前世で培《つちか》ったはずの、心の強さを借りて。……前世でルネは男性だった。その分、学校でも会社でも全体主義的なることが多かった。弱音を吐くことは許されず、役立たずは己を無限に磨り減らしてでも周囲に尽くすよう強いられる。そこで培われる強さとは……己が壊れるまで痛みから目を逸らすだけのことだ。

「《滅びの風《デスクラウド》》！」

赤黒き死の風が渦を巻いてルネから巻き起こり、爆発《ばくはつ》的な勢いで辺りに広がっていった。ディアナが放った光弾は、死の霧《きり》に突っ込んでは抱きとめられ、相殺し合って消滅する。

「こいつは……」

やがて死の霧はホール全体を満たしていった。自分の手すら見えない状態になった。

広範囲攻撃用の呪詛《じゅそ》魔法、《滅びの風《デスクラウド》》。相手に継続ダメージを与えてなぶり殺すとか、無防備な非戦闘員を大量虐殺するのが主な用途《ようと》だろうか。

この魔法はディアナの神聖魔法を相殺するには便利だが、おそらくディアナ自身には大したダメージを与えられない。聖気のオーラで弾かれてしまうだろう。だが、それでいい。

聖紋でルネの居場所を捕捉《ほそく》しているディアナは、視界を封じられたとしてもルネの位置が分かる。おそらく次は《滅びの風《デスクラウド》》をものともしない強烈な一撃で狙い撃《う》ってくるはず。その攻撃の瞬間、ディアナは最も無防備になる。

左手に掴《つか》んでいた首をそっと頭の上に戻したルネは、自分の身体が軽くなっていくのを感じる。

「【聖気増強紋《ブーストスティグマ》】励　起《アクティベイト》……《穿つ流星《シューティングノヴァ》》！」

ディアナが行使したのは砲丸《ほうがん》のような聖気の魔法弾を放つ神聖魔法だ。本来なら、たかが第四等級の冒険者が詠唱破棄《はき》で使えるはずのない高位の神聖魔法。赤黒の霧を透《す》かしても輝きが見える。これなら威力を多少減殺されてもルネを消し飛ばすのに充分《じゅうぶん》だろう。

だが、ディアナが神聖魔法を放つのと同時、ルネは《滅びの風《デスクラウド》》の維持を解いた。赤黒き死の霧が嘘のように消え去り、ディアナの目が驚きに見張られる。

その時、ディアナが見たものを客観的に描写《びょうしゃ》するなら『ローブを着た子どもサイズの骸骨《がいこつ》』だろう。肉はそげ落ち、僅かに残る皮が骨に張り付いた無惨《むざん》な姿。銀髪はそのままだが、銀の目はもはや存在しない。虚《うつ》ろな眼窩《がんか》に灯《とも》る冷たい銀光によってルネは視界を得ていた。

呪いの赤刃は、やはりルビーを切り出したような質感の……魔杖《まじょう》へと姿を変えている。

「なに……」

「《禍血閃光《ブレイグレイ》》」

先程《さきほど》の倍近くまで出力を増した赤黒の閃光が、放たれかけた聖気の弾丸を消し飛ばし、ディアナをも呑《の》み込んだ。

＊　＊　＊

「なんだい……今のは……」

死の閃光に薙《な》ぎ払われてなおディアナは生きていた。

とはいえ、それはただ生きているというだけだ。仰向《あおむ》けに倒れた彼女の僧衣《そうい》はボロボロになり、全身くまなく火傷《やけど》のような傷ができて、腹部には大穴が開いている。銀の鞭は黒ずんで弾け飛び、もはや聖なる輝きを宿してはいない。

「……　〝怨獄の薔薇姫〟はデュラハンじゃないの」

ディアナの所まで歩み寄ったルネは、骸骨頭に手を掛けた。髪《かみ》を引っ掴んで、その首を外す。

身体が肉の重みを取り戻すと共に魔杖が赤刃に戻り、ルネはまたデュラハンスタイルとなった。

「その本体は霊体《れいたい》であり、肉体は何にでもなれるし、何だっていい……アンデッドでさえあれば」

『最強のアンデッド』とは言い得て妙《みょう》かも知れない。本体は最高位の霊体系アンデッド・アビススピリットだが、同時にルネは全てのアンデッドでもあるのだから。

なろうと思えばゾンビやスケルトンにだってなれるし、足りないパーツをどうにかして補えばドラゴンゾンビにすら化けられる。ひとまず人間の身体から作れて使い勝手が良いのは白兵戦最強のデュラハン。そして、魔法最強のリッチだった。リッチ化している間、肉がどこに消えていたのか微妙《びみょう》に疑問だが、おそらく収納系の魔法みたいな原理が働いているのだろう。

魔力が制限されるデュラハンの状態で魔法攻撃を行い、あれで限界出力だと思わせておき、奇襲《きしゅう》的にリッチ化して防御をぶち破ったのだ。

「なんてこった……あたしゃ、最初から負けてたのか」

「そんなことないよ。最初の不意打ちを凌《しの》がれたら、次は対応されちゃったかも」

買いかぶられたような気がしてばつが悪くなり、謙遜《けんそん》するようにルネは言った。自分がディアナに何を言えば良いのか、ルネは分からなかった。

一旦は外した頭を首の上に戻し、ルネはディアナを覗《のぞ》き込む。

「あんたは……この国を、滅ぼすのかい」

「……この国だけじゃ終わらない。全てに償《つぐな》わせるの」

「やめときな、って言ってももう聞きやしないんだろうね……」

息も絶え絶えのディアナは、しかし、未《いま》だにいつも通りのディアナであった。

どこか飄々《ひょうひょう》としていて、声音は春風のように優しく。

「死ぬ前に、仲間たちと……あんたのために祈《いの》る時間を貰《もら》えないかな、姫様」

静かに笑ってディアナは言った。

——祈る？　わたしのために？

「あいにく、神なんかに祈ってもらったところで救われない身の上なの。言ったでしょ？」

「違う、違うよ。神様が嫌だって言うならそれでいい。あたしはただね……あんたの魂がいつか安らぐようにって、そう願わずにはいられないんだよ……たとえ神様がこの祈りを聞き届けずとも、あたしの祈りがあんたの運命を変えてくれないかなって……虫のいい考えなのかな、そいつは……」

動かないはずの心臓がトクンと高く脈を打ったような気がした。

感情を読めるルネには、そのディアナの言葉が何かの嘘や誤魔化しでない本心だということは分かった。だが、その思考に至る過程は分からなかった。

「どうして……どうしてそんな風に言えるの！　わたしはイリスを殺した。身体と身分を手に入れるために取り憑いて殺した！　あなたにとって一番大切な人なんでしょ⁉　ベネディクトとヒューも邪魔だから殺した！　あなたの仲間なんでしょ⁉　それに、今は……」

ルネは自分がどうしてこんなことを言っているのか分からなかった。八つ当たりだったのかも知れない。もしくはディアナに見放して欲しかったのかも知れない。涙《なみだ》が勝手に溢《あふ》れてきて、ディアナの胸に落ちた。

「あなたのことも……‼」

「なーんか、恨《うら》んでほしいみたいに聞こえるねえ……」

気だるげな彼女の言葉は、熟《う》れ落ちた果実の香《かお》りのように甘《あま》く聞こえた。

ふう、と苦しそうな息を吐いて、ディアナは首を動かしてルネを見た。その目からは聖気の輝きが消え、夜空の色に戻っていた。

「安心しな、ちゃんと憎《にく》いよ……でもね……可哀想《かわいそう》じゃないかい、あんた……」

弱き者を愛おしみ慈《いつく》しむ目だった。

それは、断じて、災厄《さいやく》の如きアンデッドに向けられるべきものではない。

「あたしゃ……恨みで動くこたぁできない質《タチ》でねぇ……だいたいあんた、あたしがなんかするまでもなく……充分過ぎるくらい酷《ひど》い目に遭ってるじゃないか……とっくにね……だから、そういう気持ちは脇《わき》に置いて……憐《あわ》れんでやりたかったのさぁ……だって、あんた、あたしに大事にしてほしかったんだろう……？」

――あの言葉を、覚えてて……！

子どもの駄々《だだ》みたいなルネの問いかけをディアナは覚えていた。

そして、ただルネがそれを求めたからというだけの理由で手をさしのべようとした。

あの晩、心は通いかけた。ディアナはルネを救おうとして、ルネはディアナに救われようとした。

だけどルネは、救われるには遅すぎた。

「あんたには……ちゃんと普通《ふつう》の女の子として生きてほしかったよ。大人のつまんない揉《も》め事で殺されたりせずにね……それとも、今からでも……それらしいことをしてみるかい？　なに……ちょっと首がもげてるだけだ。遊びに行くのも……勉強するのもいい。オシャレもできれば……恋《こい》も、できるかも知れない。旨《うま》いもの食ったり酒飲むのは……首から出ちまうかな……暇《ひま》な時でも疲れた時でも……復讐の他にやりたいことが無いか探すといい。なんでもいい……『もう復讐なんてしなくていい』って思えるくらいの幸せを……見つけてくれると、嬉《うれ》しいね」

ルネは、体温を持たないはずの身体が燃え上がっているように錯覚《さっかく》した。

呼吸の必要も無いはずなのに呼吸が乱れる。

「くそ、目がかすんできやがった……もうちっと近くで、顔見せてくれ……」

もう時間が残されていないと悟《さと》ったか、ディアナは力なく、しかし決然と手を差し伸べようとする。

そして。

次の瞬間、ルネの赤刃がディアナの胸を貫いていた。

「………………ん？」

思いも寄らなかった様子でディアナは眉根《まゆね》を寄せて、自分の胸から生える深紅の剣を見た。

直後、沸騰《ふっとう》したヤカンの湯気みたいな勢いで傷口から聖気が噴き出した。呪いの赤刃は聖気と相殺されて、舐め溶《と》かされる飴《あめ》のように痩《や》せ細っていく。

「ご、ごご、ごめんなさ、ディアナっ…………」

震える口でルネはディアナへの謝罪を述べた。

「わた、わたしっ、嘘が見えるから……！　分かっちゃって、最期に何か、するって……‼」

『感情察知』の力で見えていた。己の命の限界を察したディアナの中で、急激に膨《ふく》れあがる攻撃の意思が。おそらくディアナは、自爆しようとしていた。

充填《じゅうてん》しきれなかった聖気がただ無秩序《むちつじょ》に漏《も》れ出していく。ディアナは力なく自嘲《じちょう》した。

「くそ、そういうことかっ……悪ぃ……ったく、最期にまたあんたに辛い事させちまった……あわよくば連れてく気だったのによ……あたしも、焼きが回った……か………」

呪詛に焼かれ血に濡《ぬ》れたディアナの肌が、徐々《じょじょ》に生の気配を失っていく。腹と胸の傷から、ぴし

りと、焼きに失敗した陶器《とうき》のようにヒビが入った。

だがその心に苦痛は無く、恐れも無い。

「ディアナ、わたし……」

「なんて顔してんだい……あぁ、あたしのせいだね……もう……」

細かなヒビが入り、先端《せんたん》から崩れ散り始めた指で、ディアナはルネの涙を拭《ぬぐ》おうとする。

「……ルネ。どうか、幸《さち》あれ」

そしてディアナの手はルネに届かず、彼女は白い砂となって崩れて消えた。

「あ………」

静寂《せいじゃく》。廃墟《はいきょ》のように荒《あ》れ果てた城の中で、ルネの声は反響して聞こえるほどだった。

ディアナは死んだ。彼女の発していた感情は途絶えた。その感情は最期まで、ルネにとって温かく感じられるものだった。

僅かに残った聖気の気配が吸い込まれるように天へ昇《のぼ》っていく。それはきっとディアナの魂だ。地位のある聖職者や高位の貴族は、死後に魂を奪われぬよう神との契約《けいやく》を交《か》わす。神に召《め》された魂を、不浄のアンデッドたるルネが目にすることはかなわない。声も、聞こえない。

不死者《アンデッド》とは生と死の狭間《はざま》で時を止めた者。生者ではないが、しかし死後の世界を覗くことはかなわない。これで、ルネとディアナの世界は分かたれた。

頭を抱《かか》えてルネは膝を折る。

「あ、あ、ああああああ‼」

ルネが抱《いだ》く感情は、母を失った子が母を恋しく思い悲しむ気持ちにとてもよく似ていた。

それも今度は王弟派の騎士《きし》などではない。ルネ自身が殺害した。

復讐のために戦うということは、過去の清算という空虚《くうきょ》な願いのため全ての救いを諦《あきら》めるということ。それをルネは思い知り、そして救いを捨て去った。

「う、わあああああ‼　うわああああああああ‼」

胸の奥底に刃が突き立てられている。

心が、歪《ゆが》む。

人としての尊厳一切を奪い去る生き地獄の中で感じたものと同じ、心が歪んでいく痛み。

抱えたままの頭をルネはぶんぶん振った。

だが。突如《とつじょ》、間近から電子音が鳴り響き我に返る。

どこかで聞いたような記憶の奥底のメロディ。と言うか効果音。

ピリリリリリ、という古式ゆかしい着信音だ。

「え……？　なに？　何の音……？」

音を発する何かがローブのポケットに入っている。ふらふらと立ち上がってローブのポケットに手を突っ込んだルネ。その手が何か固い物にぶつかった。

引っ張り出してみれば、それは転生前の地球でも既にあまり見かけなくなっていたボタン式携帯《けいたい》電話。ガラケーとか言われる代物だった。こんな物がこの世界にあるはずない。と言うかさっきまでローブのポケットには何も入っていなかったはずだ。

ルネが携帯電話を手に取ると、着信音は勝手に鳴り止《や》み、無機質極まる合成音声が流れ出した。

『こちらは、邪神ネットワーク・チートサービスサポート局です。お客様がお受け取りになったチートは、本日二十四時を以《もっ》てクーリングオフ期限終了《しゅうりょう》となります。クーリングオフをご希望でしたら1を、それ以外の方は2を押してください。こちらは、邪神ネットワーク……』

ご丁寧《ていねい》に邪神さん本人の声であった。

――今が……あれから一ヶ月？

処刑台《しょけいだい》で首を切られた、あの忌まわしき日。邪神と出会った日。ルネの復讐の始まり。

ルネに力を授けた邪神は一ヶ月のクーリングオフ期間を定めた。チートが気に入らなければ、この期間内に返上すれば安らかに眠ることができるのだと。

ルネははっと顔を上げた。もし、今ここでチートを返上してアンデッドでなくなったとしたら。

ギロチンに掛けられた母と天国で再会できるのだろうか。母の胸に飛び込んで、痛かったと、怖かったと泣いて、泣き疲れるまで泣いて、そして安らかに眠ることができるのだろうか。いつものように優しく頭を撫《な》でてくれるだろうか。

ディアナの後を追えるのだろうか。もう一度彼女に会って……全てを謝罪して、抱きしめてもらえるのだろうか。

人は生前の罪によってのみ神の裁きを受けるという。もちろん〝竜の喉笛〟の面々からは袋叩《ふくろだた》きにされるかも知れないけれど。

いや。もう一度母やディアナに会うことさえできたなら、その後の行き先が地獄でも構わない。それが事実なら天国へ行くには問題ないはず。

邪神から賜《たまわ》った加護《チート》を捨て裁きを受けるのが、ルネがしてきたことへの償いになるのなら……

ルネは。

ルネは歯を食いしばった。

『……お客様がお受け取りになったチートは、本日二十四時を以てクーリングオフ期限終了となります。クーリングオフをご希望でしたら1を、それ以外の方は2を――』

音声が三ループ目に入ったところで、途絶えた。ルネが赤刃で携帯電話を叩き斬ったからだ。ディアナとともに消えたはずの赤刃が、再びルネの手の中にあった。

「それでも……」

サラサラと形を崩して空気に溶けていく携帯電話を見ながら、ルネは叫んだ。

「それでも……わたしには復讐しか残されていないのよ！　わたしは復讐者。〝怨獄の薔薇姫〟。ルネ・〝薔薇の如き《ローズィ》〟・ルヴィア・シエル＝テイラ。この怨みが晴らされるまで復讐劇《げき》の幕は引かない。誰にも引かせはしない‼」

自分勝手であろうと。救いようがない悪であろうと。孤独《こどく》であろうと。

ルネは、救われるには傷つきすぎていて、償うには怨みすぎていた。

なれば。

ただ戦うのみ。ただ復讐を為《な》すのみ！　修羅に畜生《ちくしょう》に堕《お》ちるとも、驕《おご》れる正義に悪の鉄槌《てっつい》を！

迷えども逃げるものか。傷つけども挫《くじ》けるものか。

救い無き戦いの旅路であろうとも、その果てに全ての怨み《マイナス》を零《ゼロ》へ還《かえ》す結末があると信じて。

仇《かたき》を殺し、国を滅ぼし、この刃が神に届くまで……

――………戦え‼

ルネは涙を拭い、立ち上がった。

「首を洗って待っていなさい。裏切りの騎士団長ローレンス……！　僭主《せんしゅ》ヒルベルト……‼」

たとえそれが義憤《ぎふん》にあらず、そして正義にあらずとも。

エピローグ

「音が止《や》んだぞ……?」

物置部屋に身を潜《ひそ》めていた老爺《ろうや》二人は恐《おそ》る恐る顔を出す。

公爵《こうしゃく》であるアラスターも、犯罪組織の首領《しゅりょう》であるグレアムも、強大な力を持ち暴力と恐怖《きょうふ》によって他人を支配できる。そうしてきた。

だがそれはあくまで地位ありき、人ありき。味方から引き剥《は》がされ身一つで逃《に》げ隠《かく》れする立場になれば、彼《かれ》らは野鼠《のねずみ》と変わらなかった。

「……脱出路《だっしゅつろ》は地下だな?」

「ああ。街から離《はな》れた場所と、市街の神殿《しんでん》に繋《つな》がる転移陣《てんいじん》を敷《し》いている」

「神殿……いや危険だな。低級なアンデッドなら近寄れないだろうが、奴《やつ》を避《さ》けられる保証は無い」

それだけの言葉を交《か》わすと、二人はそれ以上無駄口《むだぐち》を叩《たた》かず、腰《こし》の縄《なわ》を引きずりながら行動を開始した。どちらが勝ったのやら、それとも睨《にら》み合いが続いているのか判然としないが、動くべき時だと見れば即座《そくざ》に行動しなければならない。

廊下《ろうか》は静まりかえっていた。どこからか死臭《ししゅう》と血のニオイが流れてくる。護衛はことごとく薙《な》ぎ払《はら》われた。使用人どもは異常を察して縮こまっているらしい。もし狼狽《うろた》え彷徨《さまよ》っている使用人と出会えたとしても、盾《たて》になるかすら怪《あや》しいところだが。

助けを呼べば、奴に居場所を捕捉《ほそく》されるかも知れない……今はただ、逃げるのみだ。

「早く来い、こちらに……」

「《金剛刃《ヴェインエッジ》》」

アラスターが振《ふ》り返ると、そこには首無しのグレアムが立っていた。そして倒《たお》れた。

「なに……」

落ちて転がる生首。石壁《いしかべ》から薄《うす》く鋭《するど》い刃《やいば》が飛び出し、グレアムの首を刈《か》り取っていた。

銀色の少女がそこに居た。銀の髪《かみ》、銀の目、野暮《やぼ》ったいローブに刻まれた鮮血《せんけつ》の薔薇《ばら》。その手には宝石を削《けず》り出して作ったような深紅の刃。

〝怨獄《えんごく》の薔薇姫《ひめ》〟……ルネ・〝薔薇の如き《ローズィ》〟・ルヴィア・シエル＝テイラ。

彼女《かのじょ》がここに居るということは、つまり……

——あ、の、役立たずの薄汚《ぎたな》い冒険者《ぼうけん》が！　勝手に私の城に上がり込んでおいて、大口叩いた上にむざむざ殺されたのか！

しかし腹を立てている場合ではない。まずは、この場を凌《しの》がなければ。

「き、君が……私を恨《うら》んでいるのはよく分かっている。だが私とて君が憎《にく》くてあんなことをしたわけではないのだよ。それどころか済まないとさえ思っている」

ルネの目を見て、アラスターは心にも無いことを真摯《しんし》に語りかけた。

「あれは不幸な事故だった、熱狂《ねっきょう》が生んだ悲劇だ！　それを止められなかったこと、この場で君に謝罪しよう。そしてどうかこの無力な老人の弁明をほんの少し聞いてほしい」

凍《い》てついたような表情のルネは眉《まゆ》一本動かさない。ただアラスターに向かってくる。

「我らにも守らねばならぬ民《もの》があったのだ。そのための決断だ。やり方が拙《まず》かったことは認めるが……そ、そう！　だからこそ君には償《つぐな》わなければならないと思っているよ！」

アラスターはじりじり後ずさりながら必死で言葉を紡《つむ》いだ。何故《なぜ》かルネの銀色の目が、泣きはらしたように見えた。

「私が君に与《あた》えられるものなら、なんでもやろう！　だから、どうか……」

「そう」

ようやくルネが口を開いた。冷たい炎《ほのお》で全《すべ》てを凍てつかせるような絶対零度《れいど》の怒《いか》りが、その声には滲《にじ》んでいた。

「なら全てを貰《もら》うわ。……《死の烙印《ネクロブランド》》」

「あぐっ⁉」

刺青《いれずみ》のような紋様《もんよう》がアラスターの首に浮《う》かんだかと思った次の瞬間《しゅんかん》、アラスターはあっさりと絶命していた。

◇

城主たる老紳士《ろうしんし》が倒れると、ようやく城の中は静かになる。どこからか吹《ふ》き込んだ風がどこかへ吹き抜《ぬ》けていく、虚《むな》しい音だけが廊下に響《ひび》いていた。

「……出て来て、お客さん」

ルネが呼びかけるとややあって、宙に青白い鬼火《おにび》がいくつか浮かんだ。それが群れ集《つど》うと青白い光は徐々《じょじょ》に人形《ひとがた》をとる。

青白く半透明《はんとうめい》の女性がそこには居た。

濡《ぬ》れたようにも見える、愁《うれ》いを帯びた眼差《まなざ》し。艶《つや》やかな髪と唇《くちびる》。際だった美人とは言えないが、旅装姿でもどこか滲み出る色香《いろか》を感じる。

ナイトパイソンへの恨みを抱《かか》えて死んだ売春婦、ミリアムだ。

彼女に代わって復讐《ふくしゅう》を果たすという契約《けいやく》を結んだ瞬間から、ミリアムの魂《たましい》はルネに紐付《ひもづ》けられている。呼ぼうと思えばどこででも呼び出せるのだ。

「ご所望の、ナイトパイソンの大ボスの死体よ」

首を切られた方の死体を指さすと、ミリアムは痛く感銘《かんめい》を受けたような様子で目を見張る。

『本当にやってしまったんですね……これで私の両親の魂も安らうことでしょう。私の弟や妹たちも生きているとしたらこれで助かるかも知れません。ありがとうございます』

喜色満面、とはいかなかった。死んだのは悪人の方が多いだろうとは言えど、ルネが復讐代行を成し遂《と》げるまでにあまりに多くの血が流れた。その重みを噛《か》みしめ、自らも後戻《あともど》りのできないところへ来てしまったのだという、覚悟《かくご》にも似た諦観《ていかん》がミリアムの表情を険しくしていた。

「お礼なんて不要よ。あなたは私の仕事に足る対価を差し出したんだもの」

ルネの言葉にミリアムは、ちょっと怯《おび》えたように身をすくませた。

あらためてルネはミリアムを観察する。視覚的にではなく魔法《まほう》的な感覚で。

肌《はだ》の表面を焼かれるような感覚だった。魂の奥底《おくそこ》に秘《ひ》めた可能性……彼女が死に致《いた》るまで終ぞ解き放たれることのなかった膨大《ぼうだい》な力の波動を感じる。

——この子、すごい才能ある……少女売春婦になんかならないで術師の修行《しゅぎょう》してたら、国一番の使い手になっていたのかも……

本人も知らなかったのだろうけれど、ミリアムは恐ろしいほどの魔法の才能を秘めていた。

だからこそルネは、彼女の魂一つと引き換《か》えにこれだけの大仕事をこなしたのだった。

「わたしの仕事は済んだわ。……さぁ、あなたの魂をちょうだい」

ほんの少し、ミリアムは後退した。幽霊《ゆうれい》的に『一歩後ずさった』というところか。

『た、魂を食べられるって、具体的にどうなるんでしょう。どんな気分なんでしょう……』

「食べられるのは未経験だからどんな気分かは分からないけど、どうなるかって話なら説明できる。あなたの魂はひとりの人としての個我を永久に失い、わたしを構成するパーツになるの」

『っ……！』

ミリアムの目にあからさまな恐怖と嫌悪《けんお》が浮かんだ。

「魂って普通《ふつう》、そう簡単に消えたり形を無くしたりしないんだけどね。輪廻《りんね》で記憶《きおく》を失ったとしても『個』ではありつづけるから。でもわたしは今からあなたの魂を分解し、吸収して自分の魂《からだ》を強める材料にする。あなたという存在はこの世界と輪廻から永久に消え去ることになる」

死せる人族の魂は大神のもとに帰り、やがてまた現世に生まれ来るのだとされる。信仰《しんこう》の中核《ちゆうかく》を成《な》す輪廻思想だ。魔法的に実証されているので『思想』と言うより『理論』かも知れない。

だからこそ、そこから魂を奪《うば》って魔族やアンデッドを作り自らの軍勢とする邪神《じやしん》は厭《いと》われているのだ。しかし魔族となった魂も、行いを悔《く》い改めればまた大神の所へ帰れるのだと神殿は説いている。それほどに魂のサイクルは絶対的で冒《おか》しがたいものだった。

その魂を喰《く》らい、輪廻からすら消滅《しようめつ》させるというルネの言葉は冒涜《ぼうとく》の極致《きよくち》だった。

魂の構造をいじくるとか消し去るというのは神の領域。邪神直々に加護《チート》を賜《たまわ》ったルネだからこそ成し得ることだった。

今更《いまさら》ながらミリアムは理解したようだ。自分が恨みのあまり、何に手を出したのか。

気付いたようだ。縋《すが》るべきでないものに縋り、願うべきでないことを願ったのだと。

「これ、契約って体裁《ていさい》を取ってるけど、実際は『成仏できないほどの恨み』っていうセキュリティホールを突《つ》いた魂の乗っ取りなのよ。その恨みを晴らすプロセスによって穴をこじ開けて、中身を美味《おい》しくいただくっていう仕組みなんだって」

『え……？　え……？』

ルネの身体《からだ》から十重《とえ》二十重《はたえ》に細い金鎖《かなぐさり》が飛び出し、ミリアムの身体を巻き取った。

これは実際に鎖があるわけではない。ミリアムとルネの魂の繋がりが可視化されているだけだ。

「恐怖も苦痛もすぐに消えるわ。……わたしの糧《かて》におなりなさい」

『――!!』

声にならない悲鳴をミリアムは上げた。

背を向けてルネから必死で逃げようと足を動かすが、それは宙を掻《か》くばかりで全く前進しない。

契約が果たされた瞬間、既《すで》にミリアムの魂はルネに囚《とら》われているのだ。

「そうだわ。わたし、大切なことを言うの忘れてた」

『な、何……!?』

こっちの世界には……少なくともシエル＝テイラにはそういう文化が無いっぽいのだが、それでもルネは敢《あ》えて、前世の自分に馴染《なじ》んだスタイルで手を合わせる。

糧となる者への、手前勝手な感謝の心。その存在を背負う決意の証《あかし》。

「いただきます」

『い、いや……いや……いや……！　いやあああああああっ‼』

ミリアムの悲鳴と呼応するように風が湧《わ》き起こった。それは現実の風ではなく、魂への引力。風に巻き上げられる木の葉のようにミリアムは舞《ま》い上がり、金の鎖に巻き取られ、ルネに向かって飛び込んでくる。

悲鳴がぶつりと途切《とぎ》れ、そしてルネは温かなものが全身に染《し》みいってくるのを感じた。

「……ごちそうさまでした」

ミリアムという存在はルネの糧となり、消滅した。

＊　＊　＊

ウェサラの街にあるバルタータ商会本部が突如《とつじょ》として全壊《ぜんかい》し、さらに公爵居城までもが攻撃《こうげき》を受けたという前代未聞の事件。護衛兵たちの奮戦によりジェラルド公爵は奇跡《きせき》的に助かったが、この事件は国内全域に衝撃《しょうげき》を与えた。

ジェラルド公爵は『新政権に反対する過激な連邦《れんぽう》派の犯行』と断定。犯行グループ全員の殺害が発表されたことでウェサラの街はひとまず最低限の落ち着きを取り戻した。

間髪《かんはつ》を入れず、公爵は街の警備増強と継続捜査《けいぞくそうさ》を決定。領内から配下の騎士《きし》と農兵を招集した。

街は一気に人が増えたことで活況《かっきょう》を呈《てい》する。こんなお祭り騒《さわ》ぎは年に数度あるかどうかだ。

公爵配下の騎士にも色々な者が居る。裕福《ゆうふく》な者は領都であるウェサラに居館を持っていたりするが、宿に泊《と》まる者も多い。彼らが連れてきた召使《めしつか》いや農兵たちは、住民や神殿の厚意に甘《あま》えて泊めてもらう者もある（後で公爵から宿代が給付されるのだ）。表通りには白銀の鎧《よろい》を着た屈強《くっきょう》な男たちが行き来し、日用品や食料品も飛ぶように売れた。事件を受けて不安に思っていた市民たちもこの賑《にぎ》わいと、そして純粋《じゅんすい》に街に戦力が集まったという事実に安堵《あんど》した。

何より、自らの居城に攻《せ》め込まれても揺《ゆ》るがず事態に即応《そくおう》し辣腕《らつわん》を振るうジェラルド公爵の姿に人々は勇気づけられたのだ。

＊　＊　＊

日も高くなった頃《ころ》、兵たちはジェラルド公爵の居城の広々とした中庭に集結する。飾《かざ》り気無く、兵員を集めたり訓練をしたりするためのがらんとした中庭だ。

武器を構えて整列した姿は、騎士だけでなく農兵たちも堂に入ったものだった。公爵の施策《しさく》として農作業の合間に訓練を施《ほどこ》され、そのことで多少なりとも労役《ろうえき》を免除《めんじょ》されている精鋭《せいえい》農兵たちなのだ。

バルコニーに公爵が姿を現すと居並ぶ兵たちはさらに表情を引き締《し》める。

「今日、皆《みな》に集まってもらったのは他でもない」

朗々《ろうろう》と声を張り上げて、公爵が話し始めた時だった。

「『月の門開かれり／四辻《よつつじ》は深淵《しんえん》に至る〃我は朽《く》ちゆく祈《いの》りの支配者／そして／天地の理《ことわり》を暴《あば》く者〃光は在らず／永劫《えいごう》紐解かず／杯は満ちず／回廊は通わず／冒《おか》し、涜《けが》して僇し〃故に我は希《こいねが》う、主よ忌《い》ましめ賜え』《滅びの風《デスクラウド》》×《クロス》《屍兵作成《クリエイトアンデッド》》。複合錬成魔法《アセンブルド・スペル》……《屍兵徴用《ブラッディレッドペーパー》》」

晴れ渡《わた》っているはずの空が薄暗くなったかと思えば、赤黒き死の嵐《あらし》が巻き起こった。

「ぎゃあああああ！」

「あ、あがあああああ！」

「うわあああ！」

中庭全体を覆《おお》う竜巻《たつまき》のように血色の嵐が轟々《ごうごう》と吹き荒《あ》れる。悲鳴が連鎖《れんさ》し、居並んでいた兵たちはドタバタと倒れていく。それを公爵は涼《すず》しい顔で見下ろしていた。

「これより皆には……偉大《いだい》なる御方《おかた》に仕えてもらう」

「公爵様、何を！」

霧《きり》が晴れた時、僅《わず》かに無事だったのは咄嗟《とっさ》に防御《ぼうぎょ》が間に合った術師や、こんな場所にも護符を起動状態で持ち込んでいた騎士だけ。数えるほどしか居なかった。他は死んだか半死半生だ。

見上げた先、公爵の背後から歩み出る小さな人影《ひとかげ》がある。

それは銀髪《ぎんぱつ》銀目の美しい少女だった。輝《かがや》かしい純白のドレスを着ているが、そのスカート部分には鮮《あざ》やかな紅い色で薔薇の紋章《もんしょう》が描《えが》かれている。あどけない顔立ちなのに、生き残った兵たちを見下ろす彼女は、命を命とも思わない邪悪で嗜虐《しぎゃく》的な笑《え》みを浮かべていた。バルコニーの手すりにひらりと飛び乗った彼女は、悠然《ゆうぜん》と足を組んで中庭の惨状《さんじょう》を見下ろしている。

「なんだ、あれは……」

生き残りのひとりが呟《つぶや》いた。『あの子は』とか『彼女は』ではなく『あれは』と。

「往生際悪いのが居るわね。始末なさい」

白く小さく柔《やわ》らかな手で、少女は鋭く指を鳴らす。

その途端《とたん》、倒れ伏した者らが一斉《いっせい》に起き上がった。彼らの表情は一様に虚《うつ》ろで、中には肉体が塵と化して骨だけで立ち上がる者もあった。

「アンデッド……！」

驚《おどろ》く暇《ひま》もあったかどうか。生き残りたちは四方八方から突き刺《さ》され切り刻まれて倒れ、すぐに己も屍の兵として再び立ち上がった。

◇

中庭には兵たちが並んでいる。アンデッドだけの騎士団が。

グール、スケルトン、ゾンビにリッチ。上位種扱《あつか》いされるレベルの猛者《もさ》もちらほら交じっている。魂喰いによって手に入れた新たな力は、異常に高効率なアンデッド維持《いじ》。新技の成果は上々だ。

「よく材料を集めてくれたわね、アラスター」

「お褒《ほ》めにあずかりまして恐悦《きょうえつ》にございます」

折り目正しく礼をするジェラルド公爵。しかしこれは正確には公爵本人ではない。公爵は既にルネに殺されており、その魂はとっくに昇天《しょうてん》もしくは地獄《じごく》に落ちている。行き先はルネにも分からないが後者であることを強く願っている。

本当は魂を捕《つか》まえて死んでからも苦しめたかったが、彼はちゃっかり魂の保護を掛《か》けていたので手出しできなかった。ヒルベルト派の中心人物をろくに苦しめもせず死なせてしまったのは痛恨《つうこん》の極みだけれど、より重要な目的のためである。

今ここに居る公爵は、魂が抜けた後の公爵の死体を魔法で動かしているに過ぎない。

レブナント……魔法によって死体に仮初《かりそ》めの命を与えたアンデッドである。綺麗《きれい》に死んだ死体からなら、生前と変わらぬ姿・能力を持ったレブナントを作り出せる。今の公爵は生前とほぼ変わらない知性を持っている。ただひとつの違《ちが》いは、アンデッドとして蘇《よみがえ》った瞬間から、作り手であるルネに絶対の忠誠心を刷り込まれているという点だ。

彼はルネのため兵を集めた。術師であればレブナントを見抜くこともあるが、そうした人材は公爵がアンデッド化していることに気付く前に、先んじて公爵の命令で居城から遠ざけさせたのだ。

欠点は肉体的にも頭脳的にも長持ちせず徐々に劣化《れっか》し、数日もすればただの『新鮮《しんせん》なゾンビ』になってしまうという点だ。だがこの場合は数日の猶予《ゆうよ》があれば充分《じゆうぶん》だった。

「アラスター」

「はっ」

「わたしの忠実な騎士団をあなたに貸し与えるわ。彼らを率い、ウェサラを死都に変えなさい。大人の男はなるべく原形が残るように殺して広場に積み上げなさい。女は力が強そうな者だけ。わたしが兵に変えるわ。わたしと同じくらいの年頃の女の子はなるべく生きたまま狩《か》り集めなさい。魔法を使える者もなるべく生かして捕《と》らえること。中身《たましい》が無くちゃリッチにできないもの。武器や戦いに使える物を見つけたらことごとく略奪《りやくだつ》して兵に持たせなさい。……これを以《もっ》て、わたしの反撃の狼煙《のろし》とする」

「かしこまりました、姫様」

かつてこの地を支配した男の骸《むくろ》は、うやうやしく礼をした。

あとがき

はじめまして、もしくはお久しぶりです。霧崎　雀《きりさきすずめ》です。

ウェブ版投稿《とうこう》時には『パッセリ』（※注：スズメ亜目《あもく》を意味する。パセリではない）という筆名を使っていましたが、実は以前にもウェブ小説の書籍《しょせき》化ではなく新人賞の公募《こうぼ》で本を出した経験がありまして、書籍化に当たって古《いにしえ》の筆名を引っ張り出してきました。

本作品は複数のウェブ小説サイトに投稿しておりましたが、カクヨムを通してKADOKAWAドラゴンノベルス様からお声が掛《か》かり、こうして書籍化する運びと相成りましたものです。

本作品『怨獄《えんごく》の薔薇姫《ばらひめ》』は大雑把《おおざっぱ》に言いますと、主人公のルネが可愛《かわい》くて可哀想《かわいそう》なお話です。健気《けなげ》で可哀想で非道な魔王《まおう》系女子の一代記です。

え？　前世はオッサンですって？　いえいえ、そりゃそうですけどね。おかげで純度百パーセントの女の子じゃ流石《さすが》に厳しいだろってレベルの酷《ひど》い目に遭《あ》わせられるじゃないですか。あと女性主人公の物語ではありますが、このワンクッションを挟《はさ》むことで感情移入しやすくなる男性の読者様も居るのではないかな……などと供述してはみましたが主に趣味《しゅみ》です。

皆さん、異世界で美少女になってこういう目に遭ってみたいと思いますよね！

……え、そうでもない？　なんですかその視線は。ちょ、通報しないでください。私はただの善良な小説家です！　常日頃から「ロリになりたい」とか喚《わめ》き散らしてるだけの常識的な人物です！

まあ、だからって私は『ルネ＝自分』と思って書いてるわけじゃないですけどね。単に読者・作者が視点を置くための装置ではなく、キャラクターとして徹底して作り込んでいるつもりです。

このキャラ造形にする上で必要なＴ　Ｓ《トランスセクシャル》設定だったと私は思っておりますが、やはりＴＳは好き嫌《きら》いのあるジャンル。なのでＴＳが苦手な方にもお読みいただけるよう加減を調整した……つもりです。そちら方面を期待した方には申し訳ないですが、なるべく多くの方にお読みいただくための措置《そち》とご理解ください。ＴＳ設定自体は今後微妙に重要度を高めつつ軽いネタを入れていきます。

と、言い訳はこのあたりで切り上げて謝辞に入らせていただきましょう。

まずは、基本無料（邪悪《じゃあく》な言い回しだ）の娯楽《ごらく》に溢《あふ》れたこの令和の時代に、わざわざこんな文字だらけの本をお金を払《はら》ってまでお読みくださったあなたに感謝します。

そして、美麗《びれい》なイラストで世界観を深めてくださったｃｉｎｋａｉ様。

改稿《かいこう》中、隙《すき》あらばページを増やそうとする私に限界ギリギリまで応《こた》えてくださった編集のＫ様。

仕事をクビになった息子《むすこ》がハローワークへも行かずこんなもん書き始めたのに温かい目で見守ってくださったお父様、お母様。

私を遠くで応援《おうえん》してくださっていた高校時代の恩師、国語のＳ先生と司書のＦ先生。

皆様《みなさま》のおかげで私はまた本を出すことができました。ありがとうございます。

未《いま》だ、物語は壮大《そうだい》な薔薇姫戦記の序章に過ぎません。どうか末永くお付き合いください。

……まあ、売れなきゃ続きは出ないんですけどね！　と言うわけで、どうか二巻も買ってください。頑張《がんば》って書きますから！　お願い！

DRAGON NOVELS
ドラゴンノベルス

怨獄の薔薇姫
政治の都合で殺されましたが最強のアンデッドとして蘇りました

2019年11月5日　初版発行

著　者　霧崎《きりさき》 雀《すずめ》

発行者　三坂泰二

発　行　株式会社 KADOKAWA
〒102-8177　東京都千代田区富士見2-13-3
電話 0570-002-301（ナビダイヤル）

編　集　ゲーム・企画書籍編集部

装　丁　AFTERGLOW

D T P　株式会社スタジオ205

印刷所　大日本印刷株式会社

製本所　大日本印刷株式会社

DRAGON NOVELS ロゴデザイン　久留一郎デザイン室+YAZIRI

●お問い合わせ
https://www.kadokawa.co.jp/（「お問い合わせ」へお進みください）
※内容によっては、お答えできない場合があります。
※サポートは日本国内のみとさせていただきます。
※ Japanese text only

定価（または価格）はカバーに表示してあります。

ISBN978-4-04-073383-8　C0093